약편

仙道 체험기

30

신선神仙되는 길이 보인다
경이적인 현상이 눈앞에 펼쳐진다!!
선도수련의 현장을 체험으로 파헤친 충격과 화제의 소설

글터
GEUL TEA

약편 선도체험기 30권을 내면서

어느덧 『약편 선도체험기』 30권이 나오게 되었다. 2020년 북한산 둘레길을 걸으며 약편 사업을 구상했고, 삼공 김태영 선생님으로부터 사업 진행에 대한 허락을 받은 후 출판사 사장님과 협의를 마쳤다. 그리고 나서 원고 작업을 시작하여 그해 11월, 드디어 1권부터 5권까지의 원고를 출판사에 보내기에 이르렀다.

표지 디자인은 삼공 선생님께서 골라 주셨는데, 나도 사장님도 바라던 것이라 만족스러웠다. 2021년 2월 『약편 선도체험기』 1~5권이 처음 발행되었고, 4월에 6권과 7권을 발행한 이래 거의 한 달에 한 권씩 원고를 준비하다가 차차 시간적인 여유를 가지게 되었다.

절판된 『선도체험기』 103권까지의 내용 중 수련을 중심으로 약편으로 옮기기 위해 추리는 게 힘들었다. 수련이 체험을 통해 발전하고 그 해석도 달라지는데 그 과정을 중간에 뛰어넘을 수 없기에, 애초 설정한 10권을 초과하여 23권으로 마무리되었다. 여기에 사장님의 제안으로 104권부터 120권까지의 내용도 4권의 약편으로 정리했다. 28권부터 나머지 3권은 추록 형식으로 편집하여 총 30권의 『약편 선도체험기』를 마무리하였으니 감개무량하다.

교열의 경우 처음에는 책 발행을 서둘기 위해 원본의 문장을 최대한 보전하며 한글맞춤법을 최소한으로 적용했다. 두 분의 수행자한테 일회

성으로 도움을 받은 적이 있었고 대명, 일연, 별빛자 님 등 세 분의 수행자가 고정으로 교열 작업에 동참한 이래 맞춤법을 최대한 적용하여 완성도를 높였다.

이번 30권에는 『선도체험기』 72권부터 117권까지의 내용 가운데 약편에 지면 관계상 실리지 않은 것을 선별하였다. 회답 내용을 고려해 메일을 몇 편 실었고, 삼공 선생님께서 호평하신 단식 체험기 두 편도 포함했다. 이 책이 앞서 나온 29권과 함께 1권부터 28권까지의 내용을 복습하고 보완, 마무리하는 효과가 있을 것으로 사료된다.

『약편 선도체험기』는 스스로 시작도 끝도 없는 존재로서 삼공재에 늘 계셨던 김태영 선생님의 체험과 가르침으로 구성한, 삼공선도의 바이블과 같은 책이다. 이 책에서 제시하는 대로 마음공부, 기공부, 몸공부를 자력으로 수행함으로써 성통공완하길 바라 마지않는다. 마지막으로 교열을 도와준 후배 수행자들께 고마운 마음을 전하며, 『약편 선도체험기』 전질을 발행해 주신 글터사 한신규 사장님에게도 감사의 인사를 드린다.

단기 4356년(서기 2023년) 11월 10일
엮은이 　조 광 　배상

차 례

Contents

〈72권〉

매맞고 살아온 40평생

스물한 살에 시집가서 40년 동안 남편에게 거칫하면 매를 맞고 갖은 학대를 다 받으면서 아들 둘, 딸 하나를 낳아 시집 장가 다 보내면서 살아온 61세의 곽성숙이라는 가정주부가 『선도체험기』 애독자인 동생과 올케에게 이끌려 삼공재를 찾아왔다.

곽성숙 씨가 먼저 말했다.

"선생님, 저는 어른들로부터 언제나 여자는 시집가면 지아비를 하늘같이 알고 살아야 한다는 교훈을 들어왔기에 남편에게 매를 맞으면서도 군소리 하나 못 하고 지금까지 살아왔습니다. 그런데 나이가 환갑을 넘기고 보니 동생 내외의 말마따나 지금껏 제가 인생을 헛살아 온 게 아닌가 하는 생각이 듭니다.

그동안 남편으로부터 그 모진 고초를 받아 오면서도 아이들 때문에 늘 꾹 눌러 참으면서 살아왔는데 이제 삼 남매 모두 시집 장가 다 보내고 남편하고 단둘만 달랑 남고 보니 지난 세월이 후회되고 원망스러울 때가 많습니다. 과연 지금이라도 이혼해야 하는지, 아니면 다 산 인생인데 그대로 살아야 하는지 분간이 가지 않습니다. 어찌했으면 좋겠습니까?"

"그거야 어디까지나 곽성숙 씨 스스로 결정해야 할 문제입니다."

"동생 내외는 지금이라도 늦지 않으니 빨리 이혼하고 여생이나마 좀 편하고 자유롭게 살아 보라고 하는데 과연 그래도 되겠습니까?"

"곽성숙 씨가 그렇게 하겠다고 작정하면 누가 말리겠습니까?"

"그래도 지아비를 하늘처럼 알라는 가르침만 받고 살아온 저는 아무래도 구세대가 되어서 그런지 이혼하면 하늘에 큰 죄를 짓는 것 같아서 두려운 생각이 듭니다."

"그런 생각은 조금도 하실 필요가 없습니다."

"왜요?"

"그런 생각은 근본적으로 잘못된 구시대의 남존여비(男尊女卑)의 편견에 지나지 않으니까요. 그런 구시대의 편견은 호적법 폐지를 앞두고 있는 남녀평등 시대에는 맞지 않는 케케묵은 낡은 사상이기 때문입니다. 결혼이란 어디까지 남녀가 대등한 인격체로 상부상조하는 생활 공동체입니다. 다시 말해서 상하 복종 관계가 아니라 수평적인 협조 관계라는 말입니다. 그런 관계가 잘 유지되어야 원만한 가정을 이룰 수 있습니다."

"아무리 그렇다고 해도 막상 이혼을 하려고 하니까 아이들에게도 떳떳하지 못하고 남편에게는 큰 죄를 짓는 것 같아서 갈피를 잡을 수가 없습니다."

"아이들에게 떳떳하지 못할 이유가 어디 있습니까? 이제는 독립해서 가정을 이루고 사는 자녀분들은 오히려 자기 어머니가 아버지한테 그렇게 매맞으며 살아온 인생을 안쓰럽게 생각해 왔을 것입니다. 그리고 남편에게 죄를 짓는 것 같다고 하셨는데 그건 생각을 잘못한 것입니다."

"왜 그렇죠?"

"지금이라도 남편 혼자 살면서 지난 40년 동안 자기가 아내를 얼마나 부당하게 대우해 왔는가를 뼈저리게 뉘우치게 함으로써 도리어 그로 하여금 개과천선(改過遷善)할 기회를 주어야 하지 않겠습니까? 그리하여 이 세상을 떠나기 전에 지금까지의 삶이 잘못되었음을 깨닫고 새로운 인생으로 거듭날 수 있는 기회를 주어야 합니다. 그가 진정으로 자기 잘못을 깨닫게 된다면 그에게 죄를 짓는 것이 아니라 도리어 적선(積善)을 하는 것이 될 것입니다."

"선생님 말씀대로 자기 잘못을 깨달을 위인은 못 될 것 같습니다."

"그건 아무도 예단할 수 없습니다. 곽성숙 씨는 자신의 할 도리만 다 하면 될 것입니다. 남편은 지금 나이가 어떻게 됩니까?"

"65세입니다."

"곽성숙 씨가 나오면 누가 끼니 시중을 듭니까?"

"며느리가 보살피게 될 겁니다."

"그렇다면 문제될 것이 없겠군요. 그럼 혼자서 생활하실 수 있겠습니까?"

"누님의 여생은 우리가 전적으로 떠맡겠습니다."

중소기업을 한다는 동생 내외가 이구동성으로 말했다.

"마침 잘됐군요. 그럼 이제 곽성숙 씨의 결심만 남았습니다."

"그래도 40년을 살아온 남편을 버리고 혼자 살 생각을 하니 불안하기도 하고 어쩐지 두려운 생각이 듭니다. 그래서 이제 얼마 남지 않은 여생, 남편을 위해서 희생하는 것이 차라리 아이들에게도 떳떳하고 제 마음도 도리어 편하지 않을까 하는 생각이 들곤 합니다."

"구한말에 노비 제도가 폐지되자 양반들은 부리던 노비 문서를 불태우고 종들을 모두 석방했습니다. 갑자기 평민으로 신분이 바뀐 노비들은 처음에는 좋아서 날뛰었지만 얼마 지나지 않아서 옛 상전 집으로 하나

둘씩 모여들기 시작하여 다시 종이 되기를 자청했다고 합니다.

미국의 남북전쟁 때도 남부에서 석방된 흑인 노예들도 처음에는 좋아서 어쩔 줄을 몰라 했지만 밖에 나가서 익숙지 않은 고생을 하게 되면서 시간이 지나자 다시 옛 주인에게로 돌아갔다고 합니다. 오랫동안 길들여진 노예근성 때문이었습니다. 매도 많이 맞으면 중독이 되어 매를 맞지 않으면 몸이 근질근질하여 속으로 은근히 매맞기를 원하게 됩니다.

지금까지 길들여진 매맞는 생활이 그립다면 옛 생활로 돌아가서도 말릴 사람은 아무도 없을 것입니다. 지옥에 길들여진 사람에게는 지옥이 천당처럼 편안할 수도 있으니까요. 선택은 자유입니다. 곽성숙 씨 같은 분들을 위해서 가정법원에 가면 특별히 상담을 해 주는 부서가 있습니다. 거기에도 찾아가셔서 한번 상의해 보십시오."

"그렇지 않아도 내일 가정법원에 누님 데리고 가려고 합니다."

"잘되었군요. 거기 가셔서 좀 견문을 넓혀 보시는 것도 좋을 것입니다. 모험을 무릅쓰고 도전하는 사람에게만 생명의 진화(進化)가 약속되어 있으니까요."

"생명의 진화가 무슨 뜻입니까?"

"지금보다 나은 생활을 하게 된다는 말입니다."

"선생님 또 하나 여쭈어보아도 되겠습니까?"

"그럼요. 어서 기탄없이 말씀하세요. 그 때문에 이렇게 찾아오시지 않았습니까?"

"다른 여자들은 시집가서도 남편과 시집 식구들에게 사람대접 잘 받고 행복하게들 잘만 사는데 저는 왜 그런 남편을 만나 40년 세월을 줄곧 고생만 했어야 했는지 그게 아무래도 이해가 안 됩니다. 왜 그래야만 했을까요?"

"이유 없는 결과가 어디 있겠습니다. 전생의 업보 때문입니다."

"업보(業報)가 뭡니까?"

"이 세상에 태어날 때부터 짊어지고 나오는 운명이나 사주팔자 같은 겁니다. 전생에는 곽성숙 씨와 남편은 그 처지가 지금과는 반대였을 것입니다."

"처지가 지금과는 반대라면?"

동질감(同質感)

"전생에는 곽성숙 씨가 남편이었고 지금의 남편은 아내였을 것입니다. 그리하여 남편은 아내를 평생 때리고 학대했을 것입니다. 그러한 업보가 있었기에 금생에 남편에게 그 보복을 톡톡히 당하고 있는 겁니다."

"그전에도 누군가 그렇게 말하기에 오싹 소름이 끼친 일이 있었는데 선생님께서도 똑같은 말씀을 하시네요."

"틀림없습니다."

"그걸 어떻게 알 수 있죠?"

"그 말을 들을 때 오싹 소름이 끼쳤다고 하시지 않았습니까. 순전히 남의 일이라면 소름 같은 것이 끼칠 이유가 없었을 것입니다. 잠재의식 속에 감추어져 있던 전생의 기억이 떠올려지자 자기도 모르게 오싹 소름이 끼친 것입니다.

수사관이 피의자의 의표(意表)를 찔렀을 때 속으로 피의자는 자기도 모르게 찔끔하는 것과 같은 이치입니다. 이것만 보아도 전생의 일들을 우리는 현재의식(顯在意識)으로는 새까맣게 잊어버리고 있지만 우리의 잠재의식 깊은 곳에는 틀림없이 그대로 저장되어 있다는 것을 알 수 있습니다.

수련자가 깊은 명상에 잠길 때는 전생의 일들이 무의식중에 화면으로 떠오를 때가 있습니다. 이런 과정을 거쳐 구도자들은 자신들의 전생을 알게 됩니다. 나 역시 청년 시절에 비슷한 경험을 한 일이 있습니다."

"어떤 경험이었는데요?"

"영화관에 들어가 영화를 보고 있었습니다. 깊은 산속에서 학발(鶴髮)에 흰 수염을 기르고 육환장을 짚은 도인 한 사람 나타나 큰 소리로 주문을 외우자 감쪽같이 그 모습을 감추어 버리는 것이었습니다. 바로 그 순간이었습니다. 나는 마치 감전이라도 된 듯 온몸이 오싹하는 강렬한 전율을 느꼈습니다. 느닷없이 당한 일이지만 평생 잊혀지지 않는 경험이었습니다. 그 후 이따금 그때 일이 떠오르곤 했습니다. 그때마다 나는 그것이 늘 풀리지 않는 수수께끼였습니다. 그러나 나이 50이 넘어 수련이 어느 정도 진전이 이루어진 뒤에야 그 이유를 알게 되었습니다."

"그 이유가 무엇입니까?"

"전생에 나 역시 도술을 닦은 일이 있었습니다. 그 영화 장면에서 그 동질감 때문에 자신의 전생 모습을 본 것 같아서 그런 전율을 느꼈던 것입니다."

"그렇다면 선생님, 저는 지금의 남편에게서 그런 보복을 받아야 할 팔자라면 죽을 때까지 그러한 운명을 감수해야 하지 않겠습니까?"

"그것은 그러한 업보의 상관관계를 몰랐을 때의 얘기지 지금처럼 일단 그 비밀을 알아 버렸으면 그 운명의 쇠사슬에서 과감하게 벗어나야 합니다. 운명이란 우리가 그 앞에서 좌절하거나 순종만 하라고 해서 있는 것이 아니라 그것을 딛고 일어서서 극복하라고 해서 있는 것입니다.

운명이니 사주팔자니 하는 것은 어디까지나 과거 생의 궤적(軌跡)일 뿐입니다. 운명에 순종만 한다면 운명의 악순환에 휘말려 다람쥐 쳇바퀴 돌 듯 끊임없는 생로병사의 악순환에 자기 자신을 내맡겨 버리는 것밖에는 되지 않습니다."

"그럼 운명의 악순환에서 벗어나려면 어떻게 해야 합니까?"

"지금까지 살아온 자신의 인생이 운명의 악순환에 휘말려 온 것이라는 것을 깨닫는 순간 과감하게 그 운명에 도전해야 합니다. 두 사람이 사욕 때문에 서로 수렁 속에서 세월 가는 줄 모르고 이전투구(泥田鬪狗)에 여념이 없다가 그중 한 사람이 그 원인이 사욕에 있다는 것을 깨달았다고 칩시다. 그때 그 사람은 어떻게 하겠습니까?"

"싸움을 그만두고 화해를 해야 하지 않겠습니까?"

"당연히 그래야죠. 그래서 둘 다 사욕 때문에 빚어진 일이니 먼저 깨달은 한쪽이 상대에게 사과하고 이 싸움을 그만두자고 제의했습니다. 그러나 상대는 어림없는 소리 말라고 하면서 싸움으로 끝장을 보아야 한다고 계속 싸우려고만 합니다. 그런 경우 먼저 깨달은 사람은 어떻게 하겠습니까?"

"응당 먼저 깨달은 사람이 수렁에서 빠져나와야 하지 않겠습니까?"

"물론입니다. 다시 말해서 인연의 악순환을 단호하게 끊어 버려야 합니다."

"어떻게 하면 그 인연의 악순환을 끊어 버릴 수 있습니까?"

"우선 악연을 맺어온 상대에 대한 원한을 없애 버려야 합니다. 실례를 들면 곽성숙 씨의 경우 남편에게서 받은 갖은 학대에 대하여 일체 원한을 품지 말아야 합니다. 지금의 남편과 그러한 악연을 맺어 온 것은 상대에게만 잘못이 있었던 것이 아니라 곽성숙 씨 자신에도 그와 못지않은 잘못이 있었다는 것을 깨닫고 상대에 대하여 원한이나 복수심을 일체 품지 말고 모든 것은 용서해 주어야 합니다.

깨달은 쪽이 먼저 발을 빼야

만약에 상대도 곽성숙 씨처럼 인연의 악순환을 깨닫는다면 금상첨화(錦上添花)일 것입니다. 그렇게만 된다면 두 사람은 동시에 과거 생을 완전히 청산하고 새 인생을 시작할 수 있을 것이기 때문입니다.

그러나 유감스럽게도 곽성숙 씨처럼 한쪽만 깨달았을 때는 혼자라도 그를 떠남으로써 그 싸움이 얼마나 무익한 것인지 스스로 깨닫게 하는 수밖에 없습니다. 그렇지만 그와 같이 생활하는 한 그의 업장은 점점 더 가중될 것이고 곽성숙 씨 역시 새로운 인생을 시작하는 데 장애가 될 것이기 때문입니다."

"저는 상대에 대하여 아무런 원한도 없지만 상대는 저에 대하여 원한을 품고 있을 때는 내생에도 제가 그의 보복을 받게 되지는 않을까요?"

"상대가 제아무리 곽성숙 씨에 대하여 원한을 갖거나 복수심을 품고 있다고 해도 곽성숙 씨 자신이 바르고 착하고 지혜롭게만 살아 나간다면 아무도 건드릴 수 없습니다. 바르게 사는 구도자는 염라대왕도 저승사자도 어쩔 수 없게 되어 있습니다. 검찰총장의 위세가 제아무리 등등해도 그것은 범죄자에게만 한정된 것일 뿐 죄 없는 선량한 시민을 함부로 어떻게 할 수 없는 것과 같습니다."

"그러나 평생을 같이 살아오다가 저 혼자만 쏙 빠져나온다는 것이 어쩐지 찜찜합니다."

"그건 타성(惰性) 때문입니다."

"타성이 뭡니까?"

"오랫동안 길들여져 온 습관 때문이라는 말입니다. 몇십 년 동안 담배를 피우던 사람이 흡연이 백해무익하다는 것을 깨닫고 어느 날 갑자기 담배를 끊었을 때 오는 금단(禁斷) 증상과 같은 것입니다.

또 이렇게 생각해 볼 수도 있습니다. 수많은 생을 서로 상대를 학대하는 삶을 살아온 부부 중 어느 한쪽이든지 그 복수의 악순환의 잘못을 깨닫고도 그 악순환의 고리에서 벗어나지 못한다면 잘못을 깨달은 보람은 없는 것과 같습니다. 그러나 어느 한쪽이 그 고리에서 용감하게 탈출하여 바른 생활을 할 수 있다면 두 사람이 악연의 고리에 묶여 악순환을 무한정 되풀이하는 것보다는 훨씬 낫습니다.

그뿐 아니라 혼자 떨어진 배우자에게도 반성을 할 기회를 주어 바른 생활로 돌아올 수 있게 할 수도 있습니다. 그러나 그 타성이 그리워 옛 생활로 다시 돌아간다면 두 사람이 다 같이 악순환의 고리에 말려들게 될 것입니다. 그러니까 한 사람이라도 먼저 깨닫는 쪽이 바른길로 들어서야 합니다."

"이젠 무슨 뜻인지 알겠습니다. 그럼 저 혼자만이라도 과거를 청산하고 바른길로 들어서면 과거 생의 업보에서 완전히 벗어날 수 있을까요?"

"그렇지는 않습니다. 바른길로 들어선 시점부터는 새로운 업을 짓지 않으니까 문제될 것이 없습니다. 그러나 바르고 착하고 지혜롭게 살기로 마음을 작정하고 그렇게 인생을 살아간다고 해도 그 시점 이전에 범한 죄업에 대해서도 인과응보의 적용을 받지 않느냐 하면 그렇지는 않습니다. 어떤 사람이 오늘부터 절대로 남에게 빚을 지지 않는 착실한 인생을 살기로 작정을 했다고 해도 그 이전에 지은 빚까지 모조리 다 탕감되는 것은 아니라는 말씀입니다."

곽성숙 씨는 이 밖에도 이런저런 깊이 있는 이야기를 나누다가 돌아갔다. 그 후에 그녀의 동생이 들려준 소식에 따르면 가정법원까지 가서 상담을 나누었지만 끝내 다시 남편 곁으로 돌아갔다고 한다. 동생 내외가 극력 만류하자, 그렇게 하는 것이 자기에게는 마음이 편하다고 말했다고 한다.

쏴하는 느낌

양병수라는 중년의 수련생이 말했다.

"선생님, 저는 수련할 때 처음에는 물파스를 발랐을 때처럼 쏴하는 느낌이 들다가도 한 30분 지나면 그 느낌이 사라지곤 합니다. 전에는 그런 느낌이 오래갔었는데 요새 와서 그 느낌이 점점 줄어들고 있는데 무엇 때문일까요?"

"그 쏴하는 느낌이 든 것은 언제부터였습니까?"

"한 6개월 전에 삼공재에 다니기 시작하면서부터였습니다."

"그럼 그 쏴하는 느낌이 생긴 이후로 몸에 어떤 변화가 일어났습니까?"

"하단전(下丹田)이 달아오르고 대맥(帶脈)에 기운이 통하게 되었습니다."

"그 쏴하는 느낌은 외기(外氣)가 온몸의 피부를 통하여 들어오는 느낌입니다. 무더운 여름에 찬 계곡물에 뛰어들었을 때 얼마나 차갑고 시원합니까? 바로 그런 느낌과 같다고 보면 됩니다.

그러나 그 차고 시원한 느낌도 자꾸만 되풀이되면 처음에 찬물에 뛰어들었을 때와 같은 신선한 느낌은 점점 무디어집니다. 그러나 그렇다고 해도 그 계곡물의 온도가 올라간 것은 아닙니다. 쏴하는 느낌이 줄어든 대신에 하단전의 느낌은 어떻습니까?"

"하단전은 처음보다 점점 더 많이 달아오르고 있습니다. 이렇게 하단전이 달아오르는 것은 무엇 때문입니까?"

"그것은 하단전에 활발하게 축기가 되고 있다는 증거입니다. 비록 쏴하는 느낌은 시간이 흐를수록 마비가 되어 처음의 신선한 감각은 줄어들고 있지만 축기는 점점 더 많이 되고 있다는 것을 말해 줍니다."

"축기(築氣)라는 것은 무엇입니까?"

"외기(外氣)와 내기(內氣)가 하단전에 모여 단(丹)을 형성하는 것을 말합니다. 그래서 단(丹)을 가꾸는 밭이라고 하여 단전(丹田)이란 이름이 붙은 겁니다. 이처럼 단전에서 만들어진 단기(丹氣)가 단전에 꽉 찰 정도로 충만해지면 저수지에 그득 찬 물이 농로를 따라 넘쳐흐르듯 기맥(氣脈)을 통하여 흐르게 되어 있습니다.

그 단기가 대맥을 꿰뚫고 임맥(任脈)과 독맥(督脈)을 일주하는 것을 소주천(小周天)이라고 합니다. 양병수 씨는 지금 대맥이 뚫렸다고 하니까 미구에 임독이 뚫리게 될 것입니다."

"임독이 뚫리는 데 얼마나 걸릴까요?"

"그거야 사람마다 백인백색(百人百色)이니까 뭐라고 일정하게 말할 수는 없습니다. 그러나 양병수 씨는 내가 보기에 기공부가 확실한 궤도에 이미 진입했으니까 게으르지만 않고 지극정성(至極精誠)만 기울인다면 조만간 소주천의 경지에 들어가게 될 것입니다. 그 밖에 몸에 다른 변화는 없습니까?"

"왜요? 요즘은 그야말로 인생을 사는 보람을 느낍니다."

"어떻게요?"

"걸을 때도 다리에 힘이 실리고 등산을 할 때도 전연 힘이 들지 않습니다. 피부도 윤기와 탄력이 붙어서 젊어지는 느낌입니다. 요즘은 선도 수련을 좀더 일찍 할걸 하는 후회가 일 정도입니다."

"아주 다행입니다. 축하할 일입니다. 혹시 방사(房事)를 전보다 자주 하시지는 않습니까?”

“아무래도 기운이 나고 정력도 세어지니까 자주 합방을 하게 되어 아내도 요즘은 신혼 때 같다고 아주 좋아합니다.”

“바로 그걸 조심해야 합니다. 까딱하면 호박씨 까서 한입에 털어 넣는 격이 될 수 있습니다.”

“그럼 어떻게 해야 하죠?”

“부인에게 수련 중이라는 것을 충분히 이해시켜야 합니다. 그리고 합방의 횟수를 대폭 줄여야 합니다.”

“얼마나요?”

“한 달에 한 번 정도.”

그의 얼굴에 곤혹스러운 표정이 완연했다.

“그럼 언제까지 그렇게 절제를 해야 합니까?”

“소주천이 되고 연정화기(煉精化氣)가 될 때까지는 참아야 할 것입니다. 그러나 연정화기가 된 다음에는 부인이 아무리 요구해 와도 걱정할 일이 없어지게 될 것입니다.”

“왜 그렇죠?”

“접이불루(接而不漏)할 수 있으니까요.”

“접이불루가 무엇입니까?”

“지금까지 『선도체험기』를 수박 겉핥기로 읽으셨군요.”

“죄송합니다.”

“합방 시에도 남자가 사정(射精)을 마음대로 조정할 수도 있고 아예 안 할 수도 있는 능력을 터득하는 것을 말합니다. 그러나 그렇게 되기 전까지는 과색(過色)을 경계해야 합니다. 한 번 사정(射精)할 때마다 엄

청난 손기가 되니까요. 자제(自制)하지 않으면 수련이 도리어 화를 부를
수도 있다는 것을 알아야 할 것입니다."

진리를 깨닫는 방법

우창석 씨가 어느 날 불쑥 말했다.

"선생님, 도대체 진리란 무엇입니까?"

"진리란 눈이 번쩍 뜨이게 하는 경천동지(驚天動地)할 희한한 것이라고 생각하는 사람들이 있는데 사실 알고 보면 아무것도 아닙니다."

"아무것도 아니라뇨? 그럼 아무것도 아닌 것을 위해서 동서고금을 막론하고 수없이 많은 구도자들이 숨이 끊어지는 순간까지 그렇게도 진리 구하기를 갈구해 왔다는 말씀입니까?"

"그렇다고 할 수 있습니다. 아무것도 아닌 것은 영어로 말하면 Nothing입니다."

"그렇다고 할 수 있다니요? 도대체 무슨 뜻인지 저는 알아들을 수가 없습니다."

"우창석 씨는 가끔가다가 아무 근심 걱정 없고 밤에는 잠도 잘 오고 하여 마음이 편안할 때가 없습니까?"

"그런 때가 간혹 있긴 있습니다."

"그렇게 마음이 편안한 상태가 바로 진리입니다. 이러한 마음의 상태는 사실 남녀노소이건, 착한 사람이건 악한 사람이건, 필부(匹夫)이건 성인(聖人)이건, 지위 고하를 막론하고 누구에게나 다소간에 있게 마련입니다. 이처럼 누구한테나 있는 것이니까 희귀한 것도 아니고 희한한 것도 아닙니다. 사람이라면 누구에게나 다 있는 것이니까 희소가치도 없

22

습니다. 그러니까 아무것도 아니라고 말할 수도 있다는 말입니다."

"그럼 중생과 견성(見性)을 했다는 성자의 차이는 무엇이라고 보십니까?"

"중생에게도 편안한 마음이 있기는 있지만 진리를 깨달은 사람처럼 많지는 않습니다. 중생에게는 편안한 마음이 깃들었다가도 오래 머물러 있지 못하고 금방 사라져 버리고 그 대신에 탐진치(貪瞋痴)나 오욕칠정(五慾七情)이 난무하지만, 진리를 깨달은 성자는 편안한 마음이 가슴속에 머무는 시간이 중생과는 비교도 할 수 없을 정도로 길어서 항상성(恒常性)을 갖고 있습니다."

"선생님 도대체 그 편안한 마음이란 무엇을 말합니까?"

"편안한 마음이란 바로 우주심(宇宙心)입니다. 좀더 구체적으로 말하면 탐욕이나 분노나 색정(色情)이나 기쁨, 두려움, 근심 걱정, 슬픔, 사욕(私慾), 애증(愛憎), 명예욕, 권세욕, 부귀영화 따위에 시달리지 않습니다. 비록 마음속에서 이러한 욕망들이 수시로 일어난다고 해도 그때그때 스스로 다스릴 수 있어서 늘 평상심(平常心)과 부동심을 유지할 수 있는 것을 말합니다."

"그럼 진리란 결국 평상심이란 말씀입니까?"

"그렇고말고요. 무슨 괄목상대(刮目相對)할, 거창하고 희한한 것이라고 생각했다면 그건 큰 착각입니다."

"그럼 견성(見性)은 무엇입니까?"

"견성은 죽음도 두려워하지 않는 편안한 마음이 자기 자신 속에 있음을 알고 그러한 마음을 유지할 수 있는 능력을 발견하는 것을 말합니다. 동시에 그러한 마음이 바로 자신의 본바탕이요 곧 본성(本性)임을 확실히 깨닫는 것입니다. 다시 말해서 진리란 바로 자기 자신임을 새삼스레 터득하는 것을 말합니다. 그것을 일컬어 견성 해탈(見性解脫) 또는 견성 성불(見性成佛)이라고 합니다."

"견성은 죽음도 두려워하지 않는 평안한 마음이라고 하셨는데 그것은 무슨 뜻입니까?"

"깨달은 사람 즉 견성 해탈한 사람에겐 본래 죽음이란 없는 것이기 때문입니다."

"그럼 어떻게 하면 깨달음을 얻을 수 있는지 그 지름길은 무엇인지 좀 말씀해 주시겠습니까?"

"그건 아주 간단합니다."

"무엇인데요?"

"한마디로 간단히 줄여서 말하면 바르게 사는 겁니다."

"그건 너무 쉽지 않습니까?"

"왜 그렇게 생각하십니까?"

"그건 삼척동자라도 다 아는 쉬운 말이기 때문입니다."

"그러나 알고 보면 쉬운 것 같으면서도 가장 어려운 것이 바르게 사는 겁니다."

"왜요?"

"사람이 이 세상을 바르게 살아가려면 남에게 해를 끼치지 않고 착하게 살아가야 합니다. 바르고 착하게 살아 나가자면 자연 지혜롭게 처신해야 합니다. 그러자면 일찍이 석가모니가 말한 오계(五戒), 팔정도(八正道), 계정혜(戒定慧), 육바라밀을 실천해야 합니다. 그리고 늘 자기성찰과 함께 마음공부, 기공부, 몸공부를 생활화해야 합니다.

다시 말해서 이 모든 계율들이 몸속에 완전히 배어야 합니다. 그래서 자기가 하고 싶은 일을 마음대로 해도 계율에 어긋나는 일이 없어야 합니다. 그렇기 때문에 가장 쉬운 것 같으면서도 사실은 가장 어려운 것입니다. 그러나 일단 몸에 완전히 배어 버리면 그것처럼 속 편하고 자유자재한 것이 없습니다."

"왜 그럴까요?"

"그 사람은 진리 즉 우주심과 하나이기 때문입니다."

"아까 선생님께서는 진리는 아무것도 아닌 것 즉 Nothing이라고 하시지 않았습니까?"

"그랬죠."

"아무것도 아닌 것이 어떻게 진리가 될 수 있는지 저에게는 아무래도 이해가 되지 않습니다."

"그 아무것도 아닌 것만이 전체를 포용하고 전체가 될 수 있기 때문입니다. 생각해 보십시오. 손에 작은 보석을 들고 있는 사람이 큰 보석을 잡을 수 있겠습니까? 그처럼 마음속에 아무리 작은 티끌이라도 있는 사람은 전체를 받아들일 수 없습니다.

마음속이 텅 빈 사람만이 우주 전체를 받아들일 수 있습니다. 그래야만이 우주와 한몸이 되어 우주 자신처럼 자유자재할 수 있습니다. 그리고 그렇게 할 수 있는 첫걸음은 다른 게 아니고 바르게 사는 겁니다."

"이제야 제 마음의 지혜가 바늘구멍만큼 트이는 것 같습니다."

〈74권〉

주문(呪文)의 효용성(效用性)

우창석 씨가 말했다.

"종교인이나 구도자는 말할 것도 없고 일반인들 사이에도 주문을 외우는 사람들이 많다고 합니다. 주문이란 계속 외우기만 해도 과연 효과가 있는 것일까요?"

"주문의 효용성에 대해서 말하기 전에 먼저 우창석 씨에게 물어보고 싶은 것이 있습니다. 혹시 주문이 무엇인가 아십니까?"

"어떤 사람이 자기가 원하는 것을 문구로 만들어 외움으로써 소원을 성취하려는 행위라고 생각합니다."

"그렇습니다. 식자들 중에는 주문을 미신으로 간주하는 사람이 있습니다. 그러나 사실은 그렇지 않습니다. 사람의 뇌에 어떤 정보가 반복해서 입력이 되면 무의식중에 그것을 진심으로 믿게 됩니다. 그렇게 되면 뇌는 그것을 사실로 받아들여 필요한 신체 기능에게 그것의 실행을 명령하게 됩니다. 이러한 원리는 고급 종교나 사이비 종교, 또는 위정자나 상인, 사기꾼들이 자신들의 목적을 위해 광고나 선전문구로 활용되기도 합니다.

주문이란 현대어로 말하자면 구어, 표어, 모토(Motto), 좌우명, 실천

26

강령, 가훈(家訓) 같은 것이기도 합니다. 성취하고자 하는 목표를 자기 자신에게 무의식적으로 반복 주입함으로써 자기의 소망을 성취하려는 겁니다.

그런데 이 주문이 영속적인 성과를 거두려면 반드시 도덕성이 뒷받침되어야 합니다. 참된 도덕성이 뒷받침되지 않는 주문은 일시적이고 단기적인 성과는 거둘 수 있을지 모르지만 사필귀정(事必歸正)의 이치에 따라 얼마 안 가서 반드시 실패하고 그에 대한 보복을 받게 될 것입니다."

"실례를 들어서 좀 말씀해 주시겠습니까?"

"가령 어떤 사람이 자기 아버지를 죽인 불구대천의 원수를 갚는 것을 평생의 목표로 삼고 그 일을 치밀하게 계획하고 추진했다고 합시다. 기회를 노려 자기가 직접 살인을 감행하거나 많은 돈을 벌어 살인 대행업자를 고용하여 그 원수를 감쪽같이 살해함으로써 원수를 갚았습니다. 그러나 이것으로 끝나는 것은 아닙니다."

"그렇게 하면 현행범으로 살인죄를 범하게 될 터인데요."

"물론입니다. 그래서 살인행위를 피하려고 거액을 들여 변호사를 선임하여 증거를 수집하여 법에 호소하여 상대를 살인죄로 고발하여 처벌한다고 해도 보복의 악순환이 완전히 끊어지는 것은 아닙니다. 원수를 갚음으로써 일시적인 성과는 올릴 수 있을 것입니다. 그러나 그는 반드시 그 일로 하여 보복을 당하게 됩니다. 보복은 또 보복을 낳아 보복의 악순환은 끊임없이 계속될 것입니다."

"그럼 그런 경우 어떻게 하는 것이 좋겠습니까?"

"정말 현명한 사람이라면 보복의 악순환을 원천적으로 끊어 버리기 위해서 상대를 용서해 주어야 합니다. 그렇게 함으로써 자기 아버지를 살해한 원수에 대한 보복은 자기 힘이나 법의 힘이 아니라 하늘의 뜻에 맡기는 것입니다."

"하늘의 뜻이란 무엇을 말합니까?"

"인과율(因果律, The Law of Causality)에 맡긴다는 뜻입니다. 인과율이 지배하는 현상계에는 이것처럼 정확하고 확실한 것도 없습니다."

"그러나 그것은 가시적이고 현실적인 것은 아니지 않습니까?"

"그렇지 않습니다. 천망회회소이불실(天網恢恢疎而不失)입니다. 하늘의 그물은 성긴 것 같으면서도 빈틈이 없습니다. 이것을 아는 사람은 그래서 원수를 용서할지언정 원수를 갚는 일은 하지 않습니다. 그러므로 인생의 좌우명을 '원수를 용서하고 사랑한다'는 것을 주문으로 삼는다면 영속적인 성과를 거둘 수 있을 것입니다. 이런 사람이야말로 하늘의 축복을 받게 될 것입니다.

원수를 용서하고 사랑한다는 것은 고도의 도덕성(道德性)을 확보하고 있기 때문입니다. 그래서 김구 선생의 아들은 자기 아버지의 살해범이 안두희라는 것을 알고 있으면서도 그냥 내버려두었습니다."

"그러나 결국은 어떻게 되었습니까? 이에 대해 늘 공분(公憤)을 느끼고 있던 한 택시 운전사가 현행법으로는 어떻게 할 수 없다는 것을 알고 직접 몽둥이를 휘둘러 안두희를 살해하지 않았습니까?"

"그랬죠."

"그렇다면 김구 선생의 아들이 못한 일을 그 택시 운전사가 대행한 격이 되지 않았습니까? 어떻게 생각하면 김구 선생 아들의 살해범 방치로 엉뚱한 사람이 살인행위를 한 원인을 제공한 것이 아닐까요?"

"그건 그렇지 않습니다."

"왜요?"

"김구 선생 아들과 문제의 택시 운전사 사이에는 아무런 인과 관계가 없기 때문입니다. 오히려 안두희와 그 택시 운전사 사이에 전생에 어떤 인과 관계가 있었다고 보는 것이 타당할 것입니다. 내가 이런 말을 하는 것은 주문의 효용성은 도덕성이 뒷받침되지 않는 한 영구적인 성과를 기대할 수 없다는 것을 말하기 위해서입니다.

임나일본부(任那日本府)와 동북공정(東北工程)

명치유신 후 일본은 한반도 침략의 구실을 만들기 위해 일본이 4, 5세기경에 임나일본부(任那日本府)라는 것을 한반도 남쪽 지방에 두고 그 지역을 통치했다고 역사를 날조했습니다. '일본(日本)'이라는 국명이 생긴 것이 백제가 망한 서기 660년 이후의 일이니까 이것은 말도 안 되는 터무니없는 역사 날조입니다.

그런데도 그것을 교과서에 실어 학생들에게 가르침으로써 기정사실화하여 한반도 침략의 명분으로 삼았습니다. 실제로 일본은 한국 침략을 단행하여 한국을 강점하고 식민통치를 강행했습니다. 그러나 그 기간은 겨우 35년 만에 끝나고 말았습니다.

임나일본부는 일본 정부가 날조해 낸 주문(呪文)이었습니다. 국민들을 속여 침략의 성과를 올리기는 했지만 그 효용성은 일시적인 것에 지나지 않았습니다. 이처럼 주문에 도덕성이 결여되어 있으면 반짝 효과는 거둘 수 있겠지만 이 사실은 역사에 기록되어 두고두고 지탄의 대상이 되지 않을 수 없습니다."

"그런데 선생님, 최근에 일본의 전례를 본받아 중국이 동북공정(東北

工程)이라고 하여 비슷한 짓을 하고 있지 않습니까? 고구려를 중국의 한 지방 정권으로 만들어 고구려의 옛 영역인 만주 지역은 말할 것도 없고 한반도 내의 고구려 영역이었던 북한 지역까지 자기네 역사 강토에 편입하고 있습니다. 그래서 중국 정부는 '고구려는 중국의 변방 정권'이라고 교과서에서도 가르치고 있다고 합니다."

"그것 역시 일본의 임나일본부처럼 터무니없는 제국주의적 영토욕(領土慾)에서 나온 것입니다. 따라서 '고구려는 중국의 변방 정권이다'라는 주문은 도덕성의 결여로 반드시 실패하고 말 것입니다.

고구려가 우리 민족이 세운 독자 연호를 쓴 건원칭제(建元稱帝)국으로서 수당(隋唐)과 자웅을 겨룬 사실은 중국의 역대 사적(史籍)들이 한결같이 입증해 주고 있고 이것은 세계에서 이미 정설(定說)이 되어 있습니다. 러시아, 일본, 미국의 사학자들도 중국 정부의 부당성을 지적하고 있습니다. 중국의 고구려 역사 왜곡 및 날조 작업은 반드시 실패하고 말 것이며 그 잘못은 대대로 두고두고 지탄받게 될 것입니다.

개인이나 단체는 말할 것도 없고 이처럼 국가가 만들어 낸 잘못된 주문(呪文)은 틀림없이 망하게 되어 있습니다. 봉건(封建) 국가, 전제군주(專制君主) 국가, 제국주의 국가, 전체주의(全體主義) 국가, 공산 국가(共産國家), 나치 국가, 파시스트 국가, 군국주의(軍國主義) 국가들 역시 그들이 내세운 주문(呪文)의 한계 때문에 망해 버리고 말았습니다.

즉 국가 구성원 전체의 이익이 아니라 독재자나 일부 지배층의 이익만을 추구했기 때문에 길어야 로마나 신라처럼 1천 년을 넘기지 못했고 대체로 주(周), 고구려, 백제, 당(唐), 송(宋), 고려, 이조선(李朝鮮), 명(明), 청(淸)같이 5, 6백 년 내지 2, 3백 년 아니면 소련, 나치 독일, 군국주의 일본처럼 겨우 몇십 년의 단명으로 역사 무대에서 사라져 버리고 말았습니다."

"그럼 어떤 국가가 가장 오래 버틸 수 있을까요?"

"일부 계층이나 독재자의 이익이 아니라 어디까지 인류 전체의 이익을 위하는 국가라면 위기 때마다 자체 정화력(淨化力)을 발휘하여 부표처럼 침몰당하는 일 없이 영속적으로 생존 발전해 나갈 수 있을 것입니다."

기독교와 불교의 차이

우창석 씨가 말했다.

"선생님, 우리나라의 대표적 종교는 뭐니 뭐니 해도 그 막상막하의 교세로 보아 불교와 기독교를 들 수 있습니다. 불교는 우리나라에 들어온지 이미 1천6백 년이 넘었습니다. 그리고 기독교가 우리나라에 발을 붙이게 된 것은 고작 2백 년밖에는 안 됩니다. 그런데 신자 수나 뻗어나가는 교세 면에서는 기독교가 오히려 불교를 압도하는 것은 같은 느낌이 들 때가 있습니다. 그 이유가 어디에 있을까요?"

"무릇 모든 종교의 기본이 되는 것은 경전(經典)입니다. 불교에는 불경이 있고 기독교에는 신구약 성경이 있습니다. 그런데 기독교 성경은 2백 년 전에 처음 이 땅에 발붙일 때부터 순 한글로 번역이 되었습니다. 한문을 모르는 기층민(基層民)들도 쉽게 접할 수 있었고 또 읽을 수 있었습니다.

한글만 아는 사람이면 유생(儒生)은 말할 것도 없고 노비(奴婢)들까지도 누구나 다 읽을 수 있었고 그 내용을 파악할 수 있었습니다. 그리고 성당이나 교회에서는 이 한글 성경을 기초로 설교를 하고 순 우리말로 예배를 보았습니다.

기독교가 우리나라 민중 속에 급속하게 퍼져 나간 것은 이처럼 경전의 한글화에 앞장섰기 때문입니다. 세종대왕이 훈민정음을 만든 후에 국문 소설들이 민중 속에 뿌리내리기는 했지만 기독교라는 세계적인 규모의 종교를 통해서 처음으로 조직적이고 체계적으로 광범위하게 기층민 속에 신속하게 퍼져 나간 것입니다.

그러나 불교는 어떻습니까? 지금도 절에 가면 스님들은 여전히 1천6백 년 전 처음 불경이 도입되었을 때와 똑같이 한문으로 된 『반야심경』과 『금강경』과 『천수경』을 목탁을 두드리면서 독경하고 있습니다. 한문 불경을 전문적으로 공부하지 않은 보통 사람들은 그 낭랑하고도 처량한 애조 띤 독경 소리가 무슨 뜻인지 전연 모르게 되어 있습니다.

최근에 와서야 기독교 성경의 한글화와 그로 인한 교세 확장에 자극을 받아 불교 일각에서도 불경의 한글화 작업이 진행되고 있기는 하지만 스님들은 여전히 한문 불경을 일상적으로 이용하고 있습니다. 불교계는 지금이라도 대오각성(大悟覺醒)하여야 합니다. 우선 절간의 스님들부터 보통 사람들은 무슨 소린지 하나도 알아들을 수 없는 한문 불경을 독경하는 한 불교는 일반 대중들과는 동떨어진 곳에서 영원히 겉돌게 될 것입니다.

실례를 들어 '나무아미타불관세음보살' 하는 것과 '나는 예수를 굳게 믿습니다' 하는 것은 한국인의 심정에 호소하는 강도에 있어서 엄연한 차이가 있습니다. 언어에는 주술적인 힘이 실려 있기 때문입니다. 또 '나무아미타불관세음보살'과 '나는 아미타불과 관세음보살에게 귀의합니다'와 '나는 아미타불과 관세음보살을 굳게 믿습니다'에도 그 호소력에서 엄연한 차이가 있습니다.

기독교는 이 차이를 재빨리 포착하여 신구약 성경을 모조리 한글화함으로써 광범위한 대중 속에 깊숙이 파고들 수 있었습니다. 그러나 불경에는 그 내용 면에서는 기독교를 압도하는 탁월한 진리의 말씀들이 수 없이 많건만 바로 언어의 장벽 그리고 한문의 장벽을 뚫지 못하고 지금도 한국의 대중과는 물과 기름처럼 동떨어져서 겉돌고 있습니다.

어떤 불자는 '나무아미타불관세음보살'처럼 한문과 원어(原語)를 섞어 쓴 불경은 읽는 사람에게 신비한 주력(呪力)이 실린다고 합니다. 그러나 그것은 말의 힘을 모르는 소리입니다. 의미를 모르고 기계적으로 읽는 것과 그 뜻을 우리말로 파악하고 읽는 것 사이에는 하늘과 땅의 차이가 있기 때문입니다. 절간에서 한문 불경 독경 소리가 사라지고 남녀노소 누가 들어도 금방 알아들을 수 있는 독경 소리가 들려올 때 불교는 무서운 힘으로 대중 속에 깊숙이 파고들게 될 것입니다.

우리나라의 문자 생활에서 처음으로 한자의 두꺼운 벽을 허문 공로자가 한글을 만든 세종대왕이라면, 그 한글을 종교생활 속에 깊숙이 침투하여 대중화한 공로는 마땅히 기독교에 돌아가야 할 것입니다."

무병장수(無病長壽)의 비결

우창석 씨가 말했다.

"선생님, 무병장수의 비결이 무엇이라고 생각하십니까?"

"무병장수라니요?"

"앓지 않고 오래 사는 것 말입니다."

"첫째 질병에 걸리지 않으면 오래 살 수 있습니다."

"그러나 사람이 병에 걸리고 안 걸리는 것이야 어디 뜻대로 되는 건가요?"

"그러한 사고방식부터 버려야 합니다. 마치 사람이 병에 걸리고 안 걸리는 것은 순전히 우연의 소치라든가 하늘의 뜻에 달려 있는 것처럼 생각하는 자세부터 완전히 그리고 깨끗이 뜯어고쳐야 합니다."

"그럼 사람이 병에 걸리지 않을 수 있는 무슨 비결이라도 있습니까?"

"있고말고요."

"그럼 그 비결이 무엇입니까?"

"건강할 때부터 질병에 걸리지 않도록 몸 관리를 철저히 하면 됩니다."

"몸 관리만 철저히 하면 병에 걸리지 않을 수 있습니까?"

"대체로 그렇다고 말할 수 있습니다."

"그러나 제 생각은 좀 다릅니다."

"어떻게요?"

"질병에 걸리지 않기 위해서 항상 몸을 청결하게 유지하고 규칙적인 운동을 생활화하여 몸을 튼튼하게 하는 것은 어느 정도 가능한 일이지만, 페스트나 장티푸스 같은 일시에 전 세계를 휩쓰는 치명적인 유행병까지도 막을 수는 없다고 봅니다."

"그러나 그러한 치명적인 유행병 속에서도 죽은 사람이 있는가 하면 여전히 살아남는 사람은 있게 마련입니다. 그렇게 살아남는 사람들은 우연히 그렇게 된 것이 아니고 평소에 건강관리를 잘한 사람이라고 봅니다."

"그건 그럴 수 있다 쳐도 불의에 사랑하는 배우자를 잃든가 평생직장으로 알고 젊음을 바쳐 성심껏 일해 온 직장에서 어느 날 갑자기 퇴출을 당하는 뜻밖의 사태를 당하여, 그로 인한 스트레스와 근심 걱정으로 요절하는 사람들을 심심찮게 볼 수 있는데 이런 현상은 평소의 건강관리의 한계를 넘은 경우가 아닐까요?"

"그렇지 않습니다."

"그럼 그것 역시 건강관리의 범위에 든다는 얘기입니까?"

"그렇고말고요."

"배우자의 사고사(事故死)나 병사(病死) 그리고 전연 예기치 못했던 실직(失職)이 어떻게 건강관리의 범주 내에 들어간다고 할 수 있겠습니까?"

"배우자 사망이나 실직 같은 것은 심리적인 타격에 속한다고 할 수 있습니다. 확실히 이것은 몸 관리의 한계 밖에 속하는 일이기는 하지만 이것들 역시 건강관리의 범주 안에 드는 것은 틀림없습니다. 왜냐하면 건강관리란 몸 관리만 하는 것이 아니라 마음 관리도 함께 하는 것이기 때문입니다. 배우자의 사망이나 실직을 이겨내지 못하고 요절했다는 그 사람은 마음공부가 제대로 되지 않았기 때문입니다."

"그럼 선생님, 어떻게 하면 배우자 사망이나 의외(意外)의 실직과 같은 심리적 타격을 이겨낼 수 있겠습니까?"

"그것 역시 평소에 몸 관리하듯 마음 관리를 잘하면 이겨낼 수 있는 문제입니다."

"어떻게 하면 그러한 심리적인 타격에서 오는 스트레스를 효과적으로 극복해 낼 수 있겠습니까?"

"그건 아주 간단합니다. 평소에 아무리 큰 스트레스가 닥쳐와도 그것과 정면으로 부딪치려 하지 말고 그것을 피하거나 타고 넘는 훈련을 쌓아 놓으면 됩니다."

"말은 쉽지만 누구나 막상 당해 놓으면 그게 그렇게 되는가요?"

"되고말고요."

"어떻게 말입니까?"

"그것 역시 마음먹기에 달려 있습니다."

"마음을 어떻게 먹으면 그러한 엄청난 스트레스를 이겨낼 수 있겠습니까?"

"마음을 항상 흐르는 물처럼 유연하고 융통성 있게 자유자재로 운용할 수 있으면 됩니다. 물이 흐르다가 큰 바위를 만나면 맞부딪치려 하지 않고 재빨리 에돌아갈 줄 알고, 비록 흐르는 강물에 거대한 바위가 산등성이에서 굴러떨어진다고 해도 물보라는 튀길 수 있겠지만 다음 순간에는 언제 그랬더냐 싶게 평상을 회복할 수 있습니다.

다시 말해서 환경과 부딪쳐 깨어지거나 짓눌리는 것은 환경에 맞서려 하기 때문입니다. 외부 환경을 자기 뜻대로 바꾸려 하기 때문에 이러한 현상이 벌어지는 겁니다. 그렇게 하면 백발백중 깨어지게 되어 있습니다. 외부 환경이라는 것은 늘 사람 마음먹은 대로 되는 일은 거의 없기 때문입니다.

37

조건을 바꾸기보다 마음을 바꿔야

그러나 이때 현명한 사람은 외부 조건과 환경을 자기 마음에 맞게 뜯어고치기보다는 자기 마음을 외부 환경에 맞추는 쪽을 택합니다. 왜냐하면 외부 환경은 자기 마음대로 뜯어고칠 수 없지만 자기 마음만은 얼마든지 마음대로 뜯어고칠 수 있기 때문입니다.

이러한 이치를 터득한 사람은 비록 사랑하는 배우자가 갑자기 사망하거나 졸지에 직장을 잃어도 새로운 환경에 재빨리 적응할 수 있으므로 스트레스나 근심 걱정 따위에 시달리는 일은 없습니다. 따라서 무병장수의 비결은 몸 관리만 철저히 해서 되는 일이 아니고 마음 관리 역시 잘하는 것입니다."

"마음을 늘 흐르는 물처럼 유연하게 하라고 하셨는데 그게 말이 쉽지 누구나 그렇게 되는 것이 아니지 않습니까. 어떻게 하면 무명중생들도 마음을 흐르는 물처럼 만들 수 있겠습니까?"

"마음을 항상 부드럽게 하면 그렇게 할 수 있습니다."

"마음을 부드럽게 하려면 어떻게 해야 합니까?"

"마음을 뻣뻣하게 만들지 말아야 합니다. 사람이 마지막 숨을 거두면 심장의 박동이 멎고 몸이 식어 차갑고 뻣뻣해지는 것처럼 차고 뻣뻣한 것은 죽는 것이고 따뜻하고 부드러운 것은 사는 것입니다."

"어떻게 하면 따뜻하고 부드러워질 수 있겠습니까?"

"욕심을 줄이면 누구나 그렇게 될 수 있습니다."

"역시 욕심을 비우라는 말씀이군요."

"그렇습니다. 욕심만 비우면 만사형통입니다."

"욕심을 비우라고 했다고 해서 무조건 자신은 돌보지 않고 남에게 베

풀기만 하면 될까요?"

"그렇지는 않습니다. 남을 내 몸처럼 사랑하라고 했다고 해서 엄동설한의 추위에 떠는 거지에게 자기 옷을 몽땅 다 벗어 준다면 그 사람은 당장 얼어 죽게 될 것입니다. 그럴 수는 없는 일입니다. 남을 돕되 자기도 살고 남도 사는 상부상조의 중도의 길을 모색해야 합니다. 이것이 바로 세상을 살아가는 지혜입니다."

"몸 관리와 마음 관리는 그렇게 하면 된다고 해도 여전히 하나의 의문은 남습니다."

"그게 무엇입니까?"

"성인병(成人病)입니다. 요즘 우리나라에서는 산업화가 급격히 진행되면서 그전에 자주 들어 보지 못했던 각종 암, 당뇨, 비만, 고혈압, 심근경색, 뇌졸중, 중풍, 반신불수, 에이즈, 아토피성 피부염과 같은 각종 성인병들이 활개를 치고 있습니다. 이러한 성인병도 몸과 마음 관리로 해결할 수 있을까요?"

"물론입니다. 성인병의 원인은 대부분 식탐으로 인한 과식(過食) 아니면 운동 부족이나 찬 음식을 함부로 먹거나 몸을 차게 굴리는 데서 옵니다. 따라서 평소에 이 세 가지만 조심해도 성인병은 능히 퇴치하고 예방할 수 있습니다."

"그래도 여전히 하나의 의문은 남습니다."

"그게 무엇입니까?"

"가령 어떤 사람이 차를 몰고 도로를 달리다가 느닷없이 뒤에서 대형트럭이 덮쳐서 비명횡사를 당한다든지 무심히 길거리를 걸어가다가 머리 위에서 철제빔이 떨어져 깔려 죽는다던가 하는 경우는 어떻게 됩니까?"

"사람으로서 할 수 있는 일은 다했는데도 그런 뜻밖의 재난을 당했다면 어쩔 수 없는 일이 아니겠습니까? 그런 경우를 두고 인명(人命)은 재천(在天)이라고 하는 겁니다."

"아무리 하늘의 뜻이라고 해도 너무나 억울한 일이 아닐까요?"

"그렇게 억울해하면 그것이 업장이 되어 금생보다 낮은 단계의 생을 받게 될 것입니다."

"그럼 그런 때는 어떠한 마음의 자세를 취해야 할까요?"

"그렇게 비명횡사(非命橫死)를 당하는 것도 나 자신이 저지른 인과응보(因果應報)임을 깨달아야 합니다. 따라서 그러한 죽음으로 내 잘못이 보상되었다고 생각하면 조금도 억울해할 이유가 없어질 것입니다.

그래야 마음이 편안해질 것입니다. 이승에서 마지막 숨을 거두는 그 순간까지 마음이 지극히 평온해야 합니다. 이것을 흔히 부동심(不動心) 또는 평상심(平常心)이라고 합니다. 최후의 호흡이 끊어지는 그 순간까지 부동심과 평상심을 유지할 수 있다면 그 사람은 다시는 생로병사의 윤회에 떨어지는 일은 없을 것입니다."

"그러나 죽는 순간까지 억울한 한을 품는 사람은 어떻게 될까요?"

"그 사람은 틀림없이 그 한을 풀기 위해서라도 이 세상에 다시 태어나 그전과 비슷한 인생을 살아가게 될 것입니다. 아니, 그전보다 더 열악한 환경에서 태어나 전보다 더 억울한 인생을 살아가게 될 것입니다."

"언제까지 그러한 인생을 살아가게 될까요?"

"이 우주 안에 억울한 한(恨) 같은 것은 없다는 것을 깨달을 때까지 윤회는 계속될 것입니다. 알고 보면 그 억울한 한이라는 것도 자업자득(自業自得)입니다. 속담에 업은 아기 삼 년 찾는다는 말이 있습니다. 자기

탓을 남의 탓이라고 우겨온 자신의 어리석음을 깨달을 때까지 윤회는
무한정 계속될 것입니다."

〈75권〉

평생 놀고먹는 사나이

50대 중반의 여자 수련생인 전병순 씨가 말했다.

"선생님, 사내로 태어나서 장가까지 가고 세 아이의 아버지가 되어 가지고 나이 70이 넘도록 직업이라는 것은 가져 본 일도 없이, 돈 한 푼 벌어들인 일 없이 순전히 놀고먹는 사람이 이 세상에 있을 수 있습니까?"

"부모로부터 많은 재산이라도 물려받은 모양이지요?"

"그렇게나 하다면 부모덕이라도 타고났다고 하게요. 그렇지도 못하니 문제죠."

"그렇다면 처덕(妻德)이라도 타고난 모양이죠?"

"그렇지도 않습니다."

"왜요?"

"그 사람의 아내인 저의 언니도 가난한 집에서 태어났으니까요."

"아니, 그럼, 그 사람이 누굽니까?"

"바로 제 형붑니다."

"그럼 그 형부는 부모덕도 처덕도 타고나지 않았다면 도대체 어떻게 한평생을 백수건달로 지금껏 내내 놀고먹을 수 있었단 말입니까?"

"그러니까 기가 찰 일이 아닙니까? 제 언니는 시집가자마자 순전히 날

품팔이로 가계를 꾸려 왔고요, 결혼한 지 50년이 넘는 지금까지도 언니가 식당일을 해서 가족을 먹여 살리고 아이들 공부시키고 남편 수발들어 주고 있습니다."

"언니 성격이 무던하고 착하신 모양이죠?"

"제가 보기에는 답답하고 분통이 터질 지경입니다. 형부는 언니가 근근 꾸려 가는 살림을 조금이라도 보탤 생각은 하지 않고 도리어 술값과 노름에 쓸 돈을 빼앗아 가곤 했습니다. 언니가 식구들 입에 풀칠할 돈도 없다고 거절하면 무조건 돈이 나올 때까지 언니를 주먹으로 패고 발길로 걷어차곤 했습니다.

매에 못 견디어 언니는 그 피땀 흘려 번 돈을 빼앗기곤 했습니다. 형부는 그 돈으로 친구들 술 사 주고 노름도 하고 유유히 놀러 다니곤 했습니다. 돈 떨어지면 또 들어와서 언니에게 그런 행패를 되풀이하곤 했습니다. 그것이 그의 인생과 삶의 전부였습니다.

저 같으면 그런 무능하고 무도한 깡패 같은 남편이고 아이들이고 할 것 없이 다 내동댕이치고 도망이라도 쳐 버렸을 텐데, 언니는 무슨 순교자처럼 꾹 눌러 참고 가족을 먹여 살리고 아이들 공부까지 시키면서 살아온 것을 생각하면 인연의 줄은 쇠심줄보다 더 질기다고 저절로 한탄이 나옵니다."

"그럼 형부는 지금도 그렇게 행패를 부립니까?"

"나이 환갑이 넘어서까지 언니에게 거칫하면 신경질을 부리면서 그런 행패를 부리곤 했는데 10년 전부터는 그런 과격한 짓은 하지 않습니다. 우리나라에도 여권(女權)이 신장되면서 사회 분위기가 바뀌니까 형부도 어쩔 수 없었던 것 같습니다. 도대체 언니와 형부 사이에는 어떤 인연이 있었기에 그런 희한한 일이 벌어질 수 있었을까요?"

"전생에 언니가 형부한테 큰 신세를 졌을 겁니다. 그 은혜를 갚기 위해서 그런 순교자와 같은 고난을 견디어내고 있다고 보아야 할 것입니다. 그런데 형부는 언니로부터 금생에 과거 생의 빚만 받아내는 것이 아니라 새로운 빚까지 틀림없이 넘어쓰게 될 것입니다.

수행을 통해서든 삶의 지혜를 통해서든 이러한 이치를 깨달은 사람이라면 이 인과의 고리를 과감하게 끊어 버렸어야 합니다. 그러나 형부는 그렇게 하지 않고 언니에게 새로운 빚을 걸머지게 된 것입니다."

"그럼 다음 생에는 어떻게 되는 겁니까?"

"금생과는 반대의 경우가 되어 버릴 것입니다."

"그럼 다음 생에는 언니가 남편이 되고 형부가 아내가 되어 금생과 비슷한 일이 되풀이된다는 말씀인가요?"

"그렇습니다."

"인과응보의 윤회가 되풀이된다는 말씀인가요?"

"그렇습니다."

"어떻게 해야 그 인과의 무서운 고리에서 벗어날 수 있을까요?"

"그것을 먼저 깨닫는 쪽에서부터 행동이 바뀌어야 합니다. 실례로 금생의 형부부터가 놀고먹는 고약한 버릇을 과감하게 뜯어고쳐야 합니다. 그러자면 부지런히 일을 하여 실질적인 가장의 구실을 충실히 다한다면 언니에게 새로운 빚을 지는 일은 없어질 것입니다."

"그렇지 않아도 지금부터 20년 전에 어느 스님께서 지금 선생님이 하시는 말씀과 비슷한 얘기를 하기에 형부한테 들려주었더니 지금이 어느 땐데 그런 귀신 씻나락 까먹는 미신 같은 소리를 하느냐면서 콧방귀만

꿔고 말았습니다."

"아직 때가 아니니까 그렇습니다."

"그건 그렇구요. 요즘 신세대라면 어떤 여자가 그런 날건달을 남편으로 여기겠습니까? 결혼 처음부터 싹수가 노랗다고 생각되면 갈라서지 않았겠습니까?"

"물론 그랬을 것입니다. 그러나 아무리 신세대라고 해도 인과의 이치를 깨닫고 행동이 바뀌지 않는 한 인과의 사슬에서 벗어날 수는 없을 것입니다."

"그것이 무슨 뜻입니까?"

"결혼하자마자 금방 헤어졌다고 해도 곧 새로운 상대를 만나 행복해질 수는 없다는 얘기입니다."

"언제까지 말입니까?"

"교도소에 갇힌 죄수가 탈옥을 한다고 해서 지은 죄가 면죄되는 것도 아니고 당장 팔자를 고칠 수 있는 것도 아닙니다. 형기를 제대로 마치고 죄를 참회해야 새사람으로 거듭날 수 있습니다. 그리고 인과의 이치를 깨달아 그의 참나가 그 자신의 삶의 방식을 완전히 다스릴 수 있을 때까지입니다."

사람은 죽어야만 천당에 갈 수 있습니까?

우창석 씨가 말했다.

"선생님, 며칠 전에 텔레비전에서 어떤 목사의 설교를 듣고 있었는데, 그 내용의 줄거리는 사람은 살아서는 천당에 갈 수 없고 죽어야 천당에 갈 수 있다는 것이었습니다. 죽어서 무덤 속에 들어가서 예수가 산 자와 죽은 자를 심판하러 올 때까지 기다리고 있다가 재림한 예수의 심판에 의해 산 자는 천당에 가고 죽은 자는 지옥에 떨어진다고 합니다. 과연 사람은 죽어서 무덤 속에 들어가 예수가 올 때까지 기다렸다가 그의 심판에 따라 천당에 갈 수 있을까요?"

"그 목사가 상대로 하는 청중이 의식 수준이 낮고 우매한 사람들이라면 죽기 전에 착한 일 많이 하여 죽은 뒤에 예수에 의해 산 자로 심판받아 천당에 가라는 개과천선(改過遷善)을 강조하는 뜻에서 그렇게 말할 수도 있겠죠. 이 경우에는 그 목사가 한 설교의 수준은 동화나 우화의 수준밖에는 안 된다고 말할 수 있습니다."

"왜 그렇게 생각하십니까?"

"그 목사가 한 말은 기독교 특유의 도그마일 뿐 진리로서의 우주적 보편타당성도 호환성(互換性)도 없고 겨우 동화나 우화의 수준에 머물러 있기 때문입니다. 수련을 조금이라도 해 본 사람이라면 사람이 천당이나 지옥에 가는 것은 순전히 자업자득에 의한 것이지 어떤 성인의 심판에 따른 것이 아니라는 것을 알게 될 것입니다. 결국은 죄는 심은 대로 공은 닦는 대로 거두게 되고, 사람은 인과응보의 이치에서 한 치도 벗어날 수 없다는 말입니다."

"그러나 선생님, 저는 어디까지나 구도자의 입장에서 묻는 것입니다."

"우창석 씨가 진정한 구도자라면 그런 의문이 일어나지도 않았을 것입니다."

"왜요?"

"구도의 세계에서는 생사 같은 것은 존재하지 않기 때문입니다. 생사일여(生死一如)인데 죽어야만 천당에 갈 수 있다는 말이 어떻게 성립될 수 있겠습니까?"

"그렇다면 천당에 갈 사람은 죽지 않아도 이미 천당에 가 있다고 말할 수 있다는 말씀인가요?"

"물론입니다. 지상의 아비규환 속에 앉아 있어도 마음이 편안한 사람은 이미 천당에 올라가 있다고 보아야 합니다. 왜냐하면 그는 이미 세속의 탐진치(貪瞋痴)나 오욕칠정(五慾七情)에 흔들리는 어리석음은 범하지 않을 것이기 때문입니다. 그 대신 그는 부동심(不動心)과 평상심(平常心)을 이미 얻었을 것입니다."

"그렇다면 부동심과 평상심이 바로 천당이라는 말씀인가요?"

"바로 맞혔습니다."

"그럼 죽은 뒤에도 부동심을 얻지 못한 사람은 천당에 갈 수 없다는 말씀이군요."

"그렇고말고요."

"무엇을 부동심이라고 합니까?"

"삶과 죽음을 낮과 밤이 바뀌는 것 정도로 여기는 것을 말합니다. 그리하여 내일 비록 지구의 종말이 와도 오늘 사과나무를 심을 만큼 느긋한 마음을 부동심이라고 합니다. 구체적으로 말해서 온갖 걱정 근심, 공포, 위기의식, 스트레스에서 벗어난 사람의 마음을 말합니다.

그 사람은 이 대우주 속의 지극히 작은 부분이지만 그 속에 우주 전체를 품고 있는 그러한 존재입니다. 그러므로 그는 이 우주와 더불어 무한하고 영원한 존재일 수밖에 없습니다. 도대체 이 우주 내의 그 무엇이 그의 마음을 흔들 수 있겠습니까? 사실상 그 무엇도 그 누구도 그의 마음을 흔들어댈 수 없습니다. 그래서 부동심(不動心)이라고 하는 것입니다."

〈76권〉

갑자기 악화된 어머니의 시력

40대 초반인 우성국이라는 수련생이 찾아와 좌정하고 나서 짐짓 심각한 표정으로 말했다.

"선생님, 상의드릴 말씀이 있습니다."

"무슨 일인데요?"

"제 어머니가 갑자기 시력이 악화되어 이제는 큰 제목 외에는 신문도 못 읽게 되었습니다."

"왜 그렇게 되었습니까?"

"왼쪽 눈은 그전부터 좋지 못했지만 오른쪽 눈만은 시력이 1.0이어서 별 불편을 느끼시지 않고 지내 오셨는데, 요즘 들어 친지의 재정보증을 서 주신 것이 잘못되어 큰 손실을 보시고 나서는 몹시 속상해하신 일이 있었는데 그것에 심적인 타격을 받으신 것이 큰 원인이 아닌가 생각됩니다.

그러고 어머니는 늘 부지런하고 조금도 쉬는 일이 없습니다. 40년 동안이나 고등학교 교사생활을 하셨고 퇴직 후에도 소띠가 돼서 그런지 언제나 할일이 밀려 있어서 일복은 타고났다고 늘 말씀하셨는데, 연로하신 뒤에도 젊을 때처럼 일손을 놓지 않으신 것 역시 탈이 아니었나 생각됩니다."

"금년에 귀경(貴庚)이 어떻게 되시는데요?"

"귀경이라뇨?"

"금년에 연세가 어떻게 되느냐는 말입니다."

"아아, 네. 금년에 우리 나이로 68세십니다."

"병원에 가 보셨습니까?"

"물론입니다. 유명하다는 안과에 가셨는데 의사가 검사해 보고는 왼쪽 눈에는 황반변성(黃斑變成)으로 이미 동공에 구멍이 뚫렸고 오른쪽 눈도 황반변성이 시작되었다고 합니다. 그날 저도 같이 동행했었는데 의사가 컴퓨터 화면에 비친 확대된 왼쪽 안구의 뻥 뚫린 구멍을 보여 주었습니다.

노안이어서 치료는 불가능하다고 합니다. 수술을 해도 성공률이 낮아서 그대로 두고 과로하지 말고 걱정 근심하지 말고, 속상해하지 말고 마음을 편안하게 가져야 한다고 합니다. 그러면서 오른쪽 눈이 지금보다 더 악화되면 그때 다시 찾아오라고 했습니다.

며칠 전까지만 해도 눈이 유난히 침침하다면서 안경을 맞추어 쓰시고는 이제는 신문 본문 활자도 다 볼 수 있다고 좋아하셨는데, 갑자기 그런 일을 당하고 낙심하시는 걸 보니 자식 된 심정으로 가슴이 저려옵니다.

박봉의 공무원인 아버님을 만나 가정을 이루어 맞벌이로 자수성가하시면서 저희들 남매를 키워 오시느라 영일(寧日)이 없었는데, 이제 좀 한가하게 노년을 보내시는가 했더니 뜻밖의 복병을 만난 것처럼 황당합니다.

비만이나 당뇨나 고혈압처럼 인간의 노력으로 어느 정도 극복할 수 있는 성인병이라면 개선될 희망이라도 가져 볼 수 있으련만, 노안(老眼)은 현대의학도 인간의 노력도 어쩔 수 없다니 가슴이 답답합니다. 이럴 때 어떻게 어머님을 위로해 드려야 할지 하도 난감해서 이렇게 선생님께 여쭈어보는 겁니다."

"우성국 씨가 어머님을 모시고 계십니까?"

"아닙니다. 어머님께서는 아버님과 함께 우리집 근처에 아파트를 얻어서 따로 살고 계십니다."

"사람은 한 번 이 세상에 태어나면 누구나 생로병사의 멍에에서 벗어날 수 없는 것이 숙명인 걸 어떻게 하겠습니까? 그러나 이 우주 안에 변하지 않는 것은 없다는 진리를 깨치면 바로 그 자리에서 생사의 번뇌를 벗어날 수 있는 마음의 여유가 생기게 될 것입니다. 이러한 마음의 여유를 가지면 비록 시력을 잃어서 외부 세계를 못 본다고 해도 내부에서 무한과 영원을 볼 수 있는 지혜를 터득할 수 있게 될 것입니다.

그래서 베토벤 같은 악성(樂聖)은 청력을 잃고 나서 오히려 더 왕성한 창작력을 발휘하여 '운명' 같은 불후의 명작을 작곡해 냈다고 하지 않습니까? 보지 못하고 듣지 못하고 말하지 못하는 삼중고(三重苦)에 시달리면서도 굴하지 않고 자기 계발에 성공한 헬렌 켈러 같은 현인(賢人)은 정상인도 하기 힘든 일을 하여 만인의 등불이 되지 않았습니까?

그렇다고 해서 반드시 인류를 위하여 그렇게 훌륭한 업적을 세워야 한다는 뜻이 아닙니다. 그것은 능력의 문제이니까요. 내가 말하고자 하는 것은 노화(老化)의 고통이 찾아와도 그것에 굴하지 않고 마음의 평화를 어떻게 찾을 수 있느냐가 핵심 과제라고 생각합니다."

"어떻게 하면 저의 어머님께서 그 갑작스런 시력 저하를 무릅쓰고 씩

씩하게 재기하시는 데 아들인 제가 도움이 될 수 있을까요?"

"노안으로 시력이 저하되는 것은 해가 서산에 질 때 차츰 빛을 잃어가는 것과 같은 자연의 이치입니다. 노년은 시력 저하만 가져오는 것이 아닙니다. 귀도 멀어가고 말도 어눌해지고, 냄새도 잘 구분하지 못하고 음식 맛도 잘 분별이 되지 않고, 다리에 힘노 빠지고 머리칼도 빠저 대머리가 되는가 하면, 기억이 흐려지거나 건망증이 오기도 하고, 허리도 굽고 날씨가 궂으려면 반드시 관절염이 기승을 부리고, 최악의 경우 치매(癡呆)가 오기도 합니다."

"어머니는 중년서부터는 등산을 열심히 하시고 힘이 달려서 등산을 그만두신 후로는 조깅과 걷기와 도인체조를 지금까지도 일상생활화 하셔서 동년배들보다도 늘 건강하시고 늘 정상 체중을 유지하여 오셨는데, 이번에 갑자기 그런 일을 당하시고 보니 어떻게 해야 좋을지 생각이 나지 않습니다."

"아무리 건강을 위해서 의식적인 노력을 한다고 해도 그 노력에는 한계가 있는 법입니다."

"그래도 수련으로 그 한계는 어느 정도 극복할 수 있는 것이 아닐까요?"

"물론 어느 정도는 극복할 수 있겠지요."

"선생님께서는 저희 어머님보다 5년이나 연상이신데도 아직 육안으로도 신문을 읽고 계시지 않습니까?"

"그것 역시 어느 정도일 뿐입니다. 제아무리 열심히 수련을 한다고 해도 노화를 극복할 수는 없습니다. 시간과 공간 그리고 인과가 지배하는 현상계 속에서 변화를 정지시킬 수 있는 것은 아무것도 없습니다. 수련으로는 잘해 보아야 10년 20년... 노화를 늦출 수는 있겠지만 그 이상은 어렵습니다.

노화는 그 누구도 막을 수 없습니다. 그러나 그 노화를 통해서 만물 중에 변하지 않는 것은 없다는 이치를 깨달을 수 있다면 그거야말로 전화위복(轉禍爲福)의 계기가 될 수 있을 것입니다. 제행무상(諸行無常)을 마음속으로 받아들인다면 그 속에서 우리는 변하지 않는 무한하고 영원한 실체를 깨닫게 될 것입니다. 우성국 씨는 바로 이것을 깨달으실 수 있도록 여러 가지로 기발한 지혜를 발휘하여 어머님을 도와드려야 합니다."

"꼭 그래야만 할까요?"

"그렇습니다. 제행무상과 제법무아(諸法無我)의 이치를 받아들여야만 이 생사를 초월할 수 있는 자성(自性)을 접할 수 있습니다. 그 때문에 생사를 초월한 사람만이 노화의 고통과 죽음 앞에서도 의연하고 당당할 수 있습니다. 그런 사람들만이 영원한 마음의 평화를 얻을 수 있기 때문입니다."

"그런 일은 저에게는 아무래도 역부족인 것 같습니다."

"왜 그렇게 생각하십니까?"

"저는 평소에 어머님의 신뢰를 사는 아들이 아니었으니까요. 그리고 저는 아직은 자성을 몸으로 깨닫고 있지 못하니까요."

"그렇다고 의기소침해하실 필요는 없습니다. 지금이라도 그것을 깨닫기 위해 수행을 열심히 하면 얼마든지 새로 거듭나서 어머님의 신뢰를 받는 아들이 될 수 있습니다. 마음을 어떻게 먹느냐에 따라 가능성은 무한히 열려 있기 때문입니다.

우성국 씨가 지금 어머님을 생각하는 지극한 정성만 변하지 않는다면 무슨 일인들 못하겠습니까? 그 정성이 우성국 씨 자신을 변화시킬 뿐만 아니라 어머님까지도 변화시킬 수 있는 원동력이 될 수 있을 것입니다.
내가 보기에는 진정한 효도란 바로 그런 것이 아닌가 생각됩니다."

신내림을 받아야 한다는데

한 중년 부인이 대학원에 다닌다는 딸을 데리고 와서 말했다.

"선생님, 얘가 1년 전부터 가끔 꿈이나 생시에 이상한 것이 보인다면서 앞으로 일어날 일을 말하는데 그 말이 족집게처럼 정확할 때가 있습니다. 주위에서는 아무래도 신기가 있는 것 같다고 하기에 정말 그런가 하고 철학관에 찾아가서 무속인에게 물어보았더니 무당이 될 팔자를 타고났다고 하면서 내림굿을 받아야 한다고 합니다.

그렇게 하지 않으면 무병(巫病)에 걸려 잘못될 수도 있다고 했습니다. 그 말에 집안이 날벼락이라도 맞은 듯 발칵 뒤집히고 야단법석이었는데 점잖은 동네 사람 한 분이 삼공 선생님한테 찾아가면 무슨 수가 있을 거라고 해서 이렇게 찾아왔습니다. 이 애가 무당이 되지 않고도 살아날 방도가 없을까요?"

"방도야 왜 없겠습니까?"

"그럼 무당이 아니 될 수도 있다는 말씀인가요?"

"그럼요."

"어떻게 하면 그리되겠습니까?"

"신령 따위가 비집고 들어올 빈틈을 주지 않으면 됩니다."

"어떻게 하면 그리될 수 있을까요?"

"구도자가 되어 본격적인 수련을 시작하면 됩니다. 무병 증세는 수련을 하라는 신호일 수도 있습니다."

"그렇지 않아도 어떤 사람이 말하기를 삭발출가(削髮出家)를 해야 한다고 하기에 그렇게라도 하는 것이 무당이 되는 것보다야 낫지 않을까 생각해 보았지만, 딸애는 무당이 되어 신령에게 평생 구속을 당하는 것이나 비구니가 되어 종교의 규율에 한평생 묶여 지내는 거나 따지고 보면 오십보백보라면서 강하게 거부반응을 보이는 바람에 단념하고 말았습니다. 어떤 사람은 천주교회의 수녀가 되는 것은 어떠냐고 했지만 그것 역시 종교의 속박을 당하기는 비구니와 다를 게 뭐냐는 겁니다."

"그러니까 종교의 속박을 당하지 않는 자력 수행을 기본으로 하는 구도자가 되는 것이 따님의 자질에 맞는다고 보아야 합니다."

"선생님, 그럼 어떻게 하면 구도자가 될 수 있습니까?"

이번에는 문제의 처녀가 정색을 하고 물었다.

"신(神)이나 부처나 하느님의 힘을 빌리지 않고 어디까지나 자기 힘으로 몸공부, 기공부, 마음공부를 일상생활화 하면 그게 바로 구도자가 되는 겁니다."

"그렇게 하여 구도자의 생활을 시작하기만 하면 저에게 내리려는 신기를 물리칠 수 있겠습니까?"

"물론입니다."

"만약에 그렇다면 이 세상에 무병(巫病)을 앓는 사람이 어디 있으며 무당이 될 사람이 어디 있겠습니까?" 하고 처녀가 항의조로 반문했다.

"그건 참된 구도자가 되느냐 못 되느냐에 달려 있습니다. 그러니까 참된 구도자가 된다는 것이 아무나 할 수 있는 일이 아닙니다."

"그럼 어떻게 하는 것이 참된 구도자가 되는 길인데요?"

"자기 자신의 몸에 감히 신령 따위가 내리지 못하게 하면 됩니다."

"어떻게 하면 그렇게 될 수 있겠습니까?"

"무엇보다도 첫째 조건은 마음을 완전히 비우는 겁니다. 마음을 비운 사람에게는 저승사자도 접근을 못하게 되어 있습니다."

"어떻게 하는 것이 마음을 완전히 비우는 것인가요?"

"나보다도 남을 먼저 배려하는 마음을 갖는 겁니다. 이것이 마음을 비우는 첫걸음입니다. 이것을 기초로 하여 무슨 일이 있어도 나는 아무것도 아니라는 것을 철저히 깨닫는 겁니다."

"아무것도 아니라는 것은 구체적으로 무슨 뜻입니까?"

"나라고 하는 존재는 알고 보면 그 출발점이 아무것도 아닌 허공과 같다는 것을 깨닫는 것을 말합니다."

"꼭 그래야만 할 이유가 무엇입니까?"

"허공은 무한한 공간과 시간 그리고 이 우주 전체를 한꺼번에 다 포용할 수 있으니까요."

"그것이 저의 신내림 현상과 무슨 관련이 있습니까?"

"있고말고요."

"어떤 관련입니까?"

"아가씨에게 지금 내리려고 하는 신령도 그 아무것도 아닌 허공 속에는 몸 붙일 자리가 없기 때문입니다."

"그렇다면 저에게 내리려고 하는 신령은 어떤 사람에게 내릴 수 있습니까?"

"지금의 아가씨처럼 오욕칠정(五慾七情)이나 원한(怨恨) 따위에 상처받고 시달리는 무명중생(無明衆生)입니다. 그러나 자기 자신이 아무것도 아닌 허공임을 깨달은 존재에게는 오욕칠정과 원한을 가진 신령(神

靈)이 도저히 붙을 자리가 없다는 얘기입니다. 혹시 유유상종(類類相從)이라는 말 아십니까?"

"네 압니다. 비슷한 부류의 사람들끼리 어울리게 되어 있다는 말이 아닙니까?"

"그렇습니다. 신령들도 자신의 소망을 달성하기 위해서 사람에게 내릴 때는 자기와 유사하고 만만한 대상을 고르게 되어 있습니다. 그런데 지금까지 잔뜩 눈독을 들여 온 존재가 갑자기 그 품격이 훌쩍 뛰어올라가 자기는 감히 쳐다볼 수 없는 숭고한 위치에 서게 되었다면 그 신령은 어쩔 수 없이 단념을 하고 자기와 비슷한 다른 대상을 물색하지 않을 수 없게 될 것입니다.

나는 아가씨가 어떠한 신령도 쳐다볼 수 없는 참구도자가 되기를 바랍니다. 구질구질하게 저급령(低級靈)이 넘보는 그러한 하찮은 존재에서 탈피하여 인생을 거듭나기를 권하는 이유가 바로 여기에 있습니다."

"저급령이란 무엇을 말합니까?"

"한국의 무당들이 전통적으로 용하다고 하는 신령들 중에는 최영 장군, 남이 장군, 임경업 장군, 맥아더 장군 등이 들어 있습니다. 모두가 억울하게 모함이나 중상모략을 당하거나 권력 투쟁의 희생양이 된 풍운아들입니다. 그들이 그야말로 끝내 억울한 원한을 안고 세상을 등져야 했다면 영격(靈格)으로 보아 저급할 수밖에 없습니다. 그들이 참다운 구도자였더라면 속세의 원한이나 오욕칠정 따위에 상처를 받거나 시달리지는 않았을 것이기 때문입니다.

저급령이란 이처럼 속세의 오욕칠정에 시달리는 영격이 낮은 영들을 말합니다. 그러니까 나는 아가씨가 한시바삐 그 저급령들이 눈독들일 만한 대상에서 벗어나라는 얘기입니다. 사불범정(邪不犯正)입니다. 사기(邪氣)는 정기(正氣)를 범할 수 없습니다."

"그런데 선생님 한 가지 의문이 있습니다. 이 세상에는 무명중생이 수도 없이 많은데 왜 하필이면 저한테 그러한 신령이 들어오려고 할까요?"

"숙세(宿世)의 인연 때문입니다."

"그 숙세의 인연에서 벗어날 길은 없을까요?"

"왜 없겠습니까? 분명히 있습니다."

"그 길을 가르쳐 주시겠습니까?"

"아가씨가 먼저 참다운 구도자가 된 후 그 인연 있는 신령들을 천도(薦度)하는 겁니다. 그렇게 하려면 아가씨가 이제부터 할 일은 먼저 착실히 수련을 쌓는 것입니다."

"그럼 이제부터 저는 아무것도 안 하고 오직 수련에만 전념해야 됩니까?"

"그렇지는 않습니다. 자신의 전공 분야를 살리면서도 얼마든지 수련에 전념할 수 있습니다."

"저 같은 경우 대학원을 마치고 직장을 갖거나 결혼생활을 하면서도 수련에 전념할 수 있다는 말씀인가요?"

"그렇고말고요. 마음만 확고하면 남들과 같이 일상생활을 하면서도 얼마든지 수련을 할 수 있습니다. 남들과 똑같은 생활을 하면서도 종교생활을 병행할 수 있는 것과 같습니다."

"선생님께서 저의 수련을 지도해 주실 수 있습니까?"

"만약에 내가 지금부터 하라는 일을 착오 없이 완수하기만 한다면 수련을 얼마든지 도와드릴 수 있습니다."

"그것이 무엇인데요?"

"우선, 내가 지난 14년 동안 써 온 『선도체험기』 시리즈를 1권서부터 75권까지 착실히 읽는 일입니다. 이 책을 읽다가 보면 대구에 사는 어떤 중년 부인이 무병(巫病)에 걸렸다가 『선도체험기』 때문에 용케도 구제 받은 이야기가 나옵니다.

저급령이 접신을 시도할 때마다 온갖 방법을 다 써 보아도 효험이 없 었는데 『선도체험기』를 읽기 시작하면서 접신령이 신기하게도 물러났다 고 합니다. 무병으로 시달릴 때는 『선도체험기』를 안고 잤다고 합니다. 무병을 물리친 후에 필자를 찾아온 그 중년 부인이 나에게 직접 한 얘기 입니다. 수련을 할 수 있을지는 『선도체험기』를 다 읽은 연후에 판단해 야 할 것입니다."

"선생님 저는 이미 『선도체험기』를 5권까지 읽었습니다. 앞으로 계속 읽을 수 있을 것 같은 느낌이 들어서 어머니의 제의에 선뜻 응하여 이렇 게 찾아왔습니다."

"잘하셨습니다."

가짜 판치는 신령계(神靈界)

"그런데 선생님, 선뜻 납득이 안 가는 것이 있습니다."

"무엇인지 말씀해 보세요."

"아까 어머니께서 말씀하신 동네분의 권고로 제가 『선도체험기』를 책 방에서 구하여 처음 책장을 펼쳐 들고 읽으려고 하니까 갑자기 눈앞이 캄캄해지면서 글을 읽을 수 없었습니다. 그때 저는 직감적으로 이 책을 못 읽게 하려는 기운이 방해를 놓는 것이라는 생각이 들었습니다.

그럴수록 저는 이 책이 읽을 만한 가치가 있는 것으로 생각되어 어떻게 하든지 읽어야겠다는 오기(傲氣) 비슷한 것이 일었습니다. 처음에는 책면의 글이 새까맣기도 하고 새빨갛기도 하였습니다. 그래도 굴하지 않고 끈질기게 책장을 몇 시간씩 응시하자 마침내 조금씩 활자들이 눈에 들어오기 시작했습니다. 왜 이런 현상이 일어났을까요?"

"아가씨에게 들어오려는 신령의 방해로 일어나는 현상입니다. 아가씨가 『선도체험기』를 읽고 구도자가 되면 자신의 의도가 허사로 돌아갈 것을 예감하고 그런 방해를 한 것입니다. 그것을 미리 감지하고 방해를 무릅쓰고 책을 읽어낸 것은 참으로 잘한 일입니다."

"그리고 또 한 가지 의문이 있습니다."

"말씀하세요."

"아까 선생님께서는 최영 장군, 남이 장군, 임경업 장군의 신령이 무당에게 내린다고 말씀하셨습니다. 제가 보기에는 그분들은 그 인품으로 보아 저급령이 되기에는 적합지 않은 것이 아닌가 하는 생각이 듭니다. 선생님께서는 어떻게 생각하십니까?"

"좋은 질문을 했습니다. 영계에도 현실세계 못지않게 사기꾼과 가짜들이 날뛰고 있다는 것을 아셔야 합니다. 과거에 산적들 중에서 임꺽정이나 장길산을 사칭한 자들이 있었던 것처럼 신령들 중에도 유명한 사람의 영을 사칭하는 수가 많습니다. 그렇게 해야 대접을 받을 수 있기 때문입니다."

"그러니까 어떤 무당이 자기에게는 최영 장군의 신이 지폈다고 말했다고 해서 그대로 믿을 수는 없다는 말씀인가요?"

"그렇습니다."

"그런 사기와 가짜가 판치는 신령들의 세계에서 벗어나기 위해서라도 구도자가 되어 수련에 전념해야 되겠군요."

"옳은 생각입니다."

〈77권〉

결혼과 수련

김지운, 성지연이라는 30대 초반의 신혼부부 수련생이 찾아와서 수련하다가 신랑이 먼저 입을 열었다.

"선생님, 저는 고등학교 시절부터 『선도체험기』를 읽어 왔지만, 아내는 저의 권유로 『선도체험기』를 읽기 시작한 지 두 달밖에 되지 않지만 벌써 15권째를 읽고 있습니다. 저희들이 오늘 이렇게 선생님을 찾아온 것은 이제 결혼해서 두 달밖에 안 된 저희들에게 우리가 평생을 살아가는 데 좋은 길잡이가 될 만한 말씀을 선생님으로부터 직접 듣고 싶어서입니다. 원컨대 한말씀해 주시겠습니까?"

"나는 나이가 들어가면서 결혼식 주례를 맡아 달라는 청은 여러 번 받았지만 지금처럼 신혼부부 한 쌍이 직접 찾아와서 격려의 말을 해 달라는 청은 처음 받아 봅니다."

결혼 전부터 삼공재에 자주 드나들던 신랑이 또 말했다.

"그렇지 않아도 저희들 역시 선생님께 주례를 맡아 달라고 청하고 싶었지만 환갑까지 그냥 넘겨 버리실 정도로 세속사(世俗事)에 초연하신 선생님께서 그런 청을 받아들이실 것 같지 않아서 아쉽긴 하지만 단념했습니다."

"잘하셨습니다. 김지운 씨로부터 그런 청을 받았어도 거절했을 것입니다. 구도자에게 있어서 중요한 것은 수행으로 생사대사(生死大事)를 성취하는 일이지 사람이면 누구나 다 거치게 마련인 관혼상제(冠婚喪祭)는 아니니까요. 그러나 오늘 모처럼 이렇게 한 쌍의 신혼부부가 찾아와서 격려의 말을 부탁하니 못 들은 척할 수가 없게 되었습니다."

"선생님, 저희들의 청을 받아 주시니 고맙습니다."

신혼부부가 이구동성으로 합창을 하듯 말했다.

"신랑은 그전부터 내가 잘 아는 사제지간이고 신부도 『선도체험기』를 읽기 시작했다니 이제부터 하는 내 말을 알아들으리라고 생각해서 마음 놓고 말하겠습니다. 두 분은 지구상의 60억이라는 그 수많은 사람들 중에서 하필이면 다른 사람들을 다 제쳐놓고 유독 지금의 상대를 신랑과 신부로 선택하여 백년해로를 같이하기로 약속한 부부가 되었습니다.

일단 부부가 되었으면 아들딸 낳고 검은 머리가 파뿌리가 되도록 부부로서의 신뢰를 잃지 말고 잘살아야 할 것입니다. 그러나 그것은 누구나 다 하는 일입니다. 두 분은 아마도 여기에 회의(懷疑)가 일었을 것입니다.

아들딸 낳고 검은 머리가 파뿌리가 되도록 잘살다가 노년이 되어 때가 되면 앞서거니 뒤서거니 이 세상을 하직해 보아야 무슨 보람이 있겠습니까? 김지운 씨는 결혼 전부터 이것을 알았을 것입니다. 그래서 이 문제에 도전해 보려고 수행을 하기로 결심했을 것입니다. 그런데 어쩔 수 없는 인연으로 두 분은 결혼을 했습니다.

결혼을 하고 나서도 두 분은 모름지기 이것에 회의와 의문을 여전히 느꼈을 것입니다. 김지운 씨가 나를 찾아온 이유도 바로 이 때문이었을

64

것입니다. 다행히도 신부가 신랑의 뜻을 좇아 같이 왔을 것입니다. 요즘 젊은이로서는 보기 드문 일이고 또 잘한 일입니다.

미혼 남녀가 수련을 하기에 최적의 조건은 결혼을 하지 않는 겁니다. 그러나 이미 결혼을 한 이상 현 상태 그대로 해결책을 모색해 보아야 할 것입니다. 구도자는 자기에게 닥쳐온 어떠한 조건이나 환경이든지 수련을 향상시키는 디딤돌로 승화시킬 줄 알아야 합니다. 그럼 과연 구도자의 입장에서 부부는 상대를 어떻게 보아야 할 것인가? 상대를 수행을 위한 대상으로 삼으면 됩니다. 어떻게? 두 분은 이신동체(異身同體)라는 말 아십니까?"

"네 알고 있습니다. 부부는 몸은 다르지만 마음은 하나라는 뜻입니다." 신랑이 말했다.

"그렇다면 내가 하나 더 묻겠습니다. 눈에 보이지 않으면서도 분명히 있는 것이 무엇인지 아십니까?"

"우리들 각자의 마음이 아닐까요?"

역시 신랑이 대답했다. 지금까지 나온 『선도체험기』 시리즈를 다 읽은 신랑은 이 책들을 읽는 동안 어지간히 마음공부가 되어 있었으므로 서슴지 않고 대답이 나온 것 같다.

"그렇습니다. 부부는 몸은 각각 다르게 생긴 둘이지만 두 사람의 마음만은 마음먹기에 따라서 하나도 될 수 있고 둘도 될 수 있습니다. 부부사이에 각자가 마음의 벽을 쌓으면 두 사람의 마음은 어쩔 수 없이 둘이될 수밖에 없지만 두 사람이 마음의 벽을 헐어 버리면 그 순간부터 두 마음은 한마음이 될 수 있습니다.

두 사람의 몸은 생리적으로도 물리적으로도 이 세상에 생존하는 한

숙명적으로 하나가 될 수 없지만 마음만은 하나가 될 수 있습니다. 왜냐하면 마음은 생리적인 존재도 아니고 물리적인 존재도 아니기 때문입니다. 또 마음은 허공과 같은 성질을 갖고 있어서 아무리 용기(容器) 속에 가두어 두려고 해도 공간의 제약을 받지 않습니다.

또 우리가 과거나 미래라는 시간의 제약에 스스로 묶여 있시 않은 한 시간의 제약을 받지도 않습니다. 그래서 마음은 공간과 시간의 한계를 뛰어넘게 되어 있습니다. 이제부터 두 분은 결혼생활을 남들이 하는 대로 세속사에만 묶어 두지 않기 위하여 두 사람의 마음을 하나로 만드는 수련을 의식적으로 할 다시없는 좋은 기회로 삼으라는 겁니다.”

두 마음이 한마음 되는 법

“선생님의 말씀의 뜻은 알겠습니다만 구체적으로 어떻게 하면 두 사람의 마음을 하나로 만들 수 있겠는지 가르쳐 주셨으면 좋겠습니다.”

“방금 말했지만 마음이란 본질적으로 시공(時空)을 초월해 있으므로 우리가 어떻게 마음을 먹느냐에 따라 얼마든지 원하는 대로 만들 수도 있고 바꿀 수도 있습니다. 다시 말해서 두 분이 두 마음을 한마음으로 합치려고만 한다면 얼마든지 그렇게 할 수 있다는 말입니다.”

“거기까지도 무슨 말씀이신지 알겠습니다. 그러나 두 마음을 하나로 만들려면 마음만 먹는다고 되는 것은 아니라고 생각합니다. 거기에는 반드시 거쳐야 할 필수적인 과정이 있다고 봅니다. 그 과정을 말씀해 주셨으면 합니다.”

“좋습니다. 그럼 이제부터 그 필수 과정을 말씀드리도록 하겠습니다. 첫째 거래형 인간이 되라 그겁니다. 상대가 나를 사랑하는데 이쪽은 모른 척하고 제 욕심만 채운다면 두 사람은 부부라고 말할 수도 없을 것입니다. 부부가 아닌 친구 사이라고 해도 그런 일방적인 관계는 곧 파탄이 나고 말 것입니다.

가는 말아 고와야 오는 말이 곱다는 말이 있습니다. 한쪽은 계속 퍼주는데 다른 한쪽은 언제까지나 받아먹기만 한다면 그런 일방적인 사랑은 오래가지 못합니다. 두 남녀가 결혼을 할 때는 무조건 상대가 좋고 사랑스러워 평생의 반려가 되었다고 해도 실제로 결혼생활을 하다가 보면 서로가 다른 환경 속에서 자란 두 개체는 이질적인 요소들을 하나둘씩 드러내게 됩니다. 충돌과 알력과 마찰이 생기지 않을 수 없습니다.

애욕(愛慾)이라는 감정이 눈에 동태껍질처럼 씌어서 상대방의 단점이 신혼 시절에는 일절 보이지 않다가 현실 생활에 매일 부딪치다가 보면, 애욕의 겉포장이 한 겹 한 겹 벗겨져서 상대의 적나라한 진상이 드러나게 됩니다. 요즘 통계적으로 신혼부부들이 결혼식 올린 지 1년 이내에 3분의 1이 이혼을 하는 것은 거의 다 이러한 이유 때문이라고 생각합니다.

그러나 개중에는 이혼의 위기를 용하게 알아차리고 극복하는 경우도 있습니다. 그 위기를 먼저 알아차린 쪽이 상대에게 이해와 호의나 애정을 표시합니다. 이때 그 이해와 호의나 애정의 표시를 받은 쪽이 상호주의적(相互主義的)인 거래의 원칙에 따라 되갚으면 됩니다.

핑퐁 알 칠 때 핑퐁 알이 양쪽을 왔다갔다하는 사이에 서로의 운동 기량이 향상되고 재미도 느끼고 서로의 신뢰도 쌓여 가는 것처럼, 부부 사이에서도 이해와 호의가 끊임없이 오고 가는 사이에 식었던 애정도 되살아나고 생활의 반려로서의 신뢰도 차곡차곡 쌓여가게 될 것입니다.

어떤 사람은 신혼 시절에는 합방(合房)만 자주 하면 모든 일이 원만하게 해결된다고 말하지만 그것은 대단히 피상적인 관찰에 지나지 않습니다. 아무리 신혼 시절이라고 해도 두 사람이 항상 건강해야만 된다는 보장은 없습니다. 합방은 두 사람이 건강할 때만 가능한 일이기 때문입니다. 따라서 부부 사이에 가장 중요한 것은 애욕도 사랑도 아닙니다."

"그럼 부부 사이에 가장 중요한 것은 무엇입니까?"

"애욕이니 사랑이니 하는 것은 젊고 건강할 때의 얘기입니다. 그리고 있다가도 없고 없다가도 있을 수 있습니다. 둘 중 어느 한쪽의 건강이 깨졌을 때나 실직을 했을 때와 노년기에는 애욕이니 사랑이니 하는 것은 고갈되어 버리고 맙니다. 그때에는 부부 사이를 유지시켜 주는 것은 오직 신뢰가 있을 뿐입니다.

이 이성(異性)을 초월한 이 부부간의 신뢰야말로 진정한 의미의 부부애라고 말할 수 있습니다. 이 부부애의 유대가 확실하면 비록 상대가 성불구자가 되든가 장애인이 되거나 실직자가 되어도 배우자는 상대를 버리지는 않습니다. 이쯤 되면 부부가 한마음이 되었다고 말할 수 있습니다.

그러나 여기까지는 어디까지나 주고받는 식의 부부애에 지나지 않습니다. 두 번째 단계로 여기서 한 걸음 더 나아가려면 거래형(去來型)에서 역지사지형(易地思之型)으로 발전되어 나아가야 합니다.

이쯤 되면 둘 중에서 어느 한쪽이 까닭 없이 갑자기 신경질을 내고 싸움을 걸어와도 순간적으로 상대의 입장이 되어 그 이유를 알아내려 할 것이고, 설사 이유를 알아내지 못해도 피치 못할 사정이 있겠지 하고 상대를 이해하고 마주 싸우려 하지 않게 될 것입니다. 손뼉도 마주쳐야 소리가 나는데 한쪽이 침묵을 지키면 우선 싸움이 되지 않을 것입니다. 부부간에 싸우는 일이 없게 되면 홧김에 각방을 쓰는 일도 이혼하는 일도

없어지게 될 것입니다."

"그럼, 세 번째 단계는 무엇입니까?"

이번에는 신부가 물었다.

"여인방편자기방편형(與人方便自己方便型)이 되는 겁니다. 즉 상대를 위해 주는 것이 결국은 자기 자신을 위해 주는 것이라는 것을 알고 실천하는 것입니다. 정리해서 말하면 거래형, 역지사지형, 여인방편자기방편형이라는 세 단계를 거치는 동안 두 사람의 마음은 하나가 될 수 있다는 것을 알게 될 것입니다.

이처럼 남들이 평범하게 보내는 결혼생활을 마음공부를 하는 가장 효과적인 방편으로 이용하는 겁니다. 흔히들 수련을 망치거나 수련에 방해가 된다고 하는 결혼생활도 두 사람의 마음먹기에 따라서는 수행의 유효한 방편으로 삼을 수도 있습니다.

두 사람의 마음을 하나로 만들 수 있는 경험을 쌓았다면 그것을 다른 사람에게도 얼마든지 확대 적용할 수 있을 것입니다. 위에 말한 거래형, 역지사지형, 여인방편자기방편형을 다른 사람에게도 적용한다면 그들과도 한마음이 될 수 있다는 확신을 갖게 될 것입니다.

이 단계에서 조금만 더 눈을 뜨게 되면 이 세상, 이 우주 내의 유형적인 모든 것은 결국은 무한과 영원이라는 생명의 본질이 일으키는 파동이라는 것, 그 파동은 항상 변한다는 것을 알게 될 것입니다. 드디어 유위계(有爲界)에는 변하지 않는 것은 없다는 것을 알게 될 것입니다. 제행무상(諸行無常)의 이치를 깨닫게 되면 유형적인 것의 한 형태인 아상(我相)까지도 무의미해지게 될 것입니다. 제법무아(諸法無我)의 경지에도 곧 도달하게 될 것입니다.

  결국은 현상계의 일체, 삼라만상이 알고 보면 몽환포영로전(夢幻泡影露電)임을 터득하게 되면 비로소 그 저쪽에 무한과 영원이라는 진리의 광휘(光輝)를 볼 수 있게 될 것입니다. 무한과 영원, 하나와 전체가 바로 생명의 원천이면서 자성이고 본성이며 진여불성(眞如佛性)임을 알게 될 것입니다.

  이렇게 볼 때 결혼은 인생의 무덤이 되거나 감옥이 되어서는 안 될 것이고 정략결혼처럼 부귀영화의 수단이 되어서도 안 될 것입니다. 그렇다고 해서 결혼을 겨우 자손을 번식하거나 가문의 대를 잇는 생식 수단으로만 이용되어서도 안 될 것입니다. 왜냐하면 그것은 한갓 동물의 짝짓기와 별반 다른 점이 없기 때문입니다. 그러한 결혼은 생로병사의 윤회를 한 번 더 추가하는 데 지나지 않을 것입니다. 수행자에게 결혼은 당연히 불생불멸(不生不滅)의 생명의 싹을 틔우는 온실이 되어야 할 것입니다."

〈78권〉

유비무환(有備無患) 정신

우창석 씨가 말했다.

"선생님, 저는 2005년 1월 14일 밤에 불교TV 방송을 보다가 대행 스님이 법문을 마치고 질의 응답하는 장면을 보았습니다. 대행 스님은 과거는 이미 지난 일이고 미래는 아직 오지 않은 것이므로 우리는 현재를 유감없이 최선을 다하여 충실하게 살아야 한다는 법문을 한 것 같았습니다. 그러자 질문 시간에 한 신도가 다음과 같은 질문을 했습니다.

'우리는 흔히 유비무환 정신으로 살아야 한다고 말하는 데 그것은 미래를 대비하자는 것입니다. 현재에만 충실하게 살아야 한다면 지금부터 미래를 대비할 필요는 없는 게 아닌가 하는 생각이 듭니다. 스님께서는 이 점을 어떻게 보십니까?'

이 질문에 대하여 대행 스님이 대답한 요지는 다음과 같습니다.

'그거 아주 좋은 질문입니다. 우리가 현재에 당면한 일들이 비록 미래에 속한 일이라도 오직 한마음 정신과 선심(善心)으로 밀어붙이면 해결 안 될 것이 없습니다.'

대행 스님의 대답을 들은 질문자는 아무래도 납득이 안 된다는 떨떠름한 표정이었습니다. 이 문답을 어떻게 보십니까?"

"하긴 선문답 같기는 하지만 대행 스님의 답변이 틀린 것은 아닙니다. 세상만사를 한마음 정신과 선심으로 밀어붙인다면 안 될 것이 없을 것이기 때문입니다. 단지 질문자가 원하는 명쾌한 대답이 아니고 격화소양(隔靴搔癢) 격이어서 좀 아쉽기는 합니다만."

"한마음 정신이니 선심이니 하는 것은 무엇을 말하는 것일까요?"

"현대인이 알기 쉽게 말하면 바른 생각 즉 정견(正見)이라고 말할 수 있습니다. 이 말이 잘 이해가 안 된다면 이성(理性)이라고 하면 될 것입니다."

"그럼 이성이란 무엇을 말합니까?"

"이성은 이치와 도리와 경우에 맞는 합리적인 사고방식입니다."

"제가 보기에 질문자의 요지는 현재에 충실하고 후회 없는 인생을 살려면 미래에 대비하는 유비무환 정신은 미래에 가서 처리해도 되지 않느냐 하는 것이라고 봅니다. 현재에 충실한 삶을 살라고 하면서 몇 개월 또는 몇 년, 몇십 년 뒤에 올지도 모르는 미래의 일에 대비하는 유비무환에 신경을 쓸 필요가 없지 않느냐 하는 것에 대한 답변을 요구한 것이라고 봅니다. 선생님이라면 이때 무엇이라고 대답하시겠습니까?"

"유비무환 정신은 미래의 일이라기보다는 그 미래와 직결된 현재를 충실하게 사는 한 방법입니다. 대형급 태풍이 한반도를 향해 직진하고 있고 24시간쯤 뒤에는 제주도에 도달할 것이라는 예보에 접한 기상청 직원들이 만약에 그것은 미래의 일이니 24시간 뒤에 가서 해결하면 되고 우리는 현재의 일에만 충실하면 된다면서 아무런 조치도 취하지 않는다면 그거야말로 현재를 충실하게 살았다고 말할 수 없을 것입니다. 그런 경우 기상청 담당자들은 마땅히 전국에 비상을 걸어 태풍에 대비케 해야 할 것입니다. 이것이 바로 유비무환 정신입니다.

임진왜란 직전에 왜군이 쳐들어온다는 소문을 확인하기 위해서 선조가 파견한 일본통신사 중 정사 황윤길은 왜군이 침입할 것이라고 했고, 부사인 김성일은 왜군의 침입은 없을 것이라고 정반대의 주청을 했습니다. 이때 선조는 부사인 김성일의 주청을 받아들여 왜란에 대한 대비를 소홀히 했습니다. 이것이야말로 유비무환 정신에 위배되는 처사가 아닐 수 없습니다. 그로 인해 7년간 왜군에 의해 온 국토가 쑥밭이 되었다면 당시의 국정 책임자들이 현실에 제대로 대처하지 못한 책무를 면할 길이 없습니다.

이것은 내일 일은 내일에 가서 해결해도 늦지 않으니 오늘은 내일 일을 걱정하지 말라는 성인의 말과는 근본적으로 그 성질을 달리합니다. 내일 혹시 하늘이 무너지지 않을까 하는 걱정 근심은 일종의 번뇌 망상입니다. 임진왜란이나 태풍 예고처럼 현재와 직결된 미래사가 아닙니다.

한창 일할 나이의 청장년이 이십 년 뒤에 늙어서 병들면 어떻게 하나 하고 걱정 근심을 한다면 이것 역시 번뇌 망상입니다. 그런 번뇌 망상을 할 시간이 있으면 지금부터 건강관리를 철저히 하는 것이 현재를 충실하고 후회 없는 인생을 사는 방법이 될 것입니다. 이것이 진정한 유비무환 정신입니다. 따라서 유비무환 정신은 현재를 가장 바르게 사는 방법의 하나입니다.

가난한 농부의 아들로 태어난 정주영 같은 사람이 가난의 공포와 고통으로부터 벗어나기 위해서 도시에 나가 부지런히 그리고 열심히 일한 결과 부자가 되고 현대그룹의 총수가 되었다면 그것 역시 가난의 화를 면하기 위한 유비무환 정신을 구현하는 데 성공한 것이라고 말할 수 있습니다. 정주영 회장이야말로 자기에게 주어진 현재의 시간들을 올바르게 산 모범이 아닐 수 없습니다. 그러나 우리가 아무리 물질적인 부를 이루는 데 성공하여 가난의 공포와 고통에서는 벗어날 수 있다고 해도 그것만으로 죽음의 공포에서도 벗어날 수 있는 것은 아닙니다."

"그럼, 어떻게 하면 죽음의 공포에서도 벗어날 수 있겠습니까?"

"죽음의 공포에서 벗어나려면 죽음 같은 것은 없다는 것을 깨닫는 길밖에는 다른 길이 없습니다. 다시 말해서 삶과 죽음은 결국 같은 것이라는 것, 즉 불생불멸(不生不滅)이요 생사일여(生死一如)라는 것을 깨닫는 길밖에는 달리 방법이 없습니다.

따라서 세계 제일의 갑부도 대통령도 세계의 화려한 톱스타들도 왕후장상(王侯將相)들도 죽음 앞에서는 속수무책이지만, 수련으로 생사를 뛰어넘은 구도자는 죽음 앞에서도 의연하고 당당할 수 있습니다. 죽음의 환난을 뚫고 나갈 수 있는 가장 완벽한 비결은 거짓 나를 버리고 참나로 거듭나는 길입니다. 이것이야말로 죽음의 공포에서 벗어나려는 유비무환의 정신을 구현하는 가장 확실한 길입니다."

해탈(解脫)이란 무엇인가?

우창석 씨가 말했다.

"선생님, 해탈이란 무엇을 말합니까?"

"해탈이라고 해서 어렵게 생각할 것은 조금도 없습니다. 우리가 흔히들 말하는 인생고(人生苦)에서 벗어난 사람이 바로 해탈한 사람입니다."

"인생고란 무엇인데요?"

"우선 생로병사(生老病死)라는 인간의 근본적인 네 가지 고통을 들 수 있습니다. 그 첫째가 태어남의 고통입니다."

"그러나 사람은 모태에서 태어날 때 보통 의식이 없으므로 태어날 때의 고통을 직접 느끼지는 못하지 않습니까?"

"그건 사실입니다. 그러나 사람은 자기가 남보다 가난하고 불우한 집안에서 태어났다는 것을 알게 되면 태어난 것 자체에 고통을 느끼게 됩니다. 그리고 자기 의사와는 상관없이 자기를 이 세상에 태어나게 한 부모를 원망하고 그러한 부모가 있게 만든 사회를 저주하게 됩니다. 이렇게 어떤 대상을 원망한다는 것 자체가 당사자에게는 독약을 품는 것이고 이것은 그에게는 고통이 아닐 수 없습니다. 이것이 첫 번째 태어남의 고통입니다.

그러나 어떤 경로를 통해서든 지혜가 열린 사람은 이런 식으로 남을 원망하지 않습니다. 자기가 이 세상에 태어난 것은 억겁의 전생에 쌓이고 쌓인 업보를 해소하기 위해서라는 것을 알기 때문에 자기가 태어난 것을 누구의 탓으로 돌리지 않고 순전히 자기 업보 탓으로 돌립니다.

무슨 일에서든지 남을 원망하지 않는 사람은 비록 자책은 느낄망정 고통은 느끼지 않습니다. 내 잘못으로 이 세상에 태어났는데 도대체 누구를 원망한단 말입니까? 이런 사람은 출생의 고통에서 벗어났다고 할 수 있습니다.

그 생로병사(生老病死) 중 두 번째에 해당되는 것이 늙음에 대한 고통입니다. 사람은 나이 들면서부터 누구나 자기 몸이 한창때와는 다르다는 것을 알게 됩니다. 이것은 이미 늙음이 시작되었다는 신호입니다. 그래서 돈푼깨나 있는 사람은 어떻게 하든지 늙어감의 고통에서 벗어나 보려고 몸에 좋다는 온갖 보약을 다 먹어 보지만 오는 세월을 막을 장사는 아무도 없습니다.

그런데도 불구하고 어떻게 하든지 늙음의 고통에서 벗어나 보려고 갖은 애를 다 씁니다. 그러나 그러한 노력에도 아랑곳없이 몸은 낡고 고장난 기계처럼 여기저기 삐걱거리고 날이 갈수록 힘이 빠지고 눈은 침침해 오고 귀는 멀어가고 아무리 맛이 있다는 음식을 먹어 보아도 그전과 같은 맛은 돌아오지 않습니다. 이것이 이른바 늙음이 가져오는 고통입니다.

그러나 슬기로운 사람은 이러한 늙음의 현상을 당연지사로 받아들입니다. 어차피 시간과 공간의 한계에 묶여 있는 현상계에서는 한 번 태어난 사람은 누구든지 예외 없이 요절하지 않는 이상 반드시 늙어 죽게 되어 있다는 것은 지극히 자연스러운 현상임을 알고 있습니다. 생자필멸(生者必滅)의 이치를 알고 있는 사람은 늙어감에 대하여 조금도 거부감을 느끼지 않습니다. 노사(老死)를 당연지사로 받아들이는 사람에게는 이미 늙음의 고통 같은 것은 없는 겁니다.

　세 번째로 질병으로 인한 고통이 있습니다. 평소에 늘 건강에 유의하여 운동과 섭생에 시간과 노력을 아낌없이 투자한 사람은 비록 늙어 간다고 해도 병고(病苦)에서는 어느 정도 벗어날 수 있을 것입니다.

　그러나 비록 병이 들어 그 병으로 인해 죽게 되었다고 해도 사람은 이러나저러나 다 때가 되면 이 세상을 하직하게 되어 있다는 자연의 이치를 알고 있습니다. 그런 사람은 병사(病死)를 건강관리를 잘못한 자기 탓으로 돌리거나 자연의 섭리로 돌리게 되므로 그에 대해 남을 원망하거나 유달리 고통을 느낄 이유가 없습니다.

　마지막으로 어떠한 형태로든 죽음 역시 이 세상에 태어난 이상 지극히 당연한 일로 받아들이는 사람에겐 그것이 고통이 될 수 없습니다. 이렇게 생로병사라는 인생의 기본적인 고통을 고통으로 여기지 않고 당연지사로 받아들이는 사람이야말로 해탈한 사람임이 틀림없습니다."

　"생로병사의 사고(四苦) 외에 또 팔고(八苦)라는 게 있지 않습니까?"

　"생로병사의 네 가지 고통 외에 사랑하는 사람과 이별하는 고통인 애리별고(愛離別苦), 원망하고 미워하는 사람이 서로 만나는 고통인 원증회고(怨憎會苦), 원하는 것을 얻지 못하는 고통인 구부득고(求不得苦) 그리고 오온(五蘊)에서 생기는 고통인 오온성고(五蘊盛苦)를 합쳐서 팔고(八苦)라고 합니다."

　"오온(五蘊)이 뭐죠?"

　"색(色) 수(受) 상(想) 행(行) 식(識)을 오온이라고 합니다. 색(色)이란 사물을 말합니다. 수(受)는 이 사물을 받아들이는 인식 행위를 말합니다. 상(想)은 그 받아들인 사물을 인식하여 생기는 자기 이미지 형성 과정을 말합니다. 행(行)은 그렇게 형성된 이미지를 실행에 옮기는 것을 말하고, 식(識)은 이러한 과정 전체를 인식하는 것을 말합니다. 이러한 사물에 대한 일련의 인식과 실천 과정에서 일어나는 고통을 오온성고(五蘊盛苦)라고 합니다. 이렇게 볼 때 일체의 인생고가 오온(五蘊)을 거치지 않은 것이 없음을 알 수 있을 것입니다.

생로병사(生老病死), 애리별고(愛離別苦), 원증회고(怨憎會苦), 구부득고(求不得苦)를 포함해서 그 이외의 인생고가 다 오온성고(五蘊盛苦)에 포함된다고 말할 수 있습니다. 가령 잘 다니던 직장에서 어느 날 갑자기 해고를 당했다든가, 철석같이 믿었던 친구가 애원을 하는 바람에 온 재산을 다 털어 꾸어 주었는데 그 친구의 회사가 부도가 났다든가, 심복이 배신을 했다든가 하는 일도 이에 포함될 수 있을 것입니다.

가령 방금 전까지도 눈앞에서 재롱을 피우던 외아들이 집을 뛰쳐나가자마자 달려오는 차에 치여 사망했다면 그 사실 자체를 얼른 받아들이기가 쉽지 않을 것입니다. 그러나 어쩔 수 없이 그 사실을 받아들여야 하는 일련의 고통의 과정이 모두 다 오온성고(五蘊盛苦)가 아닐 수 없습니다.

그럼 다섯 번째 인생고인 사랑하는 사람과의 이별의 고통인 애리별고(愛離別苦)에 대하여 말하겠습니다. 사랑하는 아내나 친구나 부모나 자식이 갑자기 죽었을 때 느끼는 고통은 누구나 참기 어려울 것입니다.

어떤 사람은 이 일로 우울증에 걸려 삶의 의욕을 잃고 자살을 하는 수도 있고 중병에 걸리는 수도 있습니다. 그러나 현명한 사람은 아무리 사랑하던 사람이라도 이 세상에서의 인연은 그것밖에 안 되나 보다 생각하고 체념해 버림으로써 그 엄청난 스트레스에 벗어납니다.

여섯 번째 인생고는 원수 외나무다리에서 만나는 것과 같은 원증회고

(怨憎會苦)입니다. 보통 사람들은 외나무다리에서 원수를 만났다면 서로 주먹다짐을 하고 싸우거나 서로 괴로운 표정을 짓고 외면을 할 것입니다.

그러나 슬기로운 사람은 누구와 원수를 짓는 일을 하지 않습니다. 비록 누구와 원수를 졌다고 해도 가능하면 먼저 사과를 하고 화해를 청할 것입니다. 이 우주 내의 모든 존재는 궁극적으로는 하나에서 갈라져 나간 것임을 알고 있는 그는, 자기가 먼저 무조건 사과를 했다고 해서 체면 깎일 것 없다고 생각하기 때문입니다.

아무리 증오심으로 똘똘 뭉친 사람이라고 해도 상대가 이렇게까지 나오는데 끝까지 눈을 흘기고 침을 뱉으려고 하지 않을 것입니다. 이렇게 해서 화해가 성립되면 원수가 친구가 될 수 있을 것입니다. 지혜로운 사람은 이렇게 함으로써 원증회고에서는 현실적으로 벗어날 수 있을 것입니다.

일곱 번째 인생고는 원하는 물건을 얻지 못해서 생기는 고통인 구부득고(求不得苦)입니다. 소위 상대적인 빈곤감 같은 것을 말합니다. 많은 사람들이 바로 이 구부득고로 고통을 당하고 있습니다. 요즘 심부름센터에 의뢰하는 살인 청부의 대부분이 바로 재욕(財慾) 때문입니다.

그리고 이 사회에서 일어나는 온갖 노사분쟁 역시 상대적인 빈곤감과 욕심 때문입니다. 그러나 지혜로운 사람은 재욕에 시달리는 일은 없습니다. 재욕은 채우면 채울수록 한정이 없다는 것을 잘 알고 있기 때문입니다. 그래서 의식주에 필요한 최소한의 검소한 생활에 만족하므로 구부득고(求不得苦) 따위에 시달릴 이유가 없습니다.

이 밖의 인생고인 갑작스런 실직이나 믿었던 도끼에 발등 찍히는 고통 역시 현명한 사람은 자신의 업보를 해소하는 절차 정도로 생각하므로 고통에 시달릴 이유가 없습니다. 해탈한 사람, 성불한 사람은 바로 이러한 사람들을 일컫는 것에 지나지 않습니다."

"그 밖에도 교통사고, 산업재해, 지진해일 같은 자연재해로 인한 고통은 어떻습니까?"

"그것 역시 받아들이는 사람의 마음의 자세에 달려 있습니다. 무릇 어떠한 고통이든지 그 속에 함몰되기 시작하면 끝없이 괴로운 것이고, 그 모든 것을 억겁의 전생의 자기 자신의 인과응보라고 생각하면 고통에 시달리기만 할 필요가 없어질 것입니다.

비록 그러한 고통으로 목숨을 잃는다고 해도 그것 역시 업보를 해소하는 과정으로 간주할 때는 별로 고통을 느끼지 않게 될 것입니다. 그러한 사람은 죽음을 새로운 인생의 시작으로 받아들임으로써 생사를 초월할 수 있습니다. 그리고 오히려 그러한 과정을 통하여 어떠한 인고(忍苦) 속에서도 죽지 않는 불생불멸(不生不滅)의 참나인 자성(自性)을 더욱더 명료하게 깨닫게 될 것입니다."

"선생님, 가령 어떤 사람이 사이비 교주의 꼬임에 넘어가 가산을 탕진하고 가족이 풍비박산이 되는 고통을 당하게 되었다면 어떻게 처신해야 할까요?"

"그런 경우 보통 사람들은 그 사이비 교주를 응징하는 데만 전력투구하게 될 것입니다. 그러나 복수는 또 다른 복수를 낳게 됩니다. 허지만 슬기로운 사람은 그러한 경우 가짜 교주에게 현혹당한 자신의 어리석음을 깨닫고 복수 대신에 더욱더 분발하여 수행에 열중할 것입니다.

그러한 사람은 반드시 미구에 그 가짜 스승을 훨씬 능가하는 높은 경

지에 올라 그를 아득하게 굽어보는 위치에 서게 될 것입니다. 이처럼 지
혜로운 사람은 위기나 난관에 처할 때마다 전화위복(轉禍爲福)의 국면
을 조성하여 그때마다 불사조처럼 높이 떠오르게 될 것입니다."

21일 단식 체험기

이 미 혜

단식 첫째 날 2005년 1월 1일 (토)

새벽 5시 반쯤 일어나 남편과 함께 갑장산에 올라 새해맞이를 하고 내려왔다. 정상에서 해돋이를 기다릴 때 추위를 녹이며 마시던 뜨거운 커피 한 잔을 끊음으로써 내 단식은 시작되었다. 보름 전부터 뻑뻑하던 무릎에 또 통증이 와서 몸이 가뿐하지 못하다. 그리고 평소 두 끼를 먹으니깐 한두 끼쯤 먹지 않는다 해도 큰 지장은 없으리라 여겼는데, 예상과는 달리 오후부터 기운이 빠지고 늘어진다. 여러 가지 사정으로 예비 단식을 제대로 못 하고 몸도 썩 좋지 못한 상태에서 시작한 탓일 것이다. 그래도 기회가 왔을 때 지체 없이 붙들고 싶다.

단식 둘째 날 2005년 1월 2일 (일)

오전엔 어제보다 더 흐느적거리고 뭔가 불편하며 불쾌하기도 하였다. 하도 힘이 들고 괴로워 한 시간 정도 누웠다가 일어나니 더욱 나른하고 처진다. 그래서 오후엔 자꾸 늘어지려고 할 때마다 뜨개질 감을 꺼내어 정신을 차린 다음 책을 읽거나 정좌를 했다. 요가도 힘들게 겨우겨우 마친 지루한 하루였다.

단식 셋째 날 2005년 1월 3일 (월)

단식 땐 2~3일만 잘 넘기고 나면 큰 어려움이 없다더니 오늘 아침엔 기분도 한결 낫고 잘 일어나진다. 그런데 도무지 물이 먹히지를 않는다. 어제까지 이틀 동안 겨우 몇 모금 홀짝거렸고 오늘은 죽염을 조금 탄 물을 마셔 보기도 했지만 역시 먹히지를 않는다. 그렇다면 몸에서 물을 원하지 않는 것일 수도 있다 싶어 억지로 마시지는 않기로 했다. 그러고도 화장실은 서너 번씩 가는 걸 보면 정밀 분해 청소로 노폐물이 빠져나오는 게 분명하다.

단식 넷째 날 2005년 1월 4일 (화)

어제 5km 산책이 조금 버거워서 1km를 줄여 4km를 쉬엄쉬엄 걸었다. 그러면서 평소 땐 달리느라고 그냥 지나쳤던 쓰레기들을 주웠다. 한 시간도 채 안 되었는데 큰 쓰레기봉투에 하나 가득이다.

구석구석 어찌나 많던지... 내 맘 구석구석 붙어 있는 찌꺼기들도 이렇게 찾아내서 버릴 수 있다면 얼마나 좋을까? 그리고 생리가 열흘 앞당겨 나왔다. 유난히 검붉은 색으로 나쁜 피가 빠지는 것이기에 고맙게 여겼다. 어쩐지 어제 종아리가 끊어내듯이 아프다 했다.

단식 여섯째 날 2005년 1월 6일 (목)

점심때 딸아이가 남긴 김치전을 치우다 갑자기 식욕이 나서 냉큼 입에 넣고 우물우물 씹다가는 아차 하고 뱉어냈다. 하지만 그게 탈이었는지 중단이 답답하고 더부룩하니 괴로웠다. 하도 체증이 심해 백김치 국물을 몇 술 먹었더니 더 속이 뒤틀리고 배가 아프면서 묽고 고약한 설사를 해 버렸다. 한참이나 정좌를 하고 나서야 겨우 풀렸다. 주의할 일이다.

단식 일곱째 날 2005년 1월 7일 (금)

4일부터는 반나절 동안 출근을 해서 학급 문집 200쪽 정도를 마무리를 하고 있는데 오늘은 특히 집중이 잘된다. 속이 비워지면서 머리 회전이 빨라지고 아이디어가 잘 떠오르는 모양이다. 편집을 하다 보면 예상하지 못한 곳에서도 막힐 때가 있어 곤란을 겪지만 대체로 잘 해결이 되어 문집 일은 순조롭게 풀려 간다.

내가 일하는 3학년 진학실(8평 남짓)은 연통도 없는 오래된 석유난로를 피우기 때문에 자주 문을 열어 환기도 시키고 바닥에 물도 뿌려 줘야 하는 번거로움이 있음에도 불구하고 귀찮은 줄 몰랐다. 손은 시려도 단전은 뜨겁다. 백회로 들어오는 기운이 있기에 가능한 일이리라.

그리고 저녁엔 주말에 오는 남편을 위해 미역국도 끓이고 반찬도 몇 가지 하는데 크게 먹고 싶다는 유혹은 없었다. 그러나 밤 11시가 넘어 또 속이 쓰리고 뒤집히는 듯한 통증이 와서 잠을 제대로 이루지 못했다. 단식원 같은 데서 관장약 대신 원활한 배설을 위해 쓴다는 마그밀을 몇 알 먹었더니 그런 모양이다. 분명히 수련 초기 단식할 땐 괜찮았는데 어느새 몸이 바뀌었나 보다.

단식 여덟째 날 2005년 1월 8일 (토)

이제 단식에 어느 정도 적응이 되어 가는데도 아침에는 탈진 상태로 겨우 일어났다. 하지만 그럴수록 『선도체험기』를 꺼내 읽노라면 온몸으로 기운이 들어와 힘이 조금씩 난다. 그래서 낮엔 우리가 귀농지로 마음 두고 있던 동네에 나온 땅을 한 시간 정도 둘러보았다. 그러나 아침과는 다르게 어찌나 지치고 잦아드는지 나중에는 서 있기조차 힘들어 쪼그려 앉아 있기도 했다.

그렇지만 내친김에 약수를 떠 가려고 근처 연수암과 남장사를 찾았으나 겨울이라 물이 얼어서 구할 수 없었다. 밍밍해도 그냥 지금 먹는 생수를 계속 먹기로 했다. 그러다 저녁에 처음으로 숙변을 아주 조금 봤다. 눈꽃 모양의 그을음같이 생긴 것인데 냄새가 고약했다. 오늘 자꾸만 까부라진 이유가 여기에 있었던 모양이다. 아주 작은 몇 개를 비웠는데도 몸이 훨씬 가볍고 기분도 좋아졌다.

단식 아홉째 날 2005년 1월 9일 (일)

어제 늦게 정좌를 하면서 남편에게 꽁해져 있던 마음을 풀었다. 요즘 배드민턴에 푹 빠져 무리하게 친다 싶더니만 주말에 와선 허리가 아프다며 만사 귀찮아하고 자꾸 눕고 짜증을 낸다. 내가 단식 시작할 때 잘 협조해 주겠다던 남편이었기에 조금 서운했는데 가만 입장 바꿔 생각해 보니 내가 단식만 안 했더라면 알뜰살뜰 잘 챙겨 봐줬을 것이 아닌가? 이쯤 되니 도리어 내가 미안해졌다.

그래서 아침도 내가 먼저 일어나 차려 주고 점심땐 김밥 재료 챙겨서 딸아이 시켜 말게 하고는 자던 남편을 깨웠다. 그제야 일어나더니 머쓱해한다. 팔일째 굶은 사람이 힘들 텐데 무리하지 말라면서 걱정도 해 준다. 역시 '내'가 문제였다.

그래서인지 정좌할 때 들어오는 기운이 다르다. 허벅지, 종아리, 발목

등에서 기운이 꿈틀꿈틀 용틀임하듯 이리저리 포근한 기운을 몰고 다닌다. 한 시간이 5분처럼 후딱 가 버렸다.

단식 열흘째 날 2005년 1월 10일 (월)

보통은 단식을 하면 잠이 확 줄어든다는데 난 더 많이 자고 있다. 단식 전엔 5~6시간 정도 잤는데 긴장이 풀어져서인지 겨울이라서인지 지금은 7~8시간이나 곤하게 잔다. 어떻게 해야 하나 고민하다가 생리 현상은 물 흐르듯 해야 하지 않을까 싶어 그냥 그대로 지켜보기로 했다. 어떤 틀에 매이지는 말자.

그리고 산책 나갈 때 이제는 내 뜻대로 움직여 주지 않는 내 몸을 천천히 지켜볼 때가 잦다. 그 속엔 늘 총총거리며 바삐 뛰어다니던 그전 내 모습도 함께 보인다. 느리게 소박하게 살자 해 놓고서는 내가 저러고 있었구나 싶다.

단식 열하루째 날 2005년 1월 11일 (화)

단식을 시작하면서 『선도체험기』를 1권부터 다시 읽기 시작했다. 세 번째이다. 역시 『선도체험기』는 지식으로 읽기보다는 마음으로 느끼며 읽어야 한다는 말에 공감한다. 나오는 얘기들이 내 주변 문제에 구체적으로 적용이 되면서 그동안 엉킨 생각의 실마리가 하나씩 보인다.

아마도 이번 단식이 무사히 끝난다면 『선도체험기』 공이 제일로 클 것이다. 힘들어 축 처져 있다가도 책을 펴고 앉으면 정신이 맑아지고 상단전으로 기운이 잘 들어온다. 물론 그때 하단전은 따끈따끈하다. 그러면서 삼공 선생님께서 바로 내 앞에 앉아 계시면서 직접 이야기를 하시는 듯했다. 선생님 목소리가 편안하고 친근하게 들린다.

단식 열이틀째 날 2005년 1월 12일 (수)

목안이 따끔거리면서 칼칼하다. 숯치약으로 양치할 때도 가끔 구역질이 나고 입안엔 늘 쏴한 냄새가 난다. 이도 끈적거리는데 여기에 달라붙어 있던 노폐물들도 빠져나오려나 보다.

그나저나 동작은 유연하지 못하고 굼뜨긴 해도 기운은 그런대로 괜찮은 편인데 말하기는 몹시 힘들다. 몇 마디 꺼내려고 하면 목소리에 힘이 하나도 안 들어가고 입도 많이 마른다. 늘 목을 혹사하는데 이번 참에 쉬면서 재정비를 하려나 보다. 덕분에 말을 삼갈 수 있어 자연히 나 자신에 대한 생각을 많이 한다.

단식 열사흘째 날 2005년 1월 13일 (목)

『선도체험기』를 읽고 있노라면 꼭 상단전 전체에 보이지 않는 어떤 큰 자기장(磁氣場) 같은 것이 쳐 있으면서 상단전과 중단전의 혈들을 하나하나 꾹꾹 누르는 듯한 느낌이 든다. 어떨 땐 척추 전체가 아주 뜨겁게 달구어지기도 하면서 그 기운이 하단전까지 후루룩하고 타 내려가기도 한다. 그리고 복부 전체는 내내 팔딱팔딱 태동을 하고 있다.

오늘 정좌 때는 내 지난 과거들이 필름처럼 쭉 나타났다. 난 그 옆에서 그때 그 일들을 차분하게 하나씩 지켜보면서 냉정하게 잘잘못을 분석하고 있는 듯하다. 내가 저렇게 살았단 말인가? 놀랍다. 내가 만약 삼공 공부를 하지 않았더라면 하는 가정을 해 보니 아찔하다.

단식 열나흘째 날 2005년 1월 14일 (금)

요 며칠 사이엔 이상하게 내가 꼭 딴 세상에 있는 듯한 이질감이 강하다. 현실적인 것들이 유치해지면서 아득하게 느껴진다. 꼭 내가 없어져 버린 듯하다.

저녁 산책 때 마주친 학부모 한 분은 나를 보고 반가워 호들갑을 떠는데 난 덤덤하게 몇 마디만 하고 헤어졌다. 미안하지만 어쩔 수 없었다. 낯설다. 그리고 돌아오는 길에 밑이 부어오르며 빠질 듯 또 아프다. 어제부터 시작된 통증은 조금이라도 움직이기만 하면 쓰리고 따가우며 오줌 누기도 힘들다. 일곱 살 때 앓았던 신장염의 묵은 뿌리가 뽑히려나 보다. 잘 참고 견뎌야겠다. 그래도 정좌는 할 수 있어 다행이다.

이번 주도 역시 반나절 출근했지만 뭘 하나를 하려고 해도 몸이 잘 따라 주지 않고 늘어져서 힘들게 있다가 돌아오곤 했다. 빙의령들이 대거 들어와 있어 더한가 보다. 그래도 그들을 귀찮아하지 말고 따스하게 보듬어 안기로 생각은 하지만 아직은 어렵다.

단식 열다섯째 날 2005년 1월 15일 (토)

본 단식이 21일에 끝나면 그다음 날 22일 토요일에는 조부모님 제사 때문에 대구 시댁에 가야 한다. 그래서 내일 삼공재를 방문하려고 선생님께 전화를 드렸다. 양기가 한창 끓어오르는데 물을 마셔서 꺼 버리면 허기증이 더 몰려오니깐 물을 많이 마시지 말라고 당부하신다. 안 그래도 물이 거의 먹히지 않아 그냥 내버려 두었다고 말씀드렸다. 어쩐지 남들보다 기운이 덜 빠진다 했더니 그래서였구나. 억지로 안 마시기를 잘했구나 싶다.

단식 열여섯째 날 2005년 1월 16일 (일)

지금까지 삼공재를 다니면서 오늘처럼 기운이 많이 들어온 적은 없지 싶다. 믿기지 않을 정도로 폭포처럼 온몸으로 쏟아져 들어온다. 아프지는 않지만 욱씬거린다.

회복식 때 마음 같은 건 먹지 말고 바로 1일 2식, 생식 1숟갈부터 시작해서 몸 관리 잘해 지금 체중(키 155cm, 몸무게 42kg)을 유지하라고 선생님께서 말씀하셨다. 그리고 이때 폭식하면 오히려 더 비만이 된다고 각별히 주의를 주셨다. 내 식탐을 염려하신 고마운 말씀이시다. 잘 새겨들었다.

단식 열일곱째 날 2005년 1월 17일 (월)

아침부터 유난스레 꾸르륵꾸르륵 노폐물 씻겨 내려가는 소리가 심하더니 두 번째 숙변을 봤다. 양은 적었지만, 콜타르처럼 시커멓고 끈적거리면서 냄새도 고약했다.

오늘도 정좌를 하니 지난번처럼 내 과거 생활이 다시 펼쳐지면서 또 다른 나에게 준엄한 평가를 받고 있다. 까마득하게 잊고 있던 기억들이 하나씩 떠오를 때마다 내가 얼마나 중심도 잃고 흔들리며 살았던가 뼈저린 반성을 한다. 하도 부끄러워 나 혼자서도 얼굴이 다 달아오른다.

저녁때 방향을 바꾸어 낙양동 경희 아파트 쪽으로 산책을 나가서 쓰레기들을 주웠는데 이상하게 다리도 안 후들거리고 가뿐해서 단식 전과 같은 느낌이다. 그런데 돌아오는 길에는 단전이 무슨 금괴처럼 단단해져서 걸을 때마다 난 어느새 스르르 없어지고 단전만 남아 걷는 듯한 착각을 했다.

단식 스무째 날 2005년 1월 20일 (목)

단식을 하기 전 난 분명 굉장히 예민한 후각을 가진 편이었는데 어찌된 셈인지 단식을 시작하면서는 후각이 거의 없어져 버렸다. 일반적으로는 단식 중 맡는 음식 냄새가 식욕으로 연결되어 견디기 어려운 시련이라던데 난 반대이다. 그래서인지 어디를 갈 때 기차나 고속버스를 이용해도 큰 무리가 없다. (11일에도 시외버스와 기차를 타고 대구를 갔다 왔다.)

오늘은 딸아이를 보호자 삼아 같이 부산까지 기차를 타고 첫 발령지 학교 선생님들 계모임에 갔다 왔다. 이해를 해 줄 만한 친구도 선배도 있지만 역시 걱정이 대단하다. 그래도 관심과 애정으로 받아들이고 그냥 웃어넘겼다.

왕복 여섯 시간 넘는 기차 속에서 주로 뜨개질과 독서로 시간을 보냈지만 딸아이의 이야기도 많이 들은 여행이었다. 돌아와 늦게 정좌를 하니 이제야 과거 추적은 거의 끝이 난 모양이다. 다시 정리를 하고 말개진 느낌으로 잠들었다.

단식 스무하루째, 마지막 날 2005년 1월 21일 (금)

단식 마지막 날인데 참 담담하다. 오늘로써 이번 단식은 끝나지만 내 공부는 지금부터 또다시 시작을 할 것이다. 애초에 무엇을 꼭 이루겠다는 그런 결의를 가지기보다는 지지부진하던 수련에 작은 돌파구를 마련해 볼까 하는 바람으로 시작했기에 참회의 이 단식에 의미를 부여해 본다.

그러나 단식은 음식만 끊는 게 아니라 음식에 대한 미련, 그 마음까지도 끊는 단심의 단식이었어야 했는데 난 그러지를 못했던 점이 가장 아쉽다. 힘이 빠지거나 괴롭거나 할 때 간간이 매실효소, 굴즙, 꿀물 같은 것을 마셨고 9일째에는 뭘 가지러 밤늦게 부엌에 갔다가 눈에 띈 바나나를 한 개 순식간 먹어 치운 일도 있었고 (다행히 별 탈은 없었으나 자책을 많이 함) 마지막 날에는 따뜻한 생강차도 한 잔 마셔 버렸던 것이다.

물론 그때마다 물 단식만 해야 하는데 하고 후회를 했지만 번번이 물리치지 못하고 그 고통에서 지고 말았다. 내 나약한 의지를 한 눈에 확인하는 시간들이었고 이런 번민을 견디는 것이 제일 힘들었다.

하지만 그렇다고 해서 자포자기하기보다는 이것이 내 한계임을 철저히 인식하고 이제는 피나는 노력으로 이 나약한 의지들을 극복할 수 있도록 해야 할 것이다. 부족하고 어리석은 내가 무사히 단식을 마칠 수 있도록 도와준 가족들과 삼공 선생님께 감사를 드린다.

【필자의 논평】

『선도체험기』 독자라면 이메일 문답 난에 자주 등장하는 글쓴이를 잘 기억하고 있을 것이므로 새삼스레 소개가 필요 없으리라. 그녀의 글은 중학교 국어 교사답게 한 점 군더더기 없이 깔끔하고 유려하다.

이미혜 씨는 실제로 단식 15일째 되는 날인 2005년 1월 16일에 삼공재에 다녀갔다. 보름 동안이나 벽곡(辟穀)을 했는데도 안색도 좋았고 몸은 전신 율동체조라도 열심히 한 것처럼 날씬했고, 동작도 평소보다 더 날렵했으며 목소리도 낭랑하고 기운이 실려 있었다. 평소에 운기조식(運氣調息)을 열심히 하여 수련이 일정한 궤도에 접어들었기에 가능한 일이었다.

수련은 수행자 스스로 하는 것이지 남이 해 주는 것이 아님을 이번 실례를 통해서도 잘 알 수 있다. 여건만 허락한다면 이미혜 씨는 백일 단식도 너끈히 해내고도 남았을 것이다. 기공부로 현빈일규(玄牝一竅)인 대주천 이상의 경지를 뚫은 사람은 기체식(氣體食)을 능히 할 수 있기 때문이다.

기체식이란 무엇인가? 기체식이란 우리가 호흡하는 공기 속에 기체 형태로 녹아 있는 수분과 영양분을 호흡기와 피부의 모공으로 흡입하여 살아가는 생존 방식을 말한다. 쉽게 말해서 통상적인 음식을 안 먹고도 살아가는 단식을 말한다. 조식 수련을 전연 하지 않은 정치인들은 대체로 일주일 단식 투쟁 끝에 혼절하여 쓰러져 병원에 실려 가고 만다.

그것을 보면 보통 사람도 일주일 동안은 음식을 먹지 않고도 살아남을 수 있지만 공기는 단 몇 분만 호흡하지 못해도 질식사하는 것은 공기가 우리의 생존에 얼마나 중요한 것인가를 말해 준다. 요컨대 공기를 양식으로 삼는 것이 기체식이다. 21일, 40일, 100일 단식을 해도 죽지 않고 살아남을 수 있는 것은 바로 기체식을 했기 때문이다. 실제로 지율 스님은 천성산 도롱뇽을 살리려고 100일 단식을 단행하여 그 나름으로 성공을 거두었다.

수련자들은 수련이 정체 상태 빠졌을 때 돌파구를 찾기 위해서 그리고 심신을 정화하기 위해서 단식을 한다. 그러나 의사로부터 사망 선고를 받은 말기암 환자로 아직 기초 생명력이 남아 있는 사람에게 마지막 돌파구로 나는 꼭 단식을 권하고 싶다.

실례로 위암 말기 판정을 받고 수술도 할 수 없어 여명이 6개월밖에 남지 않았다는 선고를 의사로부터 받은 한 중년 부인은 이왕에 죽을 거

하루라도 빨리 죽어 버리자고 독한 마음을 먹고 바로 그날부터 식음을 전폐했다. 음식을 일체 입에 대지 않았는데 13일 만에 위암 증세가 완전히 사라졌다고 한다. 그리하여 바로 사망 선고를 내린 의사에게 찾아가 진단을 받은 결과 위암 말기 흔적이 말끔히 사라졌다고, 이상한 일도 다 있다면서 고개를 갸웃거리더라는 것이었다.

나는 지금부터 15년 전에 암벽 등반을 하다가 종골(踵骨)이 파쇄되어 수술을 받았지만, 지팡이를 짚어야 했다. 과천 입산 매표소에서 연주암까지 골짜기로 올라가면 평소 한 시간밖에 안 걸리는데 지팡이를 짚고 올라가자니 3시간이 더 걸렸다.

이때 나는 단식을 하면 지팡이 없이도 걸을 수 있다는 말을 듣고 40일간 단식에 들어갔다. 그런데 21일이 되니까 지팡이 없이도 걸을 수 있게 되었다. 그래도 나는 40일 단식을 마치려고 했지만 가족들의 결사적인 만류로 어쩔 수 없이 21일로 단식을 마칠 수밖에 없었다.

집에서 기르는 개를 유심히 살펴보기 바란다. 개는 음식이 체하든가 부상을 당하면 그때부터 일절 음식을 입에 대지 않는다. 개 주인이 그 개가 평소에 좋아하는 음식을 아무리 코앞에 갖다 대 주어도 거들떠보지도 않는다. 그렇게 보통 3, 4일 지나면 몸은 비쩍 마르지만 체한 것도 상처도 나아 버린다. 그때 비로소 개는 음식을 입에 대기 시작한다.

그러나 사람은 병나면 병원에 달려가 주사 맞고 약 먹고 수술부터 받는다. 그러나 병 낫는 비율은 개만도 못하다. 질병에 대처하는 데 인간은 개만도 못하다. 동남아 지진해일 때도 원시부족과 짐승들은 하나도 희생되지 않았지만 해변 주민들은 30만 명이나 사망했다. 원시부족이나 짐승들은 천재에 대한 직감력(直感力)이 살아 있었지만 사람은 그러한 능력이 현대 문명 때문에 완전히 퇴화되었기 때문이다. 그래서 코끼리를 타고 놀던 관광객들은 코끼리들이 조련사의 말도 안 듣고 갑자기 산으로 튀는 바람에 영문도 모른 채 살아남았다고 한다.

단식은 동물들도 애호하는 난치병 치료법이기도 하다. 그럼 왜 단식은 난치병을 치료할 수 있을까? 단식을 감행하면 소우주인 우리 몸은 비상사태에 돌입한다. 우선 외부에서 들어오는 음식이 차단되면서 대안으로 몸속에 축적되어 있는 잉여 지방질을 에너지원으로 쓴다. 그러나 그것도 며칠 안 가서 바닥이 난다.

그다음엔 몸속에 들어와 있던 각종 병균, 암 바이러스, 냉적(冷癪), 혹, 물혹 따위 불필요할 뿐만 아니라 오히려 해독을 끼치는 것들이 이차적인 에너지원으로 흡수 연소된다. 그다음에 오장육부 구석구석에 끼어 있던 수십 년 묵은 때인 노폐물과 각종 독소들이 에너지원으로 소모된다.

그러고도 남은 것이 숙변으로 외부에 배출되는데 그때 고약한 악취를 풍기는 것은 이 때문이다. 이렇게 하여 단식은 수십 년 인생을 살아오면서 미처 정리하지 못했던 노폐물과 독소와 온갖 병균과 바이러스, 혹, 냉적, 물혹 같은 것들을 일거에 말끔히 소멸해 버리는 것이다.

그러니 제아무리 난치병균인들 살아남을 방법이 있겠는가. 잉여 지방질, 각종 혹과 병균과 바이러스 노폐물이 사라진 다음에는 몸에서 더이상 에너지원을 찾을 수 없을 때는 공기 중에서 영양분을 흡수하여 에너지원으로 삼을 수밖에 없게 된다.

수행인들에게 단식은 자기 몸을 스스로 정화하고 다스리는 능력을 시험하는 필수 과정이기도 하다. 그리고 그 대가로 어떠한 난치병도 스스로 치료할 수 있는 자연치유력을 섭리로부터 부여받을 수 있게 해 준다.

이제 마음공부와 기공부에 좀더 정성을 다하면 진리인 참나에 한 걸음 더 가까이 다가설 수 있을 것이다.

이 글을 읽고 단식을 단행하려는 수련자 여러분에게 꼭 당부하고 싶은 말이 있다. 단식 도중에 될 수 있으면 아침에 깨어나서부터 낮 동안에 물을 마시지 말기 바란다. 단식을 하면 몸에 양기가 활발하게 순환하는데 물이 들어가면 잘 타오르는 장작불에 갑자기 물을 끼얹는 것처럼 양기를 꺼 버리는 것이 되기 때문이다.

실제로 낮에 물을 마시면 허기가 지든가 몸이 축 늘어지고 기운이 빠지게 된다. 정 물이 먹고 싶으면 음기가 가장 많이 발동하는 저녁 식사 2시간 후 가능하면 8시와 10시 사이에만 마시기 바란다.

〈81권〉

대사일번(大死一番)에 득도(得道)

건설업체를 운영하는 50대 초반의 고일남 씨가 오래간만에 찾아왔다. 그는 이미 대주천 경지를 통과하여 현묘지도 8단계 수련법을 전수할 대상으로 내심 손꼽고 있을 정도로 수련이 잘되는 수행자들 중의 한 사람이었다.

그런데 오늘 오래간만에 찾아온 그의 모습을 보니 평소의 당당하고 활기찬 모습은 간데없고 몰라볼 만큼 초췌한 모습이었다. 체중도 10킬로 정도는 늘어난 것으로 보였다. 어떻게 된 거냐고 내가 말을 꺼내기도 전에 그가 먼저 입을 열었다.

"선생님, 대단히 죄송하게 됐습니다. 제가 지금 와서 생각해 보니 아무래도 큰 실수를 저지른 것 같습니다."

"아니, 왜요? 무슨 일이 있었습니까?"

"아무래도 제 생각이 좀 짧았던 것 같습니다."

"무슨 일인지 차분하게 자초지종을 얘기해 보시죠."

"네, 그러겠습니다. 한 달 전에 항문 안쪽이 자꾸만 거북한 느낌이 들기에 별생각 않고 병원에 가서 검사를 해 보았더니, 항문 안쪽이 심하게 화농되어 있다고 하면서 바로 치질 전 단계인데 지금 당장 수술하지 않

으면 위험하다고 하는 바람에 딴생각할 겨를도 없이 더럭 겁이 나서 수
술을 했습니다."

"저런, 수술하기 전에 기운은 잘 들어왔습니까?"

"기운은 아주 잘 들어오는 편이었습니다."

"그럼 틀림없이 명현반응이었군요. 수술 전에 전화로라도 왜 나와 상
의하지 않았습니까?"

"당연히 그래야 하는 건데 그때는 그만 깜빡했습니다."

"선도수련에 들어가 본격적으로 운기가 되기 시작하면 우리의 생리 체
계는 보통 사람과는 다르다고 내가 그렇게도 누누이 『선도체험기』에 말
했는데 그걸 잊으셨군요. 3년 전에 수련이 잘되어 신부전증(腎不全症)에
서 회복 중이던 여교사가 의사인 친정아버지의 강요로 투석(透析) 중에
절명을 했는데, 그래도 고일남 씨는 이렇게 살아 있는 것이 다행입니다."

"정말이지 선생님 뵈올 낯이 없습니다."

"이제 다 지난 일을 가지고 아쉬워한들 무슨 소용이 있겠습니까? 죽은
아들 불알 만지기지. 그래 수술한 지 얼마나 됐습니까?"

"꼭 한 달 됐습니다."

"지금 기운은 잘 들어옵니까?"

"수술한 직후에는 전연 기운이 들어오지 않다가 지금은 조금씩 회복
단계에 들어간 것 같습니다."

"그것만이라도 다행으로 생각해야지 어쩌겠습니까? 대주천이 되는 사
람은 적어도 자신의 소우주의 자연치유 능력을 믿어야 합니다. 교통사고
나 안전사고와 같은 외상이 아닌 이상 자연치유력과 자정능력(自淨能
力)을 믿어야 합니다."

"때를 놓치면 생명이 위험하다는 바람에 더럭 겁이 나서 제정신이 아니었습니다."

"선도 수련자는 그런 때 죽게 되면 죽지 뭐 하는 담력을 가졌어야 하는데 그러지 못했던 것이 유감입니다."

"선생님, 그때 제가 끝까지 수술을 거부하였으면 어떻게 되었을까요?"

"사즉생(死則生)의 각오로 임했더라면 항문 속에서 화농한 상처는 때가 되면 저절로 터져서 고름은 밖으로 배출되고 상처는 자연히 아물었을 것입니다. 만약에 고일남 씨가 그러한 모험을 했더라면 대사일번(大死一番)에 득도(得道)란 말 그대로 그야말로 크게 득도를 했던가 최소한 수련에 큰 자신감은 가질 수 있었을 것입니다.

수련이 급성장할 수 있는 좋은 기회를 놓친 것이지요. 무슨 일을 하든지 죽을 각오로 임하지 않으면 큰 성취를 이룰 수 없습니다. 그런데 막상 일을 당하면 십중팔구는 죽음 앞에 위축이 됩니다. 왜 그런지 아십니까?"

"죽음에 대한 공포심 때문인 것 같습니다."

"그렇습니다. 그런 때에 사즉생(死則生)이란 말을 떠올렸어야 합니다. 구도자는 수련을 통하여 죽음 뒤에는 새로운 삶이 시작되고 있다는 것을 압니다. 그런데 유감스럽게도 고일남 씨는 마음공부가 그 수준에까지는 도달하지 못했던 것 같습니다."

"죄송합니다. 선생님, 제 생각이 너무 짧았습니다."

"첫 관문에서는 비록 실패했지만 두 번째 관문이 언제 또 닥칠지 모릅니다. 그때는 이번 일을 교훈 삼아 대사일번(大死一番)에 득도(得道)의 대훈(大勳)을 이루시기 바랍니다."

"꼭 명심하겠습니다."

이때 옆에서 이러한 대화를 주의 깊게 경청하던 한 수련생이 말했다.

"선생님, 외상을 빼놓고 자연치유력만으로는 해결이 안 되어 꼭 수술을 해야만 되는 경우는 없습니까?"

"수련자에게 있어서 내과 질환의 대부분은 자연치유력으로 치유된다고 할 수 있습니다. 그러나 심장에 구멍이 뚫려 있는 것 같은 선천성 기형이나 백내장(白內障), 황반변성(黃斑變成) 같은 안과 질환은 자연치유력만으로는 안 되는 수도 있습니다. 수술은 이런 때 하는 겁니다."

〈82권〉

윤회사상은 고대 지배층이 날조해 낸 통치 수단일까?

우창석 씨가 물었다.

"선생님, 일부 기독교인과 좌파 정치인들이 그러는데, 불교의 윤회사상은 고대로부터 정치 지배층이 하층민들의 정치에 대한 불만을 잠재우고 그들의 가혹한 운명에 군소리 없이 순응케 하기 위한 수단으로 날조해 냈다고 합니다.

특히 불교의 발상지인 인도에서는 최하층민인 불가촉천민(不可觸賤民)을 효과적으로 다스리는 데 현세의 불운을 전생의 업장으로 돌리는 윤회사상 이상의 효과적인 수단이 없다고 합니다. 이에 대해서 선생님께서는 어떻게 생각하십니까?"

"얼핏 듣기에는 참으로 그럴듯하지만 한갓 견강부회(牽强附會)일 뿐이지 사실이 아닙니다. 윤회와 전생에 대한 중상모략이라고도 말할 수 있습니다. 지배층이 피지배층을 효과적으로 다스리기 위해서 윤회사상과 전생을 그렇게 악용한다면 그들이야말로 이생에서 가공할 인과를 저지르게 될 것입니다."

"무슨 뜻입니까?"

"그들은 백성을 순리로 다스릴 생각은 하지 않고 자기네들의 학정(虐政)과 비정(秕政)을 합리화하기 위하여 진리를 악용한 가공할 인과를 짓게 된다는 얘기입니다. 그들은 천망회회소이불실(天網恢恢疎而不失)의 이치를 무시한 철모르는 짓을 하고 있는 것입니다. 그들은 바로 이러한 어리석음 때문에 다음 생에는 그들 자신들이 바로 불가촉천민으로 태어날 업장을 짓게 될 것입니다. 세상을 속이면 숨을 자리라도 있지만 하늘 즉 진리를 속이고는 숨을 곳조차 없기 때문입니다.

윤회를 부인하는 것은 육안으로는 병균이 보이지 않는다고 해서 병균이 없다고 말하는 것과 같습니다. 사람의 마음이 맨눈으로는 보이지 않는다고 해서 없다고 말할 수 있겠습니까? 그래서 열 길 물속은 알아도 한 길 사람 속은 알 수 없다고 말하는 것은 사람의 마음을 알 수 없다는 얘기지 마음이 없다는 말은 아닙니다.

마음을 알 수 없다는 것과 마음의 존재를 부인하는 것은 별개의 사항입니다. 눈에 보이지 않는다고 해서 마음이 없다고 할 수 없는 것과 같이 눈에 보이지 않는다고 해서 전생과 윤회를 부인할 수 없습니다.

윤회를 부인하는 것은 인과를 부정하는 것과 같습니다. 인과를 부정하는 것은 자기 자신의 존재를 부정하는 겁니다. 이 세상에 이유 없이 존재하는 것은 아무것도 없기 때문입니다. 어제의 내가 있기 때문에 오늘의 내가 있는 겁니다. 전생의 나를 부인하는 것은 어제의 나를 부인하는 것과 같습니다."

"선생님 말씀을 듣고 보니 그들 기독교인들과 좌파 정치인들은 새빨간 거짓말을 하고 있다는 생각이 듭니다. 그런데도 그들이 그런 주장을 하는 것은 무엇 때문일까요?"

"어리석고 무지하기 때문입니다. 그들은 제법 기발하게 사물의 진상을 꿰뚫은 듯이 말하지만 실상은 한 치 앞을 못 보는 어리석음과 무지를 범하고 있습니다. 그들은 똑똑한 체하지만 사실은 헛똑똑이에 지나지 않습니다. 왜냐하면 그들은 자기 자신의 존재를 부인하는 잘못을 저지르고 있기 때문입니다."

제대로 인정하기

삼공 선생님께.

선생님, 아직도 한낮엔 꽤나 무더운데 그동안 안녕하셨습니까? 상주 이미혜입니다. 방학을 했지만 여러 가지 집안일과 개인 사정으로 찾아뵙지 못해서 죄송합니다.

그리고 지난번 메일에서 의논드린 그 문제는 잘 해결이 되었습니다. 이상하게 그렇게 들끓던 마음이 내가 도대체 지금 무엇 때문에 그렇게 괴로워하느냐고 냉정하게 이기적이고 독선적인 마음들을 들여다보고 또 있는 그대로를 인정하고 나니 그때부턴 너무도 쉽게 가라앉더군요.

그래서 방학하기 전에도 덤덤하게 민감하지 않게 지냈고 또 개학을 하고 난 지 이 주일이 넘도록 마음이 평온합니다. 이렇게 아무렇지도 않은 것을 그땐 왜 그랬던가 하고 생각하니 참 씁쓸합니다. 아직도 이런 지경이니 원... 마음을 확실하게 다지면 감정조절이 한결 쉬워진다는 선생님 말씀이 역시 맞았습니다. 이제 적어도 혐오감에 대한 감정만큼은 그 허상에 휘둘리지 말고 바위처럼 무심하고 물처럼 유연하게 처신할 수 있을 듯싶습니다. 좋은 공부를 하였습니다. 그럼 오늘 올라가서 뵙겠습니다. 안녕히 계십시오.

【필자의 회답】

마침내 험준한 고개 하나를 또 넘는 데 성공하셨군요. 축하합니다. 수행이란 그렇게 한 가지 한 가지씩 몸으로 체험하면서 끊임없이 앞으로 앞으로 나아가는 겁니다. 그것들을 극복한 소중한 체험과 지혜들이 응집되어 다음 도전에서는 큰 힘을 발휘하게 될 것입니다.

아직도 갈 길이 머니까요. 앞으로는 어떠한 난관이 닥쳐와도 지난번처럼 당황하는 일 없이 의연하고 당당하게 뚫고 나갈 것이라 확신합니다.

보이는 저 너머까지 꿰뚫어 보기

삼공 선생님께.

선생님, 안녕하셨습니까? 저 상주 이미혜입니다. 불과 지지난 주 삼공재에 갈 때까지만 해도 삽상하기만 하던 11월이었는데 갑자기 기온이 뚝 떨어지니 이제야 겨울이 온 듯합니다. 우리 서민들에게는 추운 겨울이 괴롭겠지만 겨울은 또 제 역할에 충실하려면 추울 수밖에 없겠지요.

어제 그제 이틀 연속 오후 내내 만사 제치고 시간을 내서 칼바람이 부는 산엘 다녀왔습니다. 눈이 온 뒤라서 그런지 음지쪽은 아직도 그 자취가 남아 있어서 이는 바람도 매섭더군요. 하지만 그 바람 속에서 난 지금 제대로 잘살고 있는가를 골똘히 생각하느라 해 지는 줄도 모르고 어둑어둑해져서야 내려왔습니다. 과연 나에게도 보이는 저것들 너머에 있는 보이지 않는 것들까지 꿰뚫어 볼 수 있는 지혜가 생기는 것일까요?

　선생님께 화두를 받은 지가 벌써 근 한 달이 되어 가는데 죄송하게도 아직 제자리걸음입니다. 제가 중3 담임인 관계로 일단 다음주 화(12/13)요일에 마지막 남은 인문계 원서를 마감하고 나야 그나마 숨 돌릴 틈이 생길 듯싶습니다.

　근 3주 정도 정신없이 일을 하면서도 화두를 놓치지 않으려 애는 썼지만 전력투구를 하지는 못했습니다. 바쁠수록 그 일에 지치지 말고 잘 갈무리해야겠다고 맘먹어서인지 일은 실수 없이 잘 하고 있습니다만 수련 시간은 부족합니다.

　특히 정좌를 많이 하지 못했는데 그래서인지 전과 다르게 정좌를 오래 할 수가 없어 안타깝습니다. 그전에 비해 다리가 자주 저려서 자세가 흐트러지다 보니 집중을 못하고 있습니다.

　하지만 조바심을 낼 일이 아닌 만큼 원인 분석을 더 철저히 여러 각도로 해 보면서 계속 화두에 몰두해 볼까 합니다. 오늘 1, 2학년 마지막 시험 날이어서 시간이 될 듯싶어 선생님을 뵙고자 합니다. 그럼 조금 있다가 뵙도록 하겠습니다. 부족한 저에게 늘 용기를 주시고 격려해 주셔서 감사합니다. 그럼 안녕히 계십시오.

2005년 12월 9일 금요일
상주에서 이미혜 올립니다.

【필자의 회답】

현묘지도 화두를 염송하다가 보면 화면이 뜨거나 소리가 들릴 때가 있을 것입니다. 그때까지 느긋하게 기다려야 합니다. 화두 받은 후 강한 기운이 들어오는 것은 응답을 받기 위한 준비작업이 진행 중임을 말하고 있습니다. 응답을 받을 수 있을 만큼 심신이 진화되어야 하기 때문입니다. 이것을 양신(養神)이라고도 합니다. 양신이 충분히 되어야 시해(尸解) 즉 출신(出神)을 할 수 있습니다.

정좌나 가부좌를 하는 것도 좋지만 그것이 불편하면 어떠한 자세를 취해도 상관없습니다. 호흡이 잘 되는 자세를 취하시기 바랍니다. 빨리 되는 것이 중요한 것이 아니고 늦게 되더라도 확실하게 되는 것이 중요합니다.

〈83권〉

유다 복음

우창석 씨가 말했다.

"요즘은 기독교에서 중요시하는 부활절(4월 16일)을 준비하는 성스러운 고난 주간인데, 공교롭게도 '유다 복음'이란 고대 문서가 공개되어 사람들의 관심을 끌고 있습니다. 내셔널 지오그래픽(The National Geographic)이 내용을 공개한 '유다 복음'이란 문서로서, 예수를 배신했다는 가룟 유다의 복음서입니다.

감정 결과 이 문서는 1700여 년 전에 씌어진 진품으로 판명됐습니다. 그런데 그 내용이 기존 성경의 4대 복음과는 전연 다릅니다. 유다가 예수를 로마군에게 밀고한 것은 유다가 자의로 한 것이 아니고 예수의 지시를 따랐다는 겁니다. 유다 복음에 따르면 예수는 유다를 따로 불러 '너는 그들(다른 제자들)을 모두 능가할 것이다. 너는 인간의 형상으로 이 땅에 온 나를 희생시킬 것이기 때문이다'라고 말했습니다.

예수는 십자가 죽음의 예언을 실현하기 위해 유다에게 자신을 고발할 것을 지시한 것입니다. 다시 말해서 예수는 십자가에 매달려 죽음으로써 육체를 벗어나 참된 영적인 존재가 된다는 이치를 유다에게 알려 준 것입니다. 그러나 이러한 사실을 전연 모르는 다른 제자들은 유다를 배신자로 낙인찍었습니다. 이 때문에 예수는 유다에게 '너는 오랫동안 저주받겠지만 그들을 다스리게 될 것'이라고 말해 주었습니다."

"그 말을 들으니까 생각나는 것이 있습니다. 4대 복음서에 보면 예수가 최후의 만찬에서 '너희 가운데 한 사람이 나를 넘겨줄 것'이라고 말한 다음 유다를 보면서 '네가 할 일을 하여라'고 독촉한 대목입니다. 미리 짜고 하는 일이 아니라면 '네가 할 일을 하여라' 하고 명령하지는 않았을 것입니다.

지금까지는 이것을 예수가 유다의 흑심을 독심술로 미리 알아차리고 말한 것처럼 해석해 왔지만, 지나치게 의도적이고 어딘가 아귀가 맞지 않는다는 생각이 들었습니다. 차라리 유다 복음대로 만찬 사흘 전에 두 사람이 미리 각본을 짜고 한 일이라는 것이 더 현실적이고 사리와 이치, 경우에도 맞습니다.

더구나 예수가 '너는 오랫동안 저주받겠지만 그들을 다스리게 될 것'이라고 말한 것이 실현된 것 같습니다. 진실은 한때 숨길 수는 있어도 영원히 숨길 수는 없어서 언젠가는 반드시 세상에 드러나게 되어 있습니다. 파사현정(破邪顯正), 사필귀정(事必歸正)이라는 사자성어가 입증되는 것 같군요."

"유다 복음은 유다의 위상만 바꾸어 놓은 것이 아닙니다. 관련 학자들은 기독교의 근간인 부활 신앙 자체에 의혹을 제기하는 의미로도 풀이합니다. 그것을 입증이라도 하듯 유다 복음은 유다가 예수를 고발하는 것으로 끝납니다. 예수가 죽음에서 부활하는 장면이 없습니다.

예수가 육신을 벗어나는 것으로 영생을 얻었으므로 구태여 무덤에서 되살아나 하늘로 오르는 과정이 불필요하다는 해석이 가능합니다. 육체는 영혼이나 정신을 가두어 두는 감옥으로 간주되기 때문입니다.

　이러한 인식은 예수 사후 성행했던 그노스티시즘(Gnosticism) 즉 영지주의(靈智主義)의 영향으로 보입니다. 영지주의는 육체와 정신을 나누는 이원론(二元論)으로, 인간이 수행을 통한 어떤 깨달음 또는 신비한 직관으로 육체를 벗어남으로써 신과 같은 영적인 존재가 될 수 있다고 믿었습니다. 따라서 부활에 대한 믿음이 필요 없게 됩니다. 제가 보기에는 이러한 영지주의적 관점이 부활론보다 훨씬 더 진리에 가깝습니다.

　그런데 공교롭게도 바로 이 때문에 기독교는 일찍부터 유다 복음을 이단으로 규정했습니다. 리옹의 이레네우스 주교는 180년경에 쓴 글에서 유다 복음을 이단으로 규정했습니다. 그로부터 1800여 년이 지난 지금 기독교는 다시금 지하에서 되살아난 유다 복음의 도전을 받게 되었습니다. 예수의 생애를 성경과는 전연 반대의 관점으로 본 〈다빈치 코드〉를 연상케 합니다. 선생님께서는 예수의 부활을 부정한 유다 복음에 대하여 어떻게 생각하십니까?"

　"기독교에는 십자가에서 죽은 예수의 부활을 비롯하여 그를 동정녀 마리아가 낳았다느니, 죽은 사람을 살리고 물을 포도주로 만들고 떡 두 개와 물고기 다섯 마리로 5천 군중을 먹이고도 다섯 광주리가 남았다느니, 예수가 재림하여 산 자와 죽은 자를 심판한다느니, 예수가 십자가에서 흘린 피를 의지하지 않으면 누구도 구원받을 수 없다느니 하는 황당무계한 얘기들이 많습니다.

　이것은 기독교가 진리로서의 요건을 갖추는 데 결정적인 결격 사유에 해당됩니다. 그런 것들은 모조리 다 진리로서의 보편타당성과 호환성이 없기 때문입니다. 이러한 잘못을 보완하기 위해서 기독교 초기의 영지주의파에서 써낸 것으로 도마 복음이 있는데, 이번에 유다 복음이 또 나타 났습니다.

구도자의 관점에서 볼 때는 영지주의파의 주장이 훨씬 더 진리에 가깝고 합리적입니다. 더구나 지금은 종교의 다원주의가 힘을 얻고 있는 시대입니다. 위에 말한 기독교의 허점과 약점들은 이미 톨스토이, 토인비, 헤르만 헤세, 다석 유영모 같은 선배 구도자들에 의해서 낱낱이 폭로, 규명되었습니다. 이제 기독교는 과거의 권위주의적이고 사리에 맞지 않는 미신에서 과감하게 벗어나야 합니다."

"그런데도 왜 기독교는 그런 황당무계한 기복 신앙과 미신에서 벗어나지 못하는 것일까요?"

"예수가 활동하던 시대의 몽매한 사람들의 수준에 맞추어 포교를 하자니까 그런 미신적인 방편을 쓰지 않을 수 없었을 것입니다. 그리고 그 후 기독교가 조직을 갖추고 권력과 야합함으로써 더욱더 미신적으로 세속화하고 기복 신앙화(祈福信仰化)될 수밖에 없었습니다. 초야권(初夜權), 마녀 사냥, 면죄부, 십자군 학살극 같은 것이 그 좋은 본보기입니다.

그러나 이제 시대는 달라졌습니다. 기독교는 더이상 권력과 야합할수 없게 되었고 기독교보다 훨씬 경쟁력이 강한 다양한 종교들과 공존하지 않을 수 없게 되었습니다. 이러한 시대에는 어떠한 종교든지 다른 종교들보다 진리에 한층 더 가깝고 합리적이고 설득력이 있어야 살아남게 되어 있습니다.

살아남기 위해서도 진리성(眞理性)도 없고 보편타당성(普遍妥當性)도 호환성(互換性)도 없는, 허무맹랑하고 황당무계한 미신적이고 기복적(祈福的)인 요소들은 과감하게 제거되어야 합니다. 그렇게 하지 않으면 기독교는 더이상 정보화 시대에 지구상에서 생존할 수 없게 될 것입니다. 유다 복음, 도마 복음, 〈다빈치 코드〉 같은 것은 그 과정을 촉구하고 있다고 보아야 합니다."

"뭐니 뭐니 해도 기독교의 핵심은 예수 그리스도의 십자가의 보혈에 의하지 않으면 누구도 그 영혼이 구원받지 못한다는 구속신앙(救贖信仰)입니다. 그런데 공교롭게도 영지주의(靈智主義)적 도마 복음, 유다 복음, 〈다빈치 코드〉는 이것을 근본적으로 부정하고 있는데 이 점을 선생님께서는 어떻게 생각하십니까?"

"깨달음을 중요시하는 영지주의 쪽이 진리에 가깝습니다. 인간의 영혼이 구원을 받는 것은 진리에 대한 자각을 통하여 거짓 나에서 벗어나 참나에 스스로 도달하는 것이지, 어떤 존재가 십자가에서 피를 흘림으로써 구원이나 깨달음을 얻게 한다는 것은 말이 되지 않습니다. 깨달음은 수행을 통해서 자기 내부에서부터 스스로 쟁취하는 것이지 남이 자기를 위해 희생을 치른 대가로 외부에서 얻어지는 것이 결코 아닙니다.

동화도 아니고 우화도 아닌 이상, 이것처럼 사리에도 이치에도 경우에도 맞지 않는 말이 어디에 있습니까? 이것이야말로 진리도 아니고 보편타당성과도 거리가 멀고 호환성(互換性)도 전연 없는 동화(童話)나 미신이 아닐 수 없습니다.

이것만 알게 되면 그 밖의 동정녀 마리아 설, 각종 이적(異蹟)과 초능력 행사 등도 진리와는 전연 관련이 없는 말변지사(末邊之事)요 유치한 동화나 우화 수준에 지나지 않는다는 것을 알게 될 것입니다. 이런 일로 더이상 설왕설래(說往說來)하는 것이 시간이 아까울 정도입니다."

"그런데도 그러한 기독교가 지구상의 종교 인구의 상당 부분을 아직도 지배하고 있다는 데 문제의 심각성이 있는 것이 아니겠습니까?"

"그건 사실입니다. 그러나 지난 2천 년간 구축되어 온 거대한 종교적 미신의 아성과, 그동안 종교 권력의 탄압으로 잊혀져 왔던 진실들이 지금 하나하나 노출됨으로써 조금씩 조금씩 무너지고 있다고 보아야 할 것입니다."

〈84권〉

행복이란 무엇입니까?

오재숙이라는 40대 수련자가 물었다.

"선생님, 행복이란 무엇입니까?"

"불행하지 않은 것이 행복입니다."

"행복이란 추구할 가치가 있습니까?"

"행복과 불행의 중간을 유지할 정도라면 충분히 추구할 가치가 있습니다."

"왜 그렇게 생각하십니까?"

"무엇이든지 지나친 것은 모자라는 것과 같기 때문입니다. 과유불급(過猶不及)이란 말이 있지 않습니까? 행복의 차하위 개념이 쾌락입니다. 쾌락을 지나치게 추구하는 사람은 건강을 망치고 천박해지는 것처럼 행복만을 과도하게 추구하는 사람은 신중하지 못하고 경박해질 수밖에 없습니다.

만남의 즐거움이 있으면 이별의 슬픔이 있고 사랑의 이면은 미움인 것처럼 행복의 이면은 불행이기 때문입니다. 따라서 불행하고 싶지 않으면 너무 행복에 집착하지 않는 것이 좋습니다. 그래서 수련하는 사람 즉 구도자는 행복 같은 거 추구하지 않습니다."

"그럼 무엇을 추구합니다."

"마음의 평안과 건강입니다."

"행복은 마음의 평안에서 오는 것이 아닌가요?"

"마음의 평화를 원하는 사람은 행복 같은 것을 따로 추구하지 않습니다. 명예에는 언제나 불명예라는 그림자가 따라다니고 행복에는 반드시 불행이라는 그림자가 따라다니지만 마음의 평화에는 불행의 그림자 같은 것이 따라다니지 않기 때문입니다."

"그렇다면 행복은 탐욕의 일종이라는 말씀인가요?"

"집착하는 행복은 그렇습니다. 그래서 엄격한 절제가 따르지 않는 한 행복은 항상 불행을 각오하지 않으면 안 되게 되어 있습니다. 그러나 마음의 평안은 탐욕과는 상관이 없습니다. 다시 말해서 마음의 평안은 오욕칠정을 극복한 지혜의 산물이니까요.

마음의 평안은 부동심(不動心)과 평상심(平常心)이기도 합니다. 부동심과 평상심은 구도자로 하여금 자기 자신의 존재의 실상을 포착할 수 있게 합니다. 존재의 실상을 포착한다는 것은 생사와 시공을 초월한 진리의 세계에 진입하는 것을 말합니다."

"행복에는 불행의 그림자가 따라다니듯 건강에는 질병이 그림자처럼 따라다니지 않습니까?"

"건강 역시 마음의 평화와 같이 탐욕과는 상관없는 일종의 생활의 지혜에서 얻어집니다. 그러나 건강해지기 위해서 너무 욕심을 부리면 도리어 건강을 해칠 수도 있습니다. 조선시대의 왕들처럼 보약을 너무 많이 들면 도리어 건강을 해치게 됩니다. 그러나 진정으로 건강을 추구하는 사람은 그러한 욕심까지도 극복해야 합니다."

"마음의 평정을 유지할 수 있는 사람은 가만히 있어도 건강해질 수 있지 않을까요?"

"그렇지 않습니다. 마음의 평화는 건강 유지에 중요한 조건이 될 수 있지만 건강의 전부는 아닙니다. 아무리 부동심과 평상심이 확고하게 자리잡은 사람이라도 절식하지 않고 적당한 운동을 하지 않으면 반드시 비만 환자가 되지 않을 수 없게 되어 있습니다."

"그럼 건강 유지의 비결은 무엇입니까?"

"마음이 편안하고 적게 먹고 많이 움직여야 합니다. 이것을 심안소식다동(心安小食多動)이라고 합니다. 어떤 사람은 가령 신장이 170센티라면 체중은 70킬로그램이면 된다고 하지만 나는 그렇게 생각지 않습니다."

"그럼 체중이 어느 정도 되어야 합니까?"

"적어도 60킬로그램 이하여야 합니다."

"왜 꼭 그래야 합니까?"

"내 체험에 의하면 그 정도가 되어야 수련하기에 가장 알맞습니다."

"선생님은 신장과 체중이 얼마십니까?"

"나는 신장 172센티에 체중 57킬로그램입니다."

"그건 지나친 저체중이 아닙니까?"

"음양식을 하다가 하루 2식이 정착된 지 4년이 넘다 보니 지금의 체중이 나에게는 수련하기에 가장 적합하다는 걸 알게 되었습니다. 그래서 그 체중을 늘 유지하려고 노력하고 있습니다. 비만보다는 차라리 약간의 저체중이 건강을 유지하는 데는 제격입니다. 몸이 항상 약간 마른 상태라야 젊었을 때 입던 옷도 언제나 입을 수 있습니다.

우선 몸이 건강해야 마음의 평화를 유지할 수 있습니다. 몸이 건강하지 못한데 어떻게 마음의 평안을 유지할 수 있겠습니까? 그래서 선도 수련자에게 있어서 건강과 마음의 평정은 필수 요건입니다."

흔들리지 않는 마음의 정체

"마음의 평정이란 어떤 상태를 말합니까?"

"오늘 당장 지구의 종말이 온다고 해도 마음이 흔들리지 않는 것을 말합니다."

"우리 인간이 삶의 뿌리를 내리고 수백만 년을 살아온 지구에 종말이 온다는데 어떻게 마음이 흔들리지 않을 수 있겠습니까?"

"지구의 종말이 눈앞에 다가왔는데도 흔들리지 않는 마음이라면 그것은 곧 우주 전체를 다스리는 우주의 마음일 수밖에 없습니다. 우주 내의 수조억 개의 별 중에서 하나의 행성에 지나지 않는 지구 하나쯤 사라진다고 해서 우주의 마음이 흔들리는 일은 있을 수 없습니다. 인간의 마음이 우주의 마음과 하나가 되었을 때 우리는 우주의 마음이 될 수 있습니다. 인간의 마음은 본래가 우주의 마음이니까요."

"인간의 마음이 우주의 마음이 될 수 있는 비결을 좀 가르쳐 주실 수 있겠습니까?"

"있고말고요."

"어떻게 하면 됩니까?"

"이웃을 내 몸처럼 사랑하고 항상 대인관계에서 상대의 처지를 생각하는 사람, 다시 말해서 사욕(私慾)에서 떠나면 떠날수록 우리는 우주심 (宇宙心)에 접근할 수 있습니다."

"우주심이 무엇입니까?"

"우주심이 곧 우리 인간의 자성(自性)입니다."

"그런데 왜 우리 인간은 겉보기에 똑같은 사람은 하나도 없고 백인백색(百人百色)이요 천차만별(千差萬別)입니까?"

"인간은 하나와 공(空)이라는 보편성을 갖고 있으면서도 만물(전체)과 색(色)이기도 하기 때문입니다. 하나는 전체이고 공(空)은 색(色)이기 때문입니다. 그래서 인간은 누구나 다 자기만의 개성을 가지고 있으면서도 우주심이라는 공통분모를 공유하고 있는 것입니다.

따라서 우리는 우주의 작고 미세한 한 부분이면서도 그 속에 우주 전체가 하나 되어 들어 있는 존재입니다. 그래서 우리는 하나이면서도 전체이고 공이면서도 색입니다. 우리 각자는 특이한 개성을 갖고 있으면서도 우주라는 무한과 영원을 함께 공유하고 있다는 얘기입니다. 이 사실을 마음과 몸 전체로 깨닫고 있는 사람은 항상 마음의 평정을 유지할 수 있는 것입니다. 다시 말해서 오늘 당장 지구의 종말이 와도 마음이 흔들리지 않는다는 것은 바로 이 때문입니다."

〈85권〉

화나고 짜증나고 속상할 때

40대 중반의 고순희 씨가 물었다.

"선생님, 제가 집에서 마음먹고 수련을 좀 하려고 하면 꼭 방해하는 일이 벌어지곤 합니다. 예상치 못했던 가까운 친척이나 친구가 찾아온다든가 집안에 뜻하지 아니한 우환이 생긴다든가 합니다.

하도 이런 일이 자주 일어나니까 은근히 화가 나고 짜증도 나고 속도 상하고 약이 오르곤 하여 어떤 때는 속이 부글부글 끓고 열이 치받아 올라서 어떻게 해야 좋을지 모르고 방방 뛸 때가 자주 있습니다. 이런 때는 어떻게 해야 합니까?"

"그럴 때는 우선 속을 가라앉히고 조용히 생각을 가다듬어야 합니다."

"무슨 생각을 어떻게 가다듬는다는 말씀입니까?"

"수련을 방해하는 일이 생길 때마다 화나고 짜증난다고 방방 뛰고, 약 오르고 속상해한다고 해서 유익한 것이 무엇인가? 하고 말입니다. 기분 나쁜 일이 생길 때마다 화를 낸다면 화를 낸 만큼 마음이 상할 것이고 그것이 자꾸만 쌓이면 몸에 병이 생기게 될 것입니다.

어디 그뿐이겠습니까? 내가 화를 냄으로써 나 자신은 말할 것도 없고 내 주변 사람들에게도 폐를 끼치게 되어 있습니다. 이런 것을 냉철하게 손익 계산을 해 보면 화내는 것은 결국 자기 자신과 이웃에게 손해만 끼치게 되어 백해무익(百害無益)하다는 것을 알게 될 것입니다.

이처럼 화가 나거나 역정이 나거나 속이 뒤집어질 때마다 자기 자신과 주변을 냉정하게 객관적으로 살펴보면서 흔들리고 미쳐 날뛰는 자기 마음을 스스로 다스리는 것을 자기성찰(自己省察)이라고 합니다. 구도자는 누구나 자기성찰을 일상생활화 하므로 여간해서는 화나고 속상한 일이 있어도 슬기롭게 극복해 나갈 수 있습니다."

"저도 『선도체험기』를 73권까지 읽었으므로 선생님께서 말씀하시는 뜻은 잘 이해하겠습니다만은 막상 화나는 일이 생기면 저 자신도 모르게 미처 생각을 해 보기도 전에 순식간에 폭발해 버리고 맙니다. 이럴 때는 어떻게 하죠?"

"그럴 때 고순희 씨는 자신을 야생마(野生馬)로 보고, 자신의 마음을 그 말을 길들이는 조련사(調練師)라고 생각하십시오. 조련사의 말을 듣지 않고 곧잘 횡포를 부리는 야생마를 어떻게 하면 길들일 수 있을까 연구해야 합니다. 야생마처럼 날뛰는 자기 마음을 길들이지 못하고는 자기가 목적하는 일은 아무것도 이룰 수 없다는 자각을 가지고 우선 마음을 다스려야 합니다. 그것이 바로 자제력을 기르는 겁니다.

이 세상에 뜻있는 일 쳐놓고 공부, 연구, 수행... 무엇이든지 자기 마음을 원하는 일에 집중하지 않고 성공할 수 있는 것은 아무것도 없습니다. 따라서 인생에 성공하느냐 실패하느냐 하는 것도 따지고 보면 자기 마음을 다스릴 수 있느냐 없느냐에 달려 있습니다. 이 세상에서 누구든지 자기 마음을 원하는 대로 움직일 수 있다면 그 사람은 이웃을 움직일 수 있고 대중을 움직일 수 있고 세상을 움직일 수 있습니다.

수련의 성패 역시 자기 마음을 다스릴 수 있느냐 없느냐에 달려 있습니다. 갑자기 자기 자신도 모르게 순간적으로 화가 치밀어 올라 폭발했을 때는 어떻게 하느냐? 화가 폭발한 것을 자인하는 순간 아차 내가 또 실수했구나 하고 그 즉시 제동을 걸어야 합니다. 일단 제동이 걸리면 주변 사람들에게 자신의 불찰을 사과하고 자기 잘못을 신속하게 수습해야 합니다. 이런 일이 여러 번 반복되면 자연 자제력이 점차 향상될 것입니다.

그러나 일단 폭발한 화를 스스로 깨닫지도 못하고 많은 사람들에게 피해를 입혔을 때는 그 현장을 재빨리 빠져나가야 합니다. 내가 남에게 유익한 일은 못 할망정 해를 끼쳤음을 알아차렸건만 아직은 자기 자신을 제어할 수 있는 능력이 없을 때는 우선은 현장을 빠져나와 더이상 문제가 확산되는 것을 막아야 합니다.

어떤 사람은 화가 폭발했을 때 호두알을 굴리기도 하고, 하나에서 백까지 셈을 세기도 하고 빨리 걷기를 하기도 합니다. 속보(速步)가 먹혀들지 않을 때는 달리기를 하기도 하고 수영을 하기도 하고 격투기 연습을 하기도 하고, 심지어 암벽 등반으로 치밀어오는 화를 삭이기도 합니다. 화를 삭인다고 술을 마시거나 색탐을 하거나 도박에 빠지는 것은 사태를 더욱더 악화시키는 치졸한 방법일 뿐입니다.

좌우간에 무슨 수를 쓰든지 자기 자신을 이겨야 합니다. 참을 인(忍)자 셋이면 살인도 면한다고 합니다. 어떠한 기발한 방법을 동원하든지 간에 극기(克己)에 전력투구해야 합니다. 자제력을 구사할 수 없는 사람은 수행은 말할 것도 인생에서도 실패를 면할 수 없을 것입니다.

상선약수(上善若水)라고 노자는 말했습니다. 최고의 선은 물과 같다는 뜻입니다. 마음을 물 흐름처럼 유연하게 할 수만 있다면 자기 속에서 치미는 화 때문에 고생하는 일은 없을 것입니다. 물은 언제나 높은 데서 낮은 데로 흐르는 겸손과 양보의 미덕을 발휘합니다. 흐르다가 바위를 만나면 미련하고 어리석은 사람처럼 무모하게 그 바위와 부딪치거나 뚫고 나가려고 하지 않고 항상 에돌아갑니다.

　이러한 겸허함 때문에 물은 끝내 강과 대하를 만나 대양과 합류하게 됩니다. 또한 물은 모든 생물의 기본 요소가 되고 모든 물질의 원천이 되면서도 자기를 희생할 뿐 자신을 주장하는 일이 없습니다. 물의 겸손을 만분의 일이라도 닮을 수 있다면 치미는 화 따위는 능히 다스릴 수 있을 것입니다."

중풍 부른 암 수술

안경희라는 40대 수련사가 밀했다.

"선생님, 제 친구는 남편이 현직 검사로서 비교적 잘사는 편입니다. 시부모님도 건강한 편이고 부족한 것 없이 노후를 즐기고 있었습니다. 시부모의 40회 결혼기념일이 되자 제 친구는 며느리로서 좀 색다른 효도를 해 보자는 생각을 하게 되었습니다.

궁리 끝에 남편과 의논하여 권위 있는 큰 병원에 가서 종합검진을 받게 하는 것이 좋겠다는 합의를 하게 되었습니다. 그런데 막상 검진을 하고 보니 시어머니한테 큰 문제가 생겼습니다."

"왜요. 혹시 암이라는 진단이라도 나왔나요?"

"네 바로 그겁니다."

"무슨 암인데요?"

"췌장암이라는 진단이 나왔다고 합니다. 말기 직전인데 앞으로 3개월밖에 못 산다는 겁니다."

"금년에 연세는 어떻게 되었는데요?"

"예순아홉이라고 합니다."

"의사는 뭐라고 말했답니까?"

"수술을 하면 생존율은 20프로라고 말했답니다. 가족회의 끝에 결국은 수술을 하기로 결정했답니다."

"아니 생존율이 20프로밖에 안 되는데도 수술을 결정했다는 말입니까?"

"생존율이 단 1프로밖에 되지 않는다고 해도 3개월 뒤에 돌아가시게 하는 것보다는 수술하는 것이 낫고 그것이 효도라고 가족들은 생각한 모양입니다. 그래서 수술했는데 뜻밖에도 합병증이 생겨서 말도 못하고 온몸이 마비가 되었다고 합니다. 눈빛만 살아 있을 뿐 완전히 식물인간이 되어 병원에 누워 계시다고 합니다."

"중풍을 맞으셨군요."

"그렇다고 합니다. 그런데 시어머니가 며느리를 바라보는 눈빛에는 종합검진 제안을 먼저 꺼낸 그녀에 대한 지독한 원망이 실려 있다고 합니다. 제 친구는 그 눈빛만 보면 오싹 소름이 끼쳐서 밤잠을 이룰 수 없다고 합니다.

온 집안은 이 뜻밖의 재앙에 초상난 집보다 더 큰 상심에 잠겨 있다고 합니다. 이렇게 일을 당하고 나서야 가족들은 종합검진을 하고, 수술을 하지 않고 차라리 그대로 있었더라면 좋았을 것이라고 후회를 하고 있다고 합니다."

"생존율이 20프로라는데도 수술을 강행한 가족이 잘못입니다. 다 알다시피 현대의학은 고혈압, 고지혈증, 암, 중풍, 심장병, 당뇨, 신부전증 같은 성인병 치료율이 평균 30프로에 지나지 않습니다. 이것은 의학이라고 할 수 없습니다. 차라리 대체 의학이나 자연치유력에 맡기는 것이 훨씬 낫습니다. 수술은 만병통치라는 잘못된 맹신이 재앙을 부른 것이죠.

15년에 걸쳐 『로마인 이야기』라는 15권짜리 역사책을 쓴 시오노 나나미라는 69세의 일본 작가는 혹시 책을 다 쓰기 전에 중병에라도 걸렸다는 진단이라고 나올까 봐 겁이 나서 일체 병원 출입을 하지 않았다고 합니다. 고령자는 차라리 그것이 현명한 태도였다고 볼 수 있습니다."

"혹시 이 뜻밖의 재앙을 가라앉힐 수 있을 수 있는 묘안은 없을까요?"

"문제는 며느리에 대한 시어머니의 원망의 눈빛입니다. 그분이 평소에 마음공부가 조금이라도 되어 있었더라면 어떠한 액난(厄難)을 당한다 해도 누구를 원망하지 말아야 한다는 것을 알았을 것입니다. 자기에게 일어난 일은 모두가 자기 자신이 금생 또는 전생에 지지른 인과응보이니까요. 그것을 알았더라면 며느리를 그처럼 원망하지 않았을 것입니다.

인과응보의 이치를 평소에 터득하고 있었더라면 암 같은 질병에 걸리지도 않았을 것입니다. 남을 원망하는 것은 마음의 병입니다. 마음의 병이 몸의 병의 원인이 됩니다. 그 이치를 일찍이 깨쳤더라면 시어머니는 그런 원망의 눈빛을 며느리에게 보냈을 리가 없습니다. 자기 자신에게 닥치는 어떠한 재앙도 자기 탓이니까요."

"그럼 사람이 이 세상을 떠날 때 편안한 얼굴로 자리에 누운 채 최후를 맞지 못하는 것도 인과응보일까요?"

"그렇고말고요."

"그럼 기독교의 성인인 사도 바울이 참수를 당하고 순교한 것도 인과응보입니까?"

"물론입니다. 이 세상에 인간으로 태어난 어떠한 존재도 비록 성인이라고 해도 인과응보의 법칙에서 단 한 치도 벗어날 수 없습니다. 사도 바울은 기독교도가 되기 전에 수많은 크리스천들을 학살한 살인 청부업자였습니다. 그 죄업으로 참수를 당했을 것입니다."

"그럼 성인도 업장에서 벗어날 수 없다는 말씀인가요?"

"깨달음을 얻어 성인이 되는 것과 그가 이미 저지른 죄업에서 벗어나는 일은 별개의 사항입니다. 참수를 당함으로써 그는 살인의 죄업에서 벗어나지 않았습니까?"

"그럼 예수가 십자가에 매달린 것도 인과응보인가요?"

"틀림없습니다."

"인류의 죄를 구속하기 위해서 십자가에 매달려 죽은 것이 아닙니까?"

"그것은 기독교의 종교적 독단 즉 도그마일 뿐입니다. 예수가 십자가에 매달린 것은 바리새인과 사두개인과 같은 기존 유태교파들이 예수를 없애기로 작정한 데 기인한 것입니다. 십자가의 죽음은 냉정하게 말해서 33세의 젊은 나이에 형틀에서 숨을 거둔 것으로써 비명횡사에 해당합니다. 인류를 구속하기 위해서 십자가에 매달렸다는 것은 객관적이고 보편타당한 통찰의 결과는 아닙니다. 그런 해석은 엄격히 말해서 종교적 신앙이고 일종의 과장이요 신격화이고 심하게 말하면 미신입니다."

"하나님의 아들이 인류의 죄를 구속할 수 없다는 얘긴가요?"

"그것 역시 종교적인 신앙일 뿐이지 객관적인 실상은 아닙니다. 누가 누구의 죄를 사하여 준다는 말입니까? 그 말이 사실이라면 예수가 죽은 지 2천 년이나 지나는 동안 인류는 일찍이 모두가 죄에서 구속되어 성인이 되어 있어야 합니다. 그러나 미안하지만 그런 기적은 일어나지 않았습니다. 그렇지 않습니까?

알고 보면 우리 인간의 근본은 누구나 다 우주의식 즉 하나님 그 자체입니다. 기독교에서 말하는 구원이란 인간이 하나님의 아들로 거듭나는 것을 말합니다. 견성 해탈하여 성불하는 것을 말하고 성통공완(性通功完)하여 철인(哲人), 성인, 도인이 되는 것을 말합니다.

성불하고 성통하는 것은 나 이외의 구세주나 스승이나 친부모나 배우자나 형제나 친구가 해 줄 수 있는 것이 아니고 어디까지나 각 개인 자신이 하는 것입니다. 이 세상에서 나와 아무리 친한 친부모나 배우자나 스승도 나 대신 태어날 수도 자라날 수도 늙고 병들어 죽을 수도 깨달을 수도 없습니다. 그들은 오직 나를 도와주고 가르쳐 주고 이끌어 줄 수는 있어도 나의 생로병사와 성장과 깨달음을 대신해 줄 수는 없습니다.

마부는 말을 물가에까지 데려다 놓을 수는 있습니다. 그러나 물을 마시는 것은 어디까지나 말의 의사에 달려 있습니다. 마부가 말 대신 물을 마실 수는 없는 일입니다. 따라서 누가 누구의 죄를 대신 구속해 준다는 것은 자연의 이치에도 맞지 않는 허황된 미신에 지나지 않습니다."

"그 말씀을 듣고 보니 이제야 비로소 종교인과 구도자의 차이를 극명하게 알 것 같습니다. 그건 그렇고요. 시어머니에게 마음먹고 모처럼 효도 좀 해 보려다가 큰 불효를 저지르게 된 그 친구가 불쌍하고 안타깝습니다. 뭐라고 위로를 해 주어야 할지 모르겠습니다."

"제대로 된 효도를 하려면 현대의학의 한계를 알아야 하고 수술만 하면 무슨 병이든지 다 고칠 수 있다는 현대인의 맹신에서 벗어나야 할 것입니다. 인간은 원래가 불완전해서 잘못을 저지르게 되어 있습니다. 그래서 잘못을 저지르는 것이 나쁜 것이 아니라 저지른 잘못을 고칠 줄 모르는 것이 나쁩니다. 다시는 같은 실수를 저지르지 않도록 다짐하는 계기로 삼아야 할 것입니다.

이 이치를 깨달았으면 지나치게 자책에 빠지지 말아야 할 것입니다. 자책한다고 해서 변하는 것은 아무것도 없으니까요. 사람은 일상생활에서 실수를 저지르지 않을 수는 없지만, 일단 저지른 잘못을 놓고 자책하기보다는 다시는 같은 실수를 저지르지 않겠다는 다짐만 할 수 있다면 불편한 마음은 곧 안정을 되찾을 수 있을 것입니다. 자책에만 시달리기보다는 이번 일을 좋은 교훈으로 삼는 것이 훨씬 더 생산적인 생활의 활력소가 될 수 있을 것입니다."

"고맙습니다. 선생님, 선생님의 뜻을 반드시 그 친구에게 전달하겠습니다."

사람은 죽은 뒤에 어떻게 됩니까?

전효경이라는 중년의 여자 수련자가 나에게 물었다.

"선생님, 사람이 죽은 뒤에는 어떻게 됩니까?"

"학교를 졸업하고 사회에 나가는 대학 졸업생들이 그 성적과 능력과 실력에 따라 그의 취업과 사회생활이 결정되는 것처럼, 사람은 이 세상을 살다 하직하는 순간 그가 금생에 인생을 어떻게 살았느냐 하는 실적에 따라 다음 생이 결정됩니다."

"그 정도의 원론적인 상식은 저도 알고 있는데요. 제가 알고 싶은 것은 일반적으로 사람이 이 세상에서 숨이 끊어지면 다음 생을 향하여 출발할 때 구체적으로 어떤 모습으로 어떠한 길을 택하게 되는가 하는 것입니다."

"무슨 뜻인지 알겠습니다. 내가 지금까지 인생을 살아오면서 보고 듣고 읽고 느끼고 생각하고 체험한 것을 바탕으로 말하자면, 사람이 일단 이 세상을 떠날 때는 세 가지 유형이 있다고 봅니다.

그 첫째가 최소한 남에게 폐를 끼치지 않고 될 수 있는 대로 남에게 유익한 일을 하려고 애쓰면서 이 세상을 별 유감없이 살아온 사람들입니다. 이런 사람들은 숨이 멎으면 얼굴에 편안한 표정이 그대로 남게 됩니다. 대체로 인생을 바르고 착하게 살아온 사람들입니다.

이런 사람들은 죽어도 별 말썽 없이 다음 생이 정하여져서 조용히 떠나가게 됩니다. 이 세상 사람들의 십중팔구는 이처럼 선량한 사람의 길을 가게 됩니다. 이 중에는 물론 수행자도 구도자도 신앙인도 포함됩니다. 물론 수행 정도에 따라 등급 차이는 천차만별이지만 말입니다."

"그렇게 선량한 사람들의 영혼은 천계(天界)에 간다고 할 수 있습니까?"

"그렇습니다."

"천계는 어떤 곳입니까?"

"수련을 안 하는 대부분의 선량한 영혼들이 가는 곳입니다. 지상보다는 훨씬 더 질서가 잡혀 있고 안정되어 있습니다. 천계에 사는 존재는 수백, 수천 년에서부터 수만 년, 최장 30만 년까지 살 수 있다고 합니다. 그러니까 아무리 수명이 길다고 해도 생로병사의 윤회는 엄연히 있습니다."

"그럼 수행자가 가는 곳은 어떻습니까?"

"수행자는 그 수행 정도에 따라 그들만이 갈 수 있는 천계와는 다른 피안의 세계 즉 니르바나 또는 열반계, 하늘나라, 천국, 극락 또는 초월계에 가게 됩니다."

"그 초월계에는 어떤 등급이 있습니까?"

"수없이 많은 등급이 있고 구도자의 집단마다 제각기 다른 등급을 매기고 있습니다. 그러나 내가 보기에는 불교에서 말하는 여섯 가지 수련 등급이 기초가 되지 않나 생각합니다. 이 여섯 가지 등급이 수십, 수백, 수천, 수만 종류로 가지가 뻗어나갈 수 있습니다."

"그럼 그 여섯 가지 등급은 무엇입니까?"

"수다원, 사다함, 아나함, 아라한, 보살, 부처의 여섯 단계입니다. 첫 번째 등급인 수다원을 입류(入流) 또는 예류과(預流果)라고도 합니다. 자기 존재의 실상을 참구하겠다는 초발심(初發心)의 단계를 말합니다.

두 번째 등급인 사다함은 수련이 상당히 진전된 상태로서 왕래(往來)

129

라고도 하는데, 한 번만 더 윤회를 해야 한다는 뜻입니다. 이것을 일환과(一還果)라고도 합니다.

세 번째 등급인 아나함은 불래(不來)라고도 합니다. 다시는 윤회를 하지 않아도 된다는 뜻입니다. 다시 말해서 그 수련 정도가 생로병사의 윤회에 더이상 말려들지 않아도 될 경지에 올랐다는 뜻입니다. 이것을 불환과(不還果)라고도 합니다. 초월계는 엄격히 말해서 여기서부터라고 할 수 있습니다.

네 번째 등급이 아라한(阿羅漢)입니다. 응공(應供)이라고도 합니다. 세상 사람들로부터 존경과 공양을 받을 만한 자격이 있는 사람을 말합니다. 이것을 아라한과(阿羅漢果)라고도 말합니다.

다섯 번째가 보살(菩薩)의 단계입니다. 중생을 유익하게 하고 지혜가 열려 장차 부처가 될 자격이 있는 수행자를 말합니다. 절에서는 여자 신도를 듣기 좋으라고 보살이라고 말합니다만 진짜 보살을 말하는 것이 아님은 말할 것도 없습니다.

여섯 번째가 부처입니다. 정등각불(正等覺佛)이라고도 합니다. 여기서 주목해야 할 것은 여섯 수련 단계 중에서 세 번째 단계인 아나함, 즉 불환과(不還果)를 통과해야만 윤회에서 벗어날 수 있다는 것입니다."

"그렇다면 이 세상에 태어난 사람들은 아무리 수련 단계가 높다고 해도 아나함, 즉 불환과에도 도달하지 못했다는 말씀인가요?"

"특이한 경우를 빼고는 적어도 이 세상에 태어날 때는 그렇다고 할 수 있습니다. 지구상에 생을 받은 사람이 수련에 전념하여 자신의 과거 생의 업장에서 벗어나 얼마나 높은 경지에 오를 수 있는지는 전적으로 그의 노력 여하에 달려 있습니다."

"특이한 경우란 무엇을 말합니까?"

"가령 석가모니나 예수처럼 수련의 경지가 높은데도 일부러 중생을 구제하기 위해서 인간으로 태어난 경우를 말합니다."

"그다음에는 어떤 부류가 있습니까?"

그 두 번째 부류가 비록 악한 일을 저지르지는 않았지만 숨을 거둘 때 이 세상에 대한 원한과 미련과 집착 때문에 다음 세상으로 떠나지 못하고 구천(九天)을 떠도는 원혼(冤魂)과 사고로 사망할 경우 그 사고 난 장소를 떠나지 못하는 지박령(地縛靈)들입니다. 이들을 보고 중음신(中陰神)이라고도 합니다.

우리가 선도수련을 하여 기문(氣門)이 열리고 운기조식(運氣調息)이 시작되면 인과에 따라 갖가지 연줄을 타고 이러한 중음신들이 수행자의 영혼에 기생(寄生)하여 수행자의 기운을 가로채게 됩니다. 이것을 빙의(憑依)라고 하고 그 원혼을 빙의령(憑依靈)이라고 합니다. 원한이 극에 달한 원혼은 접신(接神)이 되어 대상자를 괴롭힙니다. 우울증 환자, 간질병 환자 또는 정신병자가 되게 한다든가 원인 모를 불치병 환자로 만드는 수도 있습니다."

"사람이 죽으면 사십구재(四十九齋) 때 천도(薦度)된다고 하는데 그게 사실입니까?"

"내 체험에 따르면 사람이 죽은 뒤 절에서 사십구재만 지내면 누구나 다 천도가 되는 줄 아는데 사실은 그렇지 않습니다. 물론 사십구재를 관장하는 스님이 중음신을 천도할 수 있는 능력을 갖춘 영험한 도승(道僧)이라면 몰라도 대부분의 경우 하나의 형식적인 전통 의식에 지나지 않습니다."

"선생님께서는 어떻게 그것을 아십니까?"

"삼공재에는 사찰에서 사십구재를 직접 관장하는 스님들이 찾아오는 수가 있습니다. 대체로 건강이 악화된 상태입니다. 그 이유는 그 스님들이 중음신을 천도할 능력이 없는데도 천도재를 주관했기 때문에 천도되었어야 할 수많은 중음신들이 전부 다 그 스님들에게 빙의되어 있기 때문입니다. 나는 이런 경우를 숱하게 체험했기 때문에 자신 있게 말할 수 있습니다."

"그럼 그렇게 빙의된 중음신들은 어떻게 됩니까?"

"사십구재를 집전한 스님에게 빙의되어 있다가 상당한 시일이 지난 후에 자연히 천도가 되는 수도 있지만 대부분의 경우 그 스님이 천도 능력이 있는 고승(高僧)이나 고수(高手)를 만날 때 그에게도 전이되어 그에 의해 천도가 됩니다."

"천도(薦度)란 무슨 뜻입니까?"

"이 세상에서의 원한과 미련과 집착 때문에 구천을 헤매든가 지박령(地縛靈)이 되어 한 장소에 붙박이로 있다가 인연 있는 생령에게 빙의 또는 접신이 되어 있는 수가 많습니다. 그러다가 다행히 천도 능력이 있는 구도자를 만나면 그에 의해 영혼이 정화(淨化)되어 이 세상에서의 원한과 미련과 집착을 다 털어 버리고 인과에 따라 자기가 갈 곳을 찾아 떠나가는 것을 천도라고 말합니다."

"그다음에는 어떤 부류가 있습니까?"

"그 세 번째 부류가 오계(五戒)를 범한 영혼들입니다."

"오계를 범했다는 것은 무엇을 말합니까?"

"말하자면 우리가 사는 이승에서의 형사범과 같다고 할 수 있습니다.

사람을 죽이고 도둑질을 하고, 간음이나 강간을 하고 사기 행위를 하고, 부모를 학대하거나 술김에 범죄를 저지르는 것을 말합니다."

"군인은 전쟁에서 사람을 죽이는 것이 본분이 아닙니까?"

"군인이 공익을 위해서 명령에 따라 전장에서 적을 살상하는 것과 개인이 사욕을 채우기 위해서 살인을 하는 것과 근본적으로 다릅니다. 개인의 욕심을 채우기 위해서 살인을 하고 도둑질을 하고, 강간을 하고 거짓말하고, 사기를 치고 주사(酒邪)를 부리는 것은 두말할 것도 없이 모두가 오계를 범하는 것이 됩니다.

이런 사람들은 현실 사회에서 현행범이 경찰이나 검찰에 의해 구속이 되는 것과 같이 일단 숨을 거두는 순간 저승사자에게 잡혀가게 되어 있습니다. 숨을 거둘 때 극도의 공포심에 떠는 것은 오계를 범한 영혼이 자기를 잡으러 온 저승사자를 보았기 때문입니다."

"중음신이니 저승사자니 염라대왕이니 수다원, 사다함, 아나함, 아라한, 보살, 부처니 하는 말은 불교에서 쓰는 말이 아닙니까?"

"그렇습니다. 내가 그러한 용어를 쓰는 것은 내가 불교도이기 때문이 아닙니다. 내가 수련 중에 체험한 일들을 표현하는데 불교 용어만큼 적절한 표현들을 달리 발견할 수 없었기 때문입니다. 또 빙의(憑依)니 빙의령(憑依靈)이니 지박령(地縛靈)이니 하는 용어는 불교 용어가 아니고 근대 이래 서구에서 일어난 심령과학(心靈科學)에서 쓰는 용어들입니다. 이들 용어 역시 우리말에는 적절한 표현이 없어서 차용한 것입니다.

석가모니의 초기 경전들을 읽어 보면 그는 자기 존재의 실상을 자기 능력으로 규명해 보자는 구도자였지 어떤 전지전능한 존재를 믿고 의지하는 신앙인(信仰人)은 아니었다는 것을 알 수 있습니다. 그렇습니다.

석가모니는 우리와 같은 구도자에 지나지 않았습니다. 따라서 그를 따르는 교단에서 사용하는 용어들을 빌려다 쓴다고 해서 잘못될 것은 없다고 봅니다.

우리가 서구에서 철학, 사상, 물리학, 화학, 수학 같은 학문을 수입할 때 동양 문화권에서는 그들이 쓰는 적절한 용어를 빌건힐 수 없어서 그들의 용어를 번역을 한다든가 번역이 안 될 경우 원어를 그대로 쓰는 것과 같은 이치라고 보면 하등 이상할 것도 없다고 봅니다."

"무슨 말씀인지 잘 알겠습니다. 사람이 죽은 뒤에 어떤 길을 가게 되는지 알 것 같습니다. 첫 번째가 별 말썽 없이 대부분의 선량한 영혼들이 가는 길이고, 두 번째가 이 세상에 대한 원한과 미련과 집착 때문에 중음신이 되는 부류, 세 번째가 오계를 어긴 악인의 길을 가는 경우입니다. 이 세 부류의 영혼들을 생각하면 우리 구도자는 최소한 생로병사의 윤회에서는 벗어나야 되겠다는 각오를 새롭게 하게 됩니다. 바로 이 윤회에서 벗어나려면 어떻게 해야 되겠습니까?"

"계속 수련에 용맹정진(勇猛精進)하여 자기 자신 속에 있는, 영원과 무한 그리고 불생불멸의 싹을 확실히 거머쥐어야 합니다. 그렇게 되면 이 세상에 더이상 미련도 집착도 갖지 않게 될 것입니다. 미련과 집착이 없으면 윤회의 고리에 더이상 묶일 이유도 없어지게 될 것입니다."

"선량한 영혼들인 첫 번째 부류가 가는 곳은 어디입니까?"

"인간계나 천계입니다."

"그럼 중음신이었던 두 번째 부류는 어디로 갑니까?"

"그들 역시 인간계 아니면 천계입니다."

"그럼 오계를 범한 세 번째 부류는 어디로 갑니까?"

"대부분의 경우 인간계 이하 즉 아수라계, 축생계, 아귀계, 지옥계로 갑니다. 비록 정도의 차이는 있지만 이들 세 부류의 영혼들은 모두 다 지옥계, 아귀계, 축생계, 아수라계, 인간계, 천계를 육도윤회(六度輪廻)하게 됩니다."

"그럼 그들 중생들은 언제까지 육도윤회를 거듭하게 됩니까?"

"진리를 깨달아 아나함 즉 불환과(不還果)를 얻어 윤회의 고리에서 탈출하여 피안의 세계에 들어갈 때까지입니다. 우리가 사는 지구는 사람들이 이 육도윤회에서 벗어날 수 있는 수련을 하는 데 더없이 적합한 장소입니다.

말하자면 지구는 하나의 거대한 수련장 즉 도량 또는 도장입니다. 지구에 태어난 것을 기껏 출세하여 좋은 배필을 만나 아들딸 낳고 부와 인생을 즐기고, 고작 세속적인 부귀영화를 누리는 기회로 여기는 사람들이 많은데 이것이야말로 큰 착각입니다.

그렇게 한세상 살고 죽어 보았자 기껏해야 또다시 윤회의 고리 속에 말려드는 것밖에 더 있겠습니까? 그러한 사람들은 어느 생에 또 찾아올지 모르는, 윤회를 벗어날 수 있는 이번 생의 절호의 기회를 헛되이 낭비하는 것밖에는 되지 않습니다. 실로 안타까운 일이 아닐 수 없습니다."

"그러나 선생님께서 그분들에게 그러한 말씀을 하시면 그들은 선생님이 도리어 머리가 이상한 사람이 아닌가 의심할 것입니다."

"옳은 말씀입니다. 그런 사람들은 초발심(初發心)의 경지에 들어가는데도 얼마나 많은 윤회의 세월이 흘러야 할지 아무도 모릅니다."

"왜 그런 현상이 벌어질까요?"

"중생들은 생로병사가 지극히 당연한 것으로 알기 때문입니다. 그것이

135

고통임을 깨닫고 그것에서 벗어나야겠다는 결심을 해야 되는데 도리어 그것을 당연지사로 생각하니 윤회에 중독이 되어 있다고밖에 말할 수 없습니다. 그래서 금생에 가난하게 산 사람은 고작 한다는 소리가 내세에는 기필코 부잣집에 태어나기를 소원하고, 금생에 사랑을 이루지 못한 애인들은 내세에는 기필코 원앙 같은 부부가 되자고 서약을 하곤 합니다."

"그 중독에서 벗어나려면 어떻게 해야 합니까?"

"스스로 자기 자신을 살피는 관(觀)을 통하여 자기 자신의 실상을 깨닫는 길밖에는 없습니다."

"관만 할 줄 알면 누구나 다 자신의 실상에 도달할 수 있을까요?"

"그렇고말고요. 미망(迷妄)에서 벗어날 수 있는 지름길은 그것밖에는 없습니다. 단지 조심할 것은 관을 하되 사욕을 채우는 수단으로 이용하지 말고 오직 자기 자신을 객관화시켜 놓고 냉정하게 관찰할 수 있어야 자기 자신 속에서 시공과 물질을 초월한 진정한 실체를 볼 수 있습니다. 그것이 바로 윤회의 고리에서 벗어날 수 있는 첫걸음입니다."

〈86권〉

악플에 어떻게 대비할 것인가

우창석 씨가 말했다.

"선생님, 댄스 가수 유니(26, 본명 허윤)가 누리꾼들의 악플(악성 댓글)에 시달린 끝에 지난 해 8월부터 우울증을 앓다가 스스로 목숨을 끊었다고 합니다. 이 소식을 들은 양심적인 누리꾼들은 악플을 띄우는 누리꾼들을 강력하게 처벌해야 한다고 흥분하고 있습니다. 악성 누리꾼들을 처벌하고 익명을 실명화한다고 해서 과연 이 문제가 해결될 수 있을지 의문입니다. 이 문제를 어떻게 생각하십니까?"

"익명을 빌미로 장난삼아 아무 근거도 없는 악플을 띄우는 무책임한 누리꾼들을 엄벌하는 것도 중요합니다. 그러나 그렇게 한다고 해서 이로 인한 희생자가 근절될 것이라고는 보지 않습니다."

"왜 그렇게 생각하십니까?"

"호사다마(好事多魔)라는 말이 있습니다. 수많은 경쟁자들을 물리치고 스타덤에 올라선다는 것은 스타가 된 본인에게는 분명 좋은 일이요 영광스럽고 명예로운 일입니다. 그러나 호사다마(好事多魔)라고 좋은 일에는 언제나 마(魔)가 끼게 마련입니다. 악플은 마(魔)이고 악성 병원균과 같습니다. 스타가 된 사람은 평소부터 이러한 사태를 예상하고 그

전부터 충분한 마음의 준비가 되어 있어야 합니다. 그런데 대부분의 경우 아무런 대비책도 없이 어느 날 갑자기 유명인이 되어 당하는 악플이나 중상모략에 어이없이 쓰러지는 경우가 적지 않습니다."

"그럼 평소부터 어떻게 마음 준비를 해야 합니까?"

"전염병에 걸리기 전에 예방주사를 맞듯이 스타가 되는 순간부터 언제나 경쟁자들의 질시에서 오는 중상모략이나 악취미를 즐기는 누리꾼들로부터 오는 악플을 받더라도 바위처럼 흔들리지 않는다는 단단한 각오를 했어야 합니다. 이러한 마음의 준비가 없기 때문에 갑옷도 입지 않고 싸움터에 나간 신병처럼 맨살에 화살을 맞고 속절없이 희생되는 사태가 반복되는 것입니다."

"그렇다면 앞으로도 유니와 같은 희생자는 늘 있을 것이란 말씀이시군요."

"악플은 유명인이면 누구나 다 겪게 되는 유명세와 같은 것인데 그것을 극복하지 못하고 스스로 자살이나 할 정도라면 어쩔 수 없는 일이 아니겠습니까? 일찍 갈 사람은 갈 수밖에 없겠죠. 적자생존(適者生存), 약육강식(弱肉强食), 우승열패(優勝劣敗)의 살벌한 생존경쟁의 초장에서 탈락했다고 볼 수밖에 없습니다. 여기서 살아남아 산전수전 공중전까지 다 겪은 역전의 용사가 되어야 진정한 스타라고 할 수 있습니다."

"그런데 스타덤에 오른 지 오래되어 노년기에 접어든 고참들 중에도 가끔씩 자살을 하는 유명인들이 있습니다. 『누구를 위하여 종은 울리나』, 『노인과 바다』를 쓴 미국의 소설가 헤밍웨이나 『설국(雪國)』이라는 소설로 노벨문학상을 탄 일본의 가와바타 야스나리가 그런 사람입니다. 그런 경우는 어떻게 보아야 할까요?"

"그들은 자신들의 능력의 한계를 극복하지 못한 우울증으로 자살을 택한 것입니다."

"그런 경우에는 무슨 대책이 없을까요?"

"대책이야 왜 없겠습니까? 대책은 얼마든지 있지만 그들이 미처 모르고 있었거나 알았어도 채택하지 않았을 뿐이죠."

"그 대책이란 어떤 것입니까?"

"자기 존재의 실상을 깨닫는 것입니다."

"자기 존재의 실상을 깨달으면 자신의 한계를 극복할 수 있을까요?"

"그렇고말고요."

"그럼 자기 존재의 실상이란 무엇입니까?"

"모든 존재의 실상을 알고 보면 아무것도 아닌 것 즉 허공입니다."

"그렇다면 자기 자신이 아무것도 아닌 것, 즉 허공임을 깨닫는다고 해서 어떻게 자기 능력의 한계를 극복할 수 있을까요?"

"아무것도 아닌 것, 즉 허공은 무한히 작을 수도 있고 무한히 클 수도 있습니다. 이처럼 무한하고 영원한데 무슨 한계 따위가 있겠습니까?"

"그렇게 되는가요?"

"그렇습니다. 그런 사람에겐 자기 능력의 한계 같은 것은 일찍이 존재할 수가 없지 않겠습니까?"

"그럴 것도 같은데요. 아직은 잘 모르겠습니다만."

"공부가 깊어져서 깨달음을 얻으면 알 때가 올 것입니다. 어쩌다가 집안에 들어온 파리가 창호지의 격자에 갇혀서 앞만 보고 빠져나가려고 필사적으로 날갯짓을 하다가 지쳐서 죽어 버리는 수가 있습니다. 이때이 파리는 전후좌우를 살펴보지 못하고 단지 앞만 보기 때문에 창호지를 뚫고 나가려고 무모하게 날갯짓만 하다가 기진(氣盡)하여 죽어 버리게 됩니다.

이때 만약에 이 파리에게 뒤를 살필 줄 아는 지혜가 있었다면 어떻게 하든지 살아남을 수 있는 길을 찾았을 것입니다. 그러나 그 파리에게는 앞만 보는 능력밖에는 없었습니다. 사기의 구조직인 약점에 사로잡혀 버렸던 것입니다.

인간으로 말하면 거짓 나의 한계 속에서 허덕이다가 죽어간 것입니다. 아무리 문학의 거장(巨匠)이었다고 해도 이러한 인간적인 능력의 한계를 극복하지 못하면 극도의 우울증에 걸려 자살을 택할 수밖에 없는 것입니다.

그러나 그 죽음의 백척간두(百尺竿頭)에서 한 걸음만 더 나아가면 거짓 나의 한계를 벗어나 참나의 실상을 깨닫게 됩니다. 참나에게는 시간과 공간의 제한이 없습니다. 무한과 영원을 체득한 사람은 우주의 핵심에서 오는 무한한 지혜와 능력과 덕성이라는 에너지를 공급받을 수 있으므로 우울증 따위는 감히 접근할 엄두를 낼 수 없게 되므로 자살 따위와는 인연이 있을 수가 없습니다."

가짜 이혼이 진짜 이혼이 된 경우

우창석 씨가 말했다.

"선생님 제 사촌형이 참으로 황당하기 짝이 없는 일을 당하고 마치 인생이 끝난 사람처럼 실의에 빠져 무슨 일을 저지를지 모를 위험한 상황입니다."

"자초지종을 간단히 말해 보세요."

"사촌형은 나이가 45세로서 10년 전 IMF 때 운영하던 사업체가 갑자기 부도를 맞는 바람에 한때 노숙자가 되어 채권자들을 피해 다녔습니다. 사촌 형수가 융통성이 있는 분이라 친정의 도움을 받아 위기를 모면하고 가정에 돌아오기는 했지만 그동안 변변한 직업도 없이 아내 덕에 근근이 살아왔습니다."

"자녀는 없습니까?"

"남매가 있는데 두 살 터울로 지금 중 1, 2년생입니다. 형수가 포목 중개상으로 생계를 이어오기는 했지만 안정된 수입이 보장된 가정을 꾸리기는 어려웠습니다. 그런데 재작년에 형수의 친정이 미국으로 기업 이민을 떠났습니다.

돈이 없는 사촌형네는 기업 이민을 떠날 형편이 안 되었습니다. 그러나 미국에만 떨어지면 한국보다는 벌어먹기가 낫다고 합니다. 이민은 떠나고 싶지만 그렇게 할 수 없는 가족이 요즘 흔히 위장 이혼을 하는 편법을 쓴다고 합니다."

"위장 이혼이라뇨?"

"사촌형의 경우 부인과 두 아이가 이미 영주권을 획득한 그녀의 친정 부모의 초청을 받아 먼저 위장 이혼을 하고 친정을 따라 떠난 뒤에 미국에 가서 영주권을 얻고 나서, 위장 이혼한 남편과 다시 혼인 신고를 하면 한 가족이 되니까 부인의 초청을 받아 미국에서 재결합할 수 있다고 합니다. 요즘은 이러한 편법이 흔히 이용되고 있다고 합니다.

부인과 두 아이들을 미국으로 떠나보낸 지도 어느덧 2년이 다 되었습니다. 그동안 미국에서 자리잡은 아내와 다시 혼인 신고를 할 작정을 하고 입국 비자 받을 때를 기다리는 동안 저희 아버지인 형님네 집에 얹혀살던 사촌형은 최근 몇 달 동안 미국에 있는 아내와 아이들에게 전화를 해도 연결이 되지 않아서 이상하다 했었는데, 며칠 전 대사관에 가서 출국 비자 심사를 받다가 기절초풍할 사실을 알게 되었습니다.

대사관 심사관의 말에 따르면 사촌 형수는 이미 미국인과 결혼을 하였고 변호사에게 의뢰하여 주한 미국 대사관에게 그녀의 전남편이 자기를 방문하는 것을 원치 않으니 출국 비자를 내주지 말아 달라는 협조 공문을 보내왔다는 것입니다. 따라서 미국인 심사관은 자국민의 이익에 배치되는 일을 할 수 없으므로 미국 입국 비자를 내줄 수 없다는 것이었습니다.

그 말을 들은 사촌형은 매일 술이 고주망태가 되어 제정신이 아닙니다. 사촌형보다는 제가 열 살 아래지만 평소에는 서로 말이 통하는 사이거든요. 이런 때 사촌형이 번쩍 정신이 들게 할 좋은 충고가 떠오르지 않습니다. 선생님께서 제 처지가 되셔서 한말씀해 주셨으면 합니다."

"며칠 더 지난 뒤에 흥분이 가라앉은 다음에 조용히 만나서 이렇게 말하세요."

"어떻게 말입니까?"

"이번 일로 좌절하여 죽고 싶지 않다면 이 역경을 호기(好機)로 삼아 그것을 딛고 일어나야 합니다. 아내와 두 아이들과의 한 가족으로서의 인연은 어차피 여기서 끝날 예정이었던 것이니 차라리 잘된 것입니다.

이미 변심하여 팔자를 고친 아내를 원망해 보았자 그 앙심이 도리어 독이 되어 상처만 깊어질 뿐입니다. 아내의 변심을 그녀 탓으로만 돌리지 말고 모든 것을 내 탓으로 돌려야 훗날 전처와 아이들에게 꿀리지 않은 떳떳한 사람으로 재기할 수 있습니다.

과거 45억 년 동안 지구상에서 살아남은 동물은 크고 힘센 동물이 아니라 변화되는 지구 환경에 재빨리 적응한 동물이었습니다. 사촌형이 지금 당하고 있는 상황은 그에게는 거부할 수 없는 확실한 환경 변화입니다.

사촌형은 10년 전 IMF 때도 제때에 적응 못 하는 무능을 드러내어 가장의 역할을 제대로 해내지 못하여 아내의 불신을 샀습니다. 이번에도 그러한 잘못을 되풀이한다면 영영 인생의 낙오자가 될 것이고 끝내 구제불능이 되고 말 것입니다."

"그런데요. 사촌형은 아내가 미국인과 재혼했다는 것이 아무래도 믿어지지 않는다고 합니다. 그래서 어떻게 하든지 미국에 건너가서 자기 눈으로 확인하기 전에는 믿을 수 없다고 합니다."

"그건 그분이 아직도 현실을 제대로 인식하지 못했기 때문입니다. 그런 일은 꼭 자기 눈으로 확인하지 않고도 공무원인 미국 대사관 여권 담당 직원의 말만으로도 충분합니다. 그래도 못 믿겠다면 그에게 전부인의 새로운 결혼신고서 사본을 요청할 수도 있습니다. 심부름센터 같은 데 부탁해도 얼마든지 확인할 수 있는 일입니다.

그런데도 불구하고 꼭 미국에 가서 제 두 눈으로 확인하기 전에는 믿을 수 없다고 고집을 부리면 위험한 사태를 불러올 수도 있습니다. 막상 미국인과 사는 아내를 발견하는 순간 질투심이라도 발작하면 무슨 불의의 사태가 일어날지 알 수 없는 일입니다. 시금까지의 얘기를 들어 보아도 사촌형은 냉정하고 이성적이기보다는 감성적이고 다혈질인 것 같습니다. 그런 성격을 가진 사람은 무슨 짓을 저지를지 모릅니다."

"사촌형도 자기 분수를 아는지 대사관 직원의 말이 사실로 판명이 날 경우 자살 같은 것을 생각하고 있는 것 같습니다."

"자살은 공부하기 싫은 학생이 낙제 점수를 맞았다고 하여 학교를 그만두는 것과 같습니다. 그럼 퇴학생밖에 더 되겠습니까? 그의 인간으로서의 위상은 지금보다도 한층 더 비참한 존재로 추락하게 될 것입니다."

"설사 자살까지는 가지 않는다고 해도 그가 재기할 수 있을지 의문입니다."

"왜요?"

"지금 같아서는 생의 의욕도 희망도 비전도 모두 다 상실해 버린 것 같습니다."

"그렇다고 해서 그렇게 속단해 버릴 필요는 없습니다. 극즉반(極則返)이요 궁즉통(窮則通)이라고 인간은 전후좌우가 꽉 막힌 위기 상황 속에서 오히려 비상한 초능력을 발휘할 수도 있고 기회를 찾을 수도 있습니다. 그리고 절망 속에서도 진정한 희망을 볼 수 있습니다.

그분에게는 이번 역경이 도리어 전화위복(轉禍爲福)의 계기가 될지도 모르는 일입니다. IMF 이후 지난 10년 동안 그분은 아내의 능력에 의지

144

하여 그녀에게 가장의 책임을 떠맡기고 자기는 유유자적해 온 것 같습니다. 이것이 그에게는 화가 된 것입니다.

결혼은 사랑놀음도 아니고 소꿉장난은 더구나 아닙니다. 적자생존의 엄연한 생활전선이요 냉엄한 현실입니다. 그래서 무능력자는 냉정하게 탈락당하게 되어 있습니다. 부인은 무능한 남편을 버리고 유능한 외국인 남편을 택하여 두 아이와 함께 현실적인 생존의 길을 택한 것입니다. 부인의 선택을 원망만 해서는 안 될 이유입니다.

요컨대 이번에는 그가 부인 대신에 어떤 선택을 하느냐에 달려 있습니다. 혹시 시공 속에 사로잡힌 속세에 극도의 절망을 느낀 그가 홀연 그 너머에 있는 무한의 경지를 볼 수 있게 될지는 아무도 모르는 일입니다.

아내와 남편 그리고 자식으로 구성된 핵가족만을 행복의 보금자리로 알아 왔다면 그 꿈에서 깨어나야 합니다. 행복했던 가정도 알고 보면, 언제 어떻게 변할지 알 수 없는, 어찌 보면 사막의 신기루와도 같은 허상에 지나지 않는 것입니다.

이것을 깨닫고 자신의 실상을 끈질기게 파고든다면, 인간의 생로병사에 절망한 석가모니가 6년 고행 끝에 경험한 것처럼, 그의 눈앞에 지금까지와는 전연 다른 신천지가 전개될지 알 수 없는 일입니다."

"그런 일이 가능하다면 얼마나 좋겠습니까?"

"인간은 원래 그 누구도 예단할 수 없는 무한한 가능성을 가진 존재입니다."

"선생님, 고맙습니다. 선생님께서 하신 말씀을 말로 전하는 것보다 두고두고 읽어 보라고 글로 써서 보낼 것입니다."

역술(易術)을 어떻게 생각하십니까?

박현우라는 중년의 수련자가 말했다.

"선생님. 근래 들어 타로카드를 보는 곳이 아주 많이 성행하고 있고 사주 카페, 법인 역술원, 사주 사이트 등 역학 관련 사업들이 성행하고 있습니다. 역학은 무당과는 좀 다른 직업인 거 같습니다. 역술을 어떻게 생각하십니까?"

"'사주팔자(四柱八字)는 불여관상(不如觀相)하고 관상(觀相)은 불여심 상(不如心相)'이라는 말이 있습니다. 사주팔자는 관상만 못하고 관상은 마음을 어떻게 먹고 행동하느냐 하는 것만 같지 못하다는 말입니다. 어 떤 사람이 앞으로 잘되고 못되는 것은 사주팔자에 달려 있는 것도 아니 고 그렇다고 해서 관상이 좌우하는 것도 아닙니다. 오직 마음을 어떻게 먹느냐에 달려 있다는 말입니다.

사주팔자나 관상은 어디까지나 과거 생의 업연(業緣)의 집적(集積)이 고 그 결과이기는 해도 그것 자체가 전적으로 우리의 미래를 결정하는 것은 아니라는 뜻입니다. 우리가 금생에 자신에 대한 어떠한 개선 노력 도 하지 않는다면 사주팔자나 관상의 관성(慣性)에 따라 다람쥐 쳇바퀴 돌 듯 과거 생과 비슷한 삶을 끊임없이 되풀이하여 살게 될 것입니다.

그러나 현재의 나라고 하는 존재가 과거 생의 잘못된 삶의 궤적이고 화현(化現)임을 깨닫고 그러한 과거 생의 인과와 업장에서 벗어나기 위 해서 부단한 노력을 기울인다면 과거 생과는 다른 훨씬 개선되고 향상

된 삶을 살 수 있게 되어 있습니다. 다시 말해서 지금 마음을 어떻게 먹고 행동하느냐로 미래가 결정된다는 것입니다. 마음을 바르게 쓰고 행동하는 사람은 바른 사람이 될 것이고, 도둑놈 마음보를 갖고 남의 물건을 훔치는 사람은 결국은 도둑놈이 되고 말 것입니다.

역술(易術)이란 각자가 태어난 년(年), 월(月), 일(日), 시(時)를 통해서 과거 생의 관성(慣性)을 알아내어 미래 생을 점쳐 볼 수는 있어서 미신적인 액막이 기능이 있을 뿐입니다. 인격 향상을 위한 적극적인 방법은 제시되지 않습니다. 과거 생은 과거의 마음과 언행의 역사이고, 미래 생은 지금 우리가 어떻게 마음을 먹고 행동하느냐에 달려 있다는 인과응보의 법칙과 연결되어 있습니다.

그러므로 역술은 과거 생을 알아보는 데 참고는 할 수 있지만 그것에만 전적으로 의존할 수 있는 것은 못 됩니다. 과거는 현재의 나를 만들기는 했지만 미래의 나를 만들 수는 없습니다. 미래의 나는 지금 내가 어떻게 마음을 먹고 행동하는가에 달려 있기 때문입니다.

선도수련은 조직적으로 마음, 기, 몸공부를 함으로써 각자가 자기 존재의 실상을 깨달아, 이 지겨운 생로병사의 윤회의 고리에서 과감하게 벗어나자는 것입니다. 역술은 아무리 잘해 보았자 인간의 생로병사의 윤회라는 비닐하우스 안과 같은, 제한된 시간과 공간 속에서 일어나는 인간 운명의 변화 양상을 알아내는 것이 고작입니다. 견성한 구도자의 눈으로 볼 때는 철없는 어린애 장난에 지나지 않습니다."

"그렇다면 수련자는 역술 쪽의 직업을 가져선 안 되겠군요."

"역술을 직업으로 삼는 것은 점을 쳐주는 것을 생계로 삼는 것을 말합니다. 접신이 된 무당이 신령의 지시를 받아 점을 치는 것과는 달리 역학으로 사주를 보고 점괘를 보는 것이 다르기는 하지만 둘 다 점을 치는 것은 다르지 않습니다.

점이라는 것은 본 사람은 다 알겠지만 아무리 용하다고 해도 적중률이 반반입니다. 맞는 수도 있고 맞지 않는 수도 있습니다. 복불복(福不福)이므로 일종의 미신입니다. 믿는 것은 자기 지신의 노력과 인과응보의 법칙밖에 없는 수련자가 미신을 믿는다는 것은 말이 되지 않습니다. 하물며 그것을 직업으로 갖는 것은 지나가는 소가 들어도 웃을 일입니다. 수련을 제대로 하려면 애당초 그런 생각 자체를 품지 말아야 할 것입니다."

"역학은 공부를 많이 해야 한다고 알고 있습니다. 역학 쪽 직업은 수련자에게 어떤 영향을 미치는지 알고 싶습니다. 스님도 역술을 배우고, 한의대에 입학을 하여도 역술을 배운다고 합니다. 옛 중국의 도교 쪽의 수련자들은 수련을 하면서 사주팔자를 봐 주는 것으로 생계를 이어 갔다는 얘기를 어디선가 읽은 기억이 납니다. 선생님의 의견은 어떠신지 알고 싶습니다."

"수련자가 사주팔자를 봐 주고 생계를 이었다면 그 사람은 틀림없이 가짜입니다. 역술은 일단 깊이 빠져들면 헤어 나오지 못하는 경우가 많습니다. 특히 수련자가 견성을 하지 못한 상태에서는 더욱 그렇습니다.

삼공재에 열심히 나오던 수련자들 중에도 그런 사람이 있습니다. 역술은 도박이나 골프와도 같은 강한 흡인력이 있는 것이 틀림없습니다. 내가 보기에는 역술은 수련자에게는 백해무익한 것입니다. 수련자가 믿을 수 있는 것은 역학이 아니고 오로지 인과의 법칙과 자기 자신의 노력과 체험뿐이기에 더욱 그렇습니다."

"선생님께서는 사람은 지금 어떻게 마음먹고 행동하느냐에 따라 미래가 결정된다고 하셨는데, 아무리 바르게 살려고 노력해도 생각지도 못했던 엉뚱한 액운이 자꾸만 닥쳐와서 진로를 방해하는 경우가 있는데 그건 왜 그렇습니까?"

"그것은 아직도 과거 생의 두꺼운 업장이 해소되지 않았기 때문입니다. 생각지도 못했던 액운은 과거 생에 갚지 못했던 빚이라고 생각하면 그런 일로 좌절하지 않게 될 것입니다."

"그렇다면 그 업장만 다 해소되면 누구나 마음먹은 대로 이루어질 수 있을까요?"

"물론입니다. 이 세상 모든 일은 결국은 마음먹기에 달려 있습니다. 일체유심조(一切唯心造)라는 말은 그래서 생겨난 것입니다. 그러나 마음먹은 일이 실현될 때까지는 시간이 필요합니다. 그때까지 우리는 꾸준히 내공(內功)을 쌓아 나가야 할 것입니다. 자업자득(自業自得), 선복악화(善福惡禍)의 법칙은 현상계가 존재하는 한 변함이 없을 것이기 때문입니다."

사주팔자(四柱八字)를 바꾸는 길

"모든 것은 마음먹기에 달려 있다는 말씀이 아주 가슴에 와닿습니다. 어머니와 주위 분들, 그리고 저 역시도 그랬지만 한때 사주를 보러 다녔습니다. 헌데 사주를 보고 와서 원래 계획하고 있던 사업까지도 그만두고 다른 길을 가려고 하는 경우를 많이 보았습니다.

사주에 보면 토의 기운을 타고나서 물과 관련된 일을 하면 망한다는 것이었습니다. 사주에 있는 직업군은 공무원 같은 직업인데 다른 걸 하면 큰 성공을 거둘 수 없다는 것이었습니다. 토는 흙의 기운이라 물과

관련된 일을 하면 예를 들어 커피를 판다든가 술을 판다든가 하면 성공
할 수 없다는 것입니다. 물에 휩쓸려 간다고 하더군요.

그런 소리를 듣고 하던 사업마저 그만두려고 하는 것을 볼 때 몇만 원
의 돈으로 보는 사주팔자에 자신의 운명을 거는 것이 어찌 보면 좀 한심
스럽게 보이기도 하고 어리석어 보이기도 하였습니다. 그러면서도 또한
그러한 소리를 들으면 적성에 맞지 않는 분야로 나가는 것보다는 적성
에 맞는 분야, 성공하는 분야로 나가는 것이 낫지 않을까 하는 생각도
들었습니다.

『선도체험기』를 보아도 전생의 직업을 현생에서도 가지고 있는 경우
가 많지 않습니까? 그래서 직접 역학을 공부해 볼까 하는 생각을 가졌었
습니다. 그렇다면 선생님 어떤 분야를 하든 무엇을 하든 성공은 자신이
마음먹고 행동하기에 달린 것입니까?

허나 아무리 마음을 다잡고 열심히 노력해도 실패하는 사람들도 많지
않습니까? 그런 사람이 업종을 바꾸거나 변화를 꾀해서 다른 분야에서
성공하는 걸 볼 때 그 사람은 자신의 길이 따로 있었던 게 아닐까 하는
의구심이 듭니다. 선생님, 마음을 어떻게 먹고 행동하느냐에 따라 또한
선도수련을 통해 자신의 사주팔자를 바꾸고 운명을 바꿀 수 있을까요?"

"사람은 살아 움직이는 생명체이므로 수시로 변하게 되어 있습니다.
그런데 사람의 생년월일시(生年月日時)는 사주팔자로 항상 고정되어 있
습니다. 아무리 사주팔자를 잘못 타고났다고 해도 열심히 공부하는 사람
은 판검사나 박사가 될 수 있습니다.

그러나 아무리 좋은 팔자를 타고난 사람도 공부 안 하고 술 먹고 방탕
하고 도박에 빠지면 집안은 풍비박산되고 알거지나 쪽박신세를 면할 수

없습니다. 살아 움직이는 생명체에 고정된 사주팔자의 잣대를 들이대는 것 자체가 비현실적이고 불합리합니다. 그래서 사주는 맞지 않는 경우가 많습니다.

사주는 차라리 관상 보는 것만 못한 것입니다. 관상은 마음먹기와 행동과 노력 여하에 따라 얼마든지 변할 수 있기 때문입니다. 그래서 사주팔자(四柱八字) 불여관상(不如觀相)이라고 한 것입니다. 관상은 살아 움직이는 사람의 모습을 대상으로 하기 때문에 고정불변한 사주보다는 훨씬 정확하다고 할 수 있습니다.

토의 기운을 타고난 사람은 물과 관련된 사업을 하면 망한다는 것은 음양오행의 원리를 잘못 해석한 전형적인 실례입니다. 토의 기운을 타고 났다면 토기(土氣)가 강한 사람을 말합니다. 토기가 강한 사람은 비위경(脾胃經)이 실한 반면에 신방광경(腎膀胱經)이 약한 사람입니다. 토극수(土克水)해서 토기는 항상 수기를 이기게 되어 있기 때문입니다. 그래서 토기가 실한 사람은 신방광경(腎膀胱經)이 약합니다. 신방광경이 약한 사람은 신방광이 좋아질 때까지 짭짤한 음식을 많이 들어야 건강해질 수 있습니다.

오행에 따라 성격과 기질에 차이가 있습니다. 가령 목형은 인자하고 부드럽고 따뜻한 성격이어서 교육자나 문학인이 적합하고, 화형은 화려하고 폭발적이고 예절이 밝은 성격이어서 예술가형이고, 토형은 외골수고 확실하고 신용 있고 포용력이 있어서 기업체 사장이나 은행가가 알맞고, 금형은 의리 있고 준법정신이 강하고 준엄한 성격이어서 군인이나 공무원이 적합하고, 수형은 지혜롭고 수학적이어서 과학자가 제격이긴 합니다.

그런데 그 역술인은 토기가 강한 사람은 물과 관련된 직업을 가지면 망한다는 엉뚱하고도 허황된 소리를 한 것입니다. 또 어떤 역술인은 수기가 약한 사주를 타고난 사람은 항상 머리맡에 물그릇을 놓아야 한다는 터무니없는 소리를 합니다.

이 역시 음양오행의 원리를 잘못 해석하여 혹세무민(惑世誣民)하는 사례입니다. 수기가 약한 사람은 짠 음식을 신방광경이 좋아질 때까지 먹어야 합니다. 물그릇을 머리맡에 갖다 놓는 것하고는 아무런 관련도 없습니다. 그런 엉터리 역술인에게 속지 말아야 할 것입니다.

목기가 약한 사람은 신 음식을, 화기가 약한 사람은 쓴 음식을, 토기가 약한 사람은 단 음식을, 금기가 약한 사람은 매운 음식을, 수기가 약한 사람은 짠 음식을, 상화기가 약한 사람은 떫고 담백한 음식을 먹어 건강을 찾아야 합니다. 건강해져야 공부도 하고 수련도 하고 노력도 해서 팔자를 바꿀 수 있습니다.

음양오행의 기가 약하고 강한 것은 어떻게 알 수 있는가 하면 맥을 보고 알 수 있습니다. 물론 관상만 보고도 그때그때의 건강 상태와 인격과 운세의 향방을 어느 정도 알 수 있지만 진맥을 하여 보면 건강 여부를 더욱 구체적으로 확실히 알 수 있습니다.

관상과 진맥은 수시로 변하는 건강 상태와 운세를 실시간으로 알 수 있지만 사주팔자는 태어날 때 고정된 그대로입니다. 어느 것이 정확하고 구체적이고 합리적인지는 삼척동자라도 알 수 있는 일입니다. 그러므로 사주를 공부하려면 차라리 보다 확실한 살아 있는 인간이라는 실물을 대상으로 하는 관상과 진맥 쪽이 훨씬 더 실제적이고 정확하다고 할 수 있습니다.

그래서 『선도체험기』 8, 9, 10권을 50번만 읽으면 음양오행에 통달할
수 있습니다. 『선도체험기』 8, 9, 10권은 최근에 재판이 나왔는데 책값
이 권당 1만 원입니다. 차라리 이 책을 구입하여 정독하는 것이 사주 공
부하는 것보다 훨씬 더 유익할 것입니다.

그러나 뭐니 뭐니 해도 관상불여심상(觀相不如心相)입니다. 관상은
마음을 어떻게 먹느냐 하는 것만 못합니다. 한날한시에 태어난 일란성
쌍생아는 사주팔자가 똑같지만 실제의 인생행로는 전연 그렇지 않습니
다. 왜 그럴까요? 마음 즉 심상(心相)이 같지 않기 때문입니다.

그러니까 사람은 태어나서 성장한 후 마음먹기에 따라 백인백색(百人
百色), 천태만상(千態萬象)으로 변할 수 있습니다. 고정불변(固定不變)
한 사주팔자가 실제와 맞지 않는 이유가 바로 여기에 있습니다. 요컨대
사람은 마음을 어떻게 먹고 행동하느냐에 따라 사주팔자와 운명이 얼마
든지 바뀔 수 있다는 얘기입니다.

이웃을 사랑하는 사람과 이웃을 원망하는 사람은 아무리 사주팔자가
똑같아도 정반대의 인생의 길을 걸어갈 수밖에 없게 되어 있습니다. 세
상을 바르고 착하고 지혜롭게 살아가는 사람과 이상야릇한 색안경을 쓰
고 삐딱하게, 되는 대로 살아가는 사람은 그 운명이 180도 다를 수밖에
없지 않겠습니까? 수련 열심히 하는 사람과 놀기만 좋아하는 사람의 운
명도 마찬가지입니다.

만약에 인간만사가 사주팔자대로만 되어 간다면 이 세상은 개미 쳇바
퀴 돌듯이 늘 변함없는 똑같은 일만 영원히 되풀이될 것입니다. 그러나
실제는 그렇지 않습니다. 사주팔자가 맞지 않는 이유가 바로 여기에 있
습니다."

빙의령을 피할 수 있는 방법이 있을까?

우창석 씨가 물었다.

"선생님, 수련이 진행될수록 빙의령 때문에 힘이 부칩니다. 혹시 빙의령을 피할 수 있는 방법이 있을까요?"

"그것은 산이나 들에 서 있는 나무가 바람과 비와 새를 피할 수 있는 방법이 있을까 하고 묻는 것과 같습니다. 혹시 심은 지 얼마 안 된 작은 나무는 바람에 몹시 휘둘리고 새들이 앉으면 그 무게로 시달릴 수도 있을 것입니다.

그러나 나무가 자라면 자랄수록 그런 걱정은 사라지게 될 것입니다. 가지 많은 나무에 바람 잘 날 없다는 말 그대로입니다. 나무는 크면 클수록 바람 잘 날이 없을 것이고 온갖 새들이 다 날아와 앉아서 지저귀면서 쉬다가 날아갈 것입니다.

그렇다고 해서 나무는 바람과 새들을 탓하지 않습니다. 바람에 흔들리고 새들의 쉼터가 되는 것을 나무는 자연스럽고 당연한 일로 여깁니다. 그와 마찬가지로 우창석 씨도 멀지 않는 장래에 빙의령이 들어오는 것을 그렇게 당연한 것으로 여기게 될 날이 올 것입니다."

"과연 저에게도 그런 날이 올까요?"

"물론입니다. 수영장을 처음 찾는 수영 지망생은 수영 잘하는 선수를 보고는 나는 언제나 저렇게 헤엄을 잘 칠 수 있을까 하고 부러워합니다. 헤엄을 잘 치는 것은 고사하고 물에 뜰 수만 있어도 얼마나 좋을까 하고 생각합니다. 그러한 초심자도 몇 해 동안 착실히 연습을 게을리하지 않으면 자기도 모르는 사이에 실력이 향상되어 자연스럽게 물에만 들어가면 물에 뜨는 것은 말할 것도 없고 어느덧 수영을 잘하는 선수가 되는 것입니다.

선도수련도 중간에 꾀부리지 않고 열심히 하면 자기도 모르는 사이에 큰 나무로 성장하여, 바람과 새에 시달린다는 생각도 사라지게 될 것이고, 어느덧 자연에 적응되어 그들과 사이좋게 지내게 되는 날이 올 것입니다. 그와 마찬가지로 우창석 씨도 빙의령에게 시달린다는 생각조차 사라지는 날이 오게 될 것입니다."

"정말 그렇게 된다면 얼마나 좋을까요."

"수련에 매진하는 정도에 따라 다소 시간의 차이는 있지만 반드시 그런 날이 오고야 말 것입니다. 수련 초보자에게 빙의령은 과거 생에 사람들에게 진 빚과도 같습니다. 빚쟁이를 피한다고 해서 빚을 피할 수 있는 것은 아닙니다.

빚쟁이를 안 볼 수 있는 가장 확실하고 완전한 길은 돈을 부지런히 벌어서 빚을 싸그리 다 갚아 버리는 겁니다. 수련자가 빙의령에게서 벗어나는 유일한 길은 그들을 천도할 수 있는 능력을 키우는 겁니다. 찾아오는 빙의령을 제때제때에 천도시킬 수만 있다면 하화중생(下化衆生)하는 공력을 그만큼 쌓을 수 있게 될 것입니다.

그러나 빙의령을 피하려는 것은 햇빛 아래서 자신의 그림자를 피하려는 것처럼 어리석은 일이 될 것입니다. 빙의령을 피하려고만 할 것이 아니라 도리어 적극적으로 맞아들여 천도할 수 있는 내공(內功)을 쌓는 것이 급선무입니다."

〈87권〉

휴대전화 안 쓰는 이유

우창석 씨가 말했다.

"선생님께서는 상대방의 휴대전화를 가끔 이용하시기는 하지만 전용 휴대전화를 이용하시지 않습니다. 혹시 특별한 이유라도 있습니까?"

"있습니다."

"그게 무엇입니까?"

"내가 만약 휴대전화를 쓰고 그 전화번호가 알려지면 삼공재에 정기적으로 출입하는 수행자는 말할 것도 없고 『선도체험기』 독자라면 누구나 다 나와 대화를 나누려고 할 것입니다. 나와 통화하려는 대부분의 사람들은 자기 자신도 알게 또는 모르게 빙의되어 있던 빙의령(憑依靈)들은 그때마다 전부 다 나에게 옮겨오게 될 것입니다."

"그건 왜 그렇습니까?"

"물이 높은 데서 낮은 데로 흐르는 것과 같이 기운은 약한 데서 강한 데로 흐르게 되어 있기 때문입니다. 1990년대 초기에는 나 역시 이러한 빙의령들 때문에 적지 않은 고전을 했지만 지금은 어느 정도 면역이 되어 좀 성가시기는 하지만 큰 고통은 느끼지 않습니다. 그러나 나와 전화로 통화하는 수행자들은 자기를 괴롭히던 빙의령이 나에게 옮겨갔으므로 심신은 비록 가벼워지겠지만 긴 안목으로 볼 때 그 자신의 수련에는 도리어 장애가 됩니다."

"빙의령이 남에게 옮겨가 버리면 잘된 것이지 그것이 왜 수련에 장애가 된다고 하십니까?"

"수련자에게 빙의는 일종의 숙제와 같은 것입니다. 수행자는 그 빙의령을 자기 자신의 힘으로 천도시킴으로써 그때마다 수련이 조금씩 향상하게 되어 있습니다. 그런데 자기가 풀어야 할 숙제를 전연 힘 안 들이고 남에게 슬쩍 떠넘겨 버린다면 그 자신의 수련은 지체가 될 수밖에 없을 것입니다.

학생이 자기가 맡은 숙제를 선생님이 대신 다 해 준다면 그 학생의 실력은 제자리걸음을 면할 수 없을 것입니다. 사람이고 동식물이고 간에 사회나 자연의 가혹한 조건 속에서 모진 비바람과 눈보라와 더위와 추위를 스스로 극복해야 강인한 생존력을 유지 발전시킬 수 있고 동시에 알찬 열매를 맺을 수 있습니다.

자연 속에서 자란 식물은 응달이나 비닐하우스 속에서 자란 식물과는 차원이 다릅니다. 내가 휴대전화를 안 쓰는 이유는 나 자신보다는 수련자 자신의 공부를 위해서입니다. 호랑이는 호랑이 새끼들을 데리고 높은 벼랑에 올라가 그 귀여운 새끼들을 무자비하게 벼랑 아래로 밀어 떨어뜨립니다. 그리하여 온갖 난관을 무릅쓰고 살아서 올라온 새끼들만을 키웁니다."

"결국은 강인한 소수 정예를 키우기 위해서군요."

"그렇습니다. 그런데도 불구하고 일부 수련생들 중에는 빙의가 될 때마다 나에게 전화를 걸어오는 수가 있습니다. 이렇게 되면 자기가 풀어야 할 숙제를 그때마다 스승에게 떠넘겨 버리는 것과 같아서 수련은 정지 상태에 빠지게 됩니다."

"그러니까 그런 때는 스승에게 전화를 하여 자기가 풀어야 할 숙제를 떠넘길 것이 아니라 어떻게 하든지 자기 힘으로 풀도록 노력해야 되겠군요."

"정답입니다. 그래야 괴롭고 힘들기는 하겠지만 수련은 꾸준히 향상되어 일취월장(日就月將)하게 될 것입니다. 그리고 꼭 물어보고 싶은 것이 있으면 이메일을 이용하는 것이 좋습니다."

빙의령 천도와 가피력(加被力)

"잘 알겠습니다. 그리고 스승이 제자의 빙의령을 대신 천도시켜 주는 것하고 가피력을 구사하는 것하고는 어떻게 다릅니까?"

"스승이 제자의 빙의령을 천도해 주는 것은 제자가 풀어야 할 숙제를 시범을 보여 주면서 대신해 주는 것과 같습니다. 자전거 잘 타는 사람이 후배 신출내기에게 자전거 타기를 가르칠 때 자전거 뒤를 잡아 주는 것과 같습니다. 몇 번 그렇게 하다가 신출내기가 차츰 실력이 붙어서 뒤뚱뒤뚱하면서 혼자서 타기 시작하면 뒤에서 잡아 주는 일을 그만둡니다. 만약에 계속 뒤에서 잡아 주면 실력이 향상되지 않고 언제까지나 잡아 주어야 하기 때문입니다.

이것은 두 사람 모두에게 유익한 것이 될 수 없습니다. 스승이 제자의 빙의령 천도를 해 주는 것도 이와 같습니다. 그러나 스승이 제자에게 가피력을 구사하는 것은 스승이 전연 의식하지 않는 가운데 그 자신에게서 방사(放射)되어 나오는 기운의 파장으로 제자의 막혔던 혈을 열어 준다든가 무심코 나누는 대화를 통하여 제자에게 깊은 깨달음을 주는 것과 같은 현상을 말합니다.

임제할(臨濟喝)이라는 것이 있습니다. 임제 선사는 제자가 질문을 해 오면 무조건 '할' 하고 벼락같은 고함을 쳤다고 합니다. 이것이 바로 임제할입니다. 이때, 때가 된 수행자는 이 '할' 소리에 혼비백산하여 자기도 모르는 사이에 깨달음을 얻었다고 합니다.

또 덕산방(德山棒)이라는 것도 있습니다. 덕산 선사는 질문을 해 오는 제자에게 잡담 제하고 무조건 몽둥이찜질을 했다고 합니다. 이때 역시 때가 된 제자는 그 몽둥이를 얻어맞는 순간 별빛이 번쩍하면서 자신의 존재의 실상을 깨달았다고 합니다.

이것이 저 유명한 임제할이요 덕산방입니다. 이것 역시 스승이 제자에게 구사한 가피력의 일종입니다. 바로 이 때문에 임제와 덕산의 제자들은 깨달음을 얻기 위해서 그 고함 소리와 몽둥이찜질을 마다않고 몰려든 것입니다. 스승의 가피력을 믿었기 때문입니다."

"어찌 생각하면 제자들의 그러한 관행은 모든 것을 자력으로 해결해야 할 구도자답지 못한 처사가 아닐까요?"

"그렇습니다. 그러나 자력으로 해결하려고 아무리 노력을 해 보아도 안 되니까 궁여지책으로 스승의 가피력에라도 의존하려 했던 것입니다. 스승은 이런 때 필요한 존재요 방편이기도 하니까요."

"가피력과 함께 천백억화신(千百億化身)이라는 것도 있지 않습니까?"

"있죠."

"그건 또 무엇입니까?"

"수련자가 수행 도중 비몽사몽간에나 꿈속에 스승이 나타나 촉수(觸

手)하여 막힌 혈을 열어 준다든가 공부를 독려해 주면 어김없이 수련이 한 단계 또는 몇 단계씩 향상되는 현상을 말합니다. 어떤 수행자는 스승이 꿈속에까지 나타나 내 수련을 도와주시는구나 하고 감격하여 그 스승에게 찾아가 고마움을 표시하는 일이 있습니다. 그러나 그 스승은 그런 일이 있었다는 것을 전연 의식하지 못합니다. 이것을 천백억화신(千百億化身)이라고 말합니다."

"스승 자신이 알지 못하는 일이 어떻게 일어날 수 있을까요?"

"실례를 들어 내가 『선도체험기』라는 장편 시리즈를 써서 펴냈는데 어떤 독자가 그 책을 읽고 감동을 받아 인생이 확 바뀌고 수행에도 큰 도움을 받아 깊은 깨달음을 얻었다고 칩시다. 그러나 나는 그 사실을 일일이 다 알 수 있겠습니까?"

"물론 알 수 없겠죠."

"그와 비슷한 일이 영적으로 승화된 현상이라고 생각하면 됩니다."

"가피력(加被力)이니 천백억화신(千百億化身)이니 하는 용어는 꼭 무슨 종교적 전문 용어 같습니다."

"그렇습니다. 가피력이니 천백억화신이니 하는 말은 원래 불교의 전문 용어지만 구도계에서도 일반적으로 사용되고 있습니다. 어느 분야에서든지 먼저 발견하여 이름 붙인 것을 존중해 주는 것이 일반적인 관행이기 때문입니다."

구더기 무서워 장 못 담그는 사람

박춘배 씨가 또 물었다.

"제 도우(道友) 하나는 기 수련을 하기 위해서 잠자리에서조차 염념불망의수단전을 한 달 가까이 열심히 해 봤는데 진도가 빠른 사람처럼 진동이 오지는 않고, 잠을 자도 숙면을 취한 것 같지 않아 몸이 찌뿌둥하고 해서 지금은 기공부를 중단하고 마음공부와 몸공부에만 치중하고 있다고 합니다. 왜 이런 현상이 일어나는 것일까요?"

"기 수련 중에 진동은 누구에게나 일률적으로 오는 것은 아닙니다. 사람에 따라 진동 없이도 기공부가 진행되는 수가 있다는 말입니다. 그리고 잠을 자도 숙면을 취한 것 같지 않아 몸이 찌뿌둥한 것은 기공부가 한창 진행되어 몸이 서서히 변해 가고 있다는 신호입니다.

그것을 참지 못하고 수련부터 중단한 것은 잘못입니다. 이 세상에 존재하는 모든 수련법은 충분한 존재 이유가 있습니다. 다시 말해서 그것을 이용하는 사람에게 편리하도록 되어 있지 그렇게 조금 해 보다가 불편하다고 해서 금방 그만두라고 해서 존재하는 것은 아니라는 것을 알아야 합니다."

"그럼 그럴 때는 어떻게 해야 하죠?"

"만약에 몸이 찌뿌둥한 상태로라도 계속 밀어붙였더라면 틀림없이 기문(氣門)이 열렸을 것입니다. 그랬더라면 그에게는 분명 새로운 지평이 열렸을 것이고 선도의 문턱을 넘을 수 있었을 것입니다. 허지만 그는 그

161

것도 모르고 기공부를 중단한 것입니다.

그러나 이때 사려가 있는 사람이라면 당연히 스승이나 선배나 고수를 찾았어야 합니다. 올바른 스승이라면 누구나 이런 과정을 스스로 다 거쳐 왔을 것이므로, 그에게 적절한 도움을 주었을 것입니다. 이럴 때는 책만 뒤져 가지곤 해결이 안 됩니다. 이래서 한 사람의 스승은 민 권의 책보다도 낫다고 하는 것입니다.

지식의 전달은 책만으로도 충분하지만 수련 기법이나 악기, 활, 검, 배, 자동차 만드는 기술 같은 것은 장인(匠人)이나 선배가 하는 것을 눈으로 보고 행동으로 따라 하면서 장시간에 걸쳐 그 비법을 익히고 물려받아야 합니다. 책만으로는 한계가 있습니다. 그러니까 스승을 찾을 생각은 해 보지도 않고 수련부터 중단한 것은 경솔한 짓입니다."

"아마도 그 친구는 사이비 스승들이 하도 날뛰는 세상이라 겁이 나서 스승을 찾을 엄두를 못 냈던 것 같습니다."

"요컨대 수련에 대한 간절하고 절실한 염원과 의지가 없었던 것이 원인입니다. 선도수련은 언제나 마음, 몸, 기공부가 삼위일체가 되어 조화롭게 진행되어야 하는데 어렵다는 이유로 기공부는 빼고 마음공부와 몸공부만 해 가지고는 결코 선도의 문턱을 넘을 수 없습니다. 그럴 바에는 차라리 기공부가 아예 빠져 버린 불교의 선방(禪房)을 찾아가는 것이 훨씬 더 나았을 것입니다."

"그리고 그 친구는 키가 175에 체중은 58인데 오행생식을 해 보니 살이 너무 빠지고 힘이 너무 없는 것 같아서 그만두었답니다."

"그것도 잘못입니다. 화식을 생식으로 바꾸는 것은 이 세상에 태어나서 수십 년 길들여온 식습관을 변화시키는 엄청난 작업입니다. 새로운 식습관에 적응하려면 상당한 적응 기간이 필요합니다. 그 과도기에는 참기 어려운 부작용도 있을 수 있습니다. 그것을 참아내지 못하고 중단부터 하는 것 역시 경솔한 짓이 아닐 수 없습니다. 그 방면의 전문가를 찾아가서 조언을 들었더라면 능히 극복할 수 있는 길이 있었을 것입니다. 그런데도 중단부터 했으니 참으로 딱한 일입니다."

"그리고 열심히 노력하겠다는 각오로 1일 1식을 1년 정도 한 결과가 폐결핵이 되어 영양 결핍과 면역력 결핍의 증상으로 나타나자 그것 역시 중단했다고 합니다."

"그럴 때도 역시 그 방면의 전문가를 찾아가 상의했어야 합니다. 배우는 사람이 있으면 반드시 가르치는 사람도 있게 마련입니다. 인류 문화가 발전하는 것은 이처럼 가르침과 배움을 통해서 이루어집니다. 이것이 교육입니다. 이 세상은 교육으로 그렇게 상부상조하게 되어 있건만 제 혼자서 해 보다가 안 되면 곧바로 단념하는 사람이 있습니다.

1일 3식 하던 사람이 적어도 2, 3년 동안 1일 2식을 하는 중간 과정을 거치지 않고 덜컥 1일 1식부터 하는 것은 위험천만한 일입니다. 이처럼 수련도 생식도 1일 1식도 혼자서 해 보다가 그만두는 것은 수련에 대한 진지한 열의가 없었기 때문입니다. 더구나 폐결핵으로까지 몸이 망가지면서까지 1일 1식을 중단하지 않고 계속 강행한 것은 지나치게 무모했던 것 같습니다.

이러한 자세를 가지고는 수련을 백 년을 해도 아무것도 얻는 것은 없을 것입니다. 진지하게 구하는 자는 반드시 얻게 된다는 확신을 가져야 합니다. 그리고 가짜와 사이비가 무서워서 손을 놓고 아무 일도 안 한다는 것은 구더기 무서워서 장 못 담그는 것과 같습니다."

163

"그래도 그 친구는 『선도체험기』는 86권까지 다 읽었다고 합니다."

"86권을 다 읽고 몸이 망가지는 것도 모르고 1년간이나 1일 1식을 할 정도로 끈질긴 사람이 그렇게 중요한 고비마다 수련을 포기하는 것은 실로 안타깝기 짝이 없는 일입니다. 그분은 학교 공부는 했을 거 아닙니까?"

"물론입니다. 대학까지 마치고 대기업체 중견 사원으로 일하고 있습니다."

"그럼 초·중·고·대학까지 마치는 동안 선생님, 교사, 강사, 교수들을 수도 없이 거쳤을 터인데 가르치는 사람을 그렇게도 경시했다는 것은 이해가 가지 않습니다."

"결국은 무모함과 무기력 그리고 우유부단 때문이었던 것 같습니다."

"그렇게 무기력하고 우유부단한 사람이 어떻게 『선도체험기』를 86권이나 읽을 만한 지구력을 발휘할 수 있었는지 그것 역시 수수께끼입니다."

선도 수행자가 조심할 사항

박춘배 씨가 또 물었다.

"선생님, 저는 몇 달 전부터 단전이 달아오르고 전에 없이 기운이 강해지면서 이상한 일이 벌어지고 있습니다."

"이상한 일이라뇨?"

"제가 무슨 일로 화를 내면 열 살 난 제 아들애가 아버지 옆에 있으면 배가 아프다면서 자리를 피하곤 합니다. 그럴 때면 제 집사람도 어쩐지 제 옆에 있기가 무섭다면서 잠자리까지 같이하려고 하지 않습니다. 왜 이런 일이 일어나는지 모르겠습니다."

"혹시 단전에 모였던 기운이 임맥과 독맥을 한 바퀴 돈 일이 없습니까?"

"약 한 달 전부터 기운이 임독을 자동적으로 한 바퀴 돈 일이 있습니다."

"그럼 백회에 이상한 느낌이 오지 않았습니까?"

"정수리에 벌레가 기어다니는 것처럼 근질근질하고 무지근한 느낌이 들곤 합니다."

"수련이 이미 소주천 단계를 넘어 대주천을 앞두고 있습니다. 수련이 그 정도 되었으면 평소에 언행을 조심해야 합니다."

"언행을 조심하라뇨. 어떻게 말입니까?"

"화가 난다고 해서 그전처럼 마구 화를 내면 몸에서 정기(正氣) 대신 사기(邪氣)가 뻗어나가 주변 사람들에게 해를 끼칠 수 있습니다. 그래서 수행이 소주천이 된 사람은 함부로 화를 내지 않습니다."

"그럼 화가 날 때는 어떻게 합니까?"

"스스로 안으로 삭여 마음을 늘 화평한 상태로 유지해야 합니다. 그리하여 운기조식으로 강해진 자기 기운이 남에게 손해를 입히지 않도록 조심해야 합니다. 박춘배 씨처럼 화를 다스리지 않으면 자기 아들과 부인에게뿐만 아니라 주변의 다른 사람들에게도 손상을 입히게 됩니다. 그래서 선도 수행자는 함부로 화를 내서도 안 되고 더구나 홧김에 함부로 손찌검을 하는 것은 절대금물입니다.

실수하여 상대의 급소라도 가격하면 원치 않는 치명상을 입힐 수도 있습니다. 박춘배 씨 정도로 운기가 되는 사람이 무심코 주먹을 휘둘러 상대가 맞으면 겉은 멀쩡해도 깊은 내상을 입힐 수 있습니다. 그래서 조심해야 합니다. 까딱하면 혈관이 상하고 내장이 파열될 수도 있습니다.

그뿐만 아닙니다. 정작 무서운 것은 좋지 않은 일이 생겼을 때, 수련 안 할 때처럼 누구를 원망하거나 미워하면 그 순간 좋지 않은 기운이 뻗어나가 상대에게 위해(危害)를 가하게 됩니다."

"어떻게 말입니까?"

"가령 누구를 무심코 미워하거나 원망하면 그 즉시 그의 기운이 상대에게 작용하여 반드시 불상사를 일으키게 됩니다."

"불상사라면 어떤 것을 말합니까?"

"상대가 교통사고를 당하거나 금전상의 손해를 입든가 사기를 당하는 일이 발생합니다. 그 밖에도 뜻밖의 가환(家患)을 당하거나 중병이 드는 수가 있습니다. 바로 이 때문에 선도 수행자는 남에게 함부로 화를 내도 안 되고 누구를 증오하거나 원망해도 안 됩니다. 그렇게 하여 상대에게 손상을 주면 그것은 업장이 되어 고스란히 되돌아오게 되어 있습니다.

그러니까 수련 안 할 때처럼 언행을 하면 절대로 안 됩니다.”

“그럼 깡패에게 억울하게 매를 맞을 위기에 처할 때는 어떻게 하죠?”

“상대에게 치명상을 입히지 않을 자신이 있으면 모르지만 그렇지 않으면 차라리 매를 맞는 한이 있어도 주먹을 휘두르는 일은 삼가는 쪽이 낫습니다. 까딱하면 폭력범으로 몰릴 수도 있으니까요. 국내외 대회에서 우승한 권투선수라면 깡패에게 주먹을 휘둘러 살인을 저지르기보다는 차라리 매를 맞는 쪽을 택하는 쪽이 낫다고 할 수 있습니다.”

“언행만 조심해야 할 것이 아니라 마음까지 극도로 조심해야 한다는 것이 좀 어려울 것 같습니다.”

“남을 이롭게 하는 것이 나를 이롭게 하는 것이고, 남을 해롭게 하는 것이 나를 해롭게 하는 것이라는 이치를 깨달은 사람이라면 당연히 그렇게 해야 하지 않겠습니까? 하늘이 선도 수행자에게 그만한 능력을 준 것은 그만한 책임을 지라는 뜻이기도 합니다.”

“그야말로 일거수일동작을 극도로 항상 조심해야 하겠군요.”

“물론입니다.”

성공의 지름길

우창석 씨가 말했다.

"무슨 일에든지 지금 자기가 하고 있는 일에 성공을 하려면 어떻게 해야 할까요?"

"세속적인 일 예컨대 판검사가 되기 위한 고시(高試)에 합격을 하든 국회의원에 당선이 되든지, 최고의 예술인이 되든지 기사나 기술자가 되든지, 의사가 되든지 구도자가 큰 깨달음을 얻든지 각자 자기 분야에서 지극정성을 다하면 됩니다. 그러나 술에 물 탄 듯 물에 술 탄 듯 이것도 저것도 아닌 것, 뜨겁지도 차지도 않는 뜨뜻미지근해 가지고는 무슨 일에든 성공하기 어렵습니다."

"무슨 일에든 그 일에 미치지 않으면 성공하기 어렵다는 말이 있는데 그게 사실이겠군요."

"그렇습니다. 자기가 하려는 일에 미치기만 하는 것이 아니라, 때로는 목숨까지도 걸지 않고는 성공하기 어렵습니다."

"세속적인 일에도 그 일에 미치거나 목숨을 걸어야 하는데 하물며 구도자가 견성 해탈(見性解脫)을 하려면 오죽하겠습니까?"

"그래서 수행이 지지부진 진도가 나가지 않으면 석가모니처럼 불퇴전(不退轉)의 결의로 굶어 죽을 각오를 하고 장좌불와(長坐不臥)에 들어가기도 합니다. 예수도 광야에서 40일 금식 기도에 들지 않았습니까?

요즘도 선문(禪門)에서는 확철대오(廓徹大悟)를 감행하는 경우가 있지 않습니까? 글자 그대로 사방팔면이 다 막히고 밥그릇 하나만 드나들 구멍만 남겨 놓은 방 속에 들어가 깨달음을 얻을 때까지 나오지 않고 용맹정진(勇猛精進)하는 것입니다. 보통 사람들이 보기에는 그야말로 미친 사람이 아니고는 할 수 없는 일에, 미치고도 모자라 목숨까지 건다는 것은 터무니없는 일이 아닐 수 없을 것입니다.

그러나 지성(至誠)이면 감천(感天)이라고 했습니다. 정성이 지극하면 반드시 하늘도 감동하게 되어 있습니다. 달성하고자 하는 목표를 위해서 자기의 모든 것을 걸고 덤벼드는 사람 쳐놓고 성공하지 못하는 경우는 거의 없습니다.

사즉생(死則生)이요 생즉사(生則死)입니다. 죽음을 각오하고 대드는 사람에게 성공 못할 일은 없는 것입니다. 생사백척간두(生死百尺竿頭)에서 오히려 일보 전진하는 사람에게는 반드시 성공의 길이 열리게 되어 있습니다."

"그런데 그렇게 위험한 일에 전력투구하다가 그야말로 불의의 사고로 사망에 이르게 되면 그 사람은 어떻게 될까요?"

"그런 사람에겐 반드시 그에 합당한 보상이 있습니다."

"어떤 보상 말입니까?"

"이 생에 태어나 남처럼 미쳐 버리거나 목숨을 걸지도 않았건만 아주 수월하게 남들이 10년을 해도 안 되는 견성을 놀랍게도 수련 시작한 지 얼마 안 되어 성취하는 일이 가끔 있습니다. 바로 그런 경우입니다."

"아하, 그게 바로 전생의 수련이 금생에도 계속되는 경우인 모양이죠?"

"그렇습니다."

"결국 인과응보는 한 치의 에누리도 없다는 말이 진리군요."

"정확합니다."

"삶은 추호의 중단도 없이 연속된다는 것도 진리인 것 같습니다. 그리고 삶과 죽음은 둘이 아니고 하나라는 것도 진리입니다."

"그렇고말고요. 지난해의 흑자는 한 해가 지났다고 해서 딜리트(삭제) 키를 누르면 컴퓨터 화면에서처럼 날아가 버리는 것이 아니고 그다음 해에 고스란히 이월되는 것과 같습니다. 그러니까 누구나 노력한 만큼 반드시 보상을 받게 되어 있습니다."

〈88권〉

남편을 어떻게 길들일 것인가?

가끔 등산길에서 만나는 유호순이라는 중년의 여자 수련생이 말했다.

"선생님 질문이 하나 있습니다."

"말씀해 보세요."

"여름 방학을 이용하여 고교와 중학에 다니는 두 아이들이 대학생 삼촌을 따라 한 달간 유럽 배낭여행을 떠난 김에 집에서 조용히 수련을 좀 해보려고 하니까 남편이 자꾸만 친구들과 놀러 가자고 성화를 부립니다."

"웬만하면 따라가 보시지 그러세요."

"저도 그러고 싶은데요. 따라가 보았자 저하고는 취향이 워낙 달라 놔서 그럽니다."

"취향이 어떻게 다른데요?"

"남편 친구들은 삼복더위에 모였다 하면 유원지나 노래방에 가서 술 먹고 담배 피우고, 노래하고 춤추고 노는 것이 고작인데 저는 그런 것이 질색이거든요."

"남편의 직업이 무엇입니까?"

"시장에서 청과물 도매업을 합니다."

"아아 이제 기억납니다. 언젠가 산에서 만난 일이 있는 그분이군요.

171

키가 훤칠한 게 마음씨 좋게 생겼던데."

언젠가 산에서 그들 부부를 만난 일이 생각나서 내가 이렇게 말했다.

"그건 사실인데요. 술 마시고 노는 것을 너무 좋아해서 탈입니다."

"그럼 살살 달래서 산에나 데리고 다니시지 그러세요."

"다리가 아프고 힘이 든다고 자꾸만 산에는 안 갈려고 꾀를 부립니다."

"혹시 유호순 씨가 수련하시는 것은 반대는 하지 않습니까?"

"그렇지는 않습니다."

"그래도 산에 따라오는 걸 보면 아내의 말에는 고분고분 따르는 것 같은데요."

"그건 그렇습니다. 꾀를 부리긴 하지만."

"남편이 수련을 방해한다고 해서 이혼을 생각하시려는 건 아니겠죠."

"부족한 점이 있긴 하지만 그럴 정도는 아닙니다. 더구나 이제 나이 들어 가지고 새삼스럽게 팔자를 고칠 생각은 없습니다."

"그럼, 어떻게 하든지 잘 구슬려서 내 남자를 만들도록 하세요."

"저도 그렇게 하려고 하는데 어떻게 하면 그렇게 할 수 있을지 통 그럴듯한 대책이 떠오르지 않아서 그럽니다."

"남편에게 『선도체험기』를 읽어 보게 해 봤습니까?"

"그건 이미 여러 번 시도해 보았지만 먹히지 않습니다. 그런 데 전연 취미가 없거든요."

"그럼 무슨 종교를 믿지는 않습니까?"

"그런 거 없습니다."

"그럼 혹시 분배니 평등이니 하는 것을 주장하는 사회주의 사상 같은 특이한 신조 같은 것은 없습니까?"

"그런 것과는 전연 번지수가 다릅니다."

"그럼 남편의 인생관은 무엇입니까?"

"특별히 인생관 같은 것도 없습니다. 시간 나면 친구들과 어울려 술 마시고 노래하고 춤추고 노는 것이 유일한 취미라면 취미라고 할 수 있을까요."

"그럼 수련에 대한 열정과 확신과 뚜렷한 목적의식이 있는 유호순 씨에게는 남편은 도리어 호재(好材)가 될 수도 있습니다."

"왜 그렇게 생각하십니까?"

"유호순 씨에게 남편은 악의 없는 야생마와도 같기 때문입니다. 훌륭한 조련사(操鍊師)가 될 수 있을지 없을지는 순전히 유호순 씨의 기량에 달려 있으니까요. 부부로서 적지 않는 세월을 같이 살아온 유호순 씨만큼 남편을 속속들이 잘 알고 있는 사람은 이 세상에 또 없을 것입니다. 유호순 씨의 결심 여하에 따라서는 얼마든지 남편이라는 야생마를 길들일 수 있을 것입니다. 평강 공주가 바보 온달을 길들였듯이 도전 정신을 갖고 한번 능력과 지혜를 최대한으로 발휘하여 빈틈없는 계획을 세워 하나하나 실천에 옮겨 보세요."

"그럴 위인도 못 되지만 만약에 제 의도를 사전에 눈치채고 제 페이스에 전연 말려들지 않으려고 하면 어떻게 하죠?"

"실행도 해 보지 않고 벌써부터 그런 걱정부터 할 필요는 전연 없습니다. 일단 일을 벌여 놓고 실천을 하다가 문제가 생기면 그때그때 지혜롭게 잘 대처하면 될 것입니다. 유능한 조련사는 절대로 무리한 짓은 하지 않습니다. 무슨 말인고 하면 어떠한 경우든지 당근과 채찍을 제때제때에 잘 이용합니다. 부부간에는 항상 의식이 깨어 있고 기가 센 쪽이 언제나

173

상대를 리드하게 되어 있거든요. 어떻습니까?"

"선생님께서 그렇게까지 말씀하시니까 약간 자신감이 생깁니다."

이렇게 말하면서 그녀는 방긋 웃었다. 꼭 무슨 영감이라도 떠오른 것 같은 표정이었다.

테레사 수녀의 고민

우창석 씨가 말했다.

"요즘 신문을 보면 빈자의 성녀이며 2003년 로마 교황청으로부터 성인의 전 단계로 신자들의 공경의 대상인 복자(福者)로 추대되기도 한 테레사(1910~1997) 수녀가 그녀의 50년간의 신앙생활에서 위기를 겪었고, 한때는 신의 존재 자체를 의심했다는 내용의 책이 나왔다고 합니다.

『마더 데레사 : 나의 빛이 되어라』라는 책에 따르면 그녀가 인도의 콜카타에서 봉사 활동을 시작한 1948년부터 1997년 사망할 때까지 신의 존재를 느끼지 못했고, 자신이 겪은 내적 고통을 지옥에 비교했으며 때로는 천국과 신의 존재 자체에 대한 회의까지 드러냈다고 합니다.

마이클 반 데르 피트 신부에게 보낸 편지에서 그녀는 '예수님은 당신을 특별히 사랑하신다. 그러나 나에게는 침묵과 공허함이 너무 커서 (예수님을) 보려 해도 보이지 않고 들으려 해도 들리지 않는다. 기도하려 해도 혀가 움직이지 않아 말을 할 수가 없다'고 썼다고 합니다. 또 다른 편지에서 '마치 모든 게 죽은 것처럼 내 안에 너무나 끔찍한 어둠이 있다... 내 영혼에 왜 이렇게 많은 고통과 어둠이 있는지 얘기해 달라'고 썼다고 합니다.

전 세계 가톨릭 신자들은 말할 것도 없고 수많은 사람들로부터 성녀로 존경받는 테레사 수녀가 도대체 왜 이런 고뇌에 시달려야 했는지 이해할 수 없습니다. 선생님께서는 이런 현상을 어떻게 생각하십니까?"

"아무리 빈자(貧者)의 성녀로 추앙받는 테레사 수녀라고 해도 그녀가 신앙하는 예수님과 자기 사이를 창조주와 피조물, 또는 주님과 노예와 같은 주종 또는 상하 관계로 믿고 있는 한 그런 고뇌에 빠지지 않을 수 없습니다. 요컨대 신과 나를 절대로 둘로 보지 말아야 합니다. 둘로 보는 한 허상에 빠지지 않을 수 없습니다. 허상에 빠지면 그 허상이 우상이 되고 자신은 그의 노예로 전락하지 않을 수 없습니다."

"그런데 왜 그녀는 특별히 예수님이 보이지 않는 것과 끔찍한 어둠을 호소했을까요?"

"업은 아기 3년 찾는다는 말이 있습니다. 그녀에게는 진리의 빛인 예수님이 그녀 자신의 내부에 있는 것도 모르고 밖에서만 찾았기 때문에 예수님은 볼 수 없었고 그 대신 끔찍한 어둠만 보았던 것입니다.

예수도 '하느님 나라는 너희 안에 있다'(누가 17:21)고 했고 '나와 아버지는 하나다'(요한 17:10)라고 말했습니다. 예수는 분명 진리와 나(인간 개체)를 하나로 보았지 둘로 보지 않았습니다. 예수의 이 말을 명심했더라면 그녀는 분명 자신의 내부에서 진리의 빛을 볼 수 있었을 것입니다. 그러나 끝내 그 빛을 보지 못하고 어둠 속을 방황한 것은 안타깝기 그지없는 일입니다."

"그렇다면 빈자에게 봉사만 하여 온 50년 세월도 견성(見性)에는 별로 도움이 되지 못했다는 말인가요?"

"그렇습니다. 인간이 만든 잘못된 신앙이 그녀의 눈을 가렸으므로 견성에는 아무런 도움을 줄 수 없었습니다. 이처럼 그녀가 신과 자기를 별개의 주종 관계로 본 이상 가난한 사람들을 위한 봉사 생활을 50년이 아니라 100년을 했다고 해도 깨달음과는 전연 관계가 없습니다."

"그럼 그녀가 그 끔찍한 어둠 속에서 빠져나올 수 있는 길은 무엇입니까?"

"그녀가 믿는 진리인 예수님과 그녀는 둘이 아니라 하나라는 것을 깨닫는 것입니다. 만약에 그랬더라면 그녀는 죽기 전에 자신이 바로 예수님 자신과 하나임을 스스로 깨달았을 것입니다. 그리하여 우주 전체와 영원과 무한이 바로 자기 자신임을 자각했을 것입니다.

그랬더라면 50년간의 선행이 뒷받침되어 그녀는 명실공히 진정한 성인으로 부상할 수 있었을 것입니다. 요컨대 진리는 둘이 아니고 하나이며 진리와 자신의 참나도 둘이 아니라는 것을 깨닫는 것이 지름길입니다."

"둘이 아니고 하나라는 것을 깨닫는 방법을 좀 알려 주십시오."

"지혜가 열려야 합니다."

"어떻게 하면 지혜가 열릴 수 있을까요?"

"끊임없는 관(觀)과 자기성찰을 통하여 사물의 실상을 포착해 내는 일을 거듭하다 보면 지혜는 자연히 꽃피우게 되어 있습니다."

"그런데 선생님, 저는 나와 우주는 하나이고 하느님과 나 역시 하나라는 것을 머리로는 이해할 수 있는데 느낌으로는 다가오지 않습니다. 이런 때는 어떻게 하면 되겠습니까?"

"사람이 똑바로 길을 걸어갈 수 있는 것은 무엇 때문이라고 생각하십니까?"

"그건 중심이 잡혀 있기 때문입니다."

"그렇습니다. 사람의 몸이 중심이 잡혀 있지 않으면 걷기는 고사하고 똑바로 서 있을 수도 없을 것입니다. 사람이 중심이 잡혀 있다는 것은 인간 개체의 중심이 각각 지구 중심과도 일치하고 있기 때문입니다. 그러다가 숨이 끊어지면 그의 영혼은 떠나고 뒤에 남은 주검은 영원히 다시 일어나지 못하고 부패되어 흙으로 돌아갑니다. 그런 의미에서 사람은 지구와 한 몸입니다. 여기까지는 이해가 됩니까?"

"네."

"그럼 한 단계 더 비약해서 지구가 태양계를 순환하는 것은 무엇 때문이겠습니까?"

"그것은 지구와 태양 사이에 중심과 균형이 잡혀 있기 때문입니다."

"그렇다면 태양계가 은하계를 순환하는 것은 태양계와 은하계 사이에 중심과 균형이 잡혀 있기 때문입니다. 여기서 한 단계 더 뛰어올라 은하계가 대우주를 순환하는 것은 역시 양자 사이에 서로 중심이 잡혀 있기 때문입니다. 서로 중심이 잡혀 있다는 것은 둘이 아니고 하나이기 때문입니다.

하나가 아니면 중심도 균형도 잡혀 있을 수 없었을 것입니다. 처음엔 그것을 머리로 이해하다가 관이 깊어져 지혜가 싹트면 그것을 몸으로 느낌으로 터득하게 되어 있습니다. 우아일체(宇我一體)를 몸으로 느낄 수 있는 것이 바로 구해탈(俱解脫)입니다. 그렇게 되면 테레사 수녀처럼 성녀(聖女)로 존경을 받으면서도 끔찍한 어둠 속에서 방황하는 일은 없어지게 될 것입니다."

"신아일체(神我一體) 할 때의 신은 무엇입니까?"

"그때의 신은 진리 자체를 말합니다."

"그럼 우아일체(宇我一體)의 우(宇)는 무엇입니까?"

"그때의 우(宇)는 오감으로 느끼는 우주만물과 함께 지혜로 보는 우주 전체 즉 진리를 말합니다."

"하느님에 대한 사랑을 노래해 온 시인이며 40년간 수도 생활을 하여 온 이해인(62세) 수녀는 테레사 수녀의 고뇌에 대하여 '믿음의 길을 걷는 사람들은 누구나 영혼의 어둠을 경험하지만 이것을 섭리로 받아들이면 너무 행복하다'고 말했습니다. 과연 그럴까요?"

"신과 인간을 둘로 보는 것은 섭리도 진리도 아닙니다. 해석이나 착각은 자유입니다. 그러나 내가 보기에는 이해인 수녀의 견해는 분명 하느님과 나를 주종 관계로 보는 사람의 착각이요 자기 위안이요 자기기만에 지나지 않습니다. 궁극적이고 완전한 행복은 하느님과 나는 결코 둘이 아니라 하나라는 예수의 말씀을 진심으로 받아들이는 데서 오는 것입니다."

"요컨대, 신과 인간은 창조주와 피조물 또는 주인과 종의 관계가 아니라 근본적으로 양자는 하나라는 말씀이시군요."

"그렇습니다. 그것이 진리니까요."

"그런데 왜 기독교는 지금도 신과 인간의 관계를 창조주와 피조물, 주인과 종의 관계라고 가르칠까요?"

"그렇게 하는 것이 신도들을 관리하는 데 편리하기 때문입니다. 또 기독교를 세속화하고 기복 신앙화하는 데도 더없이 유리하기 때문입니다. 기독교를 믿다가 선도 수행자가 된 사람들이 제일 난감해하는 것이 무엇인지 아십니까?"

"모르겠는데요."

"교회에서 귀에 못이 박히게 들어 온 말이 창조주 하나님과 피조물인 나, 그리고 주 하나님과 그의 종인 나였는데 선도에서는 하나님과 내가 둘이 아니고 하나라고 하는 바로 그 점이라고 말합니다."

"하나를 둘로 보고 신과 인간을 주종 관계로 보는 것은 진리에는 역행하는 것이군요."

"그렇습니다."

"그것이 정녕 진리에 역행하는 것이라면 누군가가 나서서 과감하게 혁파해야 하는 거 아닙니까?"

"그거야 그쪽 농네에 종사하는 분들이 알아서 처리할 일입니다. 다만 우리는 구도자의 눈으로 공명정대하게 관찰한 것을 있는 그대로 피력할 뿐입니다. 그 이상의 언급은 주제넘은 간섭으로 오해받을 소지가 있습니다."

"예수도 하느님과 신도를 둘로 보지 않고 하나로 보았는데 어떻게 되어서 그분의 제자들은 교주의 가르침을 따르지 않고 신과 인간을 창조주와 피조물, 주인과 종의 주종 관계로 나누어, 하나가 아닌 둘로 보고 있는지 도저히 이해를 할 수 없습니다."

"제자들이 하도 아둔하여 스승의 깊고 오묘한 뜻을 알아차리지 못하고 자기들의 수준에 맞추어 제멋대로 인위적인 종교의 장벽을 만들어낸 것입니다. 예수는 제자들에게 자기를 본받아 성인의 반열에 오르기를 소망했습니다. 그러나 그의 제자들은 고작 예수를 십자가상(十字架像)으로 신격화하고 우상화하여 그 앞에 엎드려 그를 찬양하고 숭배하는 것으로 만족했습니다.

이 때문에 그의 제자들은 관(觀)과 자기성찰(自己省察)을 통하여 스스로 공부하는 힘을 잃어버렸습니다. 그리고 오직 예수의 십자가의 보혈에 의지하여 기도에만 열중하여 죄짓고 회개하고 용서받는 천편일률적인 기복 신앙에만 탐닉하게 되었습니다. 이런 환경 속에서 생명력의 영적 향상은 요원한 일입니다. 테레사 수녀의 고뇌는 이러한 배경에서 발생한 것임을 알아야 할 것입니다."

소설은 거짓말인가?

우창석 씨가 말했다.

"요즘 신문이나 기타 매스컴에는 거짓말하는 것을 보고 소설을 쓴다고들 표현하는 것 같은데 소설은 정말 거짓말입니까?"

"그 질문에 대답하기 전에 내가 먼저 하나 질문을 하겠습니다. 그래야 그 질문에 대한 원만한 해답이 나올 수 있을 것 같습니다. 그럼 내가 묻겠습니다. 거짓말이 무엇인지 아십니까?"

"거짓말은 어떤 사람이 사욕을 채우기 위해서 남을 속이려고 꾸며서 하는 말이라고 생각합니다."

"그렇다면 사욕이 아니라 공익을 위해서 일부러 꾸며서 하는 거짓말은 어떻게 됩니까? 가령 적군에게 쫓기는 아군을 숨겨 주려고 적군을 속이는 거짓말은 어떻게 됩니까?"

"그것도 거짓말이긴 하지만 사욕을 채우기 위한 것이 아니므로 사기성을 띤 거짓말은 아니고 공익을 위한 거짓말이라고 봅니다."

"그렇다면 그런 소설은 분명 사기성을 띤 거짓말은 아닙니다. 신문 기사가 사실을 전달하는 것을 사명으로 한다면 소설은 삶의 진실을 전달하는 것을 사명으로 하고 있기 때문입니다. 신문 기사의 생명은 어디에 있는지 아십니까?"

"발표된 기사가 얼마나 시의적절(時宜適切)한 것이냐에 달려 있다고 봅니다."

181

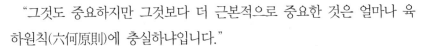

"그것도 중요하지만 그것보다 더 근본적으로 중요한 것은 얼마나 육하원칙(六何原則)에 충실하냐입니다."

"육하원칙이 무엇입니까?"

"육하원칙이란 글자 그대로 여섯 가지 의문을 말합니다. 즉 누가, 언제, 어디서, 무엇을, 어떻게, 왜라는 여섯 가지 의문에 충실히 답하고 있느냐입니다. 만약에 이 여섯 가지 의문에 대해 충실히 대답할 수 없다면 제아무리 시의적절한 기사라고 해도 이용가치가 없다고 말할 수밖에 없습니다.

그러나 소설은 이 육하원칙 중에서 처음 세 가지 의문은 아무래도 좋습니다. 누가 언제 어디서는 중요하지 않습니다. 다시 말해서 신문 기사는 어느 특정인이 어느 날 몇 시에 어느 장소에서가 중요하지만 소설은 그렇지 않습니다. 누가 언제 어디서는 아무래도 좋고 다만 누구라도 시간과 장소에 구애받지 않고 단지 무엇을 어떻게 왜에 중점을 둔 것이 소설입니다.

소설이 노리는 것은 특정한 사람이 정해진 시간과 공간 속에서 무슨 일을 했느냐 하는 것은 아무런 의미가 없습니다. 특정인과 시공을 떠나서 누구든지 무엇을, 어떻게, 왜 그런 일을 할 수 있느냐가 중요한 것입니다.

다시 말해서 특정인이 저지른 사건이 중요한 것이 아니라 이 세상 어떤 사람도 저지를 수 있는 사건이 중요한 것입니다. 특정인이 저지른 사건은 아무런 의미가 없고 단지 누구나 저지를 수 있는 삶의 진실이 소설가에게는 중요한 것입니다.

홍길동이라는 사람이 도둑질을 하다가 경찰에 잡혀 현행범으로 처벌

을 받았다는 것이 중요한 것이 아니고 누구든지, 어떠한 높은 자리에 있
는 사람이라도 도둑질을 하면 반드시 화를 당한다는 삶의 진실이 소설
가에게는 의미가 있는 것입니다.

그래서 『선도체험기』에 등장하는 주인공들의 대부분은 필자나 본명을
밝혀도 상관없다고 생각하는 극소수의 사람들을 제외하고는 거의 다 가
명을 쓰고 있습니다. 물론 시간과 장소도 특정 사실과는 아무런 관계가
없습니다. 사생활을 보호하기 위해서이기도 하지만 삶의 진실을 전달하
는 것을 사명으로 하는 소설 본래의 취지인 가상의 세계에 충실하기 위
해서입니다."

"그렇다면 소설이야말로 선복악화(善福惡禍), 청수탁요(淸壽濁夭), 권
선징악(勸善懲惡), 후귀박천(厚貴薄賤), 개과천선(改過遷善), 인과응보(因
果應報)와 같은 삶의 진실을 가장 정확하게 표현하고 있다고 말할 수 있
으므로 거짓말이 아니라 가장 바른말을 하고 있다고 말할 수 있겠군요."

"정확합니다."

〈89권〉

여의봉(如意棒)에 대하여

우창석 씨가 말했다.

"선생님, 요즘 사이비 종교 교주들 중에는 내가 재림 예수다, 또는 내가 미륵불이다, 아니면 내가 정도령이다, 간혹가다가 내가 단군의 현신이다 하면서 어리숙한 신앙인이나 수련자나 구도자를 속여서 맹종자를 만들어 금품을 사취하거나 엽색(獵色) 행각을 벌이는 자들이 있다고 합니다. 선생님께서는 이러한 자들을 어떻게 생각하십니까?"

"어떤 사람이 나타나 내가 재림 예수다, 내가 미륵불이다, 내가 바로 정도령이고 내가 단군의 현신(現身)이라고 말했다고 해서 그것이 전적으로 잘못이요 사이비 교주라고 단정지어 매도할 수는 없습니다."

"그건 왜 그렇습니까?"

"사람은 누구를 막론하고 일단 자신의 자성을 깨달아 우주와 합일이 되면 이 우주 안에서 무엇이든지 되지 않을 수 없는 것이 없기 때문입니다."

"정말 그런 일이 가능할까요?"

"가능하고말고요. 우주만물이 바로 나 자신의 나툼이요 현신인데 못 될 것이 무엇이겠습니까?"

"그거야 성통공완하고 견성 해탈한 성인에게나 해당하는 말이 아닙니까?"

"물론입니다. 자성을 깨달은 존재가 바로 성인입니다. 생사를 초월한 그에게는 불가능이란 있을 수 없으니까요."

"그렇다면 모든 사람은 일단 자성만 깨달으면 누구를 막론하고 그럴 수 있는 가능성이 있다는 말씀이군요."

"물론입니다."

"그런데, 제가 말씀드리는 것은 자기만이 재림 예수요 미륵불이요 정도령이요 단군의 현신이라는 겁니다. 그러므로 자기 말에 절대 복종을 해야 성통도 할 수 있고 천지개벽 때에 살아남을 수도 있다고 사기를 쳐서 맹종자로 만들어 노비처럼 부려먹고, 남의 가정을 파탄시키고 금품을 갈취하거나 여자들을 엽색의 대상으로 삼는 자들을 말합니다."

"만약에 자기만이 재림 예수요 미륵불이요 정도령이고 단군의 현신이라고 말하는 자가 있다면 그자야말로 틀림없는 사기꾼입니다. 왜냐하면 누구든지 일단 자성을 깨달으면 될 수 있는 것을, 자기만이 될 수 있다고 말하는 것은 거짓말이기 때문입니다.

그것은 마치 자기만이 백두산 정기를 받고 태어난 민족의 지도자라고 사기를 쳐 북한 주민들 위에 군림한 북한의 독재자와 흡사한 수법을 구사한 것이기 때문입니다. 민족의 지도자는 능력이 있고 지도력만 있으면 누구나 다 될 수 있는 것이지 어느 특정한 사람이나 씨종자만이 될 수 있는 것은 결코 아니기 때문입니다. 그러니까 결론적으로 말해서 누구나 다 될 수 있는 것을 가지고 나만이 될 수 있다고 말하는 자가 있다면 그자야말로 진짜 사기꾼이라고 보면 틀림이 없습니다."

"요컨대 깨달음이 관건이군요."

"그렇습니다. 깨달음이야말로 여의봉(如意棒)을 얻은 것과 같다고 보아도 됩니다. 사람들은 태어나면서부터 누구나 다 이러한 여의봉을 하나씩 간직하고 있는데 그 사실을 알면 그 여의봉을 마음대로 쓸 수 있지만 그것을 모르면 그것을 가지고 있으면서도 쓸 수 없는 것과 같습니다."

"결국은 여의봉을 아느냐 모르느냐가 갈림길이군요."

"그렇습니다."

"어떻게 하면 그것을 알 수 있습니까?"

"그것을 알려면 천상 수련을 하거나 구도자가 되어 깨달음을 얻어야 합니다. 수련과 구도만이 그 여의봉을 발견하여 자기 것으로 만들 수 있는 지름길입니다."

"그 여의봉에 대하여 좀 알기 쉽게 설명해 주실 수 있겠습니까?"

"그 여의봉이란 자신 속에서 우주 전체가 들어 있음을 깨닫게 되는 것을 말합니다. 자기 자신 속에 삼라만상이 다 들어 있으므로 밖에서 찾을 것이 아무것도 없는 상태를 말합니다. 바로 이 때문에 그는 천상천하유아독존(天上天下唯我獨尊), 삼세개고오당안지(三世皆苦吾當安之) 할 수 있습니다. 즉 천상천하에 나 홀로 존귀한 존재이므로 삼세(三世)의 모든 고통을 내가 응당 안정시킬 것이다라는 뜻입니다. 천당과 극락이 모두 다 자기 자신 속에 구비되어 있는데 밖에서 찾을 것이 무엇이 더 있겠습니까?"

"선생님, 저에게는 혼자서는 도저히 극복할 수 없는 진퇴유곡(進退維谷)에 빠져 있는 친구가 한 사람 있는데 어떻게 해야 좋을지 몰라서 지금 망연자실해 하고 있습니다. 직장 동료의 재정 보증을 서 주었는데 그가 부도를 내고 잠적하는 바람에 덤터기를 쓰게 되었습니다. 엎친 데 덮친 격으로 이번엔 공교롭게도 투자했던 증권이 폭락하는 바람에 최악의 상태에 빠져 있습니다. 그런 그에게 무슨 탈출구가 있을 수 있을까요?"

"그 친구가 수련자입니까?"

"수련을 하고 있긴 합니다만 아직은 초보 단계입니다."

"운기는 됩니까?"

"네, 운기는 되고 있습니다."

"그렇다면 지금의 난국을 관(觀)하라고 하십시오."

"그러면 무슨 대응책이 나올 수 있을까요?"

"확신을 가지고 무슨 해답이 나올 때까지 관을 계속하라고 하세요. 그에게 적합한 무슨 탈출구가 반드시 나타나게 될 것입니다. 그때까지 중간에 쉬지 말고 관을 하라고 하십시오. 그가 만약에 지극정성을 다하여 그렇게 한 마음으로 전력투구한다면 하늘은 반드시 그에게 돌파구를 열어줄 것입니다.

성공 여부는 오직 자기 자신을 객관적인 도마 위에 올려놓고 얼마나 지극정성으로 관을 하느냐에 달려 있습니다. 위기에 좌절하지 않고 그것을 새로운 도약의 기회로 삼는 방법을 말한 것입니다. 그렇게 하는 동안에 그는 무엇보다도 마음의 안정을 찾게 될 것입니다. 우선 그 망연자실(茫然自失)에서 일단 벗어나면 그가 헤쳐 나가야 할 길은 반드시 열리게 되어 있습니다. 이것이 수련하는 사람과 그렇지 않은 사람의 차이점입니다."

"어떻게 하면 그가 망연자실 상태에서 벗어날 수 있겠습니까?"

"그가 만약 관을 통하여 투시를 할 수 있다면 틀림없이 그가 보증을 서 준 사람은 전생에 그가 어려움에 처했을 때 그를 금전상으로 크게 도와준 사람이었을 것입니다. 이 사실만 알아도 도망친 친구를 더이상 원망하지 않아도 될 것입니다. 그다음에 투자한 증권 값이 폭락한 것이야

증권 하는 사람이라면 일상적으로 겪는 일이니 심상하게 받아들이고 다음 작전을 용의주도하게 짜면 될 것입니다."

"요컨대 어떤 폭풍우나 천재지변이 닥쳐와도 타격받거나 흔들리지 않는 사람이 되어야 한다는 말씀으로 새겨들어도 되겠습니까?"

"물론입니다. 구도자가 그런 일에 동요한다면 그건 이미 구도자라고 할 수 없습니다."

바르게 산다는 것

우창석 씨가 또 물었다.

"바르게 산다는 것은 무엇을 말합니까?"

"사람이 살다가 보면 기로(岐路)에 서서 망설여야 할 때가 간혹 있습니다. 가령 길을 가다가 우연히 1천만 원 현금이 든 봉투를 집어 들었을 때 이것을 내 개인 소유로 하느냐 아니면 주인을 찾아 주느냐의 기로에서 망설여질 때가 있습니다. 이때 우창석 씨라면 어떻게 하겠습니까?"

"어떻게 하든지 돈을 잃어버린 주인을 찾아 주어야겠죠."

"바르게 산다는 것은 그런 것을 말합니다. 1천만 원 돈봉투를 길바닥에서 집어 들었을 때는 누구나 갈등을 느끼지 않을 수 없을 것입니다. 내가 가져도 아무도 말리는 사람이 없습니다. 그러나 그것은 양심이 허락하지 않는 일입니다. 그래서 양심의 지시를 따랐다면 그것이 바르게 사는 길입니다."

"그럼 선생님 양심이란 도대체 무엇입니까?"

"양심이란 이기심을 극복한 이타심입니다. 그렇다고 해서 이기심을 전연 무시하란 말은 아닙니다. 항상 이기심보다는 이타심이 강해야 합니다. 그래야 자기도 살고 남도 살릴 수 있습니다. 자기가 죽어 버리면 누가 남을 살릴 수 있겠습니까? 나도 살고 남도 사는 것이 진정한 이타심입니다."

"이타심은 무엇이라고 할 수 있습니까?"

"이타심이 바로 하느님의 마음입니다."

"그럼 양심이 바로 하느님 마음이란 말씀인가요?"

"그렇습니다."

"그런데 어떤 사람은 이기심을 양심이라고 착각하고 행동하는 수가 흔히 있습니다. 그러한 양심은 어떻게 됩니까?"

"그것은 진정한 의미의 양심이 아니고 단지 이타심을 가장한 이기심일 뿐입니다. 그런 것은 우리가 조금만 주의를 기울여서 살펴보면 금방 파악할 수 있을 것입니다."

수련이 안 되는 이유

오창훈이라는 30대 중반의 남자 수련자가 물었다.

"선생님, 저는 왜 수련이 남처럼 잘되지 않을까요?"

"수련이 기대만큼 안 된다면 기대한 성과를 올릴 정도로 수련에 마음이 가 있지 않기 때문입니다. 어떤 사람은 책을 읽으라고 하면 매일 하는 일이 바빠서 독서할 틈이 없다고 말합니다. 그런 사람을 유심히 살펴보면 시간이 나도 책을 읽는 것이 아니라 술을 마시거나 컴퓨터 게임을 즐기거나 합니다. 왜 그럴까요?"

"독서에 마음이 가 있지 않기 때문인가요?"

"그렇습니다. 무슨 책을 꼭 읽겠다고 마음속에 작정을 한 사람에게는 아무리 눈코 뜰 새 없이 바빠도 독서할 시간은 생겨나게 되어 있습니다. 왜냐하면 독서에 항상 마음이 가 있기 때문에 잠재의식이 스스로 알아서 독서할 시간과 환경을 만들어 주기 때문입니다. 이 잠재의식이 바로 우주의식과 통하는 마음입니다."

"그렇다면 항상 마음이 어디에 가 있느냐가 문제라고 할 수 있겠군요."

"그렇습니다. 그와 마찬가지로 마음이 늘 수련에 가 있는 사람은 번갯불에도 콩 구워 먹을 시간은 있다는 말 그대로 아무리 바빠도 반드시 수련할 시간과 여건이 조성되게 되어 있습니다. 어떤 수련생은 자기는 왜 남처럼 단전이 달아오르고 축기가 되지 않는지 모르겠다고 한탄을 합니다. 오창훈 씨는 왜 그 수련생은 단전이 달아오르지 않는다고 보십니까?"

"단전에 마음이 가 있지 않기 때문이겠죠."

"정확하게 맞혔습니다. 단전이 남처럼 달아오르기를 바라면서도 막상 그의 마음은 단전에서 떠나 있었기 때문에 그런 일이 벌어지는 것입니다. 행주좌와어묵동정(行住坐臥語默動靜) 염념불망의수단전(念念不忘意守丹田) 했더라면 단전이 달아오르지 않을 리가 없습니다. 오창훈 씨는 산 사람과 죽은 사람의 차이가 무엇인지 아십니까?"

"그거야 산 사람은 혼이 살아 있고 죽은 사람은 혼이 나갔습니다."

"그 혼이 무엇입니까?"

"혼은 정신입니다."

"정신은 또 무엇입니까?"

"정신은 활력과 활기입니다."

"다 맞습니다. 그럼 혼, 정신, 활력, 활기, 용기, 의지력, 투지, 사기, 인류애, 애국심, 이타심 따위를 뭉뚱그려서 한마디로 뭐라고 말합니까?"

"마음인가요?"

"정확합니다. 바로 마음입니다. 몸속에 마음이 있는 사람이 살아 있는 사람이고 몸에서 마음이 떠난 사람이 바로 죽은 사람입니다. 이처럼 우리를 살아 있게 하는 주체가 바로 마음입니다. 그런데 이 마음은 우리를 살아 있게만 하는 것이 아니라 우리가 하려고 하는 대상 속에 들어가 있음으로써 그 일의 성패까지도 좌우하는 것입니다. 마음을 수련에 늘 두는 사람은 반드시 조만간 수련에 큰 발전을 이루게 되어 있습니다. 마음이 늘 사시(司試) 합격에 가 있는 사람은 사시 공부를 열심히 하게 되어 언젠가는 반드시 사시에 합격하게 되어 있습니다."

"그런데 오직 사시 합격을 위해 십 년, 이십 년씩 불철주야 공부를 해

왔는데도 계속 실패만 거듭하는 것은 무엇 때문일까요?"

"마음이 사시 공부에 온전히 들어가 있지 않았기 때문입니다. 발명왕 에디슨처럼 자신의 이름까지도 잊어먹을 만큼 공부에 집중을 하지 않았기 때문입니다. 그 사람은 자기 나름으로는 열심히 한다고 했지만 어딘가 허점이 있었습니다. 마음을 전력투구하여 유효적절하게 운영하는 데 실패했다고 볼 수밖에 없습니다.

마음이 제대로 공부에 들어가 공부에 온전히 집중할 수 있었다면 실패할 리가 없습니다. 이처럼 사람의 마음은 못 하는 것이 없습니다. 그래서 마음의 집중 여하가 모든 일의 성패의 원인이기도 합니다. 정신일도하사불성(精神一到何事不成)입니다. 정신을 하나로 모아 집중할 수 있으면 이 세상에 이루지 못할 일이 어디 있겠습니까? 그러므로 수련자는 자기 마음을 자기 뜻에 맞게 자유자재로 조절하고 운영하는 방법을 꾸준한 수련을 통하여 늘 터득하고 있어야 합니다.

내공이 고도로 진행된 수련자는 자기 육체가 노쇠하여 더이상 이 세상에 살아 보았자 주변 사람들에게 유익은커녕 해만 끼친다는 것을 알게 되면 자기 마음을 스스로 몸에서 거두어 갑니다. 이것을 시해(尸解)라고 합니다. 이왕에 수련을 시작한 이상 우리는 이러한 경지에까지 이를 수 있도록 자기 마음을 스스로 조절할 수 있어야 할 것입니다. 그러나 보통 사람들에게는 이와는 반대 현상이 일어납니다.

무슨 말인고 하니 자기 마음을 스스로 갈무리하지 못하고 피동적으로 인과에 의해 움직이는 것입니다. 이런 사람은 언제까지나 생로병사의 윤회에서 벗어날 수 없게 되는 것입니다. 수련자는 자기 마음을 스스로 부릴 줄 알아야 합니다. 자기 마음을 스스로 부릴 줄 모르고 언제까지나

인과에 의해 피동적으로 움직이는 사람은 결코 진정한 의미의 수련자가 아닙니다. 우리는 무슨 일이 있어도 자기 마음을 스스로 조종하는 수련자가 되어야 할 것입니다."

"그런 수련자를 보고 생사의 경계를 이미 넘었다고 할 수 있겠군요."

"생사뿐만 아니라 시공까지도 이미 초월했다고 할 수 있습니다."

"그것을 보고 모든 일은 마음먹기에 달려 있다고 하여 일체유심조(一切唯心造)라고 하는 모양이죠?"

"그렇습니다. 바로 이러한 마음을 깨달은 사람이 바로 스승이요 철인(哲人)이요 부처요 성인(聖人)입니다. 혈압이 오르지 않고도 마음을 자유자재로 운용하고 집중할 줄 아는 사람은 누구나 그렇게 될 수 있습니다."

"도대체 그 마음이 무엇입니까?"

"없으면서도 있는 것이 바로 마음입니다."

"그렇게 불안해서야 어떻게 마음을 믿을 수 있겠습니까?"

"그래도 믿을 수 있습니다. 왜냐하면 그 마음은 우주심과 하나로 연결되어 있어서 불가능이 없는 만물의 중심이기 때문입니다. 마음의 유무가 사람의 생사를 결정하는 것도 그 때문입니다. 항차 수련의 성패 정도가 무슨 문제가 되겠습니까? 그러니까 결론적으로 말해서 수련에 성공하려면 마음을 수련에 효과적으로 집중하는 비결을 터득해야 합니다."

"그 비결은 어떻게 하면 터득할 수 있겠습니까?"

"수련에 마음을 집중했는데도 남처럼 잘 안되면 왜 그럴까 하고 집요하게 연구하고 관찰해 보면 반드시 그 원인을 알게 되고 자기 나름의 해답이 나올 것입니다. 그 해답대로 했는데도 아직도 미흡하다면 그 이유를 또 규명하고 연구하고 관찰해서 경험과 실적을 꾸준히 쌓아나가다

보면 반드시 성과가 오를 때가 있을 것입니다. 이렇게 얻은 열매야말로 진정한 자기 재산이 될 수 있습니다. 이런 일이 자꾸만 축적되는 동안에 수련은 꾸준히 향상되어 나아갈 것입니다."

"고맙습니다. 저도 반드시 선생님 말씀대로 실천해 볼 것입니다."

"고맙다는 인사는 아직 이릅니다. 반드시 내가 말한 대로 실천해 보고 나서 실적이 축적되었을 경우에 그런 인사를 해도 늦지 않습니다."

영병(靈病) 고치기

질병의 종류는 수만 개가 넘지만 그게 나누어 보면 세 가지다. 몸 병, 마음병, 귀신 병이 그것이다. 우리는 인생고(人生苦)를 흔히 네 가지로 나누어 생로병사(生老病死)라고 한다. 그런데 태어남과 늙어감과 죽음 즉 생로사(生老死)는 어찌해 볼 도리가 없다. 태어나는 것도 늙어 가는 것도 때가 되어 죽는 것도 어찌해 볼 도리가 없다.

제아무리 날고 기는 왕후장상(王侯將相)이나 스타나 영웅이라고 해도 이 세 가지에 대해서는 속수무책이다. 그러나 몸의 병만큼은 우리의 노력 여하에 따라 그리고 얼마나 철저히 관리를 하느냐에 따라 세상을 떠나는 순간까지 잘 극복하면 비교적 건강을 유지할 수 있다.

우선 몸 병에 대하여 생각해 보자. 산업화 이후 우리의 영양 상태가 전반적으로 좋아져서 절식과 운동을 하지 않으면 남녀노소를 막론하고 만병의 근원이라는 비만에 걸리기 쉽다. 이럴 때는 적게 먹고 많이 걷거나 자주 몸을 움직이면 비만에서는 누구나 벗어날 수 있다.

술을 습관적으로 많이 마셔서 간경화에 걸린 사람은 술만 끊으면 간경화에서는 벗어날 수 있다. 골초가 되어 폐가 나빠진 사람은 담배만 끊어 버리면 폐 질환을 치유할 수 있다. 이처럼 몸 병에 걸린 사람은 그 자신의 노력 여하에 따라 얼마든지 치유될 수 있다.

마음병에 대하여 생각해 보자. 평생직장으로 알고 열심히 일하던 사람이 무능하다는 딱지가 붙어 어느 날 갑자기 직장에서 해고당했을 때의 심적 고통은 당해보지 않으면 모른다. 설상가상으로 퇴직금으로 받은 거금 1억 원을 철석같이 믿는 친구의 요청으로 빌려 주었는데 감쪽같이 사라져 버리자 그 타격으로 그는 쓰러져 버리고 말았다. 그러나 그가 평소에 꾸준히 마음공부를 해 왔더라면 인과응보로 알고 병상을 털고 쉽사리 일어날 수 있었을 것이다.

억울한 송사를 당하든가 중상모략을 당했을 때도 인과응보의 이치를 터득한 사람이라면 비록 감옥살이를 할망정 마음의 병 같은 것은 앓지 않고 꿋꿋하게 심리적 평안과 안정을 누릴 수 있을 것이다. 더구나 수련이 많이 진전되어 자기 존재의 실상을 깨달은 사람은 죽음이 코앞에 닥쳐온다고 해도 흔들리지 않을 것이다. 왜냐하면 죽음 같은 건 없다는 것을 알기 때문이다. 생사일여(生死一如)를 터득한 사람에겐 이 세상의 그 무엇으로도 그를 위협하거나 공포에 떨게 할 수 없기 때문이다.

마지막으로 귀신 병에 대하여 알아보자. 점잖게 말해서 영병(靈病) 또는 정신병(精神病)이라고 한다. 빙의(憑依) 또는 접신(接神)이라고 말한다. 이 병에 걸리면 제아무리 발달한 첨단의료 장비로도 병의 정체를 포착해 낼 수 없다.

불교의 고승, 기독교나 가톨릭교의 고위 성직자, 퇴마사(退魔士) 등이 이 병을 고칠 수 있다고 한다. 그러나 그들도 고치는 경우보다 고치지 못하는 경우가 더 많다. 그러나 궁극적인 해결책이 없는 것도 아니다. 남에게 의존하기보다는 스스로 자기 자신을 믿고 기공부를 통해서 각자가 해결하는 것이 최선이라고 나는 생각한다.

시인불여자시(恃人不如自恃)하고 인지위기불여기지자위야(人之爲己不如己之自爲也)라. 즉 남에게 의지하는 것은 자기를 의지하는 것만 같지 못하고, 남이 나를 위해 주는 것은 내가 나를 위해 주는 것만 같지 못하다는 말이다.

기공부가 소주천에서 대주천을 지나 계속 열심히 진행시켜 나가다 보면 수련자는 반드시 자기 자신에게 들어오는 빙의령을 천도시킬 수 있는 능력을 터득하게 된다. 이늘 빙의령들과의 시무한 싸움에서 이긴 사람은 자기 자신에게 들어온 빙의령은 말할 것도 없고 이웃 사람에게 들어온 빙의령까지도 천도할 수 있는 능력을 갖게 될 것이다.

귀신 병 즉 영병은 고칠 수 없는 병이 아니라 우리가 기공부에 전력투구하는 한 특이한 경우 외에는 고칠 수 있는 병이다. 어느 특수한 사람만이 가능한 것이 아니라 누구나 기공부에 전념하면 그렇게 될 수 있는 것이다. 그런데 세상 사람들은 귀신 병은 아예 고칠 수 없는 병으로 치부해 버린다.

그러나 병치 능력만을 기르기 위한 기공부라면 나는 찬성할 수 없다. 기공부는 어디까지나 성통공완, 견성성불을 목표로 삼아야지 치병을 목표로 삼아서는 안 된다. 치병은 성통공완으로 가는 한 과정에 지나지 않기 때문이다.

수련을 중단한 사람들

"선생님, 어떤 사람이 선도수련을 십 년쯤 열심히 하다가 중간에 그만 두었다면 그동안 수련한 것은 다 물거품이 된다고 할 수 있을까요?"

"물론입니다. 일전에 이런 일이 있었습니다. 고위직 공무원으로 근무 하는 분인데 지금부터 14년 전인 1993년이었습니다. 부인과 함께 삼공 재에 찾아와서 그날로 두 분이 다 때가 되어서 백회를 열어 준 일이 있 었습니다. 그때 그분은 참으로 열심히 수련을 해 왔고 연정화기까지 하 고 있다고 했습니다.

그런데 그분의 자문을 받을 일이 있어서 실로 오래간만에 통화를 했 는데 그는 여러 해 전에 수련을 그만두었다고 했습니다. 왜 그렇게도 열 심히 하시던 수련을 그만두었느냐고 물어보았더니 그냥 자기도 모르게 자연히 그렇게 되더라고 말했습니다. 그러면서 그게 당연한 게 아니냐는 듯한 묘한 느낌을 풍겨 주었습니다. 수련을 이렇게 한때의 심심풀이 땅 콩 정도로 여기다니 나로서는 도저히 이해할 수 없는 일이었습니다."

"선생님은 백회를 열어 주실 때마다 죽을 때까지 변치 않고 수련을 하 겠다는 다짐을 받고 나서 해 주시지 않습니까?"

"물론 그때도 그런 다짐을 받았을 것입니다. 그러나 그는 그런 다짐까 지도 의례 있는 통과의례로 알고 무심히 지나쳤을 것입니다. 변심(變心) 앞에는 다짐이나 약속 따위가 무슨 소용이 있겠습니까?"

"선생님께서는 그런 제자를 만날 때마다 참으로 황당하시지 않습니까?"

"어느 정도 예상은 한 일이지만 이렇게 직접 당할 때마다 그 실망이 이만저만이 아닙니다. 그런 불성실한 제자를 위해 내 소중한 생명 에너지를 나누어 준 것을 생각하면 화도 났지만 그러나 결국은 체념하지 않을 수 없었습니다. 불쾌한 일은 재빨리 잊어버리는 것이 상책이니까요. 그런 불성실한 제자가 있는가 하면 그렇지 않은 성실한 제자들도 많으니까 그것으로 위로를 삼을 수밖에 없습니다."

"삼공재 개설 이후 지금까지 몇 사람이나 백회를 열어 주셨습니까?"

"1990년 8월 30일부터 이듬해 1월까지는 웬만큼 수련이 된 사람은 다 열어 주었지만 이래서는 안 되겠다는 자성(自省)도 있었고 주변에서 무리하게 백회를 열어 주는 것을 반대하는 사람들도 있고 해서 그 이후부터는 자연히 수련이 진척되어 열 때가 되지 않은 사람은 일체 열어 주지 않았습니다. 어쨌든 지금(2007년 8월 16일)까지 나에게서 백회를 연 사람은 440명입니다."

"그럼 그분들 중에서 지금까지 꾸준히 수련을 계속하고 있는 사람이 얼마나 됩니까?"

"그 사람들을 일일이 만나 보지 않았으니 그걸 내가 어떻게 알 수 있겠습니까?"

"그래도 느낌이라는 것이 있지 않습니까?"

"글쎄요. 그 440명 중에서 지금까지 수련의 끈을 놓지 않고 계속 정진하고 있는 사람은 10프로 정도 되지 않을까 생각됩니다."

"그럼 44명 정도는 지금도 선생님과 연락이 있습니까?"

"대체적으로 그렇지 않나 생각됩니다."

"그럼 쭉정이가 90프로라는 얘깁니까?"

"그래도 마라톤 출발선을 떠나는 주자들과 결승골을 끊는 완주자들의 비율보다는 그래도 많지 않나 생각됩니다."

"무슨 일이든지 초지일관(初志一貫)하기가 그렇게 어려운 것 같습니다."

"당장 의식주와 관련된 세속적이고 현실적인 문제가 아닌 이상 누구나 숨넘어가는 순간까지 구도(求道)를 밀어붙이기가 어려운 것이 사실입니다. 그러나 숨넘어간 다음 현생보다 어려운 처지에 놓였을 때는 어떻겠습니까?

누구나 이 세상에서 부모미생전본래면목(父母未生前本來面目)을 깨달아 자기 것으로 확실히 움켜쥐는 것이야말로 이 세상의 다른 그 무엇보다도 소중하다는 것을 깨닫게 됩니다. 그 순간 아차 실수로구나 하고 발을 동동 구르지만 그 소중한 시간은 이미 흘러간 물결처럼 아득하게 멀어져 있을 것입니다."

진짜와 가짜의 차이

우창석 씨가 말했다.

"선생님, 만약에 석가나 공자 같은 성인을 보고 어떤 사람이 사기꾼이라고 헐뜯으면 그분의 제자들이 곧이듣겠습니까?"

"곧이들을 리가 없겠죠. 곧이듣지 않을 뿐 아니라 그렇게 헐뜯는 자를 미친놈 취급을 할 것입니다."

"그러나 겉은 석가나 예수와 같은 위엄을 풍기면서도 뒷구멍으로는 온갖 나쁜 짓은 다 하는 가짜 스승을 보고, 그와 몇 해 동안 생활을 같이해 온 정의감 강한 한 제자가 저 사람은 겉보기와는 달리 속은 사기꾼이라고 폭로할 경우 멋모르고 그를 따르던 제자들은 어떻게 될까요?"

"그 가짜 스승을 직접 겪어 본 그의 제자들은 지금까지 아무래도 긴가민가하고 의심하고 있던 차에 그런 소문이 떠돌자 그것이 사실이라는 것을 확인하고 그 가짜 스승을 떠나게 될 것입니다."

"그러나 진짜 스승을 보고 누가 가짜 스승이라고 허위사실을 유포했다면 어떻게 될까요?"

"진짜 스승의 제자들은 자기네가 일상적으로 겪어서 스승의 실상을 잘 알고 있으므로 그런 악성 유언비어 따위에 흔들리지 않을 것이고, 도리어 그런 풍문을 퍼뜨린 사람을 경계할 뿐만 아니라 그들의 참된 스승을 중심으로 더욱더 단합하게 될 것입니다."

"결국 진짜 스승의 제자들은 그런 풍문에 흔들리지 않고 더욱더 똑똑

뭉칠 것이고, 가짜 스승의 제자들은 미련 없이 흩어져 버림으로써 진짜와 가짜는 스스로 판명이 나겠군요."

"그럴 수밖에 더 있겠습니까? 황금을 보고 누가 아무리 가짜라고 말한다고 해서 황금이 제빛을 내지 않을 수 없듯이 진짜는 어디가 달라도 다르게 되어 있습니다. 반대로 금박을 입힌 납덩이를 보고 어떤 사람이 아무리 황금이라고 속여도 세월이 흐르면 금박이 벗겨져서 진상이 드러나지 않을 수 없게 되어 있습니다.

이처럼 가짜와 진짜는 스스로 그 진상을 드러내게 되어 있습니다. 사필귀정(事必歸正)이니까요. 그러나 구도자나 수행자들은 진짜와 가짜를 구별하는 안목이 수련을 통하여 잘 발달되어 있으므로 척 보면 한눈에 대번에 알아보게 되어 있습니다."

"진짜와 가짜를 구별하는 안목 외에 다른 이유는 없을까요?"

"있습니다. 수련하는 동안 특히 기공부를 할 경우 기감이 유난히 발달되어 있기 때문에 그것으로 분별을 할 수도 있습니다."

수련은 운전, 체중 관리

우창석 씨가 말했다.

"선생님 수련이란 무엇입니까?"

"수련이란 도로 위에서 자동차를 운전하는 것과 같습니다. 차가 오른쪽 차선에 지나치게 다가가면 운전대를 왼쪽으로 틀어 차선의 중간을 유지하도록 해야 합니다. 차가 왼쪽으로 치우쳤을 때는 오른쪽으로 옮겨야 합니다. 앞차가 갑자기 서면 브레이크를 밟아야 합니다. 깜빡이도 켜지 않은 차가 갑자기 뛰어들어 충돌 위험이 있을 때는 경적을 울려 경고를 해 주어야 합니다. 우회전할 때는 오른쪽 깜빡이를, 좌회전할 때는 왼쪽 깜빡이를 켭니다.

어떤 사람이 갑자기 식욕이 당겨서 며칠 동안 포식을 했더니 체중이 5킬로그램이나 늘었다 칩시다. 그렇다면 정상 체중을 회복할 때까지 운동량을 늘리든가 먹는 것을 줄여야 합니다. 차량 운전자가 과속을 경계하듯 체중 관리를 해야 합니다. 그러나 귀찮다고 그대로 내버려두면 비만증 환자가 됩니다. 비만은 만병의 근원이므로 정신 차려야 합니다.

수련이란 운전과 체중 관리하듯이 일상생활화 해야 합니다. 잠시라도 소홀히 하면 무슨 위험을 초래할지 모르니까요. 그런 의미에서 수련은 일상생활 그 자체를 항상 바르게 관리하는 것과 같습니다."

〈90권〉

한족(漢族)과 한민족(韓民族)

우창석 씨가 말했다.

"어떤 사람들은 순수한 혈연적인 한족(漢族) 같은 것은 이미 존재하지 않는다고 합니다. 미국인이 유럽, 아프리카, 아시아, 남미 등 전 세계에서 이민 온 잡다한 사람들이 거대한 용광로에서처럼 한데 뒤섞이고 융합되어 이루어진 것처럼, 한족 역시 동아시아에 옛날부터 살아온 잡다한 종족들이 한데 뒤섞여 기묘한 공동체를 이룬 혼합 인종 집단입니다. 선생님께서는 어떻게 생각하십니까?"

"한족이라는 단어 자체가 한(漢)나라 이후에 생겨난 역사적이고 문화적인 용어입니다. 원래 지금 중국이 차지하고 있는 중원 북부와 동해안 지역은 10세기 전까지는 고조선, 고구려, 신라, 백제, 발해가 지배하여 왔습니다. 발해가 거란에 의해 망할 때까지 동이족(東夷族)이 중국 동부와 북반부를 석권했던 기간이 무려 4천 년 이상입니다. 그사이에 이 지역에 살던 종족들은 계속 혼혈이 이루어진 것입니다. 지금의 만리장성은 한족이 동이족과 북방 민족의 침입을 막기 위한 요새입니다.

그리고 발해가 서기 926년에 역사의 무대에서 사라진 뒤에는 거란족이 세운 요(遼, 916~1125)가 중국의 북반부를 209년 동안 지배하였고,

요가 망한 뒤에는 몽골족이 세운 원(元, 1271~1368)이 97년간 중국 전역을 통치하였습니다. 원이 망한 뒤에는 명(明, 1368~1644)의 267년을 거쳐 다시 만주족(말갈족)이 세운 청(淸, 1616~1912)이 무려 296년간 중국을 지배했습니다.

한국은 35년 동안 일본에게 주권을 빼앗기는 수모를 겪었지만 중국은 원(元), 명(明), 청(淸)이 중국 전역을 통치한 무려 669년 동안 주권을 완전히 빼앗긴, 나라 없는 서러운 식민지 백성으로 살아온 것입니다. 이처럼 한족은 배달족, 말갈족, 거란족, 돌궐족, 몽골족과 같은 주변 종족들과의 장기간에 걸친 혼혈로 이루어진 인종 집단인 것입니다.

중국 전역을 97년간 지배했던 몽골족은 인구 2백만 정도로 지금 중국 북부에 몽골공화국으로 국가로서 명맥을 유지하고 있지만, 중국을 296년 동안이나 지배하여 왔던 만주족은 그동안에 거꾸로 한족에게 완전히 흡수 동화되어 지금은 언어도 문화도 잃어버리고, 거의 흔적도 없이 사라져 가고 있으면서 극소수만이 생존하여 왕년의 영광을 수복(收復)할 것을 다짐하고 있는 형편입니다. 그러나 사실은 그들이 없어진 것이 아니라 한족과의 혼혈 상태로 한족 속에 살아 숨쉬고 있는 것입니다."

"그런 걸 생각하면 우리의 조상들도 만주족처럼 중국 전역을 몇백 년간 지배했더라면 우리도 만주족과 같은 운명이 되지 않았을까 하는 생각이 듭니다."

"한민족의 일원으로서 우리가 남북 합쳐서 프랑스보다도 많은 7천만이나 되는 인구를 가진 민족 국가로서 독자적인 언어, 문자, 역사와 문화를 가지고 당당하게 생존하게 된 것을 생각하면 우리 조상들이 몽골족이나 만주족처럼 중원 천지 전체로 뻗어나가지 않는 것이 천만다행이었다는 생각이 듭니다. 역사를 살펴볼 때 우리 조상들은 얼마든지 중원 천지로 진출할 수 있는 기회가 있었던 것을 생각하면 더욱 그런 생각이 듭니다."

"그런 걸 생각하면 그럴 수밖에 없는 하늘의 섭리가 분명 작용한 것 같은 느낌이 듭니다."

"그렇습니다. 하늘은 틀림없이 우리 민족이 수행해야 할 어떤 중대한 사명 때문에 이웃 강국들의 그 모진 핍박을 뚫고 끈질기게 살아남게 한 것이 아닌가, 바로 그 사명 때문에 하늘은 우리 민족을 지난 천여 년 동안 그렇게도 혹독하게 단련시켜 온 것이 틀림없다는 느낌이 듭니다."

〈91권〉

실력을 키워야

2008년 4월 12일 9/29 흐리고 안개

오후 3시. 8명의 수련자들이 삼공재에 모여들었다. 그중에 오세원이라는 50대 중반의 경남 통영에 산다는 남자 수련자가 물었다.

"선생님, 하고 싶은 말이 있습니다."

"어서 하십시오. 무슨 말씀인지."

"벌써 한 5개월 전부터 감기 몸살기가 있습니다. 으실으실 한기가 들면서 자꾸만 체중이 줄어듭니다. 원래 신장 180에 체중이 65밖에 안 나가는 마른 편인데다가 지난 5개월 동안에 5킬로나 줄어들었습니다. 더구나 요즘은 자꾸만 기운이 빠지면서 달리기를 하고 등산을 하려고 해도 힘이 부칠 정도입니다.

저는 이게 모두가 수련 때문에 일어나는 부작용이겠지 하고 참기로 했습니다. 그런데 그 증상이 점점 더 심해져서 더이상 참을 수 없어서 며칠 전엔 어쩔 수 없이 병원엘 찾아갔습니다. 병원에 가서 약도 처방받고 주사도 맞았지만 아무런 효험도 없습니다."

"의사는 뭐라고 하던가요?"

"감기 몸살이라고만 하더라고요. 그래서 무슨 감기 몸살이 5개월씩이나 가느냐고 물어보았더니, 요즘은 흔히 있는 일이라면서 대수롭게 생각지 않는 눈치였습니다. 생각 끝에 아무래도 심상한 일이 아니라 여겨졌습니다. 선생님께 누를 끼치지 않고 어디까지나 제 혼자의 힘으로 극복해보려고 했지만 이제는 도저히 이대로는 안 되겠다 싶어서 말씀드립니다."

나는 그의 이야기를 들으면서 영안으로 그를 응시하자 90세쯤 되어 보이는 백발의 노인이 보였는데 그가 나에게 허리 굽혀 인사를 했다. 속으로 "무슨 일로 들어왔느냐"고 물었더니 그가 대답했다.

"전생에 이 사람(오세원)과 함께 산속에서 도를 닦은 일이 있었는데 한때 이 사람이 호랑이에게 잡아먹힐 위기에 처한 것을 제가 평소에 익혀 두었던 무술을 발휘하여 구해 준 일이 있습니다. 그는 짐짓 자신의 봉술(棒術) 실력으로 범을 물리치는 장면을 시범으로 보여 주었다.

그러나 수행이 부족하여 이 세상에서 목숨이 다한 후에도 마땅히 자기가 가야 할 자리를 찾아가지 못하고 그동안 구천(九天)을 지향 없이 떠돌다가, 이 사람이 선생님 문하에 들어가 도를 닦아 제법 운기(運氣)를 한다는 소식을 듣고 옛날에 그를 도와준 인연도 있고 하여 그 빚을 받으려고 들어왔습니다."

이심전심(以心傳心)으로 이러한 대화가 오가는 사이에 어느덧 한 시간쯤 시간이 흘렀다. 그동안에 그의 영체는 오세원 씨의 백회 쪽으로 응집되어 합장배례를 하면서 서서히 빠져나가기 시작했다. 그때 내가 오세원 씨에게 물었다.

"오늘 삼공재에 들어왔을 때하고 지금하고 기분이 달라진 데가 있습니까?"

"지금은 머리 전체가 시원해지면서 살 것 같습니다."

"체중이 5킬로나 빠지는 고생을 5개월씩이나 하면서 그동안 용케도 참았습니다. 왜 좀더 일찍이 말하지 않았습니까?"

"그전에도 이런 일로 여러 번 선생님의 도움을 받은 일이 있어서 이번만은 어떻게 하든지 제 혼자 힘으로 이겨보려고 했지만 역시 제힘만으로는 부족했던 것 같습니다."

"아직은 능력을 키워야 합니다. 초등학교 6학년생이 미적분을 풀 수는 없는 일이 아니겠습니까? 아직은 빙의되었을 때 자기 능력으로 천도시킬 수 있는지의 여부를 가려내어 역부족이다 싶으면 스승이나 선배의 신세를 질 수밖에 없습니다. 스승과 선배는 그런 때를 위해서 존재하는 것이니까요."

"제가 아무래도 만용을 부린 것 같습니다. 아직 때가 아니라는 것을 몰랐습니다. 저는 이런 때 선생님의 도움이라도 받을 수 있지만 선생님께서 20년 전에 단독으로 수련하실 때는 이런 경우 어떻게 넘기셨습니까?"

"그때는 도움을 구할 수 있는 스승도 선배도 없었으므로 죽으나 사나 혼자서 빙의령들과 싸워 나가면서 차츰차츰 실력을 키워 나갈 수밖에 없었습니다."

"문제는 저도 선생님처럼 빙의령을 천도하는 능력을 가질 수 있을까 하는 것인데 어떻게 하면 그렇게 될 수 있을까요?"

"그건 지금까지 『선도체험기』가 90권까지 나오면서 일관되게 추구되어 온 명제이기도 합니다. 능력만을 추구할 것이 아니라 진리에 대한 깨달음이 뒷받침된 실력이라야 진정한 능력이라고 할 수 있습니다. 그것 없는 능력은 한낱 신통력 또는 초능력에 지나지 않습니다.

그런 하찮은 능력은 수도나 수행과는 아무런 관계도 없는, 사람들의 호기심이나 자극하는 한갓 구경거리에 지나지 않는 마술과 같은 것에 불과합니다. 마술은 돈벌이에는 이용될 수 있어도 수행에는 전연 도움이 되지 않을 뿐 아니라 도리어 수행을 망쳐 버리니 조심해야 합니다."

"그건 그렇고요. 선생님, 저에게 지금 들어왔다가 나가고 있는 영은 어떤 영입니까?"

나는 화면에서 본 것과 그와 이심전심으로 대화한 내용을 알려 주었다. 그러자 오세원 씨가 말했다.

"선생님 말씀을 듣고 보니 이 우주 안에는 공짜는 하나도 없다는 생각이 듭니다. 하늘의 그물은 엉성한 것 같지만 사실은 물샐틈없다는 노자의 말이 하나도 틀리지 않는 것 같습니다."

"그것을 일깨워 주기 위해서 이런 일이 일어난 모양이죠."

"그것뿐 아니고 제대로 실력을 키운 다음에 도전하라는 교훈도 들어 있는 것 같습니다. 실력도 없으면서 함부로 도전하는 것은 마치 돈키호테의 만용과 같다는 느낌이 듭니다."

"그렇습니다. 지금 이 시간부터라도 심기일전하여 실력을 배양하는 데 전력을 기울이시기 바랍니다."

"선생님 말씀 명심하겠습니다. 마음만 열리면 스승은 사방 천지에 널려 있다는 말이 문득 실감납니다. 아직 저는 갈 길이 멀다는 것을 알았습니다. 이제 겨우 걸음마 수준입니다. 더욱 열심히 수련에 임하겠습니다."

병치(病治)보다 수련이 우선

"다행입니다. 수련만 열심히 하겠다면 나는 여러분에게 더이상 바라는 것이 없습니다. 그런데 가끔 순전히 영병(靈病)을 고치기 위해서 삼공재를 찾는 사람이 있습니다. 얼마 전에도 50대 중반의 여성분이 남편과 같이 찾아와서 수련을 하겠다면서 오행생식을 처방받고 『선도체험기』도 열심히 읽고 수련도 하겠다고 했습니다.

그 여성은 빙의령이 수도 없이 열을 서 있었습니다. 아무리 천도가 되어도 끊임없이 줄을 서서 대기하고 있으므로 계속 들어왔습니다. 천도가 계속되는데도 조금도 줄어들지 않고 계속 들어왔습니다.

나는 『선도체험기』를 몇 권이나 읽었느냐고 물어보았더니 아직 1권도 읽지 못했다고 했습니다. 왜 못 읽었느냐고 묻자 눈앞이 어지러워서 도저히 읽을 수 없다고 합니다. 그럼 『선도체험기』 한 질을 사다가 머리맡 책장에 놓고 베개 대신에 『선도체험기』를 베고 자라고 했습니다. 문제는 빙의령들과의 인내력 싸움에서 이기기 위해서이니 그렇게 하라고 했습니다. 인내력 싸움에서 이기면 『선도체험기』를 읽을 수 있기 때문이었습니다.

그러나 그분은 끝내 그렇게 하지는 않았습니다. 나는 『선도체험기』를 읽지 않는 사람은 수행자라고 볼 수 없으므로 여기 올 자격이 없다고 말해 주었습니다. 그러자 앞으로는 열심히 읽겠다고 말했습니다. 그러나 그 여성분은 『선도체험기』는 읽지 않고 단지 빙의령 천도를 위해서 거의 매일 찾아왔습니다.

삼공재에 와서 앉아 있는 동안에는 숨통이 좀 트이는 것 같다가도 집에만 가면 다른 빙의령이 계속 달려들어 시달린다고 말했습니다. 그건 사실이었습니다. 그녀는 수련 같은 것에는 경황도 없고 오직 영병(靈病) 치료에만 관심이 있어서 내가 말한 수련에는 관심조차 기울이지 않았습니다.

이런 분은 수행자가 아니라 환자일 뿐입니다. 내가 만약에 이런 환자를 맡아서 치료해 준다면 나는 불법 의료행위를 한 것이 되어 의료법에 걸리게 됩니다. 나는 분명 의사가 아니기 때문입니다. 이러한 내 뜻을 알리고 부디 찾아오지 말아 달라고 사정을 했습니다. 그러나 한국에는 이러한 영병을 고쳐 주는 의료 기관이 없다면서 계속 찾아왔습니다. 여러 날을 두고 옥신각신하다가 겨우 오지 못하게 한 일이 있습니다.

나는 선도 수행자를 도와줄 수 있을 뿐이지 영병을 고쳐 주는 정신신경과 의사는 분명 아니기 때문입니다. 수련자 아닌 보통 사람의 영병을 고쳐 주다가 의료법 위반으로 팔자에도 없는 교도소 신세를 질 수는 없는 일이 아니겠습니까? 그건 분명 내가 가야 할 길이 아니니까요."

"선생님께서는 그런 일로 고소를 당한 일이 있습니까?"

"있습니다. 지금부터 16년 전인 1992년에 창원에서 모 수련단체에 다니는 강여중이라는 중년 남자에 의해서 창원지방 검찰에 보건범죄 단속에 관한 법률 위반 혐의로 고소를 당하여 불려가 혹독한 심문을 받은 일이 있습니다."

"이유가 무엇입니까?"

"강여중이라는 사람이 나한테 찾아와서 백회를 연 일이 있는데 그것이 잘못되어 병원에 가서 막대한 치료비가 들었다면서 백회에 장치한 벽사문을 제거해 달라고 전화로 요구해 왔습니다. 그래서 나는 원격시술로 제거해 주었습니다. 그는 모 단체의 사주를 받아 이것은 상식적으로 불가능한 사기 행위라는 구실로 검찰에 고소를 제기한 것입니다."

"그 결과는 어떻게 되었습니까?"

"검찰에서는 조사 결과 무혐의 처리했습니다. 그때 만약 내가 돈이라

213

도 받았더라면 꼼짝없이 걸려들 뻔했습니다. 그때의 경위는 『선도체험기』4권서부터 12권 사이에 상세히 나와 있으니 관심 있으면 읽어 보시기 바랍니다. 그런 일이 있은 뒤부터 나는 원격 시술은 일체 하지 않게 되었습니다."

"그 50대 여자분에게는 왜 그렇게 많은 빙의령들이 끊임없이 들어올까요?"

"삼공재에 찾아오는 수련자들 중에도 가끔 그런 분이 있습니다. 전생에 권력 기관에서 죄인을 단속하거나 규율 위반자를 관리했던 사람들이 대부분입니다. 그런 일을 하다가 보면 아무래도 많은 사람들에게서 원한을 사지 않을 수 없습니다. 억울한 일을 당했다고 생각하고 숨을 거둔 사람의 영혼들이 생전의 빚을 받으려고 찾아오는 것입니다. 요컨대 전생의 업장이 매우 두터운 분들입니다."

"그럼 그 많은 빙의령들을 다 천도하려면 얼마나 걸려야 합니까?"

"그건 그 수련자가 얼마나 수행에 용맹정진(勇猛精進)하느냐에 달려 있습니다. 대체로 짧으면 5, 6개월 길면 몇 해씩 걸리는 수도 있습니다."

"그런데 왜 그 50대 여성분은 그렇게 빙의령들 때문에 고생을 하면서도 선생님께서 하라시는 대로 하지 않았을까요?"

"병을 고칠 욕심만 있었지 수련에 대해서는 처음부터 전연 관심도 없었기 때문이었을 것입니다. 10여 년 전에 대구에서 찾아온 한 중년 부인은 접신(接神)이 될 위기에 처해 있었습니다. 신주(神主)를 내려 받아 무당이 되지 않으면 무병(巫病)에 걸려 죽을 수밖에 없다는 무당의 말을 듣고 삼공재에 찾아와서 살려 달라고 호소했습니다. 다행히도 그녀는 『선도체험기』를 읽고 있었습니다.

그때 나는 『선도체험기』 한 질을 사다가 머리맡에 놓고 차례대로 읽으면서 잘 때는 베개 삼아 베고 자라고 일러 주었습니다. 그 부인은 내가 하라는 대로 한 결과 무병(巫病)에서 벗어날 수 있었고 그 후 착실한 선도 수련자가 된 일이 있습니다.

나는 그 50대 부인도 그렇게 되기를 바랐건만 그분은 끝내 내가 하라는 대로 하지 않았습니다. 수련에는 처음부터 전연 뜻이 없고 오직 병 고치는 데만 관심이 있었던 것입니다. 한국의 현 의료법 제도하에서는 의사도 아니면서 병을 고치는 것은 명백한 위법 행위입니다. 그런 일로 고소를 당하여 검찰에 불려 다닌 일까지 있는 내가 어떻게 그런 법을 어기는 월권행위를 할 수 있겠습니까?"

"『선도체험기』 한 질을 사다가 머리맡에 두는 것만으로도 접신령을 접근하지 못하게 하는 효험이 있는 모양이죠?"

"처음엔 나도 그런 효력이 있는 줄 몰랐는데 체험해 본 독자들이 그런 말을 했습니다. 그래서 그 말을 들은 사람들이 직접 겪어 보고는 사실임이 입증되었습니다. 그러나 선도에 전연 관심도 없는 사람에게도 그런 효험이 있는가 하면 그렇지는 않습니다."

"그건 왜 그럴까요?"

"우리가 방송을 들을 때 방송국과 수신기의 주파수를 맞추어야 하듯이 선도에 관심이 있는 사람은 우선 『선도체험기』를 읽습니다. 이 책을 읽고 이 책에 몰입하거나 감동을 받는 사람은 자기도 모르게 선도와 마음의 주파수가 일치된 것입니다. 이러한 사람들만이 효력을 얻을 수 있다는 말입니다."

"요컨대 삼공재에는 수련 이외의 목적으로는 찾아오지 않는 것이 좋겠군요."

"물론입니다. 바로 그것이 내가 바로 이 자리에서 지금까지 말하고자 하는 핵심입니다. 그러니까 수련에 애당초 관심이 없는 분은 삼공재와는 인연이 없는 분들이니 찾아오시지 말아야 할 것입니다."

"그러나 선생님은 오행생식 대리점을 운영하고 계시니까 오행생식을 구입하려는 사람은 올 수 있지 않습니까?"

"물론입니다. 그러나 그런 사람은 불과 몇 분도 되지 않습니다."

"그럼 삼공재에 찾아오는 사람은 거의가 선도 수행자들이군요."

"그렇습니다. 간혹 오행생식만을 구입하러 오는 사람도 있지만 고작 한두 번 사가고는 다시 오지 않습니다. 그러나 『선도체험기』를 읽으면서 수련을 하는 사람들은 대체로 몇 년씩 꾸준히 찾아옵니다. 물론 개중에는 본격적으로 수련에 뛰어드는 분들도 있습니다."

한소식한 사람들

"그중에는 한소식한 사람들도 있겠죠?"

"물론입니다."

"한소식한 사람이라면 어떤 경우를 말합니까?"

"대주천 수련을 하는 사람을 일 단계로 보고, 현묘지도 화두수련을 통과한 사람을 제2단계로 봅니다."

"그럼 대주천 수련자는 지금까지 몇 사람이나 배출되었습니까?"

"1990년 8월 30일부터 2008년 1월 19일 현재 441명입니다."

"무려 18년 사이에 441명이 배출되었는데 그분들 중 지금까지 선생님과 연락이 닿는 사람은 몇 분이나 됩니까?"

"정확한 통계는 내 보지 않아서 모르겠는데 대체로 10프로 내외일 것입니다."

"그 나머지 90프로는 어떻게 되었습니까?"

"통 연락이 없으니 알 길이 없죠."

"그럼 현묘지도 수련 통과자는 몇 분이나 됩니까?"

"2006년 2월부터 2008년 4월 현재 16명입니다."

"이분들하고는 연락이 되겠군요."

"그렇습니다."

"대주천이나 현묘지도 수행자들 중에서 동호회 같은 조직이 혹시 가동되고 있습니까?"

"아직 그런 조직이 있다는 얘기는 들어 보지 못했습니다."

"수행자 상호 간의 친목을 위해서라도 그런 조직이 필요하지 않을까요?"

"그거야 당사자들이 알아서 할 일이지 내가 간여할 일은 아니라고 봅니다."

"삼공선도라는 좋은 가르침이 대가 끊이지 않고 앞으로도 계속 이어지기 위해서라도 무슨 조직이나 모임 같은 것이 있어야 하지 않나 하는 생각이 가끔 들 때가 있습니다. 어떻게 생각하십니까?"

"그럴 만한 필요가 있는 일이라면 어느 땐가는 자연스럽게 이루어질 것입니다. 그러나 그것이 수행에 조금이라도 장애가 되는 일이라면 없는 것이 있는 것보다는 차라리 나을 것이라는 내 견해에는 변함이 없습니다. 그런 조직보다는 청출어람(靑出於藍)이라고 지금의 나를 뛰어넘는 훌륭한 수행자가 나타났으면 합니다. 그래야 이 가르침은 무난히 후세에 이어지게 될 것입니다.

나의 가르침이 그만한 가치가 있는 것이라면 반드시 그런 사람이 나타날 것입니다. 그러나 그건 어디까지나 나의 희망 사항일 뿐입니다. 비록 그런 인재가 나타나지 않는다고 해도 『선도체험기』를 비롯한 내 저서들이 공공도서관이나 개인 서재에 존속하는 한 이 가르침의 맥이 끊기는 일은 없을 것입니다."

"선생님, 저는 앞으로 어떻게 해야 되겠습니까?"

"단전은 따뜻합니까?"

"계속 따뜻하지는 않고 따뜻하기도 하고 시원하기도 하고 무감각하기도 하고 그렇습니다."

"백회 쪽에서는 무슨 감각이 있습니까?"

"가끔 벌레가 기어가는 듯한 느낌이 들 때가 있습니다."

"이제 수련을 계속 밀고 나가면 단전이 항상 따뜻해지고 백회도 늘 시원해질 때가 반드시 올 것입니다. 그때가 되면 꼭 나에게 알려 주시기 바랍니다. 대주천 수련을 해야 하니까요. 백회가 열리고 본격적인 대주천 수련이 진행되면 빙의령 천도도 그전보다는 훨씬 더 수월해질 것입니다."

"저 같은 놈도 그런 때가 있을까요?"

"그렇게 자기비하(自己卑下)를 하지 마세요. 지금처럼만 수련에 일취월장한다면 조만간 반드시 그런 때가 오고야 말 것입니다."

"고맙습니다. 선생님, 저는 그 말씀을 믿고 열심히 제 정성을 다하여 수련에 임하겠습니다."

"당연히 그래야죠."

"고맙습니다. 선생님."

"수련은 오세원 씨 자신이 하는 것이니까 진정으로 고마워할 대상은 자기 자신의 자성(自性)입니다. 나는 옆에서 살피다가 때가 되면 도와줄 수 있을 뿐입니다. 마치 알 속에서 때가 된 병아리가 부리로 내벽을 톡톡 쪼면 어미 닭이 밖에서 알아채고 부리로 톡 쪼아 부화를 돕듯이 말입니다.

그러니까 오세원 씨는 자신의 수련 진행 상황을 빼놓지 말고 일일이 나에게 그때그때 빼놓지 말고 알려 주어야 합니다. 기공부는 어디까지 자기 자신의 내부 생명의 성장 발전 과정입니다. 다시 말해서 수련의 주체는 어디까지나 오세원 씨 자신이라는 말입니다. 새 생명의 태어남과 자라남과 병에 걸리는 것과 늙어서 죽는 것은 그것을 겪는 사람 자신이 하는 것이지 그것을 지켜보는 부모나 스승이 대행해 줄 수 있는 성질의 것은 아니기 때문입니다."

"무슨 뜻인지 잘 알겠습니다."

어떤 사람이 도인입니까?

우창석 씨가 말했다.

"선생님, 어떤 사람을 보고 도인이라고 말할 수 있을까요?"

"아마도 우창석 씨는 도인은 어떤 사람일까 하고 생각해 보고 나서 그런 질문이 나왔을 것입니다. 그래 지금까지 도인은 어떤 사람이어야 한다고 생각해 온 것이 있을 것입니다. 그것을 우선 말해 보세요."

"혹시 화를 내지 않는 사람을 보고 도인이라고 말할 수 있지 않을까 생각합니다. 선생님은 어떻게 생각합니까?"

"도인(道人)도 사람이니까 때로는 자기도 모르게 화를 낼 때가 있을 수 있겠죠. 화를 내고 안 내는 것이 중요한 것이 아니라고 봅니다."

"그럼 무엇이 중요합니까?"

"비록 일시 화를 냈다고 해도 그 화에 사로잡혀 심신을 상하지 않고, 그 화에 놀아나지 않는 것이 중요합니다. 화를 술이라고 가정해 봅시다. 사람은 경우에 따라 술을 마실 수도 있습니다. 사람이 술을 마셔야지 마시는 정도가 지나쳐 사람이 술을 마시는 것이 아니고 술이 술을 마시다가 술이 사람을 마시게 해서는 안 된다는 말입니다."

"그러니까 화건 술이건 자신의 손아귀를 벗어나지만 않게 단속만 철저히 하면 된다는 말씀이시군요."

"그렇습니다. 물론 어떤 경우에도 화를 내지 않을 수만 있다면 그것 이상 좋은 일이 어디 있겠습니까. 그렇지 못할 바에는 자기도 모르게 일어난 화를 스스로 다스릴 수 있어야 합니다. 제아무리 진리에 대한 큰 깨달음을 얻은 사람이라고 해도 그렇게 할 수 없다면 그 사람은 도인 축에 들 수 없다고 봅니다.

어찌 화뿐이겠습니까? 우리가 일상생활에서 늘 부닥치는 희구우애노탐염(喜懼憂愛怒貪厭)의 오욕칠정을 다루는 것도 똑같습니다. 명예욕, 성욕, 식욕, 권세욕, 재욕에 사로잡히든가 기쁨, 두려움, 근심, 사랑, 분노, 탐욕, 혐오라는 스트레스에 사로잡혀 심신을 상하지 않고 언제나 이를 의연하게 극복해 나갈 수 있다면 그 사람은 도인이 갖추어야 할 기본 요건은 구비했다고 봅니다."

"구도자는 누구나 다 도인이라고 할 수 있을까요?"

"도인이라고 하면 구도자가 되어 상당한 시간의 수련을 거쳐 적어도 자기에게 부딪쳐 오는 어떠한 욕망과 스트레스에도 굴하지 않고 의연히 극복해 낼 수 있는 사람을 말합니다."

"스트레스와 오욕칠정에서 초연할 수 있게 되면 어떻게 됩니까?"

"그때 비로소 부동심(不動心)과 평상심(平常心)을 가질 수 있습니다."

"부동심과 평상심이란 무엇입니까?"

"어떠한 경우를 당하더라도 마음이 흔들리지 않는 평정심을 말합니다. 우리는 그때 비로소 한소식했다고 말할 수 있습니다."

"그렇다면 구도자가 스승이나 선배에게 물어볼 필요도 없이 자기 수련 수준은 언제나 자기 스스로 알아볼 수 있겠는데요."

"그렇고말고요. 자기성찰(自己省察)만 제대로 할 수 있는 사람이라면 누구나 그럴 수 있습니다. 구도자는 자기 자신이 지금 어디까지 와 있는지를 삶의 어려운 고비에 처할 때마다 실시간으로 점검해 볼 수 있습니

다. 우리는 이것을 기준으로 삼아 자기 자신의 수련을 향상시켜 나아가
기만 하면 됩니다."

자살하는 한국 노인들

우창석 씨가 말했다.

"선생님, 우리나라 노인들의 자살률이 최근 들어 두 배로 껑충 뛰어올랐다고 합니다. 지금까지는 일본 노인들의 자살률이 세계 제일이라고 했는데 한국 노인들의 자살률이 그것을 2배 반이나 앞질렀다고 합니다."

"우리나라 노인 자살률이 언제부터 그렇게 증가되었습니까?"

"1997년 IMF 때부터라고 합니다."

"자살 원인은 무엇이라고 합니까?"

"대부분이 우울증 때문이라고 합니다. 그전 농업 사회에서는 대가족 제도하에서 아들, 며느리, 손자들과 함께 오순도순 살았을 때 노인들은 자기 할일이 있었으므로 우울증에 걸리는 일이 없었는데, 요즘 노인들은 아들과 며느리가 같이 살자고 해도 따로 나가 혼자 살기를 원합니다.

닭장 같은 아파트에서 아들은 일찍 출근하고 늦게 퇴근하여 얼굴 보기도 힘들고, 며느리는 아이들 과외공부시키느라고 정신없이 뛰어다니고 고작 노인 혼자서 집이나 지켜야 하는 신세입니다. 그렇다고 특별한 재주나 특기가 있어서 자활 능력이 있는 것도 아니어서 제대로 대접을 받지도 못하니 우울증에 걸릴 수밖에 없는 것 같습니다.

그것이 싫어서 혼자 나가서 살아 보았자 더 나을 것도 없고 하여 이러나저러나, 우울증에 걸려서 살 바에는 차라리 죽어 버리면 만사가 끝난다고 생각하고 스스로 목숨을 끊는 것 같습니다. 노인들의 이러한 식의

223

자살에 대하여 어떻게 생각하십니까?"

"우리나라에서는 65세 이상을 노인이라고 하는데, 그 나이가 되어서도 그렇게밖에 생각이 돌아가지 않는다면 제대로 나잇값을 못 했다고밖에는 말할 수 없습니다. 살기 싫다고 자살을 하는 것은 학생이 공부하기 싫다고 학교에 안 나가는 것과 다름이 없습니다. 공부하기 싫어서 학과 시간을 빼먹는다고 문제가 해결되는 것은 아니기 때문입니다. 우리가 사람의 탈을 쓰고 지구상에 태어난 것 자체가 인과로 인한 죄업 때문입니다.

학생이 공부하기 싫다고 학교에 안 나간다고 해서 어려움이 해소되기는커녕 오히려 그 때문에 유급을 하게 되면 그의 앞날은 더욱더 난처해집니다. 결국 그는 어리석은 짓을 한 것밖에는 되지 않습니다."

"도대체 무엇이 잘못되어서 인생의 황혼기에 그런 비극이 연출되는 것일까요?"

"노년기에 접어들 때까지 인생을 잘못 살았기 때문입니다."

"그럼 어떻게 사는 것이 인생을 제대로 잘 사는 것입니까?"

"최소한 사람이 죽는 것은 몸이 죽는 것이지 마음까지도 죽는 것은 아니라는 것은 깨달았어야 합니다. 그랬다면 자살이라는 유치한 짓은 저지르지 않았을 것입니다. 노년기가 되도록 그것을 몰랐기 때문에 몸만 죽어 버리면 마음까지도 함께 죽어 없어지는 것으로 착각을 했던 것입니다. 자동차 운전자가 자동차를 몰고 깊은 호수에 빠져 버리면 자기 마음도 자동차와 함께 물에 빠져 죽을 것이라고 생각하는 것과 같다고 할 수 있습니다."

"선생님, 그럼 그때 그 마음은 어떻게 됩니까?"

"인간의 마음은 인간의 육체처럼 그렇게 죽고 사는 존재가 아닙니다."

"그럼 그 마음은 어떻게 됩니까?"

"마음은 자신이 깃들어 있던 육체가 손상되어 수명을 다해도 전연 손상을 입지 않고 살아남게 됩니다."

"그럼 자살한 노인의 마음은 살아남아서 어떻게 됩니까?"

"인과응보에 따라 지구상에 태어난 육체를 제대로 관리하지 못한 잘못 때문에 자살자의 마음은 그 대가를 치르게 될 것입니다. 탈옥수가 가중 처벌을 받듯이 그는 그전 생보다 더 가혹한 조건 속에서 다음 생을 받게 되어 있습니다."

"그럼 선생님, 자살하려는 노인에게 뭐라고 말해 주면 좋겠습니까?"

"사람은 남녀노유를 막론하고 어떠한 가혹한 환경 속에서도 마음먹기에 따라 적응할 수 있다는 것을 일깨워 주어야 합니다."

"마음을 어떻게 먹으면 그렇게 될 수 있을까요?"

"어떠한 경우에도 마음을 긍정적으로 그리고 낙관적으로 유지할 수 있다면 어떤 가혹한 현실 속에서도 무리 없이 적응할 수 있습니다."

"그런데 사실은 누구나 자기 마음을 긍정적이고 낙관적으로 유지할 수 있다는 것이 그렇게 쉬운 일이 아니거든요. 대부분의 사람들이 어려운 현실 앞에서 긍정 대신에 부정적이 되기 쉽고 낙관 대신에 비관하거나 절망하기 쉽습니다. 어떻게 하면 항상 긍정적이고 낙관적인 자세를 유지할 수 있을까요?"

"그렇게 하자면 천상 젊을 때부터, 그것이 어려우면 최소한 노년이 되기 전부터라도 매사에 자기성찰을 하는 습관을 들였어야 합니다. 인생살이에서 어려움에 봉착할 때마다 자기 자신을 반성하여 무엇이 잘못되고 무엇이 잘되었는지를 알아내어 그때그때 깔끔하게 정리를 하고 넘어가면 될 것입니다.

이러한 생활이 계속 쌓이고 쌓였더라면 자살이라는 어리석은 짓은 누구도 저지르지 않았을 것입니다. 왜냐하면 그러한 자기반성이 회를 거듭하면서 자연히 인생의 지혜도 조금씩 조금씩 싹이 트이게 되어 있기 때문입니다."

"자기성찰이란 결국은 관(觀)을 말하는 것이 아닙니까?"

"물론입니다. 그러나 보통 사람들은 관이 무엇인지 모르니까 자기성찰 또는 자아 반성이라는 용어를 썼을 뿐입니다."

"선생님, 말씀을 들어 보면 인생은 결국은 의식을 하든 말든 누구나 구도자가 되어야 한다는 것을 일깨워 주는 것 같습니다."

"그렇습니다. 구도니 관이니 하는 어려운 용어를 쓸 필요 없이 우리 인류는 일상생활에서 늘 봉착하는 난관을 해결하는 수단으로 늘 자기를 반성하지 않을 수 없습니다. 이것은 누구나 응당 그래야 하는 생활인의 생존 수단이기도 합니다.

이것만 제대로 해도 산속의 샘물이 흐르고 흐르다 보면 자기도 모르게 개울로 모여들고 그것이 커지면 냇물이 되고, 도도한 강물이 되어 바다로 흘러들 듯이 구도의 길을 가지 않을 수 없게 되어 있습니다. 다시 말해서 모든 물은 여러 과정을 거쳐 바다로 흘러들 듯이 우리 인간의 생활 역시 진리를 향하여 흐르지 않을 수 없게 되어 있습니다. 길을 잘못 든 물만이 웅덩이에 고이면 한참 썩습니다.

그러다가 용케도 증발되어 하늘에 올라가 비가 되어 땅 위에 떨어졌다가 여러 과정을 거쳐 이 역시 바다로 흘러들 듯, 사람도 길을 잘못 들어 엉뚱한 지옥과 같은 미로 속을 헤매다가 동료들과는 한참 뒤떨어져서 그들의 뒤를 뒤늦게 터벅터벅 따라가는 낙오자가 될 수도 있습니다. 선두 주자가 되든 낙오자가 되든 그것은 각자의 마음의 선택에 달려 있습니다."

"그렇다면 자살하려는 노인들을 보고 안타까워하고 말고 할 것도 없는 것이 아닐까요?"

"그럼요. 생사불이(生死不二)니까요. 삶과 죽음이 따로 있는 것이 아니니까요. 그래도 기회와 경우가 허락한다면 그가 잘못된 길을 가고 있다는 것을 일깨워 줄 필요는 있습니다. 알아듣고 그의 생활이 바뀌면 천만다행이고 그렇지 않다고 해도 낙심하거나 실망할 필요는 없습니다. 왜냐하면 그것이 그가 꼭 가야 할 길이라면 누가 그걸 말릴 수 있겠습니까?"

우울증 노인

우창석 씨가 말했다.

"요즘 우리 사회에는 우울증 환자들이 계속 증가하고 있습니다. 우울증은 노년층뿐 아니라 특히 중년 여성층에게도 깊이 침투해 들어가고 있습니다. 우울증에 걸린 사람들에게 좀 유익한 얘기를 들려주고 싶은데, 선생님께서 좀 도와주셨으면 합니다."

"우울증이 왜 일어난다고 보십니까?"

"불만이 그 원인이 아닐까 생각합니다."

"불만은 왜 일어난다고 보십니까?"

"자기가 원하는 조건이 충족되지 않았을 때 불만이 일어난다고 봅니다."

"아무래도 실례를 들어서 말하는 것이 이해하기 쉬울 것 같습니다."

227

"정년퇴직을 한 노 잉꼬부부가 살고 있었는데 어느 날 갑자기 부인이 교통사고로 사망하자 남편이 심각한 우울증에 걸렸습니다. 그대로 방치해 두면 언제 자살을 할지 모르는 심각한 상황입니다. 이럴 때는 어떻게 해야 할까요?"

"우울증에 걸린 것은 그가 아직은 아내의 죽음을 인정하기를 거부하기 때문입니다. 만약에 그가 아내의 죽음을 깨끗이 인정만 했더라면 우울증 같은 것에 걸리는 일은 결코 없었을 것입니다. 그가 살 수 있는 길은 아내의 죽음을 인정하고 싶지 않아도 엄연한 현실이므로, 현실을 있는 그대로 수용하라고 하는 수밖에 없습니다."

"결국은 그분의 안위는 현실 수용 여부에 달려 있군요."

"그렇습니다. 현실을 수용한다는 것은 새롭게 변한 환경에 심신을 적응시키는 것을 말합니다. 모든 생물은 그가 처한 환경에 제때에 적응하느냐 못하느냐에 그 생존 여부가 달려 있습니다. 적자생존(適者生存)입니다. 무슨 일이 있든지 이 점을 일깨워 주시면 됩니다."

"그분이 이것을 머리로는 이해하면서도 행동으로 실천하지 못하면 어떻게 하죠?"

"중증이라 의학적 치료도 어렵다면 우울증에 시달리다가 죽을 수밖에 더 있겠습니까?"

"그래도 어떻게 그냥 내버려둘 수야 있겠습니까?"

"살길을 가르쳐 주었는데도 받아들이지 않는다면 방법이 없지 않겠습니까? 목마른 말을 물가까지 데려다주었는데도 끝내 물을 마시려 하지 않는다면 별수 없지 않을까요."

"결국은 그분의 우울증의 종말은 자살밖에 없는데 참으로 난감합니다."

"죽겠다는 사람은 죽게 내버려 두는 것도 한 방법입니다."

"그래도 어떻게 그럴 수 있습니까?"

"그의 수명의 한계는 그것뿐이라는 것을 인정해야 할 것입니다. 그의 의사에 따라 다음 생을 기대해 볼 수밖에 없습니다. 굳이 가겠다는 사람은 그냥 가게 내버려두시는 것이 좋을 것입니다."

"가는 사람 잡지 말고 오는 사람 막지 말라는 말씀이시군요."

"그렇고말고요. 갈 사람은 가게 내버려두고 올 사람은 오게 해야 하지 않겠습니까? 생사는 밤과 낮처럼 순환하는데 누가 감히 그것을 막을 수 있겠습니까?"

화 다스리기

우창석 씨가 말했다.

"선생님, 화를 가장 효과적으로 다스릴 수 있는 비법이 있을까요?"

"있습니다."

"그게 뭐죠?"

"화가 난 이유를 알아내면 그에 대한 대처법이 자연히 나오게 될 것입니다."

"실례를 하나 들어서 말씀드리겠습니다. 어떤 사람이 절친한 친구가 급한 일로 필요하다면서 천만 원을 꾸어 주면 사흘 뒤에 갚겠다고 해서, 그 말을 믿고 어렵게 돈을 만들어 주었는데 그로부터 꼭 일주일 후에 필리핀으로 영구 이민을 떠난 것을 알아냈습니다.

그 사람은 돈 천만 원보다는 30년 친구를 잃어버린 것을 더 통분해했습니다. 친구 잃고 돈 잃은 이중의 타격을 받은 것입니다. 이때 그 사람의 속에서 치밀어오는 화를 다스릴 수 있는 비법이 있으면 알려 주시기 바랍니다."

"그건, 아주 간단합니다."

"간단하다니요?"

"친구의 배신행위를 재빨리 움직일 수 없는 현실로 받아들이는 겁니다. 그 사람이 화나는 이유는 친구의 배신을 사실로 인정하려 하지 않기 때문입니다. 그러나 이것은 어리석은 짓입니다. 친구의 배신을 현실로 인정하려고 하지 않으면 않을수록 그는 속에서 용암처럼 치미는 화를 누를 수 없을 것입니다. 그러나 친구의 배신을 어쩔 수 없는 현실로 받아들인다면 더이상 화를 낼 이유가 없어질 것입니다."

"그렇게 되자면 마음이 무한정 넓어져야 할 텐데, 그게 누구나 할 수 있는 일이 아니지 않습니까?"

"그렇다고 해서 자신의 허상 속에 묶여 있으면 어떻게 할 것입니까? 30년 친구로서 어찌 그럴 수 있느냐고 제아무리 억울해하고 한탄하여 보았자 변하는 것은 아무것도 없고, 일은 이미 벌어진 현실이요 과거지사가 되어 버렸습니다. 그런데 이제 와서 새삼스레 그것을 탓해 보았자 무슨 소용이 있겠습니까?

이미 일어난 일을 현실로 인정하지 않음으로써 화를 자꾸만 돋우어 자신을 불행의 늪 속으로 더욱더 깊숙이 빠져들어 가게 해 보았자, 그에게 무슨 이익이 있겠습니까? 살기 위해서라도 그런 어리석은 짓은 더이상 저지르지 말아야죠.

그러나 그에게 일어난 일을 하나의 사건으로 받아들이면 그때부터 그 일은 누구나 흔히 겪을 수 있는 평범한 과거지사가 되고 맙니다. 그걸 가지고 그는 더이상 화를 내고 말고 할 이유도 없어지게 될 것입니다. 이렇게 하는 것이 화를 삭이는 가장 확실한 지름길입니다."

슬픔 다스리기

우창석 씨가 또 말했다.

"그럼 선생님, 어떤 사람이 사랑하는 아내를 졸지에 교통사고로 잃었을 경우 그 사람이 느끼는 슬픔에서도, 그렇게 현실을 수용하기만 하면 벗어날 수 있을까요?"

"그렇고말고요. 그 사람이 아내의 죽음으로 슬픔을 느끼는 것은 갑자기 당한 아내와의 사별을 현실로 수용하려고 하지 않기 때문입니다. 그러나 아내의 죽음을 어쩔 수 없는 현실로 받아들인다면 그 사실을 얼마든지 객관화할 수 있세 될 것입니다. 그 사실을 객관화할 수 있으면 자기 자신의 입지도 얼마든지 객관화할 수 있을 것입니다.

그렇게 되면 그 사람의 아내의 죽음은 하나의 평범한 사실로 받아들여질 수 있게 될 것입니다. 이 세상을 살아가노라면 누구나 흔히 당할 수 있는 평범한 사건 즉 만나면 헤어지는 회자정리(會者定離)에 지나지 않게 된다는 이야기입니다. 그러한 사건을 놓고 슬픔에 젖어 있다는 것 자체가 쑥스럽고 어리석은 일임을 그는 곧 알아차리게 될 것입니다."

"그렇다면 분노와 슬픔 외의 두려움이나 미움에서도 같은 방식으로 벗어날 수 있겠군요."

"그렇고말고요. 이러한 현실 수용을 체념 또는 단념이라고도 흔히들 말합니다. 이것은 현실을 있는 그대로 받아들인다는 뜻입니다. 분노, 화, 슬픔, 두려움, 미움 따위 감정은 현실을 있는 그대로 받아들이지 않을 때 발생합니다. 그러나 변화된 현실을 있는 그대로 인정할 때는 하나의 평범한 객관적인 현상에 지나지 않게 됩니다."

"그럼 선생님, 비록 사형수라고 해도, 자기의 죄값으로 죽어야만 할 현실을 순순히 받아들인다면 죽음의 공포에서 벗어날 수 있을까요?"

"그렇고말고요. 이 세상에 태어난 사람은 어느 땐가는 반드시 죽게 되어 있다는 진실을 당연한 일로 받아들이는 사람이라면 죽음 따위에 새삼 공포심 같은 것을 느낄 이유가 어디에 있겠습니까? 어디 그뿐이겠습니까? 요즘 가정주부들이나 독거노인들 중에 흔히 있는 우울증도 자신들이 처한 현실을 있는 그대로 받아들이려 하지 않는 데서 발생하는 겁니다. 우울증 환자야말로 자기가 처한 조건을 자기 마음대로 바꿀 수 없다는 절망감에 사로잡힌 사람들입니다.

조건을 자기 마음에 맞게 바꾸려고 할 것이 아니라 자기 마음을 조건에 맞게 바꾸어야 합니다. 왜냐하면 마음은 자기 마음대로 바꿀 수 있지만 외부의 조건은 자기 마음대로 바꿀 수 없기 때문입니다. 우리가 수련을 하는 목적은 바로 이 마음을 우리들 자신들이 처한 조건에 재빨리 맞추자는 데 있습니다. 그러니까 구도자란 외부 조건에 자기 자신을 순응시키는 달인이라고 할 수 있습니다."

"그 외부 조건이 무엇인데 우리는 그것에 우리 자신들을 순응시켜야만 하는지 이해를 할 수 없습니다."

"외부 조건이 바로 우주 그 자체이고 참나입니다. 참나야말로 우주와 하나가 될 수 있어서 진정한 우아일체(宇我一體)가 가능합니다. 따라서 외부 조건에 저항하는 것은 거짓 나지 참나는 아닙니다. 참나는 우주 그 자체이기 때문입니다."

"그런데 선생님, 불의(不義)에 대한 분노는 어떻게 됩니까? 가령 강한 나라가 약한 이웃 나라를 무력으로 침략하는 것은 분명 불의가 아닙니까?"

"그것을 의로운 일이라고 말할 사람은 없을 것입니다."

"그럼 외침에 대한 분노는 어떻게 해야 삭일 수 있겠습니까?"

"이 세상에는 의로운 일만 일어나는 것이 아니고 의롭지 못한 일도 얼마든지 일어날 수 있습니다. 가령 일본이 한국을 35년 강점했다든지 중국이 티벳을 50년 동안 식민 지배한다든가 하는 것은 결코 의롭지 못한 짓임에 틀림없지만, 현실이니 어쩔 수 없는 일입니다. 그 사실 역시 약육강식의 현실로 받아들인다면 객관화할 수 있으므로 더이상 분노에 떨 필요는 없게 될 것이고, 그것을 현실로 받아들일 때 구체적인 대책도 나올 수 있을 것입니다."

"그럼 해일(海溢)이나 지진, 태풍, 산불 같은 자연재해 역시 마찬가지겠군요."

"어찌 자연재난뿐이겠습니까. 우리의 일상생활에서 일어나는 오욕칠정(五慾七情)에서 야기되는 희구우애노탐염(喜懼憂愛怒貪厭)이 다 마찬가지입니다. 기쁨, 두려움, 걱정 근심, 사랑, 분노, 탐욕, 혐오감에 사로잡혀 스트레스를 받거나 우울증에 걸려서 이를 극복하지 못하고 병들면 중생이고 이 수렁에서 벗어난 사람을 우리는 대자유인, 구도자, 철인(哲人), 도인, 성인, 부처, 신선이라고도 말합니다."

"결국은 중생이냐 대자유인이냐의 유일한 잣대는 그들이 얼마나 재빨리 변화되는 현실에 순응하느냐 하는 것이군요."

"제대로 짚었습니다."

234

〈92권〉

죽음은 있는 것인가?

우창석 씨가 말했다.

"선생님, 오늘 아침 신문을 보니까 한 칼럼에 다음과 같은 한문 문장이 인용되어 있었습니다."

"어떤 것인데요?"

"비사지난, 처사지난야(非死之難, 處死之難也)인데요, 죽음을 맞는 것이 어려운 것이 아니라 죽음 앞에서 어떻게 처신하고 죽음을 어떻게 극복하느냐 하는 것이 어렵다는 뜻이라고 해설이 나와 있었습니다. 선생님 도대체 이게 무슨 뜻입니까?"

"죽음을 맞는 것은 어려운 것이 아니라는 말은 맞습니다. 왜냐하면 죽음은 가만히 있어도 누구에게나 때가 되면 자연히 찾아오는 것이기 때문입니다. 우리가 이 지구라고 하는 유위계(有爲界)에 일단 태어난 이상 생사는 해와 달이 바뀌고 봄, 여름, 가을, 겨울의 사계절과 24절기가 순환하는 것과 같이 모든 사람이나 생물에게 어김없이 찾아오는 것이기 때문입니다.

생물 쳐놓고 죽음을 피할 수 있는 것은 아무것도 없습니다. 그러나 죽음 앞에서 어떻게 처신하느냐 또는 죽음을 어떻게 극복하느냐 하는 것은 구도자가 아니고는 아무나 할 수 있는 일이 아닙니다."

"그 이유가 무엇입니까?"

"그것은 수행 과정이 없이는 아무나 알아낼 수 없는 일이기 때문입니다."

"그렇다면 죽음 앞에서 어떻게 처신하느냐를 논하기 전에 죽음은 무엇인가 하는 것부터 규명하는 것이 순서가 아닐까요?"

"뭐, 그렇게 생각해 볼 수도 있겠죠."

"그럼, 선생님, 죽음은 무엇입니까?"

"죽음이 무엇인가 하는 문제는 죽음이 실재하느냐 하는 문제가 해결되면 자연히 해소될 것입니다."

"그럼 죽음은 실제로 존재하는 겁니까?"

"죽음은 있기도 하고 없기도 합니다."

"그건 왜 그렇습니까?"

"죽음은 유위계(有爲界)에는 있지만 무위계(無爲界)에는 없기 때문입니다."

"그게 도대체 무슨 뜻입니까?"

"알아듣기 쉽게 말해서 깨달은 사람에게는 죽음은 없는 것이고 깨닫지 못한 무명중생(無明衆生)들에게는 죽음은 틀림없이 있는 것이기 때문입니다."

"유위계는 무엇입니까?"

"유위계란 우리가 숨쉬고 살고 있는 지구와 같이 시간과 공간, 그리고 물질의 한계 속에서 만물이 생을 영위하고 있는 세계를 말합니다.

"그럼 무위계란 무엇입니까?"

"유위계와는 달리 시간과 공간 그리고 물질의 제한을 받지 않는, 생사도 유무도 크고 작은 것도 시비도 선악도 없는 영원과 무한의 세계입니다."

"그럼 그러한 무위계는 어디에 있습니까?"

"진리를 깨달은 사람, 다시 말해서 자기 존재의 실상을 파악함으로써 대각(大覺)을 성취한 존재의 마음속에 있다고 말할 수 있습니다."

"그렇다면 결론적으로 말해서 죽음은 무명중생들에게는 있는 것이고 깨달은 사람에게는 없다는 말이 되는가요?"

"그렇습니다."

"선생님, 그럼 무명중생이라도 그 무위계에 도달할 수 있을까요?"

"있고말고요."

"어떻게 하면 그렇게 될 수 있습니까?"

"죽음이 없다는 것을 깨달으면 누구나 그렇게 될 수 있습니다. 우리가 지금 하고 있는 수련이 자꾸만 깊어지면 누구나 그 경지에 도달할 수 있습니다. 다시 말해서 대각을 성취하겠다는 열의와 노력과 지성이 있으면 누구나 성취할 수 있다는 얘기입니다. 이 세상에 구도자가 존재하는 이유가 바로 그것입니다."

"선생님께서 죽음이 없다는 것을 좀 알기 쉽게 설명해 주실 수 있을까요?"

"죽음만 없는 것이 아니라 우리가 눈으로 보고 귀로 듣고 코로 냄새 맡고, 혀로 맛보고, 손으로 만져볼 수 있는 오감(五感)으로 인식할 수 있는 일체의 것이 사실은 무상(無常)한 것, 있다가도 없어지는 것임을 깨달으면 죽음도 삶도 사실은 없다는 것을 자연히 알게 됩니다. 성주괴공(成住壞空), 생로병사(生老病死)의 이치만을 제대로 파악해도 만물의 순환은 있어도 죽음 같은 것은 없다는 것은 누구나 알아차리게 되어 있습니다."

"이치와 사리로는 뻔히 알지만 느낌으로 가슴에 와닿지 않는 것이 문제입니다."

"죽음은 눈에 보이는 육체가 수명이 다하여 사라져 가는 것입니다. 그렇다고 해서 그 육체를 관리하고 있던 마음까지 없어지는 것은 아닙니다. 마음은 우주심(宇宙心)의 일부로서 결코 사라지는 일이 없는, 곡식으로 말하면 변하지 않는 씨앗과 같은 존재입니다. 그러한 마음을 우창석 씨도 갖고 있습니다. 그 마음을 눈으로 볼 수 있습니까?"

"마음은 눈으로 볼 수는 없습니다."

"그럼 귀로 들을 수 있습니까?"

"귀로 들을 수도 없습니다."

"그럼 코로 냄새를 맡을 수 있습니까?"

"코로 냄새를 맡을 수도 없습니다."

"그럼 혀로 맛을 볼 수 있습니까?"

"혀로 맛을 볼 수도 없죠."

"그럼 손으로 만져보고 알아낼 수 있습니까?"

"그럴 수도 없습니다."

"그러한 마음의 존재를 없다고 부인할 자신이 있습니까?"

"저에게는 마음의 존재를 부인할 자신은 없습니다."

"그러한 마음에게 우리의 육체는 필요하면 입고 필요하지 않으면 벗어 버릴 수도 있는 겉옷과도 같은 존재입니다. 유위계에서는 그 겉옷을 입는 것이 새 생명의 태어남이고 그 겉옷을 벗어 버리는 것이 죽음입니다. 겉옷 입고 벗는 것이 생사일 수는 없습니다. 그것을 알아 버린 우창석 씨에게 어떻게 죽음이 있을 수 있겠습니까?"

238

그는 잠시 황홀한 얼굴이 되더니 천천히 입을 열었다. "선생님, 바로 그 말씀이 제 가슴을 때립니다." 그는 갑자기 벌떡 일어서서 "선생님, 고맙습니다. 이 순간을 잊지 않기 위해서 선생님께 삼배를 올리겠습니다" 하더니 큰절을 세 번 했다. 미처 말리고 말고 할 여유도 없이 전광석화(電光石火)와 같이 재빠른 동작이었다.

〈95권〉

견성 해탈한 것을 어떻게 알 수 있는가?

삼십 대 중반의 김준영이라는 수행자가 말했다.

"선생님, 질문이 하나 있습니다."

"말씀하세요."

"수행자가 열심히 수련한 끝에 마침내 대망의 견성 해탈의 경지에 도달했다면 그 사실을 어떻게 알 수 있습니까?"

"어떠한 급박한 어려움이 닥쳐와도 마음이 흔들리지 않으면 자신이 드디어 견성 해탈했다는 것을 알 수 있습니다."

"구체적인 실례를 들어서 말씀해 주실 수 없을까요?"

"김준영 씨가 대낮에 무심코 길을 걸어가는데 마주 오던 사람이 갑자기 살인자로 돌변하여 시퍼런 칼을 빼 들고 김준영 씨에게 달려들어 맞바로 목을 찌르려고 해도 조금도 당황하지 않고 태연자약하게 상대를 응시하여 도리어 그를 제압할 수 있으면 견성 해탈했다고 할 수 있을 것입니다."

"아무리 견성 해탈을 했다고 해도 그런 때는 무의식적으로 방어자세를 취하든가 살길을 찾아 도망을 쳐야 하는 것이 아닐까요?"

"물론 우리 인간은 구도자이기 이전에 지구상에 생존하는 동물의 일

240

종이므로, 동물적인 방어기제가 발동되어 조건반사적으로 그렇게 할 수도 있습니다. 그러나 그것은 순간이고 그 순간이 지나고 나면 그가 정말로 견성 해탈한 도인이라면 곧 태연자약한 부동심의 자세를 자동적으로 회복할 수 있을 것입니다."

"그 이유가 어디에 있습니까?"

"그는 우아일체(宇我一體)를 성취한 우주의식과 동일한 존재이기 때문입니다."

"우아일체란 구체적으로 무엇을 말하는지요?"

"우아일체란 우주의 주인이 되었다는 것을 뜻합니다. 우주 전체가 내 것인데 지구라는 자그마한 행성 위에 사는 동물의 일종인 나라는 존재가 비록 칼에 찔려 죽어 버린다고 해 보았자 대양 위의 물거품이 하나 사라지는 것 이상의 사건이 될 수 없다는 것을 잘 알기 때문입니다."

복수극의 악순환 멈추기

김준영 씨가 감사의 표시로 나에게 합장을 했다. 그러자 양성수라는 사십 대 초반의 주부 수련자가 입을 열었다.

"선생님, 저도 한 가지 질문이 있습니다."

"어서 말씀하세요?"

"좋은 직장을 가진 남편에다가 초등학교에 다니는 남매를 가진 제 친구가 남부럽지 않은 단란한 가정을 이루고 오순도순 잘살다가 얼마 전에 날벼락을 맞았습니다."

"어떤 종류의 날벼락인데요?"

"남편이 회사의 신입 여사원과 눈이 맞아서, 이혼을 하자고 하도 졸라서 협의이혼을 해 주고 말았습니다."

"아이들은 어떻게 하기로 하고요?"

"아이들은 제 친구가 기르기로 하고 남편이 양육비를 대학 졸업 때까지 다달이 보내 주고, 살던 아파트도 제 친구가 인계받기로 했다고 합니다. 왜 그랬느냐니까 그렇게 변심할 남편이라면 더 늙기 전에 차라리 그렇게 깨끗이 정리하는 것이 낫다고 합니다."

"그런데 무엇이 문제입니까?"

"처음엔 남편의 소행이 하도 괘씸하기도 하고 자기의 자존심도 있고 하여 그렇게 일단 정리를 해 놓고는 전남편이 새로 결혼식을 올리고 멀쩡하게 깨가 쏟아지게 잘사는 것을 알고는 요즘은 생각이 좀 달라졌다고 합니다."

"어떻게요?"

"너무 성급하게 협의이혼을 해 준 것이 두고두고 후회가 되는 모양입니다. 그리고 이제 남편의 배신에 치가 떨려서 밤잠을 이룰 수 없다고 합니다. 이러한 친구에게 제가 뭐라고 말을 해 주었으면 도움이 될 수 있을지 선생님의 자문을 좀 얻었으면 해서 그럽니다."

"결국은 자업자득이요 인과응보입니다."

"제 친구는 결혼생활을 14년 하는 동안, 남들이 천정배필이라고 할 정도로 싸움 한 번 하는 일 없이 원앙처럼 단란한 가정을 꾸미고 잘살아 왔습니다. 다시 말해서 아내와 남편으로서 상대방에 대한 불평이나 불만 같은 것은 있어 본 일조차 없었습니다."

"내가 말하는 것은 금생에 그러한 인과가 있었다는 얘기가 아니라 전생에 있었던 인과를 말합니다."

"아니, 그렇다면 전생에 남편이 제 친구를 배신할 만한 인과가 있었다는 말씀인가요?"

"그렇습니다. 전생에 양성수 씨의 친구가 남편을 배신한 그대로 금생엔 남편에게 보기 좋게 보복을 당한 것입니다. 원인 없는 결과는 없다는 것을 모르고 그 친구가 이제 와서 남편을 계속 원망만 하고 배신감에 이를 갈고 치를 떨기만 한다면 이것이 원인이 되어, 다음 생에는 두 사람은 또 부부가 되어 이번에는 여자 쪽이 남자를 배신하는 복수의 악순환이 되풀이될 수밖에 없을 것입니다."

"그런 복수의 악순환을 막으려면 어떻게 해야 할까요?"

"자업자득, 인과응보의 이치를 먼저 깨달은 쪽이 모든 것을 내 탓으로 돌리고 상대를 무조건 용서해 주는 길밖에는 없습니다. 그래야 비로소 복수심에서 벗어나 마음의 평안을 얻을 수 있을 것입니다. 그리고 잘하면 이것이 빌미가 되어 구도자로 변신하여 그야말로 자기 존재의 뿌리를 깨닫는 생사대사(生死大事)를 성취할 수도 있을 것입니다."

"그렇게 된다면 진짜로 전화위복의 계기가 되겠군요."

"물론입니다."

〈96권〉

노인 혐오증

『선도체험기』를 읽다가 오행생식을 구입하기 위해 삼공재를 처음으로 찾은 31세의 직장 여성인 여동우 씨가 수련하던 다른 수련생들이 다 나간 뒤에, 나와 단둘만 남게 되자 입을 열었다.

"선생님 저는 오늘 처음으로 삼공재에 와서 생식을 짓고 단전호흡도 해 보았습니다. 그런데 모든 것이 제가 생각해 오던 것하고는 너무나 달라서 놀랐습니다."

"그래요? 그럼 이곳에 처음 와서 경험한 일을 솔직히 느낀 그대로 말씀해 보세요."

"정말 그래도 되겠습니까?"

"그렇고말고요. 어서 말씀해 보세요."

"그럼 제가 느낀 그대로 솔직하게 말씀드리겠습니다. 우선 선생님을 처음 뵙는 순간 깜짝 놀랐습니다."

"아니, 왜요?"

"제가 생각해 왔던 것보다 선생님께서는 외람된 말씀이지만 너무 많이 늙으셔서 싫은 느낌이 들었습니다. 이렇게 말씀드리면 대단히 기분이 나쁘시겠죠?"

"아니 괜찮습니다. 내가 처음부터 이곳에 와서 느낀 것을 솔직히 말하라고 했고 여동우 씨는 아주 솔직하게 조금도 숨김없이 자기감정을 얘기해 주어서 도리어 고맙게 생각합니다. 그렇다고 해도 그 말을 듣고 솔직히 말해서 기분이 좋을 수는 없겠죠. 그래도 남들이 하기 어려운 말을 그렇게 숨김없이 말해 준 것을 고마워하는 것 역시 틀림없습니다. 그건 그렇고 여동우 씨는 부모님이 살아 계십니까?"

"제가 어렸을 때 다 돌아가셨습니다."

"할머니와 할아버지, 외할머니와 외할아버지는 어떻게 됐습니까?"

"모두 다 제가 어렸을 때 돌아가셨습니다."

"그렇군요. 그래서 여동우 씨는 할머니, 할아버지들의 사랑을 못 받고 자라서 노인들에 대한 친밀감을 익히기 전에 추하게 늙고, 냄새나고 병들고 무능한 노인들만 보면서 자란 것 같습니다. 그러니까 노인 혐오증에 걸리지 않을 수 없었을 것입니다.

사실은 우리 주변에서나 텔레비전 화면으로 전달되는 독거노인들의 병들고 추하고 도움만 바라는, 그리고 치매에 걸려 백해무익한 모습들만 늘 보아 온 요즘 젊은 세대들이 노인 혐오증에 걸리는 것도 무리가 아닙니다. 더구나 우리의 전통적인 효도 사상을 일상생활 속에서 자연스럽게 터득할 여유나 분위기를 갖지 못하고 자란 젊은이라면 누구나 그럴 수밖에 없을 것입니다.

그러나 이것은 노인들의 부정적인 면이고 긍정적인 면도 얼마든지 있다는 것을 알아야 할 것입니다. 일전에 텔레비전에서 보았는데 107세의 유리공 할아버지가 70킬로그램짜리 대형 자전거를 익숙하게 몰고 다니면서 주문받은 유리문 갈아 끼워 주는 일을 젊은이 못지않게 아주 능숙

하고 깔끔하게 해치우는 것을 보았습니다. 그래서 그 할아버지가 사는 마을에서는 유리창이나 유리문이 깨어졌을 때는 누구나 이 할아버지에게만 일을 맡깁니다. 왜냐하면 젊은 유리공보다 더 일을 깔끔하게 잘해 주니까요.

또 얼마 전에는 텔레비전에서 103세의 한의사가 아침 8시 정해진 시간에 병원에 출근하여 하루 종일 젊은 의사들과 똑같이 환자들을 진찰, 처방하고 저녁 6시에 퇴근하는 모습을 보여 준 일이 있습니다. 더구나 한의사로서의 오랜 경륜과 의술을 높이 사서 그에게 찾아오는 환자들이 적지 않다고 합니다. 독일의 문호 괴테는 75세에 자신의 팬이기도 한 17세 소녀의 간절한 구혼을 받아들여 그녀와 행복한 결혼생활을 할 정도로 매력이 있었습니다.

이러한 실례를 보면 노인이라고 해서 덮어놓고 혐오의 대상만이 아니라 때로는 감탄과 존경의 대상도 될 수 있다는 것을 알 수 있습니다. 노인들 중에는 건강관리를 잘하여 전연 추하거나 냄새를 피우지 않고 건강한 분들도 얼마든지 있다는 것을 알 수 있습니다. 그리고 백 살을 넘어 살면서도 자식들이나 이웃들의 신세를 지기는커녕 도리어 이 사회에 크게 도움을 주는 생활을 하는 노인들도 얼마든지 있다는 것을 알 수 있습니다.

그러니까 노인을 보면 무조건 싫어하거나 깔보기만 할 것이 아니라 그가 어떠한 능력과 재주가 있고 그가 얼마나 학문이 높고 인격이 고매한가, 그리고 만약에 그가 구도자라면 얼마나 바르고 착하고 지혜로운 생활을 하고 그를 찾는 후배나 제자들이 있는가 하는 것 등을 종합 평가한 뒤에 그 노인을 싫어하든가 혐오하든가 깔보아도 늦지 않을 것입니다.

덮어놓고 노인이라 하여 싫어하는 것은 자기 자신의 미래의 모습을 무조건 싫어하는 것과 같습니다. 만약에 여동우 씨가 청장년 시절에 질병이나 사고로 요절하지 않는다면 지금으로부터 40년 뒤에는 틀림없이 나처럼 70대의 노년기에 접어들지 않을 수 없게 될 것입니다. 이 세상에 세월을 이기는 장사는 없기 때문입니다. 70대의 노인인 여동우 씨를 보고 31세의 젊은이가 너무 늙어서 보기 싫다고 면전에서 말한다면 그 기분이 어떻겠는지 차분하게 생각해 보시기 바랍니다.

그리고 이왕에 말이 나온 김에 또 하나 강조하고 싶은 것은 지금의 의학 발달의 추세대로 나간다면 요즘 흔히 논의되고 있는 120세 수명이 보편화될 날도 멀지 않았다는 것입니다. 동물학자들의 견해에 따르면 포유동물은 예외 없이 그 성장기의 5배를 사는 것이 자연 현상이라고 합니다.

사람도 포유동물입니다. 20세까지를 성장기라고 볼 때 20세의 5배는 100세입니다. 그러면 성장기인 20세 더하기 100 하면 120세까지 사는 것이 당연하다는 것입니다. 이를 입증하듯 요즘은 날이 갈수록 인간의 수명은 길어지고 있습니다. 이런 현상은 요즘만 그런 것이 아니라 과거에도 있었습니다."

"과거에 언제 그런 일이 있었습니까?"

말없이 내 말을 듣기만 하던 여동우 씨가 물었다.

"『환단고기』에 보면 배달국 시대 1565년 동안 18대의 한웅천황들이 다스렸는데 그분들의 평균 재임기간이 86.9세였습니다. 여기에 30세에 등극했다고 가정하면 116.9세가 되는데 이것은 120세에 거의 육박하는 수명입니다. 따라서 지금처럼 생활환경이 개선되고 의학이 발달하면 120세 수명 시대가 미구에 도래할 것으로 보입니다.

나는 1998년에 프랑스를 한 2주 동안 방문한 일이 있었는데 그곳에서 일하는 운전사와 관광지 관리요원들은 거의 다 65세 이상의 노인들이었습니다. 다시 말해서 사회에서 일하는 주류가 노인들이었다는 것입니다.

그에 비해 우리나라의 일하는 사람들의 주류는 중년층이었습니다. 그러니까 선진국일수록 경세활동 인구 중에 노인들이 많다는 것입니다. 우리나라도 2050년쯤 되면 65세 노인 인구가 전 인구의 반 이상을 차지하게 될 것이라는 통계도 나와 있습니다. 그때가 되면 돈 버는 사람 하나가 노인 한 사람들을 돌보아야 한다고 합니다.

이러한 추세를 감안할 때 지금의 젊은 세대들은 노인을 혐오만 할 것이 아니라 더불어 같이 살아가야 할 이웃으로 알고 친숙해져야 할 것입니다. 설사 병들고 냄새나고 무능한 노인들이라고 해도 그들이 젊었을 때 자기 자녀들을 열심히 기르고 가르치고, 나라를 위해 이바지한 공로를 생각해서 혐오나 경멸의 대상으로 여겨서는 안 될 것입니다.

노인 혐오는 세계가 인정해 주는 우리 민족의 전통적인 효도 사상에도 어긋나는 일이 아닐 수 없습니다. 부모 없이 이 세상에 태어난 사람은 있을 수 없기 때문입니다. 노인 혐오는 자기 부모를 혐오하는 것이고 결국은 자기 자신을 혐오하는 것입니다.

젊은 사람들은 그의 젊음이 영원히 계속될 것으로 생각하고 행동하지만 그것이 착각이라는 것은 세월이 흐르면 뼈아프게 느끼지 않을 수 없을 것입니다. 이 세상에 인간으로 태어난 이상 태어나고 늙어 가고, 병들고 죽는 생로병사(生老病死)의 과정을 거치지 않는 사람은 없습니다. 한 치 앞은 내다볼 줄 알면서 백 치 앞은 내다볼 줄 모른다면 어리석다고 하지 않을 수 없을 것입니다. 나는 여동우 씨가 그런 사람이 되지 않기 바랍니다."

묵묵히 듣기만 하던 여동우 씨가 마침내 무거운 입을 열었다.

"선생님, 제가 어리석었습니다. 저한테 입이 백 개 있어도 할 말이 없습니다. 그러나 선생님 이것은 어디까지나 제 이성의 소리일 뿐 제 감성은 여전히 늙음을 싫어하고 있습니다. 이것이 제가 극복해야 할 과제임을 잘 알겠습니다."

"끝까지 솔직하게 자기감정을 나타내 주어 고맙습니다. 그래도 내가 지금까지 여동우 씨에게 말한 보람이 전연 없는 것은 아닌 것 같으니 그것으로 만족할 뿐입니다."

"선생님, 죄송합니다. 저도 제가 너무 당돌하고 되바라졌다는 것을 잘 알고 있습니다. 보통 노인 같으면 호통을 쳐서 내쫓으셨을 텐데 선생님께서는 이 당돌한 저를 끝까지 참아 주시고 일깨워 주셔서 정말 고맙습니다. 앞으로도 가끔 찾아와서 수련을 해도 되겠습니까?"

"물론입니다. 나한테서 오행생식을 구입하는 한 이곳에 와서 수련할 자격은 누구에게나 있습니다."

"선생님, 고맙습니다. 안녕히 계십시오."

〈100권〉

치과에 안 가고도 치통에서 벗어나는 법

우창석 씨가 말했다.

"선생님께서는 치과에 안 가고는 치과 질환이나 치통에서 벗어날 수는 없다고 최근에 『선도체험기』에서 말씀하셨죠?"

"그랬죠."

"지금도 그렇게 생각하십니까?"

"아닙니다. 지금은 좀 생각이 달라졌습니다. 바로 얼마 전까지만 해도 치과 질환은 치과에 가서 진찰을 받고 충치라면 벌레 먹은 부분을 도려내고 땜질을 하든가, 그러기에는 너무 심하게 손상되었을 때는 크라운이라는 왕관 비슷한, 금속으로 만든 것을 그 치아에 씌웁니다. 만약에 그렇게 할 수 없을 정도로 심하게 상했을 때는 그 부분을 깎아내고 임플란트라고 하여 치근(齒根)에 나사를 박고 새로운 인공 치아를 만듭니다.

그러나 그렇게 할 수 없을 정도로 치근까지 상했을 때는 아예 치아 전체를 뽑아내고 의치(義齒)를 해 넣습니다. 그리고 치은염이나 치주염이 생겼을 때는 그곳의 신경을 차단함으로써 치통에서 벗어나게 합니다. 이렇게 하는 것이 치과에서 시술할 수 있는 의술의 전부입니다."

"그러나 선생님, 그러한 진료 과정은 치과 질환을 근본적으로 치료하는 방법은 아니지 않습니까?"

"그렇습니다. 치과 질환을 근본적으로 치료한다기보다는 지금까지 진
행된 질환이 더이상 진행되지 않게 중단시키는 임시방편밖에는 안 됩니
다. 그리고 치은과 치주에 문제가 생겨 통증을 느낄 때도 단지 그 부위
의 신경을 차단함으로써 통증을 느끼지 않게 하는 것이 고작입니다.

그러니까 치과 이외의 다른 오장육부의 질병처럼 선도수련으로 개선
을 시킬 수 있는 여지가 전연 없었다는 것이 지금까지의 내 체험이었습
니다. 다시 말해서 다른 장기처럼 세균이나 바이러스에 감염되었을 때
치료약이나 운기(運氣)로 그 세균이나 바이러스를 퇴치함으로써 해당
장기를 원상회복할 수 있는 길이 치과에는 전연 적용되지 않는다는 겁
니다.

나는 그 사실을 『선도체험기』에 실었습니다. 그랬더니 삼공재에 가끔
나와서 수련하는 한 비구니 스님이 소리쟁이라는 야생풀을 말려서 빻은
가루를 가져다주면서 이것을 치약 대신에 칫솔에 묻혀서 이를 닦을 때
쓰라고 했습니다."

"써 보셨습니까?"

"네, 써 보았습니다."

"어떻습니까? 과연 효과가 있던가요?"

"6월 20일부터 지금까지 5개월 동안 써 오고 있는데, 치과에 가서 신경
치료를 받았을 때는 좀 나았다가도 시간이 지나면 다시 도지곤 하던 치
통이, 소리쟁이(또는 소루쟁이라고도 함) 가루를 쓰고부터는 치통이 재발
하는 일은 없어졌고, 치통이 날이 갈수록 점점 더 완화되어 갔습니다.

그뿐 아니라 치아가 시큰거려서 음식을 제대로 씹을 수 없었는데, 이

제는 그 시큰거리는 것이 없어지고 어떤 음식이든 마음대로 씹을 수 있게 되었습니다. 다른 것은 모르겠는데 잇몸병에는 틀림없이 효과가 있는 것 같습니다. 양치질할 때마다 그것을 치약 대신 쓰면 입맛이 쓰고 치아가 다소 누우래지는 단점이 있기는 하지만 그것쯤은 시큰시큰하던 잇몸과 단단해지고 음식을 마음대로 씹어서 삼킬 수 있는 것에 비하면 그 정도의 수고는 얼마든지 참을 수 있을 것 같습니다.

더구나 신경 치료할 때 마취 주사 놓고 치아를 긁어낼 때의 소름 끼치는 불쾌감에 비하면 이 정도의 불편은 아무것도 아닙니다. 그동안 내가 소리쟁이 가루를 치약 대신 써 본 결과 들떠 있던 잇몸이 점점 단단해지면서 통증이 날이 갈수록 사라져가는 것은 확실합니다."

"그럼 그 소리쟁이 가루를 어디 가면 구할 수 있습니까?"

"그것을 가져다준 비구니 스님에게 그것을 어디 가면 구할 수 있느냐니까 가르쳐 주지는 않았습니다. 그래서 내 서재에 있는 1993년 판 고경식 저, 우성문화사 발간 『야생식물생태도감』이라는 책을 구하여 찾아보았더니 그 책 50쪽에 소리쟁이라는 야생식물의 천연색 사진과 함께 다음과 같은 설명이 실려 있었습니다.

소리쟁이(또는 소루쟁이)

전국적으로 길가나 빈터의 습지, 논, 밭둑 등에서 흔하게 자라는 다년생 잡초. 뿌리는 굵고 곧게 뻗는다. 줄기는 길이 50~100cm이며 곧게 서고, 얕은 홈이 있으며 보라색을 띠기도 한다. 뿌리에서 난 잎은 길이 30cm 정도까지 이르며 잎자루도 길다. 줄기의 잎은 어긋나며 잎자루가 짧다. 꽃은 6~7월에 피며 줄기 상부에 원추상의 꽃차례를 이룬다. 꽃받

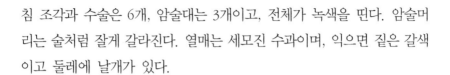

침 조각과 수술은 6개, 암술대는 3개이고, 전체가 녹색을 띤다. 암술머리는 술처럼 잘게 갈라진다. 열매는 세모진 수과이며, 익으면 짙은 갈색이고 둘레에 날개가 있다.

소금이 충치를 예방, 치료할 수 있을까?

이런 일이 있은 지 얼마 후에 삼공재에 자주 나오는 김영준 씨가 책한 권을 가져다주면서 '선생님께서는 이 책을 꼭 읽어 보셔야 할 것 같아서 구해 왔습니다' 하더군요. 박하산 지음, 예예원 발간 『치통, 이앓이여, 치과에 가지 마라』는 특이한 제목을 단 책이었습니다.

214쪽밖에 안 되는 얇은 책인데 읽어 보니 이 책의 저자가 충치로 고전을 하다가 치과에 가서 치아를 뽑고 나서도 낫지 않아 고통을 겪던 중 소금을 치약 대신 쓰기도 하고, 충치로 치통이 심할 때는 이쑤시개보다 더 가늘게 대나무를 깎아서 죽염을 묻혀서 충치가 있는 치아 사이 즉 병소(病巢)가 자리잡는 포켓을 통과하게 하여 그 부위에 죽염이 많이 스며들게 했다고 합니다.

그의 경험에 따르면 치아를 갉아먹는 벌레에게는 소금이 극약이라고 합니다. 따라서 벌레 먹은 치아 부위인 포켓에 소금만 계속 침투시키면 충치는 박멸될 수 있다는 것입니다. 이것이 사실이라면 치과계에는 과히 혁명적인 사건이 아닐 수 없을 것입니다.

그는 이러한 방법으로 치통과 함께 충치까지 치료하는 과정을 꼼꼼히 적어 놓았습니다. 저자는 이 책을 서술하는 데 있어서 이 방면에는 우리보다 한 발 앞서서 이러한 방법을 창안한 일본의 한 치과의사의 임상 실험 사례들과 통계들을 많이 인용하고 있었습니다."

"소금만 써서 과연 충치로 인한 치통이 치료될 수 있을까요?"

"저자는 그럴 수 있다고 다년간의 자기의 체험을 바탕으로 자신 있게 말하고 있습니다. 이렇게 말만 해 보았자 무슨 소용이 있겠습니까? 소금은 어느 집안에서나 얼마든지 구할 수 있는 것이고 설사 죽염을 쓴다고 해도 금전적으로 크게 부담이 될 정도는 아니니까, 우선 저자의 주장대로 실천을 해 보기로 했습니다."

"실천해 보시니까 과연 효험이 있던가요?"

"7월 8일부터 나는 소리쟁이와 함께 김영준 씨가 구해 온 죽염을 쓰기 시작했습니다. 처음에는 소리쟁이로 한 번 이를 닦고 나서 다시 죽염으로 이를 닦았습니다. 그렇게 며칠을 해 보니까 한끼에 이를 두 번씩 닦아야 하는 번잡함을 줄이기 위해서 소리쟁이 가루에다가 죽염을 섞어서 쓰기 시작한 지 지금 넉 달이 되었습니다."

"그동안에 과연 달라진 데가 있습니까?"

"확실하게 말할 수 있는 것은 이제는 시큰시큰하던 치아가 정상으로 돌아왔고 어떤 음식도 마음 놓고 씹어 먹을 수 있게 되었다는 것입니다. 그러나 아직도 크라운을 씌운 치아 부위가 민감(敏感)한 것은 그대로입니다. 이 민감한 것이 없어지면 과연 큰 효과가 있다고 장담할 수 있을 것 같습니다."

"민감하다는 것은 무슨 뜻입니까?"

"금속 젓갈로 치아를 두드려 보아서 크라운을 씌운 치아도 다른 치아와 꼭 같이 아무 감각도 느끼지 않을 정도가 되어야 한다는 뜻입니다. 나는 시간이 1년이 걸리든 2년이 걸리든 소금 치료를 계속해 볼 작정입니다. 특별히 돈이 드는 것도 아니고 성의만 있으면 누구나 할 수 있는 일이므로 수련을 하는 심정으로 계속해 볼 작정입니다."

"그 소금 치료법이 효과를 발휘하여 충치 치료에는 속수무책인 현대 치과의 한계를 극복할 수 있는 계기가 될 수 있었으면 얼마나 좋겠습니까?"

"하긴 6·25 때까지도 우리는 치약 대신에 소금으로 이를 닦는 경우가 많았습니다. 소금으로 이를 닦으면 이가 튼튼해진다는 말은 익히 들어 왔습니다. 우리 조상님들은 순전히 체험으로 소금이 치아에 좋다는 것을 알고 있었습니다. 그렇다면 바로 그 소금을 보다 과학적으로 그리고 적극적으로 이용해 볼 필요가 있지 않을까 하는 생각이 듭니다."

수행과 성(性)

우창석 씨가 말했다.

"선생님, 제가 지금 수련이 어느 정도 진행되었는지 제 스스로 검증을 해 보고 싶은 데 어떻게 하면 되겠습니까?"

"수련에는 여러 단계가 있는데, 우창석 씨는 자신이 어느 단계에 도달했다고 생각합니까?"

"구도자들의 공동의 목표는 생로병사의 윤회에서 벗어나는 것이라고 봅니다. 제가 과연 그 경지에 도달했는지 제 스스로 확인해 보고 싶습니다. 어떻게 하면 되겠습니까?"

"그렇다면 사전에 내가 몇 가지 질문을 하겠습니다. 우창석 씨는 결혼을 했습니까?"

"물론입니다."

"자녀는 몇입니까?"

"둘입니다. 큰애가 딸이고 다음이 아들, 남매입니다. 딸은 중학교 2학년이고 아들은 초등학교 4학년입니다."

"그렇군요. 우창석 씨는 지금도 섹시한 여자를 보면 남성이 발기합니까?"

"네. 가끔씩."

"그렇다면 아직은 생사윤회에서 벗어난 것은 아닙니다."

"어떻게 하면 생사윤회에서 벗어났다고 할 수 있습니까?"

"아무리 요염한 여자가 유혹을 해도 남성이 전연 발기가 되지 않아야 생사윤회에서 벗어났다고 할 수 있습니다."

"그건 어째서 그렇습니까?"

"남성이 발기한다는 것은 아직도 이 세상의 여성을 품을 수 있고, 자신의 핏줄을 생산할 능력이 있다는 것을 말합니다. 그것은 아직도 이 세상에 미련이 있기 때문입니다. 속담에 '팔십 노인도 문지방을 넘을 힘만 있으면 능히 여자를 품을 수 있다'는 속담이 있습니다. 그 노인은 비록 문지방을 넘을 힘밖에는 없어도 여자와 합방하여 자식을 생산하는 데는 비상한 초능력을 구사할 수 있다는 뜻입니다. 그건 사실입니다.

한번 끌려 들어갔다 하면 살아서는 도저히 나올 수 없다는 북한의 정치범 수용소에서 하루에 한끼도 제대로 얻어먹지 못해 피골이 상접하여 언제 굶어 죽을지 모르는 남녀 피수용자들 중에도 어떻게 해서든지 틈만 나면 감시병들의 눈을 피해 번갯불에 콩 구워 먹듯, 여자 수용자들과 짝짓기를 해치우는 일이 빈번하다고 합니다.

자신들의 생명이 위기에 처할수록 후세를 남겨 놓으려는 동물적인 본능 때문입니다. 이렇게 하여 임신한 여성 죄수가 발견되면 감시병들은 수술 도구도 없이 식칼 같은 것을 바위에 갈아서 마취도 하지 않고 강제로 임산부의 배를 갈라 태아를 끄집어내어 잔인하게 땅바닥에 패댕이쳐 죽인다고 합니다. 이런 일이 20만 명 정도씩 수용된 북한의 13개 정치범 수용소에서는 다반사로 벌어지고 있다고 합니다. 이 사실이 수용소를 구사일생으로 빠져나온 탈북자들의 고발로 세상에 알려져, 유엔 인권위원회에서 채택된 북한 인권에 대한 대북 규탄 결의문에서도 태아 살해가 문제가 되고 있습니다.

하여튼 그것은 그렇다 치고 본론으로 돌아와, 인간에게는 생식 본능이

257

그처럼 끈질깁니다. 그리고 자식을 생산하는 능력이 있다는 것은 아직도 그만큼 이 세상에 대한 관심과 미련이 강하다는 뜻입니다. 그러나 비록 40대 장년이라고 해도 지극정성으로 용맹정진 수련 끝에, 제아무리 매력적인 여자가 유혹을 해도 남성이 전연 발기하지 않을 정도로 수련이 진행되었다면 그 사람은 이미 윤회에서는 확실히 벗어났다고 할 수 있습니다."

"어떻게 하면 그러한 경지에 도달할 수 있습니까?"

"수련이 연정화기(煉精化氣)를 넘어 연기화신(煉氣化神)을 거쳐, 연신환허(煉神還虛)의 경지에 도달해야 합니다."

"어떤 것이 연정화기이고 또 어떤 것이 연신환허인지 알고 싶습니다."

"연정화기는 수행자의 의지에 따라 접이불루(接而不漏)할 수 있는 경지입니다. 다시 말해서 여성과 합방한 상태에서도 자신의 의지에 따라 사정(射精)을 할 수도 있고 안 할 수도 있는 경지입니다. 그러나 연신환허에 도달한 수행자는 제아무리 요염한 여자가 유혹을 해도 남성 자체가 전연 발기를 하지 않습니다."

"과연 그런 일이 현실적으로 일어날 수 있을지 의문입니다."

"물론 잘 이해가 되지 않을 것입니다. 그럼 이해를 돕기 위해 중국 선종사(禪宗史)에 전해 내려오는 이야기를 한 토막 소개하겠습니다. 당나라의 측천무후(則天武后)가 직접 실험한 에피소드입니다. 하루는 측천무후가 당대에 서로 명성을 다투는 두 큰 스님을 궁중에 초대했습니다. 신수(神秀) 대사와 혜안(慧安) 선사입니다.

측천무후는 궁중 목욕탕 중, 두 개의 독탕에, 궁 안에서 가장 요염한 두 시녀를 각 독탕에 하나씩 실오라기 하나 걸치지 못하게 하여 들어가게 하고, 뒤이어 이들 두 선사들 역시 맨몸으로 그 독탕 안에 각각 들어가게 하고는, 궁녀들로 하여금 그들을 하나씩 맡아 온몸을 구석구석 안마해 주고 골고루 씻고 닦아 주게 했습니다. 측천무후는 사전에 그 독탕에 비밀리에 구멍을 뚫어 안에서 일어나는 동정을 샅샅이 살피고 있었습니다. 그 결과 다음과 같은 현상이 나타났습니다.

신수 대사는 시녀의 손이 자신의 몸에 닿자마자 곧바로 그의 양물에 발동이 걸려 힘차게 고개를 처들었습니다. 그렇지만 혜안 선사의 양물은 미동도 하지 않았습니다. 그는 누가 자기 몸에 손을 대건 말건 아랑곳없이 시녀가 하는 대로 몸을 맡기고 있을 뿐이었습니다.

물론 측천무후가 이들 스님들을 궁중 독탕에 초대하여 예쁜 시녀를 하나씩 배당하여 시중을 들게 한 것은 이들 스님들이 그녀들을 어떻게 다루어도 상관치 않겠다는 묵계가 성립되어 있었음은 두말할 것도 없습니다. 그러나 신수 대사는 자신의 본능적인 욕구를 끝까지 다스릴 수 있었습니다. 한편 혜안 선사는 어떻게 되었을까요? 그는 시녀의 손길이 그의 온몸을 골고루 안마를 하고 그의 몸을 구석구석 빼놓지 않고 씻어 주고 닦아 주건 말건 상관없이, 그의 양물은 전연 반응을 보여 주지 않았습니다.

처음부터 끝까지 마음장상(馬陰藏相) 그대로 있었습니다. 마음장상이란 평상시의 말의 생식기처럼 양물이 안으로 오그라든 채 자기 몸속에 숨겨져 있는 형상을 말합니다. 양쪽 독탕 내부 사정을 처음부터 끝까지 꼼꼼히 살펴본 측천무후는 혜안 선사를 그녀의 신변 가까이 두고 진정한 스승으로 평생 모셨다고 합니다."

"그렇다면 신수 대사는 어떻게 된 것입니까?"

신수(神秀) 대사와 혜안(慧安) 선사

"내가 보기에는 그의 수련도 상당한 경지에 도달했다고 봅니다."

"어느 경지에까지 도달했다고 볼 수 있을까요?"

"연정화기(煉精化氣)의 경지입니다. 연정화기란 글자 그대로 정(精)을 연마하여 기(氣)로 승화시키는 단계입니다. 현내인이 알아듣기 쉽게 말하면 생식(生殖)을 위해 써야 할 정액을 연마하여 수련에 도움을 주는 수련 에너지로 승화시키는 것을 말합니다.

신수 대사는 시녀의 손이 자기 몸에 닿자마자 자신의 남성이 힘차게 발동했지만 끝까지 참고 시녀에게 손끝 하나 대지 않았습니다. 자신의 의지력으로 성욕을 제압할 수 있었던 것입니다. 다시 말해서 신수 대사는 그때는 비록 성욕을 누를 수 있었지만 마음이 바뀌면 그 반대가 될 수도 있었던 것입니다.

그러나 혜안 선사의 경우는 좀 달랐습니다. 그는 신수 대사와는 달리 처음부터 끝까지 전연 성욕으로 인한 갈등을 느끼지 않고 성욕 자체를 아예 망각하고 있었던 것입니다. 이것이 말하자면 연신환허(煉神還虛)의 경지입니다."

"그러나 선도수련을 해 본 일이 없는 측천무후가 어떻게 그것을 알아챌 수 있었을까요?"

"역시 그녀 특유의 슬기롭고 예민한 직감으로 혜안 선사의 수련의 경지를 감지할 수 있었던 것입니다."

"우리나라에는 그와 비슷한 이야기가 없는가요?"

"혹시 송도삼절(松都三絶)을 아십니까?"

"황진이, 서경덕 선생, 박연폭포 말입니까?"

"맞습니다. 그중에서 황진이와 서경덕 선생 얘기가 유명합니다. 황진이는 비록 기생이기는 했지만 재색을 겸비한 문장가요 시인으로서 당대 최고의 지성인이었을 뿐만 아니라 뭇 한량들에 선망의 표적이기도 했습니다. 지금으로 말하면 연예계 최고 스타와 비교되는 존재였습니다.

황진이는 그 당시 30년 적공(積功)으로 도계(道界)의 독보적인 존재로 널리 알려졌던 지족선사(知足禪師)를 단 한 번의 유혹으로 보기 좋게 함락시킨 후에, 선도(仙道)의 거장이었던 서경덕(徐敬德) 선생에게 과감하게 도전장을 냈습니다.

그러나 화담(花潭)이라는 경치 좋은 곳에 수행처를 마련하고 혼자 기거하고 있던 서경덕 선생에게 황진이는 이슥한 밤에 찾아와 주효(酒肴)와 거문고와 노래로 장장 사흘 밤을 유혹했지만 요지부동이었습니다. 하루는 서경덕 선생에게 요행히도 술을 거듭 들게 하여, 잠시 취하여 비스듬히 누어 깜박 잠이 들게 했습니다.

이때 황진이는 그가 혹시 고자가 아닌가 하고 서경덕 선생의 양물에 손을 가져갔다가 깜짝 놀랐습니다. 쇠덩이처럼 단단한 물건이 감촉되었던 것입니다. 그 후 그녀는 그때의 감회를 '기고여철(其固如鐵)'이라는 기록으로 남겼습니다. '그것의 단단하기가 마치 쇠덩이 같았다'는 뜻입니다."

"그렇다면 서경덕 선생의 수행은 어느 경지에 도달해 있었다고 말할 수 있을까요?"

"내가 보기에는 분명히 연정화기(煉精化氣)의 경지에 도달해 있었던 것이 틀림없습니다."

"무엇을 보고 그렇게 말할 수 있습니까?"

"수행자가 일단 연정화기를 성취하면 그의 의지 여하에 따라 얼마든지 정(精)을 기(氣)로 바꿀 수 있습니다. 동시에 아내와 합방을 할 경우에도 자신의 의지에 따라 사정을 할 수도 있고 안 할 수도 있다는 뜻입니다. 그러니까 독신자의 경우엔 아무리 여자가 유혹을 해도 내키지 않으면 얼마든지 거절할 수 있다는 뜻입니다.

다시 말해서 본능적인 성욕에 휘둘리는 일은 있을 수 없다는 뜻입니다. 그렇기 때문에 지족선사는 30년 적공에도 불구하고 단 한 번의 유혹에 황진이에게 무너졌지만, 서경덕 선생은 사흘 밤이나 계속된 그녀의 도전에도 끄떡도 안 할 수 있었던 것입니다.

수행자에게 있어서 성행위야말로 생사윤회로 떨어지는 관문입니다. 남녀 합방으로 자녀를 생산하는 것은 이 세상에 자신을 붙들어 매는 업연을 만드는 작업이기도 합니다.

생식(生殖)에 대한 본능적 욕구는 나이와 노쇠와는 관계없이 끈질기다는 것을 알아야 합니다. 이 세상에 남자와 여자가 존재하는 것도 바로 자손 번식을 위해서입니다. 만약에 지구상의 남자와 여자가 어울려 짝짓기를 하여 아이를 생산하지 않는다면 인류는 미구에 멸종되고 말 것입니다. 그러나 남녀의 짝짓기가 있는 한 그런 일은 결코 있을 수 없을 것입니다. 따라서 지구상에서 생로병사의 윤회는 지구가 존재하는 한 계속될 것입니다.

그러나 수행자는 어떻게 하든지 생사윤회에서 벗어나는 것을 우선 목표로 삼고 있습니다. 따라서 생사윤회에서 벗어나려면 무엇보다도 성욕에서 벗어나야 합니다. 성을 완전히 초월한 혜안 선사의 경지에 들어야 남자는 여자를 순수한 하나의 인격체로서 객관화하여 바라볼 수 있습니다.

연정화기의 경지는 생사윤회와 열반의 중간지대 또는 분수령과도 같은 위치입니다. 마음먹기에 따라 생사윤회와 열반을 왔다갔다할 수 있기 때문입니다. 그리고 혜안 선사처럼 연신환허(煉神還虛)를 성취하면 누생의 습(習) 때문에 꿈속이나 잠재의식에서라도 여자와의 합방을 원한다고 해도 양물은 발기하지 않습니다. 측천무후는 그녀 특유의 직감으로 이것을 알아채고 혜안 선사를 전적으로 신임하고 평생의 스승으로 모실 수 있었던 것입니다."

"그렇다면 왕조 시대에 궁중에서 내시로 쓰기 위해 고환을 제거하여 성불구자를 만들든가, 사마천(司馬遷)처럼 궁형(宮刑)과 같은 형벌로 고환을 제거당한다든가, 어렸을 때 벌거벗고 놀다가 짐승에게 불알을 뜯어먹혀 버린 경우라든가, 질병, 스트레스 또는 사고로 인하여 성불구자가 되면 본인의 의사와는 상관없이 성행위는 불가능하지 않습니까. 이런 경우는 연신환허와 어떻게 다릅니까?"

"가령 어쩔 수 없는 사정으로 거세를 당한 내시는 경제적인 여유는 있으니까 여자를 맞아 들여 아내로 삼았습니다. 다만 성행위만 없었을 뿐입니다. 그러나 그 내시는 다음 생에는 그것이 한이 되어 틀림없이 버젓이 결혼을 하게 될 것입니다.

그러나 수행자가 수련의 결과로 마음속에서 갈애(渴愛)가 사라져 성욕이 비워질 정도로 수행이 되었다면 다음 생에는 생사윤회에서 벗어나게 될 것입니다. 그리하여 하화중생을 위한 소원이 아닌 이상, 다시는 여자의 몸을 빌려 이 세상에 태어나는 일은 없게 될 것입니다.

석가모니는 생전에 제자들에게 다음과 같이 타일렀습니다.

'출가 수행자는 여인을 마주보지 말고, 함께 이야기하지도 말라. 만일 함께 이야기할 때는 똑바른 마음으로 〈나는 출가 사문이다. 혼탁한 세상에 태어났으나 연꽃이 구정물에 더럽히지 않는 것과 같아야 한다〉라고 생각하라. 그리고 나이 많은 여인은 어머니로 생각하고, 손위 여인은 누님으로, 어린 여자는 누이동생으로, 어린이는 딸과 같이 생각하고 제도하려는 마음을 낸다면 불순한 생각이 일어나지 않을 것이다.'

- 『사십이장경(四十二章經)』 -

또 『원각경(圓覺經)』에는 다음과 같은 글이 실려 있습니다.

'모든 중생에게는 갖가지 은애와 애정과 탐심과 음욕이 있어 생사윤회한다. 음욕(淫慾)이 애정을 일으키어 생사가 되풀이된다. 음욕은 사랑에서 오고 생명은 음욕으로부터 생긴다. 음욕 때문에 마음에 맞거나 거스름이 생기고, 그 대상이 사랑하는 마음을 거스르면 미움과 질투를 일으키어 온갖 악업을 짓는다. 그러므로 중생이 생사의 괴로운 윤회에서 벗어나려면 먼저 탐욕을 끊고 갈애(渴愛) 즉 애정의 갈증에서 벗어나야 한다.'

바로 이 갈애야말로 음욕 즉 성욕의 원천입니다. 수행으로 이 음욕이 마음에서 사라져 버린다면 몸 역시 그에 적응하여 연신환허의 상태로 자연히 탈바꿈하게 되어 있습니다. 마치 음식을 완전히 끊어 버리고 수십 년 동안 공기만 마시고 사는 사람은 항문이 퇴화하여 아예 막혀 버리는 것과 같은 이치입니다.

참고로 다음에 두 개의 불경 구절을 더 인용해 보겠습니다.

'모든 욕망 가운데서 성욕보다 더한 것은 없다. 성욕은 그 크기의 끝이 없다. 다행히도 그것이 하나뿐이었기 망정이지 둘만 되었더라도 이 세상에서 수도할 사람은 아무도 없을 것이다. 애욕을 지닌 사람은 마치 횃불

을 들고 바람을 거슬러 올라가는 것과 같아서, 반드시 화상을 입는다.'

- 『사십이장경(四十二章經)』 -

'애욕은 착한 법을 태워 버리는 불꽃과 같아서 모든 공덕을 없애 버린다. 애욕은 얽어 묶는 밧줄과 같고, 시퍼런 칼날을 밟는 것과 같다. 애욕은 험한 가시덤불에 들어가는 것과 같고, 성난 독사를 건드리는 것 같으며, 더러운 시궁창과 같은 것이다. 차라리 남근을 독사의 아가리에 넣을지언정 여자의 몸에 대지 말라.'

- 『사분율(四分律)』 -

구도자에게 있어서 성행위란 이처럼 생사윤회와 열반, 무명중생에게는 지옥과 천당을 결정짓는 엄청난 위험이 따르게 됩니다. 그런데도 영적 스승임을 자처하는 라즈니시와 같은 이는 그의 공동체인 아쉬람 안에서 제자들로 하여금 성을 완전 개방하여 수행의 수단으로 이용하려 했다가 끝내 그의 아쉬람을 성범죄, 살인과 성병의 소굴로 전락하게 하는 등 참담한 실패를 맛보았습니다.

그런가 하면, 이 땅에서는 아직도 백백교, 용화교 교주와 같이 여성 교도들을 상대로 엽색(獵色)과 성추행을 일삼는 사이비 교주들이 아직도 활개를 치고 있고, 그 피해자도 계속 늘어나고 있습니다. 실로 개탄을 금할 수 없는 일이 아닐 수 없습니다.

모두가 구도와 수행을 빙자한 추악한 성범죄입니다. 구도와 수행을 빙자하여 엽색과 성추행을 일삼는 것은 구들장을 등에 진 자가 물속에 뛰어들면서도 물위에 뜰 뿐만 아니라 하늘 높이 승천할 것이라고 주문을 외우는 것처럼 어리석은 짓이 아닐 수 없습니다."

"지금까지 선생님께서는 남성 구도자들만을 상대로 이야기를 하셨는데, 여성 구도자들은 어떻습니까?"

"남성 구도자나 여성 구도자나 성만 다를 뿐 성욕을 느끼는 것은 별 차이가 없다고 봅니다. 과거에는 남성이 구애에 능동적이고 여성은 수동적이라고 여겨져 왔지만 요즘은 오히려 이러한 차이가 역전되는 현상이 일어나고 있습니다.

수련을 집요하고 끈질기게 밀고 나가는 면에서는 여성이 도리어 남성을 앞선다고 말할 수 있을 것입니다. 따라서 성욕을 이겨내는 데 있어서도 여성이 남성보다 우위에 있다고 봅니다. 요컨대 성욕에서 벗어나는 일이 수행의 요체라고 할 수 있습니다. 석가모니는 또 제자들에게 다음과 같이 말했습니다.

'이 세상 모든 중생들이 음란한 마음만 없다면 생의 고통에서 바로 해탈할 수 있을 것이다. 너희가 수도하는 것은 번뇌를 없애려는 것인데 음란한 마음을 끊지 않고는 절대로 번뇌에서 벗어날 수 없다. 설사 선정(禪定)이나 지혜가 생겼다고 해도 음행을 끊지 않으면 반드시 악마의 길에 떨어지고 말 것이다. 그러므로 음욕을 끊지 않고 수도한다는 것은 모래를 쪄서 밥을 지으려는 것과 같다. 음란의 뿌리를 몸과 마음에서 말끔히 뽑아 버리고 나서 뽑아 버렸다는 생각조차 없어야 비로소 깨달음의 길에 오른 것이다. 이와 같이 하는 말은 여래의 말이고 그렇지 않은 말은 악마의 말이다.'

- 『능엄경』 -

여기서 말하는 해탈은 곧 생사윤회에서 벗어나는 것을 말합니다."

"선생님께서는 오늘 유난히 불경을 많이 인용하십니다."

"음욕 즉 음란한 마음을 다스리는 문제에 관한 한 불경 이상으로 아주 구체적이고 집요하고 철두철미하게 추구한 예가 없기 때문입니다. 무슨 분야에서든지 앞선 곳이 있다면 우리는 그것이 불경이든 성경이든 사서삼경이든 코란이든 가리지 말고 이용할 수 있는 지혜를 구사해야 할 것입니다."

임신 중절과 그 인과응보

우창석 씨가 말했다.

"선생님께서는 『선도체험기』에서 임신 중절도 살인에 해당된다고 말씀하셨는데 그게 진짜 사실입니까?"

"사실이고말고요. 그건 엄연히 근친 살인입니다. 부모가 자식을 살인한 것에 해당되므로, 법률 용어로는 비속살인(卑屬殺人)에 해당됩니다. 정자가 난자 속에 수정되어 자궁 안에 자리를 잡는 순간 이미 하나의 생명이 정착되었다고 할 수 있으니까요."

"그럼 임신 중절을 실행한 태아의 부모는 어떤 업장을 쌓게 될까요?"

"요즘 언론에 보도되는, 자식이 부모를 살해하는 것과 같은 근친살인 즉 존속(尊屬)살인 사건이 그 좋은 실례입니다. 살해당한 태아는 그야말로 인도환생하려고 어렵고도 힘난한 전생의 과정을 거쳐 겨우 어미의 자궁에 착상했는데, 뜻밖에도 그 부모에 의해 보호는 받지 못할망정 임신 중절이라는 명목으로 끔찍하게 태아 상태로 살인을 당했으니, 그 원한이 뼛속에 사무쳐 그 복수를 하려고, 다음 생에는 기필코 그 살해당한 부모에게 태어나게 됩니다.

그리하여 마침내 그 부모에게 태어난 태아는 성인이 되어 전생에 살해당한 원한이 금생에는 무의식화되어 자기도 모르게 부모를 살해하는 존속살인이라는 끔찍한 범죄를 저지르게 되는 것입니다. 이 세상에, 아니 이 우주 안에는 원인 없는 결과는 있을 수 없으니까요."

"선생님, 그럼 임신 중절을 감행한 부모는 어떻게 해야 그런 존속살인의 범죄를 사전에 예방할 수 있을까요?"

"임신 중절을 한 후에라도 진정으로 그 잘못을 뉘우치고 참회를 해야 합니다."

"어떻게 말입니까?"

"먼저 부모로서의 도리와 의무를 다하지 못하고 태아를 살해한 죄를 그 태아의 처지에서 뼈저리게 뉘우치고 용서를 빌어야 할 것입니다. 그렇게 함으로써 그 태아가 부모에게 품었던 원한의 응어리를 반드시 풀어 버리게 해야 합니다."

"그 태아가 정말 부모에 대한 원한을 풀었는지는 어떻게 하면 알 수 있습니까?"

"그 뉘우침이 지극하여 태아의 영혼에게 감동을 주어야 합니다. 지성이면 감천이라고 했습니다. 지극한 정성을 다하면 하늘도 감응을 하게 되어 있는데, 부모 자식 사이에야 더 말해 무엇 하겠습니까? 그 정성이 통한다면 부모의 마음 역시 편안해질 것입니다. 그 편안한 마음으로 태아의 영혼이 원한을 풀었다는 것을 알 수 있습니다. 그 태아는 다음 생에는 부모에게 원수를 갚는 대신에 효도를 다할 수도 있을 것입니다."

〈102권〉

음식을 맛있게 먹는 비결

우창석 씨가 말했다.

"선생님 음식을 항상 맛있게 먹을 수 있는 비결이 있을까요?"

"있고말고요."

"그게 무엇입니까?"

"게걸이 감식이라는 말이 있습니다. 배가 고프면 어떤 음식도 맛있게 먹을 수 있습니다. 그리고 배고플 때 먹은 음식은 완전 소화를 할 수 있으므로 건강에도 여간 좋은 게 아닙니다."

"그러나 먹을 것이 늘 풍부한 현재와 같은 우리 사회에서는 늘 배고픈 상태를 유지하는 것도 결코 쉬운 일은 아니거든요."

"물론입니다. 그러니까 이 세상에 노력 안 하고 힘 안 들이고 신경 안 쓰고 이루어지는 일은 아무것도 없습니다."

"그렇다면 하루 세끼 식사를 할 때마다 늘 배고픈 상태를 유지하는 것은 여간 신경을 쓰지 않으면 힘들 것 같습니다."

"물론입니다."

"무슨 다른 비결이라도 있습니까?"

"비결은 딱 하나 소식(小食). 즉 적게 먹으면 됩니다. 하루 세끼 식사 때마다 늘 배고픈 상태를 유지하려면, 예컨대 아침 식사를 하고 나서 점심 식사 때까지는 아침 먹은 것을 완전 소화시킬 정도로만 먹으면 됩니다. 그런데 사람들은 아침 식사 때 자기가 좋아하는 음식이 나오면 정신없이 먹어 치우는 버릇이 있습니다. 이 때문에 결국은 과식을 하게 됩니다.

그러면 점심때 아무리 성찬이 나와도 입맛이 있을 리가 없습니다. 그러나 이때를 예상하고 비록 맛있는 음식이 나와도 적당히 먹은 사람은 점심때 입맛이 없어서 맛있게 먹지 못하는 일은 없을 것입니다. 건강관리라는 것은 다른 것이 아닙니다. 바로 끼니때마다 어떤 음식이 나오더라도 맛있게 먹을 수 있을 정도로 적당한 시장기를 유지하는 것을 말합니다."

"그런데 끼니때마다 꼭 배고픈 상태를 유지해야만 하는 특별한 이유라도 있습니까?"

"있고말고요. 사람의 식사 생리는 휴대전화와 비슷한 데가 있습니다. 한 번 충전한 배터리가 거의 다 소진되었을 때는 껌벅껌벅 신호가 옵니다. 바로 이때 충전을 해 주어야 합니다. 그런데 그렇게 하지 않고 미리 충분한 충전을 해 준다고 하여 아직 배터리가 덜 소진되었을 때 충전을 해 주면 기계에 무리가 가서 도리어 수명이 짧아집니다.

우리가 아침 먹은 것이 완전히 소화도 되기 전에 점심 식사를 한다면 체하거나 소화불량이 되기 쉽습니다. 이러한 상태가 자꾸만 거듭되면 소화 계통에 질병이 생기게 되어 있습니다. 그에 따른 부작용으로 비만, 당뇨, 고혈압, 고지혈, 심근경색, 중풍 등 난치병으로 번지게 됩니다.

따라서 과식은 만병의 근원입니다. 그러나 아침 먹은 음식이 완전 소화된 후에 점심을 들면 체하거나 소화불량에 걸릴 위험은 전연 없습니

271

다. 요즘 백세 이상 사는 무병장수하는 고령자 쳐놓고 소식하지 않는 사람은 하나도 없는 것만 보아도 알 수 있습니다."

"그러니까 폭음, 폭식, 대식하는 사람 쳐놓고 단명하지 않는 사람이 없는 것은 그 때문이군요."

"물론입니다. 소식을 하자면 절제, 인내, 지구력이 전제 조건이 되어야 합니다. 어찌 사람뿐이겠습니까? 거북이나 학 같은 십장생(十長生)에 속하는 동물들도 소식을 일상생활화 하니까 장수를 누릴 수 있습니다. 학을 해부해 보면 예외 없이 위 속에 음식물이 3분의 2 이상 차 있는 일이 없다고 합니다. 학이 얼마나 소식을 철저히 이행하고 있는가 하는 것을 잘 말해 줍니다.

이처럼 동물들도 할 수 있는 소식을 만물의 영장이라는 사람이, 그 사람 중에서도 진리를 깨닫겠다는 목표를 세운 구도자라고 하는 엘리트 집단에 속하는 사람이 못 한다는 것은 말이 안 됩니다. 수련을 하는 데는 건강이 필수적입니다. 이 건강을 유지하는 것이 바로 소식이라는 식사 방법입니다. 따라서 소식을 제대로 일상생활에 유지할 수 있느냐의 여부가 수련의 성패를 좌우한다고 할 수 있습니다."

"선생님께서는 요즘도 하루 두 끼 식사를 하십니까?"

"물론입니다."

"하루 두 끼 식사를 하신 지 얼마나 되었습니까?"

"2002년부터니까 벌써 9년째가 되었습니다."

"하루 두 끼 식사를 완전히 일상생활에 정착시키려면 몇 년이나 걸려야 합니까?"

"내 체험에 따르면 적어도 5년은 걸립니다. 그전에는 점심때만 되면

공연히 무엇을 잃어버린 것처럼 허전했는데 5년이 지나면서부터 그런 증상이 완전히 사라졌습니다. 그러나 심한 육체노동을 한다든가 등산을 할 때는 점심때 공복을 느낄 때가 있습니다. 이럴 때는 간단한 요기를 합니다. 무리할 필요는 없으니까요. 그러다가도 보통의 일상생활로 돌아오면 자동으로 점심은 안 하게 됩니다."

생존을 위한 살생과 천도

우창석 씨가 말했다.

"선생님, 육식을 하는 사람은 직접적이든 간접적이든 꼭 살생업을 짓는다고 말할 수 있을까요?"

"불교의 창시자인 석가모니의 논법대로라면 그렇다고 말할 수 있을 것입니다. 그러나 실생활에서 인간은 누구나 육식을 완전무결하게 피하기는 어려운 것이 현실입니다. 실례로 경작지가 없는 극지에 사는 에스키모인들은 육식을 하지 않으면 생존을 할 수 없습니다.

극지가 아니라도 농사가 되지 않는 중앙아시아 고지대 주민들 역시 양고기가 아니면 살아 나갈 길이 없습니다. 그곳 주민들이 식사를 할 때마다 살생업을 짓는다고 말할 수 있을까요? 나는 그렇지 않다고 봅니다.

그리고 우리나라의 경우를 살펴보아도 사찰 같은 데 들어가 절 음식을 먹지 않는 한, 그리고 자기가 직접 식재료를 사다가 음식을 만들어 먹지 않는 한, 일반 사회에서 곡채식만을 할 수 있는 곳은 어디에도 없습니다. 우리가 식사 때마다 먹어야 하는 김치나 찌개나 국을 예로 들어 보아도 채소만으로는 만들 수 없는 것이 사실입니다.

우선 김치는 대부분이 채소로 만들어진 것 같지만 새우젓, 멸치젓 같은 것이 들어가므로 완전한 채식은 못 됩니다. 국 역시 마찬가지입니다. 멸치 한 마리 안 들어가는 국은 절 음식이 아닌 이상 있을 수 없기 때문입니다.

　인간은 누구나 견치(犬齒)가 4개 정도 있습니다. 견치가 있다는 것은 인간은 곡채식뿐만 아니라 육식도 할 수 있는 잡식성 동물로 발달해 왔다는 것을 말해 줍니다. 치아수가 32개인데 견치가 4개라는 것은 적어도 우리가 먹는 음식의 12프로는 육식을 하도록 자연스럽게 치아가 발달해 온 것을 말해 줍니다."

　"그렇다면 인간은 전체 음식물의 12프로는 육식을 하도록 되어 있는 잡식성 동물이 아닙니까?"

　"그렇습니다. 생태 환경의 연결 고리에서도 인간은 잡식성 동물로 운명 지어져 왔습니다. 지구상에서 적어도 1백만 년 동안 그렇게 적응하여 살아온 인류가 불교라는 종교의 힘으로 잡식성 동물에서 채식 동물로 단시간 안에 탈바꿈시키기도 현실적으로 어려운 일입니다.

　나 역시 가능하면 살생을 피하기 위해 그리고 탁기가 많은 육식을 하지 말자는 취지에는 찬성하고 그렇게 실천하려고 애를 씁니다. 그러나 사찰에 들어가거나 나 혼자서 산속에서 홀로 오두막을 짓고 직접 식재료를 구해다가 음식을 만들어 먹으면서, 법정 스님처럼 홀로 살지 않는 한 이 사회에서 육식을 완전히 피하기는 사실상 불가능한 일입니다."

　"제가 선생님한테 묻고 싶은 것이 바로 그 점입니다. 이럴 때 살생을 상쇄하거나 모면할 수 있는 무슨 방법이 없을까요? 바로 그 점을 알고 싶습니다."

　"그럴 경우, 식사할 때마다 살생의 죄업을 짓는다고 가슴 아파하기만 할 것이 아니라 생존을 위해서 먹어야 하는 동물의 영혼을 그 대신 천도시켜 주면 될 것입니다. 그렇게 하여 동물과 인간은 상부상조하여 결국은 큰 하나로 합쳐지는 조화를 이루게 될 것입니다. 그러자면 구도자는

275

천도 능력을 키우는 데 힘을 기울여야 할 것입니다.

육도윤회에 휘말려 돌아가는 생명들 중에서도 축생들은 어차피 한 번 태어난 이상 다른 동물에게 잡아먹히지 않을 수 없다는 것을 본능적으로 알고 있습니다. 기왕에 죽을 바엔 영능력이 출중한 구도자의 먹이가 되어 그의 에너지를 보충해 주는 대신 그의 영능력에 의해 천도되어 다음 생엔 인간으로 태어날 수 있습니다. 우리 구도자는 이러한 동물의 영혼을 천도하기 위해서라도 수행에 가일층 정성을 기울여야 할 것입니다."

"실제로 인간의 음식으로 희생되는 동물령들이 구도자의 영능력에 의해 천도되는 일이 있습니까?"

"있고말고요. 얼마든지 있습니다. 동물령들 역시 인간의 영혼들과 마찬가지로 중음신이 되어 구천을 기약 없이 떠돌다가 어디에 영험한 도인이 나타났다는 소문을 들으면 그야말로 귀신처럼 알고 득달같이 모여들게 됩니다. 더구나 그러한 구도자의 먹이가 되는 것을 그야말로 대박이 터졌다고 좋아합니다."

"그처럼 영험한 구도자는 꼭 육식을 해야만 그 동물의 영혼을 천도할 수 있습니까?"

"그렇지는 않습니다. 인연이 있으면 그 인연의 연줄을 타고 들어와 그 구도자에 의해 천도를 받을 수도 있습니다."

"동물이 유능한 구도자의 천도를 받으면 다음 생은 어떻게 됩니까?"

"인간으로 태어날 확률이 높습니다. 아귀, 지옥, 축생, 아수라, 인간, 천상의 육도윤회 중에서도 인간계에는 그나마도 생로병사의 윤회의 고통에서 벗어날 수 있는 기회가 가장 많기 때문입니다."

"무엇 때문이죠?"

276

"인간계는 윤회의 고통에서 벗어날 수 있는 하나의 거대한 도량(수련
장)이기도 하니까요."

〈103권〉

책을 주시려는 뜻을 새기며

선생님, 방금 『선도체험기』 102권 원고 교열 끝냈습니다. 오늘 다 못 할 줄 알았는데, 다행히도 바쁜 일이 없어 교열에 집중할 수 있었습니다. 이따 병원에 들러 어머니 뵙고 논현동으로 출발하면 저녁 8시쯤 도착할 거 같습니다.

선생님께서 빠진 책을 다 주시려는 것이 열반을 생각해서라는 말씀이 자꾸 생각났습니다. 속으로는 제가 수련에 정진하여 한소식하길 바라시는 마음이 크실 텐데 하는 생각도 듭니다.

매번 원고 교열할 때마다 수련에 대한 열의가 피어오르다가 주변 일에 휘둘려 놓치고 말기를 반복해 왔으니, 이 점 변명의 여지가 없습니다. 한편으론 선생님께 저에게 생긴 일들을 다 말씀드릴까 하다가 선생님께 들을 말씀을 잘 아는 터라 잠자코 있었습니다만, 차라리 고해성사처럼 할 걸 그랬나 싶기도 합니다.

올해, 병원에 입원한 적이 없던 어머니가 림프종으로 7개월간 입원하시니 그동안 경황이 없었고, 엎친 데 덮친 격으로 아들의 방황은 저와 집안 분위기를 힘들게 만들었습니다. 그래도 평소 생활행공하는 덕에 견뎌 왔고 이것이 수련에 소홀하게도 했고 반대로 자극을 주기도 했습니다. 여기에 어제 선생님의 말씀을 돌이켜보니 이제는 더이상 늦추면 안 되는 상황에 처한 듯합니다. 부디 선생님을 오래오래 뵙길 앙망하며, 수련에 정진할 것을 약속드립니다.

2011년 10월 24일
방준필 올림

【필자의 회답】

방준필 씨가 삼공재에 처음 나타난 것은 1994년 5월 6일이고 그 무렵부터 『선도체험기』가 나올 때마다 교정을 보기 시작했으니 벌써 17년이 되었습니다. 방준필 씨가 교정 본 『선도체험기』도 24권부터 시작하여 102권째 교정을 마쳤으니 78권이나 됩니다.

그 긴 세월 동안, 아무리 자발적으로 해 주었다고 해도 아무 보상도 못 해 주었으니 단지 고마울 따름입니다. 그전에는 인생 70은 고래희라고 하여 고희(古稀)라고 했지만 지금은 평균 수명이 연장되어 80세가 고희가 되었습니다. 내 나이 이미 80이니 주변을 정리할 때가 되었고 방준필 씨에게는 고마움의 표시로 『선도체험기』라도 한 질 남겨 놓으려고 한 것뿐입니다.

국제종교문제 연구가 탁명환 씨는 생전에 나와 왕래가 좀 있었습니다. 그는 남에게 자신의 저서를 기증할 때 "지금 살고 있는 하루하루를 이생의 마지막 날처럼 하소서" 하고 써 주었습니다.

그러나 막상 그분이 갑자기 타계한 후에 그분과 나 사이에 해결되어야 할 일이 있어서 그의 사무실에 찾아간 일이 있습니다. 그의 아들이 부친의 일을 인계받아 일하고 있었습니다. 그런데 나하고는 생면부지여서 아무 말도 못하고 돌아온 일이 있습니다. 그의 아버지 생전에 나에 대해서 들은 일도 없으니 그럴 수밖에 없었습니다.

또 이런 일도 있었습니다. 2003년 사는 집을 헐고 새집을 짓게 되었을 때 근처 다세대 주택에 1년간 이사를 해야 했습니다. 문제는 천여 권 되는 나의 장서를 어떻게 하느냐였습니다. 그때 삼공재에서 수련을 한 일이 있는 이규행 씨에게 의논했더니, 친지가 선도도서관을 열 예정으로 책을 모으는 중이니 거기에 기증하라고 하기에 그러기로 했습니다. 그 대신 나는 도서관이 개관되면 그곳에 가서 언제나 내가 기증한 책을 볼 수 있게 하기로 했습니다. 그런데 그가 갑자기 타계하는 바람에 지금은 그 책의 행방조차 알 수 없게 되었습니다.

이런 일이 되풀이되어서는 안 되겠다는 생각이 들었을 뿐입니다. 수련 덕분인지 나는 아직은 건강한 편입니다. 단지 나와 각별한 관계를 유지하던 친지들이 대부분 나보다 연하이면서도 자꾸만 유명을 달리하니 나 역시 하루하루를 이생의 마지막 날처럼 진지하고 유감없이 살고 싶었을 뿐 다른 뜻은 없습니다.

자친(慈親)의 병환과 아드님의 문제로 고생이 많겠지만 부디 이 역경들을 디딤돌 삼아 비상(飛翔)의 계기로 이용하는 수행자의 본분을 지켜 주기 바랍니다.

〈104권〉

기맹(氣盲)에서 벗어나는 길

우창석 씨가 말했다.

"선생님, 요즘 수행자를 가장한 어떤 사람이 삼공재에 잠입하여, 수행자들이 좌정하고 수련에 들어가기 전에 선생님에게 절하는 것을 마치 선생님께서 절을 강요라도 하는 듯이 비꼬는 듯한 글을 인터넷에 올렸다고 합니다. 선생님께서 처음 찾아오는 수행자에게 절을 강요하시지는 않으셨겠지만 혹시 절하는 것을 은근히 권유하거나 방치하신 일은 없으셨습니까?"

"천만에요. 내가 할일이 없어서 그런 짓을 하겠습니까? 은근히 절을 권유하기는커녕 절에 익숙지 않은, 처음 찾아오는 수행자가 절하는 것을 나는 적극 만류하고 있습니다. 나는 삼공재에 처음 찾아오는 수련자들에게서 절 받기를 극구 사양합니다. 그들은 책을 읽거나 소문을 듣고 수련에 대한 호기심으로 나를 찾아왔을 뿐이지 나와는 사제지간(師弟之間)이 아니기 때문입니다.

아직 사제지간도 아닌데 사제지간에나 주고받는 절을 받는 것은 나로서는 거북하기도 하고 이치에 맞지도 않는 일입니다. 그리고 나는 진정으로 내 제자가 된 사람이 아닌 사람이 절하는 것을 절대로 원하지 않습니다.

내가 이 세상에서 제일 싫어하는 것이 무엇인지 아십니까? 주는 것이 없이 공짜로 받는 겁니다. 이유도 없이 남의 절을 받은 것은 남에게 주는 것도 없이 공짜로 물건을 받는 것과 같은 짓입니다. 내가 제일 싫어하는 일을 내가 좋아할 리가 있겠습니까?"

"그럼 삼공재에 찾아오는 사람들이 진짜 제자인지 아닌지 어떻게 한눈에 금방 알아보실 수 있습니까?"

"물론입니다."

"그걸 어떻게 알아낼 수 있습니까?"

"삼공재에는 원래 기문(氣門)이 열리지 않은 사람은 찾아오지도 않습니다. 일단 기문이 확실히 열린 사람이 이곳에 오면 강한 기운을 받거나 막혔던 경혈이 열리어 운기조식이 활발해지게 되어 있습니다.

그 순간에 그는 자기도 모르는 사이에 무엇인가를 깨닫고 자발적으로 내 제자가 되어 버리고 맙니다. 이런 사람들은 기운 받은 것이 하도 고마워서 내가 절을 하지 말라고 기를 쓰고 말려도 끝끝내 절을 하고야 맙니다. 간혹가다가 나한테서 기운 받은 그 순간의 감격에 겨워서 눈물을 흘리는 사람도 있습니다. 마치 미아가 잃었던 젖어미를 되찾은 듯이.

이처럼 제자와 스승 사이에서 이루어지는 자연스러운 인정의 흐름인 인사법을 억지로 막는 것은 이치에도 맞지 않는다고 봅니다. 그런데 개중에는 수행자를 가장하여 몰래 숨어 들어오는 경우가 가끔 있는데 이런 사람들은 남들이 절을 하니까 마지못해 절을 한 것이 아까울 수밖에 없습니다.

나는 그런 사람들에게는 어떻게 하든지 절을 하지 못하게 만류합니다.

그런데 그날 삼공재에 잠입한 사람을, 나는 다른 일에 신경을 쓰다가 미처 알아보지 못하고 끝까지 절을 하지 못하게 막지 못한 것은 분명 나의 큰 불찰이었습니다."

"만약에 그 잠입했던 사람이 기문(氣門)이 열렸어도 그런 글을 인터넷에 올렸을까요?"

"그렇지 않을 것입니다. 그는 틀림없이 기문이 열리지 않았을 것입니다."

"기문이 열린다는 것은 무엇을 말합니까?"

"기문이 열린다는 것은 기를 느끼는 것을 말합니다. 기를 느낌으로써 구도자는 처음으로 선도의 첫 관문의 문턱을 넘어서게 됩니다."

"그렇다면 그 잠입자는 기맹(氣盲)이 아닐까요?"

"그럴지도 모르죠."

"기맹이 아니면 인터넷에 그런 글을 쓰지도 않았을 겁니다. 이 기회에 기맹이 무엇인지 설명 좀 해 주시겠습니까?"

"눈 뜬 사람만 사는 나라에 시각 장애인들이 갑자기 뛰어 들어갔을 때 벌어지는 위화감을 상상해 보세요. 얼마나 불편하겠습니까? 글을 모르는 것을 문맹(文盲), 색깔을 가릴 줄 모르는 것을 색맹(色盲), 컴퓨터를 모르는 것을 컴맹이라고 하듯이 기맹(氣盲)은 기를 느끼지 못하는 사람을 일컫는 말입니다. 기맹자(氣盲者)는 기를 느끼지 못합니다.

그러니까 기공부 현장에서 제자와 스승 사이에 주고받는 말이 무슨 뜻인지를 알아차릴 리가 없습니다. 그때 기맹자가 보기에는 스승이라는 자가 제자들에게 아무것도 해 주는 것 없이 절만 넙죽넙죽 받는 파렴치한이나 사이비 종교 교주 정도로밖에는 보이지 않았을 것입니다."

"과연 그럴 수 있겠는데요. 그렇지 않다면 인터넷에 그런 글을 올렸을

리도 없었을 것입니다. 그렇다면 기맹자가 기맹에서 벗어나는 방법이 있으면 이 기회에 좀 알려 주시겠습니까?"

"그건 아주 간단합니다."

"그래도 좀 말씀해 주셨으면 합니다."

"문맹자가 문맹에서 벗어나려면 이렇게 하면 되겠습니까?"

"그야 글공부를 하면 되지 않겠습니까?"

"바로 그와 똑같이 기맹자가 기맹에서 벗어나는 지름길은 기공부를 열심히 하는 길밖에 더 있겠습니까?"

암은 왜 발생합니까?

40대 후반의 요가 강사로 일하는 송근배 씨가 수련을 하다가 느닷없이 물었다.

"선생님, 암은 왜 발생합니까?"

"암의 원인은 아직 의학계에서도 확실한 원인을 모르고 있습니다. 그러나 그동안 환자들과 의사들이 꾸준히 관찰해 온 결과에 따르면, 암의 원인은 속에서 치미는 화, 분노 그리고 걱정 근심, 각종 스트레스가 장시간 축적된 결과라고 합니다. 그리고 암은 언제나 신체의 차가운 부위에서만 꼭 발생합니다. 그래서 심장이나 소장처럼 항상 고열이 있는 부위에는 암이 잘 발생하지 않습니다."

"그럼 암에 걸리지 않으려면 어떻게 하면 되겠습니까?"

"우선 마음이 항상 편안하고 몸을 따뜻하게 하면 암이 침범할 빈틈을 주지 않게 됩니다."

"어떻게 하면 늘 마음이 편안할 수 있겠습니까?"

"그건 마음이 편하지 못한 상태, 방금 전에 말한 바와 같은 치미는 화, 분노, 그리고 걱정 근심, 각종 스트레스와 같은 불편한 마음에 시달리지 않으면 됩니다."

"어떻게 하면 그렇게 될 수 있을까요?"

"마음이 불편한 원인은 언제나 대인관계에서 발생한다는 것을 알 수 있습니다. 따라서 대인관계를 늘 원만히 하도록 신경을 쓰면 될 것입니다."

대인관계를 원만하게 하려면

"어떻게 하면 대인관계를 항상 원만하게 할 수 있을까요?"

"그건 아주 간단합니다."

"어떻게요?"

"대인관계에서 항상 나보다 상대의 입장을 먼저 생각해 주는 습관을 붙이면 됩니다. 그런 사람은 마음이 항상 따뜻합니다. 마음이 따뜻한 사람은 한겨울에도 손발이 따뜻합니다. 손발이 따뜻하면 몸도 마음도 따뜻하게 됩니다."

"『선도체험기』에서 늘 선생님께서 말씀하신 역지사지(易地思之)를 일상생활화 하라는 말씀이시군요."

"그렇습니다."

"그런데 역지사지는 아주 쉬운 것 같으면서도 그걸 막상 실천해 보려고 하니까 보통 어려운 일이 아니던데요."

"역지사지가 어려우면 그보다 한 단계 낮은 거래형(去來型) 인간이 되도록 노력해 보십시오. 내가 왜 이런 말을 하는가 하면, 우리가 일상생활에서 다른 사람과의 관계에서 상대의 화를 돋게 하든가 분노를 치밀게 하는 것은 주고받는 거래가 분명치 못했기 때문입니다. 나는 상대에게 선을 베풀었건만 상대는 나에게 악으로 보답했다고 사람들이 분노하는 일은 흔히 있는 일입니다.

내가 남에게 유익한 일은 할 수 없을지라도 최소한 손해는 끼치지 않겠다는 마음가짐으로 살아가면 됩니다. 그래서 남과의 거래에서는 항상 내가 조금 손해를 본다는 선에서 매듭을 지으면 상대를 늘 만족시킬 수 있을 것입니다. 어떤 사람은 그렇게 하면 나만 늘 손해를 보라는 말이냐고 항변할 수도 있습니다.

그러나 그것은 짧은 생각입니다. 상대는 그로 인한 기대 이상의 거래 결과에 만족할 것이고 그것을 본 나는 마음이 편안해질 것입니다. 피차 마음이 편안해지면 우호 관계가 성립되어 두 사람의 관계에서 신용과 신뢰가 싹트게 되어 상부상조 관계가 성립될 수 있습니다. 여기에 자신 감을 얻은 두 사람은 이러한 상호신뢰를 다른 사람에게도 이용할 수 있 게 됩니다. 이렇게 되면 자연스럽게 거래형 인간에서 한 단계 더 높은 역지사지형(易地思之型)으로 발전하게 됩니다."

"역지사지형 다음에는 어떤 형의 인간으로 발전할 수 있습니까?"

"애인여기형(愛人如己型) 인간으로 향상될 수 있을 것입니다. 이웃을 나 자신처럼 사랑하는 사람이 된다는 뜻입니다. 다시 말해서 마음이 따 뜻한 인간이 되는 것을 말합니다. 마음이 항상 따뜻한 사람이 몸이 차가 운 사람이 될 수는 없습니다.

암은 몸이 찬 사람에게 흔히 발생하는 질병입니다. 특히 선도수련을 하면 단전이 항상 따뜻하고 임독과 기경팔맥과 12정경에 항상 운기가 되므로 저절로 수승화강(水昇火降)이 이루어져 단전은 늘 따뜻하고 머 리는 시원하게 됩니다. 이러한 사람에게 암세포가 기생할 자리가 있을 리 없습니다."

갑자기 발병한 대장암 말기 환자

"선생님께서는 방금 암의 원인은 화, 분노, 걱정 근심, 스트레스 등으로 몸이 차가워져서 발생하는 질병이라고 말씀하셨습니다. 이런 종류의 암 은 보통 하루이틀 사이에 갑자기 발생하는 일은 없고 적어도 수개월 또는 여러 해에 걸친 잠복기를 거친 뒤에 발병하는 것으로 알고 있습니다.

그런데 제가 담당하고 있는 요가 회원들 중에서 한 중년 부인은 바로 최근까지도 아주 건강하고 명랑하고 아무 걱정 근심도 없었는데 하루아침에 갑자기 심한 설사와 복통으로 입원을 했습니다. 초음파 스캔상에는 대장암 말기이고 암세포가 간 쪽으로 전이 중이라는 진단이 나왔다고 합니다. 잠복기도 전연 거치지 않고 이렇게 갑작스럽게 말기암이 발생할 수도 있습니까?"

"담당 의사는 그 원인이 뭐라고 하던가요?"

"그 원인을 도무지 알 수 없다고 말했답니다."

"영병(靈病)에 걸리면 그럴 수도 있습니다."

"영병이라면 어떤 병을 말하는지요?"

"기공부가 상당한 경지에 이르지 않은 사람은 영병이 무엇인지 알 수도 없습니다. 따라서 기공부를 체계적으로 하지 않은 의사라면 그 원인을 알 리가 없을 것입니다."

"영병이 무엇인지 좀 자세히 말씀해 주실 수 없겠습니까?"

"구천(九天)을 떠돌던 영가(靈駕)가 전생의 인연으로 어떤 사람에게 빙의가 되면 그렇게 갑자기 중병 암환자가 되는 수가 있습니다. 그 영가가 인간으로서 육체를 쓰고 살아 있을 때 앓던 병을 빙의된 사람이 그대로 앓게 됩니다."

"선생님, 그럴 때 그 환자는 어떻게 해야 합니까?"

"담당 의사는 뭐라고 했습니까?"

"더이상 암이 전이되기 전에 빨리 수술을 해야 된다고 말했답니다."

"현대 의술을 배운 의사로서는 당연히 그렇게 말할 수밖에 없었을 것

288

입니다."

"선생님께서는 이런 경우 어떻게 하는 것이 좋겠다고 보십니까?"

"우선 빙의령부터 천도해야 합니다. 빙의령이 일단 천도된 다음에 다시 진찰을 받아 보고 그때의 병세에 따라 치료를 하면 될 것입니다. 그 이상은 내가 의사가 아니니까 더 말할 자격이 없습니다."

"빙의가 되는 원인은 무엇입니까?"

"문제의 영가와 빙의당한 사람의 전생의 업보 때문입니다. 빙의당한 사람의 대인관계가 원만했더라면 결코 이런 일이 일어나지 않았을 것입니다. 상대가 유감이나 원한을 살 만한 일만 없었더라면 지금과 같은 불행한 일은 일어나지 않았을 것입니다."

"결국은 자업자득이군요."

"콩 심은 데 콩 나고 팥 심은 데 팥 나지, 콩 심은 데 팥 나고 팥 심은 데 콩 나는 일은 있을 수 없습니다."

"결국은 일종의 복수극이군요."

"옳게 보셨습니다. 복수는 복수를 낳고 끝없는 복수의 악순환을 불러올 뿐입니다."

"만약 빙의당한 부인이 대장암으로 사망하게 될 경우, 그 부인이 마음을 비우고 복수를 중단한다면 어떻게 될까요?"

"까딱하면 무한정 되풀이될 수도 있는 복수의 악순환의 고리를 끊어버리고 마침내 생로병사의 윤회에서도 벗어나 우주와 하나 되는 생사일여의 그날을 앞당길 수도 있게 될 것입니다. 그러나 그렇지 못하고 계속 복수의 악순환에 말려들면 어미의 원한을 물려받아 복수의 화신이 된 연산군처럼 불행한 생을 언제까지나 이어가게 될 것입니다."

〈106권〉

수술을 해야 될까요, 말아야 될까요?

2013년 6월 9일 일요일

삼공재에서 한때 대주천 직전 단계인 전신주천(全身周天)까지 공부가 진행된 일이 있는 박철순이라는 60대의 수련자가 잔뜩 쉰 목소리로 전화 문의를 해 왔다.

"선생님, 제가 요즘 기관지가 악화되어 병원에 다니고 있는데요, 담당 의사가 빨리 수술을 하지 않으면 온몸에 마비가 올 수도 있다고 합니다. 수술을 할 생각을 하니 선생님께서 수련자는 될 수 있는 한 수술을 하지 않는 것이 좋다고 하시던 말씀이 떠올라서 선생님께 직접 조언을 얻고 싶어서 실례를 무릅쓰고 이렇게 전화를 걸었습니다. 선생님 제가 수술을 해야 될까요? 하지 말아야 될까요?"

"내가 수련자는 수술을 하지 않는 것이 좋다고 말한 것은 기공부를 하는 사람의 입장에서 내가 가르치는 수련자에게 하는 일반적인 견해를 말한 것이지, 수련자는 어떠한 일이 있어도 무조건 수술은 절대로 하지 말아야 한다는 것을 강조한 것은 아닙니다.

어떠한 경우에도 수술을 결심하는 것은 수술을 받을 당사자 자신이 그때그때의 자신의 특수한 사정에 따라 결정할 일이지, 선도를 가르치는 스승의 보편적이고 일반적인 충고에 꼭 따라야만 하는 것은 아닙니다. 선택은 어디까지나 환자 자신이 하는 것이지 스승이 하는 것은 아니기 때문입니다."

"무슨 뜻인지 잘 알아들었습니다. 그럼 한 가지만 더 묻겠습니다. 만약에 선생님이 저와 똑같은 입장이시라면 어떤 결정을 내리시겠습니까?"

"박철순 씨와 나는 엄연히 다른 사람이고 더구나 박철순 씨는 삼공재 수련을 그만둔 지 1년이 넘었는데 나 자신의 경우를 상정해 보았자 무슨 소용이 있겠습니까?"

"그래도 저는 선생님께서 저와 같은 경우에 처했다면 어떤 결정을 내리실지 꼭 알고 싶습니까?"

"나는 원래 자연의 순환 원리를 존중하는 사람입니다. 죽을 때가 되면 자연히 죽을 일이지 구태여 현대의학의 힘을 빌려 생명 연장을 하는 것은 자연의 순환 원리에 어긋나는 일이라고 확신하는 사람입니다.

그래서 나는 남은 식구들에게도 때가 되어 내가 숨을 거둘 경우에도 절대로 병원에 데리고 가서 인공 생명연장 장치를 하지 말라고 유언까지 해 두었습니다. 인간은 원래가 자연의 한 부분입니다. 그 자연의 한 부분에 지나지 않는 인간이 자연의 순환법칙에 저항하여 인공적인 장치로 억지로 생명을 연장해 보겠다는 의도 자체가 잘못되었다고 생각합니다."

"선생님 저는 선생님보다 아직 20년이나 연하인 60대입니다. 수술만 하면 그동안 수련도 해 오고 했으니까 아직도 한 20년 내지 30년 더 살 수 있을 것 같은데요."

"요컨대 박철순 씨는 수련으로 단련된 몸보다는 현대의학을 더 신뢰한다는 말씀이군요?"

"저는 양쪽을 다 믿는 사람입니다."

"욕심이 과하시군요. 진정한 수련자라면 그런 때 양자택일을 합니다."

"구체적으로 어느 쪽을 말하십니까?"

"수련으로 단련된 자신의 몸이 발휘하는 자연치유력입니다."

"자연치유력이란 무엇을 말합니까?"

"자연치유력이란 우리가 숨쉬고 사는 이 우주를 움직이는 우주의식, 즉 하나님의 능력을 말합니다. 사람은 원래부터 이 우주 자연의 한 부분이므로 때가 되면 자연으로 돌아가게 되어 있습니다. 우리가 하는 마음공부, 몸공부, 기공부는 그러한 자연의 순환에 순응하는 공부이기도 합니다.

자연은 우주의식이고 하나님이고 하나님은 시간과 공간을 초월한 존재입니다. 그러한 자연의 한 부문에 지나지 않는 인간 역시 자연과 같이 시공을 초월한 존재가 아닐 수 없습니다.

이러한 원리에 따라 꾸준히 단련된 수련자는 소주천, 대주천, 피부호흡, 연정화기, 연기화신, 양신(養神), 출신(出神) 등으로 수련이 진척되면서 보통 사람의 몇 배의 자연치유력을 발휘하게 됩니다. 실례로 가벼운 접촉 사고로 몸에 상처를 입어도 치료하는 데 보통 사람은 10일 걸린다면 수련자는 2, 3일이면 충분히 자연치유가 됩니다.

이러한 실례를 일상생활에서 체험하고 있는 수행자는 병에 걸려도 자신의 자연치유력을 확신하고 있으므로 웬만하면 현대의학의 도움 같은 것을 받으려고 하지 않습니다. 박철순 씨도 수련자로서 그러한 자신감이 서 있다면 그러한 질문 같은 것을 구태여 나에게 하려고 하지도 않았을 것입니다.

　과거 삼공재에 오랫동안 다니면서 수련을 하여 현묘지도까지 이수한 장국자라는 50대의 독신의 여성 수련자는 한때 하루도 도봉산 등산을 거른 일이 없었습니다. 그날도 추운 겨울날이었는데, 평소대로 도봉산 난코스를 타다가 실족을 하여 비탈에 굴러떨어지면서 팔과 다리에 골절상을 입고 의식을 잃었습니다. 뒤따라오던 등산객들이 구조대를 불러 그녀를 병원에 입원시켰습니다.

　그런지 사흘 만에 의식을 회복한 그녀는 자신이 엉뚱하게도 병원에 입원하여 수액주사를 맞으면서 누워 있는 것을 발견하고 벌떡 일어났습니다. 마침 병실에는 간호원도 보호자도 없었습니다. 그녀는 그 길로 수액 주사바늘을 빼어 버리고 석고 처리가 되어 골절된 부분이 겨우 붙기 시작한 팔다리 그대로 병상에서 일어나 병실을 빠져나왔습니다.

　다행히도 그녀는 그 이후 병원 신세 지지 않고도 완쾌되었습니다. 다소 과격한 수련인의 자신감을 보인 장국자 씨처럼은 되지 못한다 해도 적어도 수련자라면 그 정도의 기개만은 있어야 되는 것이 아닌가 생각됩니다.”

　“선생님 말씀 감사합니다. 선생님 얘기 듣는 가운데 저 자신도 모르는 확신감이 섰습니다. 고맙습니다.”

　“다행이군요.”

　“그런데 선생님, 인명재천(人命在天)이라고 할 때의 재천(在天)이란 무슨 뜻입니까?”

　“사람의 목숨은 하늘의 뜻에 달려 있다는 뜻입니다.”

　“그럼 그 하늘은 무슨 뜻입니까?”

　“하늘은 자연이고 우주의식이고 하나님 또는 하느님입니다.”

"선생님께서는 인간은 하느님의 한 작은 부분이라고 말씀하시는데 그게 사실입니까?"

"그럼요. 그래서 인간은 하늘과 같이 우주와 같이 영원불멸의 존재입니다."

"그럼 육체를 가진 인간이 죽어가는 것은 무엇 때문입니까?"

"그건 생존의 형태가 변하는 것이지 생명이 소멸되는 것이 아닙니다."

"그럼 사람은 결국 무엇입니까?"

"사람은 자연이고 우주의식이고, 하느님 자신이고 그 한 부분입니다. 이러한 실상이 직감으로 오지 않으면 아직 공부가 덜 되었구나 자책하고 수련에 더욱 박차를 가해야 합니다."

"선생님, 좋은 말씀 들려주셔서 정말 감사합니다."

〈107권〉

마음 바꾸기

우창석 씨가 말했다.

"선생님, 저에게 금년에 70세 되시는 큰아버지가 한 분 계신데요. 친구 되시는 분의 양로원 사업에 조상 대대로 물려져 내려오는 3만 평의 시가 30억 원에 달하는 선산을 담보로 10억 원을 은행 융자받아 투자하셨다가, 양로원 사업이 부도가 나는 바람에 마침내 선산이 경매에 붙여지게 되어 아주 곤궁에 처해 계십니다.

경매 기일은 하루하루 바짝바짝 다가와 간이 타들어 가는 것 같고, 선산을 팔아서 은행빚을 갚으려 해도 사겠다는 사람은 선뜻 나타나지 않고 하여, 하도 노심초사(勞心焦思)하신 나머지 며칠 전에는 집안에서 졸도까지 하시고 구안와사까지 왔습니다. 때마침 이웃 한의원에서 침을 맞고 겨우 위기는 모면하셨는데, 이대로 가다가는 언제 또 무슨 병이 도질지 몰라 식구들이 전전긍긍하고 있습니다.

온 문중 어른들이 모여서 그 때문에 대책들을 강구하고 있지만 10억 원이란 큰돈을 쉽사리 마련할 뾰족한 길이 없어 애를 태우고 있습니다. 이런 때 선생님이시라면 어떻게 하시겠습니까? 무슨 좋은 방안이 없을까요?"

"만약 나에게 주어진 객관적인 환경을 바꿀 능력이 없다면, 다시 말해서 이 경우 은행빚을 갚을 힘이 없다면, 빚 때문에 계속 노심초사하여 중병에 걸리는 어리석음부터 피해 놓고 볼 것입니다. 돈보다 중요한 것이 건강이기 때문입니다. 그러자면 어떻게 해서든지 마음을 바꿀 수밖에 없습니다. 노심초사에서 온 병은 마음만 바꾸면 피할 수 있기 때문입니다."

"큰아버지는 이번 사태를 초래한 양로원 원장과 자기 자신을 원망하십니다. 그런데 마음을 어떻게 바꾸죠?"

"내가 만약 그러한 조건에 처했다면 그것을 피하려고 노심초사만 할 것이 아니라 도리어 그것을 허심탄회하게 받아들이고 그 조건에 나 자신을 순응시킬 것입니다. 다시 말해서 어떻게 해서든지 선산 땅을 경매 전에 제값을 받고 팔려고만 아등바등할 것이 아니라, 팔리면 팔리고 안 팔리면 경매를 당하는 수밖에 없다고 인정하고 상황을 있는 그대로 받아들일 것입니다.

무한정 넓어서 우주 전체를 포용하고도 남을 수 있지만, 송곳 하나 들어갈 빈틈도 없을 정도로 비좁을 수도 있는 것이 사람의 마음입니다. 나는 그러한 마음을 내 의지로 바꿀 것입니다. 객관적 조건은 내 마음 역시 어쩔 수 없지만 내 마음만은 얼마든지 내 마음대로 다스릴 수 있기 때문입니다.

그리고 지금 나에게 밀어닥친 파국의 원인은 나 자신이나 양로원 사업하다가 부도를 낸 친구의 탓으로만 돌리고, 그 외에 누구도 원망하지 않을 것입니다. 남을 원망할수록 자기 자신만 더욱더 비참해지기 때문입니다."

"그럼 어떻게 해야 합니까?"

"내가 지금 이런 어려움에 처한 것은 친구 때문이 아니라 나의 여러 전생에 쌓여온 인과응보 때문이라고 생각할 것입니다. 지금 나에게 일어나는 모든 외부 조건들은 모두가 전생의 내 업보가 초래한 것이기 때문입니다. 그래야만 우주에서 보내오는 큰 기운과 지혜와 능력을 받을 수 있습니다."

"그럼, 선생님, 지금 제가 큰아버지를 위해서 무엇을 어떻게 할 수 있을까요?"

"위기(危機)는 마음먹기에 따라 호기(好機)가 될 수도 있습니다. 우창석 씨는 이런 때 큰아버님을 찾아가 마음을 바꾸는 방법을 일깨워 드리는 것이 그분을 이번 위기에서 구할 수 있는 첩경이 될 것입니다."

"그런데 큰아버지는 친구가 하는 양로원 사업에 실패한 것보다도 은행빚까지 내어 그 사업에 투자한 자신의 어리석음을 더 자책하고 계십니다. 그것이 사실은 이번 일의 근본 원인인 것 같습니다."

"그럼, 큰아버지와 그 친구분 사이에는 그전부터 금전을 꾸어 주고 빌려주는 대차(貸借)관계가 있었습니까?"

"큰아버지는 그 친구분과 금전대차관계는 없었다고 하시던데요."

"이생에 그런 일이 없었다면 전생에 그 친구에게서 큰 빚을 진 일이 있었을 것입니다."

"그렇다면 이번에 전생의 빚을 큰아버지가 그 친구분에게 갚는 과정인가요?"

"그렇습니다."

"그런데, 큰아버지는 그런 인과관계를 통 모르시는 것 같습니다."

"걱정할 것 없습니다. 이번 일로 마음이 크게 열리면 곧 모든 것을 스스로 알아내실 수 있게 될 것입니다."

"제발 그렇게만 되어 주신다면 그야말로 전화위복(轉禍爲福)이라고 할 수 있겠습니다."

"당연히 그래야죠. 마음을 제때에 바꿀 수 있는 사람은 마음을 무한히 넓힐 수 있으므로 모든 것을 바꿀 수 있습니다."

"선생님, 최악의 경우 경매에 붙여지면 어떻게 되죠?"

"그건 경매 때의 낙찰에 달려 있습니다. 은행빚 이하로 낙찰될 가능성도 각오해야 할 것입니다. 그래서 환금성이 취약한 부동산을 가진 사람을 부동산 거지라고 하지 않습니까?"

"그럼 큰아버지 일가는 졸지에 길바닥에 나앉을 수밖에 없겠네요. 그럼 어떻게 되죠? 그렇게 되면 큰아버지 성격에 심장마비를 일으켜 살아남지 못하실 텐데."

"살아남지 못하면 죽을 수밖에 더 있겠습니까? 사람은 조만간 누구나 다 공평무사하게 죽게 되어 있습니다. 남보다 조금 일찍 죽는다고 해서 죽음을 그렇게까지 겁낼 필요가 있겠습니까? 죽음을 겁낸다면 그것은 삶에 대한 집착 때문입니다."

"그렇긴 합니다만."

"죽음까지도 흔쾌히 받아들일 수 있을 만큼 마음이 넓어진다면 무슨 걱정이 있겠습니까? 그런 사람은 이미 성통공완(性通功完)한 도인이 아니겠습니까?"

"그렇죠."

"그러나 확실한 것은 사람은 누구나 작심하고 지극정성으로 노력만 한다면 성통공완한 도인이 아니 될 수 없다는 것입니다."

"결국 우리가 인생고에서 완전히 벗어나는 길은 생사일여(生死一如)의 이치까지도 깨닫는 길밖에 없겠군요. 그래야만 죽음까지도 기꺼이 받아들일 수 있을 테니까요."

"그렇고말고요. 그럴 수 있는 사람에게는 어떠한 역경에 처해도 항상 새로운 출구가 늘 열리게 되어 있습니다."

⟨108권⟩

결혼관(結婚觀)

모 기업체 사원인 30대 중반의 김석현이라는 수련생이 말했다.

"선생님, 부모님과 주변에서 하도 결혼을 하라고 해서 말씀드리는데요. 결혼을 꼭 해야만 합니까?"

"이 세상에 남자와 여자가 반반의 비율로 존재하는 것을 보면 사람은 때가 되면 결혼을 하여 아이를 낳고 가정을 이루라는 것이 자연의 섭리임에 틀림없습니다. 다만 문제가 되는 것은 결혼할 사람이 결혼생활을 능히 잘 꾸려 나가면서도 자기 전공 분야를 잘 조화시켜 나갈 수 있느냐의 여부입니다. 그럴 만한 능력이 있으면 결혼을 하는 것이 좋다고 생각합니다."

"『선도체험기』를 읽어 보면 초기에는 선생님도, 구도자는 될 수 있으면 결혼을 안 하는 것이 좋다고 하시지 않았습니까?"

"그때는 '아들딸 구별 말고 둘만 낳아 잘 기르자'는 것이 온 국민적인 캐치프레이즈였지만, 지금은 이대로 우리나라 인구가 계속 감소되어 나가다가는 50년, 100년 후에는 사람 수효가 점점 줄어들어 석가족, 만주족, 돌궐족, 거란족처럼 멸족을 당할지도 모르는 판국입니다.

국가의 인구 정책에 순응하는 뜻에서라도 능력만 있으면 결혼을 하여 자손을 출산하는 것이 애국이요 여론의 대세요, 자연 즉 하늘의 섭리입니다. 국가 정책과 우주의 섭리에 순응하는 뜻에서라도 결혼을 권하고 싶은 것이 지금의 솔직한 내 심정입니다."

"애국과 우주의 섭리에 순응하는 뜻에서라면 저도 순응할 각오가 되어 있습니다. 다만 지금 문제가 되는 것은 제가 평생 추구하기로 작정한 구도생활에 지장을 초래하지 않을까 하는 것이 걱정입니다."

"그런 것이 문제라면 조금도 걱정할 것이 없습니다."

"그럴까요?"

"그렇고말고요."

"그 요령을 좀 말씀해 주시겠습니까?"

"결혼할 신부감은 있습니까?"

"네."

"그럼 그 예비 신부와 검은 머리가 파뿌리가 되도록 평생을 해로(偕老)할 각오가 되어 있고, 앞으로 처자식을 부양하고 가정을 잘 관리해 나갈 자신이 있고, 그것을 실천할 능력만 있으면 구도생활과 가정생활이 마찰을 빚을 우려는 없습니다. 그러니까 망설일 것 없이 결혼을 추진하세요."

"만약에 요즘 텔레비전 연속 방송극에 흔히 등장하는 것처럼 아내가 어느 날 갑자기 이혼을 하자고 나오면 어떻게 하죠?"

"그러니까 평소에 부부 사이가 좋을 때 신뢰를 쌓아 놓아야 합니다. 애정이 식을 때, 권태기가 찾아올 때를 대비해서 미리 부부로서의 깊은 신뢰 관계를 구축해 놓아야 합니다. 그러자면 어떤 일이 있어도 결혼생활 내내 상대에 대한 관찰의 시선을 거두지 말아야 합니다. 그것이 바로 가정을 제대로 관리해 나가는 요령입니다."

"만약에 결혼생활 중에 가정을 관리할 능력을 상실하면 어떻게 합니까?"

"경제력을 상실할 경우를 말합니까?"

"그것도 포함해서 여러 가지가 있을 수 있겠죠."

"그런 일은 그때 가서 생각해도 늦지 않습니다. 닥쳐오지도 않은 미래의 일을 지금부터 걱정할 필요는 없으니까요."

자녀관(子女觀)

이때 옆에서 이 대화를 듣고 있던 50대 중반의 수련생이 말했다.

"선생님 저는 고등학교에 다니는 세 아이를 거느린 가장입니다만, 요즘 텔레비전 방송극들을 보면 거의 대부분이 혼기에 접어든 자녀와 부모의 결혼관의 차이로 인한 갈등과 마찰과, 분노와 원한으로 인한 희비극이 주제가 되고 있습니다. 문학은 그 사회의 거울이라는 말과 같이 이러한 방송 드라마들은 우리 사회의 실상을 그대로 보여 주고 있다고 봅니다.

실례로 판사인 아버지는 어릴 때부터 연기자가 되기를 소원하는 4대 독자인 아들의 소망을 무시하고 끊임없이 채근하여 드디어 변호사로 만들어 로펌에 취직까지 시켰지만 날이 갈수록 그 직업에 회의를 느낀 아들은 계속 아버지와 사사건건 충돌을 일으킵니다. 그 아비에 그 아들이라는 세상 사람들이 부러워하는 평을 듣기를 꿈꾸어 왔던 아버지의 소망이 무너져 내리고 부자간의 갈등은 깊어만 갑니다.

부자간에만 이런 일이 있는 것이 아니라 모자간에도 부자관계 못지않은 충돌이 일어납니다. 어머니는 평생소원이 자기의 외아들이 번듯한 집안의 규수를 며느리로 맞아들이는 것이었는데, 아들은 극단에서 만난 배우 지망생인 세탁소집 딸을 좋아하여 큰 실망을 안게 됩니다. 이러한 부모와 자녀 사이의 알력과 갈등을 선생님께서는 어떻게 생각하십니까?"

"부모의 자녀관이 근본적으로 잘못되어 있기 때문에 부질없는 알력과 마찰로 보다 더 좋은 곳에 쓸 수 있는 막대한 에너지의 손실만 자초하고 있습니다. 자식에 대한 지나친 부모의 집착이 부모와 자녀 사이를 망쳐 버린 실례입니다. 요컨대 부모는 자녀를 자신들의 소유물로서 자신들의 욕망을 성취하는 수단으로 보지 말아야 합니다.

자녀는 자녀의 인생행로가 있고, 부모는 부모대로의 인생행로가 따로 있습니다. 좀더 쉽게 말하면, 부모와 자식들은 각기 그들대로의 인과응보 즉 사주팔자가 따로 있어서 이 세상에 태어난 목적이 서로 비슷할 때도 간혹 있지만 대부분이 각기 따로 정해져 있다는 얘기입니다. 따라서 부모는 악의 길로 빠지지 않는 한 자녀들의 인생행로에 시시콜콜히 간섭하지 말아야 합니다.

자녀는 부모의 소유물로 태어난 것이 아니라 성인이 될 때까지 일정한 기간 손님으로 자기에게 찾아온 것에 지나지 않는다는 것을 부모들은 알아야 합니다. 그러나 한국의 부모들은 이러한 것을 깨닫지 못하고 생활고로 자살을 택할 때도 어린 자녀들을 양육하지 못한 부모로서의 지나친 책임감으로 잘못 인식된 무지와 집착으로 동반자살을 감행합니다.

그런가 하면 아들이 치매에 걸린 늙은 부모를 내버려두고 혼자 죽을 수 없다고 생각하고 부모를 먼저 살해하고 자살을 감행하는 경우도 있습니다. 이 모두가 사람의 목숨은 하늘에 달려 있다는 이치를 모르는 무지몽매(無知蒙昧)에서 일어난 것입니다.

이 방면에서는 서유럽과 미국, 캐나다, 호주, 뉴질랜드 같은 선진국들의 부모들의 자녀관을 잘 관찰해 볼 필요가 있습니다. 이들 선진국들의 부모들은 자녀를 고등학교까지 졸업시키면 일단 부모로서의 기본적인 사명을 끝낸 것으로 간주합니다. 따라서 일단 고등학교를 졸업한 자녀들은 그들의 부모가 비록 부자나 대기업의 소유주라고 해도 부모 신세 지지 않고, 그때부터 으레 독립하여 취직을 하든가 아르바이트로 돈을 벌어 대학에 진학하든가 스스로 자신들의 진로를 선택하고 개척합니다.

그리고 부모들은 자녀들의 진로와 결혼에 대해서는 그들의 의견을 존중해 주고 도와줄지언정 일체 간섭을 하거나 이의를 제기하지 않습니다. 애초부터 부모는 자녀를 자신들의 소유물이나 소망이나 욕망을 달성하는 수단으로 간주하려고 하지 않는 겁니다. 나는 서양인들의 이분법적 흑백논리는 반대할지언정 이들의 이러한 허심탄회한 자녀관만은 적극적으로 본받아야 한다고 봅니다."

〈111권〉

자녀 학대

2016년 2월 22일 월요일

오한미라는 50대 주부 수련생이 말했다.

"요즘은 매스컴에서 자녀 학대 또는 살해 사건이 자주 보도되고 있는데, 도대체 세상이 어떻게 되려고 그런 끔찍한 일이 일어나는지 모르겠습니다. 전에 없이 부부가 합세해서 자녀를 살해하는 이런 참사가 일어나는 이유가 도대체 무엇일까요?"

"모두가 다 지나친 이기심 때문입니다."

"요즘은 선진 외국보다도 우리나라에서 유달리 이런 엽기적 사건이 자주 보도되는 것 같아서 안타깝기 그지없습니다. 펭귄 같은 말 못하는 짐승도 위급할 때는 새끼를 위해서는 기꺼이 자기 몸을 새끼들 먹이로 희생하건만, 만물의 영장이라는 사람으로 태어나서 부부가 작당하여 자기들이 낳은 초등학교에 다니는 딸애를 때려죽여 미라로 만들어 집안에 보관하거나 암매장을 하다니 말이 됩니까?"

"지나친 이기심 때문에 공동체 의식이 파괴되고 있기 때문입니다. 선진국 가정들에서는 이웃집에서 일어나는 폭력 행사는 무조건 경찰에 신고부터 해 놓고 보는 것이 관례가 되어 있는데, 우리나라에서는 비록 이웃집에서 아동 학대 폭력 사태로 비명이 일어나도 부모가 자식 가르치느라고 그렇겠지 하고 모른 척하고 넘어가는 경향이 있습니다."

"이러한 참사를 예방할 방법은 없을까요?"

"희생된 아이와 부모 외에는 가장 밀접한 관계에 있는 학교 담임선생이 결석한 제자들에게 관심을 두고 결석 즉시 가정 방문을 하고, 미심쩍으면 무조건 경찰에 신고하는 체제를 갖추어야 할 것입니다. 그리고 이웃들도 수상할 때는 외국에서처럼 경찰에 신고부터 하는 것을 습관화해야 합니다.

그리고 중요한 것은 우리나라 부모들은 자녀를 소유물로 여기는 경향이 있는데 이런 의식부터 바로잡아야 합니다. 자녀는 부모의 소유물이 아니라 낳고 키우고 가르쳐서 독립할 때까지 돌보아 주어야 할, 하늘이 맡겨준 귀한 손님이라는 것을 깨닫고 실천해야 합니다.

그런데도 불구하고 자녀를 학대하고 때려죽이는 모진 부모들이 우리 이웃에 살고 있다는 것을 생각만 해도 끔찍한 일입니다. 우리나라 역사를 되돌아보면 한 마을에 불효자가 발생하면 그 집을 허물고 집 자리를 파내어 아예 물웅덩이로 만들어 다시는 사람이 살 수 없는 곳으로 만들었습니다."

"선생님, 부모를 죽인 존속살해범(尊屬殺害犯)과 자식을 죽인 비속살해범(卑屬殺害犯)도 인과응보라고 볼 수 있을까요?"

"그렇습니다. 우리가 사는 현상계에 인과응보의 영향을 받지 않는 존재는 있을 수 없습니다."

"그렇다면 그러한 부모 자식 사이는 전생의 원수들이 부모 자식으로 환생했다는 얘기가 되는 겁니까?"

"결국은 그렇습니다."

"그럼 그들이 다음 생에 정상적인 부모 자식으로 바뀌려면 어떻게 해야 합니까?"

"과거 생의 얽히고설킨 온갖 참극의 원인을 각자가 모두 남의 탓이 아니라 내 탓으로 돌려야 합니다."

"왜 그래야 합니까?"

"그래야만 남을 원망하는 마음을 갖지 않게 될 것이기 때문입니다. 남을 원망하지 않게 될 때 비로소 우리는 우주의 중심으로부터 우리들 각자의 중심으로 무한한 에너지를 공급받을 수 있기 때문입니다."

21일 단식 체험기

김 광 호

단식 첫째 날 2016년 1월 8일 (금) 몸무게 61kg

중국 시안 해외여행 3박 4일 귀국 후 연초에 세웠던 21일 단식을 1월 8일부터 시행하였다.

회사 퇴직 후 시간 여유가 되어 단식을 하기에 최적이라 생각되어 과감히 도전해 본다. 중국 해외여행 시 음식문화 체험을 가족과 함께 1일 삼식을 하였더니 체중이 종전 58kg에서 61kg로 늘었다. 아침은 호텔식으로 빵과 야채 위주로 먹고 점심과 저녁은 중국 요리로 했는데, 이번 중국 요리는 향신료가 많이 안 들어가 그런대로 먹을 수 있었다.

귀국하는 날 수원 처제가 집장만을 했다 하여 축하도 해 줄 겸 들렀다. 식당을 하고 있어선지 우리가 도착한 날 밤부터 특급 요리가 즐비하게 준비되어 있었다. 식사를 하며 내일부터 시작할 단식을 마음속으로 단단히 결심을 했다.

다음날 새벽 6시에 수원 화성 성곽에서 팔달산 정상 화성장대까지 왕복 2시간 운동을 했다. 화성장대에서 여명을 보면서 이번 21일 단식을 꼭 성공하리라 다짐해 본다.

수원 화성은 유네스코에 등재되고, 1795년경 정조대왕 때 건축되었으며 정약용이 거중기를 고안하여 축성하는 데 큰 역할을 하였다. 성곽의 재질은 돌을 하나하나 쌓아 만들었다. 문득 중국 시안성에서 보았던 장면이 떠오른다. 시안성은 평지에 쌓은 성으로서 흙벽돌이라는 게 수원화성과 차이가 있었다.

돌아와서 아침상을 받았는데도 나는 단식의 첫날로 굳은 결심을 한 터라 입에도 대지 않았다. 아내와 딸이 아침상 차린 성의가 있지 유별나다고 핀잔을 주며 잔소리가 한동안 이어졌다. 하지만 굴하지 않고 단식의 첫날은 이렇게 시작되었다.

수원에서 광주까지 오는 고속버스 안에서 한 번도 깨지 않고 잤다. 『선도체험기』 중 단식 21일에 대한 부분을 찾아 읽으며 마치 25년 전의 스승님을 만나는 기분이 들었다.

단식 둘째 날 2016년 1월 9일 (토) 몸무게 58.7kg

새벽에 집 앞의 산에 올라 호보법(호랑이 걸음걸이 수련)과 달리기 운동을 1시간가량 하였다. 집에 도착하여 정좌하여 『선도체험기』를 독서하면서 『손자병법』 내용을 읽었다. "나를 알고 적을 알면 백 번 싸워도 위태롭지 않다." 여러 상황의 전투에 임하는 방편을 알려 주고 있는데 글로벌 경쟁에서 앞서가기 위해서는 항상 변화를 관찰하고 전략과 전술을 응용하여 보면 좋겠다는 생각이 든다.

우리 아파트 옆 동에 장모님이 살고 계시므로 인사차 들렀다. 거실 구석에 얌전히 놓여져 있는 커다란 조선호박이 눈길을 끈다. 장모님은 혼잣소리처럼 호박 손질이 힘들어서 방치해 놓고 있다고 했다. 무 깎는 기구를 이용해 껍질을 벗기다 보니 어느덧 반나절이 훌쩍 지나갔다. 색깔도 노오란 것이, 폴폴 끓고 있는 호박죽을 보니 군침이 절로 돈다. 더군

다나 호박죽은 내가 제일 좋아하는 음식이고 보니 식욕을 끊어내는 게 만만치 않구나 하는 생각이 들었다. 이제 겨우 둘째 날인데 복식 때까지 언제나 올려나 싶은 생각을 나도 모르게 하면서 쓴웃음이 나온다. 호박 끓인 국물만 컵에 따라서 마셨다.

오후 3시가 넘으니 백회에 기운이 강하게 들어오고 하단전과 중단전이 따뜻하게 달아오른다. 약간 저혈압이 있어 앉았다가 일어날 때 현기증은 느꼈으나 잠시 운기조식하니 괜찮아졌다. 몸무게는 재어 보니 58.7kg 되어 2.3kg이 빠졌다.

단식 셋째 날 2016년 1월 10일 (일) 몸무게 57.2kg

새벽에 일어나 산을 오르는데 중단전인 가슴이 답답하게 느껴진다. 정상에서 운동을 하고 앉아서 관을 해 보니 옷을 너무 많이 껴입어 답답했던 것 같다. 신체가 피부호흡을 해야 될 것 같아 껴입은 옷 두 개의 자크를 열었더니 가슴이 시원해짐을 느낀다.

오늘은 집 거실에서 햇살이 좋아 태양 기운을 받으면서 『선도체험기』를 읽었다. 『선도체험기』는 두 번째 96권을 보고 있다. 아내도 『선도체험기』를 틈나는 대로 읽고 있는 것 같은데 너무 정독을 하는지 이제 겨우 11권째 보고 있다.

아내는 국문학과를 전공했는데 뜻이 있어 대학원은 아동문학과를 졸업했다. 시 동인들의 문학 모임에 꾸준히 참석하고 있으면서도 주업인 초, 중등생 논술을 가르치는 일에 열정적이다.

내가 기체조 등 기본기를 익히고 싶어서 단학에 석 달간 등록했다가 큰 의미가 없는 듯해 그만두었다. 그 사실을 알게 된 아내는 두 달이 아깝다며 기어이 남편 대신 두 달을 채우기 위해 열심히 다닌 바 있다. 전혀 효과가 없지는 않았는지 제법 내 앞에서 도인체조를 뽐내 보이기도 한다.

다행한 것은 결혼한 이래 지금까지도 아내는 내가 하는 일에 그리 큰 문제가 없는 한 무엇이든 호응해 주는 편이다. 처음에 우리 부부는 가톨릭이란 종교를 통해 맺어졌고, 결혼 이후 주일마다 성당에 나가 미사 드리는 것을 큰 은혜로 알고 살아왔었다. 그런데 지금은 둘이 함께 선도라는 것에 생각을 함께하니 이 또한 축복이 아닐 수 없다.

만약에 아내가 여전히 성당에 맹신적으로 열중하는 상태에 있다면 『천부경』이니 환웅 할아버지니 하며 선도에 심취해 있는 나를 가만 놔둘 리도 없겠거니와, 매일 기싸움으로 어쩌면 부부간에 건너지 못할 틈이 벌어졌을 거란 생각에 나도 모르게 호흡을 가다듬게 된다. 이 모든 것들 또한 보호령의 작용도 한몫했으리란 믿음이 있다.

우리 부부는 매일 103배를 함께 하면서 『천부경』을 염송하고 있고 나를 따라 아내도 조금씩 명상을 따라 하고 있다. 기독교에 열심인 딸아이의 눈에 비친 우리 부부의 모습은 어떨까... 심한 거부감이 속으로 치밀지언정 겉으로는 엄마아빠의 선택에 이의를 제기하지는 않는 것 같다. 우리가 교회에 빼앗긴 듯한 딸아이의 종교활동에 대해 별말을 않듯이 말이다.

하나의 진리를 가지고 어떤 옷을 입히느냐가 종교라고 본다면 굳이 내가 믿는 것과 다르다고 해서 거부하거나 터부시한다는 것은 진리와 위배될 뿐이다. 무한한 지혜에서 오는 '선도'의 프리즘으로 세상을 비춰 볼 일이다. 실제로 딸아이는 예수님을 만나게 되면서 평화를 얻고 모든 일상에서 활력 넘치고 사랑을 베풀 줄 아는 아이로 거듭나 있다. 진정한 사랑은 하나라는 불변의 진리를 다시 한 번 깨닫게 해 준다.

아내가 오행생식을 시작한 지는 여섯 달째이다. 오래전부터 간염을 앓아 오다가 세월이 흐르면서 간경화 초기 단계까지 와 버린 탓인지 아내도 치료에 효과적이라면 무엇이든 수용하려 하는 편이다. 아직은 단전호흡 축기 수련이 무엇인지 자세히 알지는 못하는 것 같지만 흉내라도 자꾸 내려고 하는 모습은 일단 좋은 징조로 비친다. 그래도 노궁혈로 기운은 약하게나마 느껴진다고 하니 하루빨리 단전 축기에 성공하기만을 바랄 뿐이다.

중국 여행 때에도 건강을 위해서라면 건강팔찌, 허리좌대 찜질, 기침과 가래에 좋다는 약, 호랑이 파스 등을 구입하는 데 돈을 아끼지 않는 모습을 지켜보며 저 열정으로 단전호흡에 시간 투자를 하여 운기조식하게 되면 얼마나 좋을까 생각해 본다.

중국 시안 여행 시 역사 유물은 진시황릉이나 병마용을 보고 진시황이 중국을 최초로 통일한 후 불로불사를 위해 얼마나 노력하였고 얼마나 많은 사람을 희생하였는지 생생히 알 수 있었다. 설에 의하면 불로초를 찾는 서불 일행이 우리나라에 왔는데 불로초가 1. 은단이라는 설 2. 어떠한 호흡법 3. 무형의 문화 4. 한국의 영지버섯이나 구기자라는 설이 있는데, 내 생각에는 불로초를 찾기보다는 삼공선도를 배웠으면 50살 나이로 생을 마치지 않고 좀더 건강하게 오래 살고 생로병사의 이치를 깨달았을 텐데 하는 마음이 든다. 하기야 요즈음 시대에도 선도수련보다는 맛있는 음식을 탐하는 사람이 더 많으니 인간의 욕심은 끝이 없는 것 같다.

어제는 장모님 댁에서 호박 두 개를 잘라 호박죽 만들려고 보았더니 그중 하나가 절반가량 썩어 있었다. 그래서 우리집에 있는 대왕호박으로 호박죽을 끓일 수 있도록 준비하였다. 다행히 썩은 데는 없었고 껍질을 벗기고 씨를 빼고 알맞게 잘라서 삶았다. 삶은 호박은 3개의 비닐봉지에 넣어서 냉동 보관하여 21일 단식 후 복식 때 주식은 생식, 보조식으로 호박죽을 끓여 먹을 것이다. 단식 삼 일차가 제일 어렵다 하던데 오늘은 약간 현기증은 있었으나 국방부 시계가 돌아가듯 하루가 지나갔다.

단식 넷째 날 2016년 1월 11일 (월) 몸무게 56.1kg

어제는 밤 12시에 잠이 들었다. 평소 같으면 4시경에 일어났을 텐데 오늘은 7시에 일어났다. 단식 셋째 날 몸이 피곤한 것을 보충하느라 숙면을 한 것 같다.

딸이 회사 출근하느라 부산하게 돌아다니는 것을 보고 도와주려고 주방으로 나왔다. 아침 식사로 호박죽과 김치찌개 데우고 사과 한 개 잘라서 식탁에 차려 주었다. 애교 만점짜리 딸아이는 출발할 때까지 내내 고마움을 표현해서 아빠의 마음에 즐거움을 안겨 준다. 이게 다 딸 키우는 맛이 아닐까 싶다.

아내와 집 앞에 있는 월봉산에 올랐다. 정상에 마련된 운동기구에서 운동하는 시간 포함 한 시간 정도 산행을 하였다. 오늘부터 산에서 평소 하던 호보법과 팔 굽혀 펴기 200개는 운동량을 절반으로 줄여서 단식에 무리가 되지 않도록 조정해서 시행했다.

하산 길에 떨어져 있는 비닐, 신문지 등을 주워서 내려왔다. 산을 찾는 사람이라면 적어도 쓰레기를 버리지는 않을 텐데 안타까운 생각이 든다. 다 내려오니 단전이 달아오름을 느낀다. 아내가 오늘이 단식 4일째인데 몸이 괜찮냐고 물어 온다. 몸의 컨디션은 어제보다 호흡하기도 편하고 훨씬 좋았다고 대답해 주었다.

"걱정하지 말아요. 운기조식을 하는 사람은 보통 사람이 음식 즉 지기를 통하여 얻는 에너지 외에 우주에 널려 있는 천기를 흡수하여 기체식 (氣體食)으로 생녕력을 유지하는 거에요" 하고 설명해 주었다.

인간이 태어나면 엄마젖을 먹고 그다음에는 밥을 먹는 고체식을 하는데, 이 고체식은 나이 30세가 되면 기체식으로 병행하여야 한다고 한다. (『밥따로 물따로』책에서) 즉 화식을 두 끼하고 한끼는 기체식으로 하면 몸에 병이 안 생긴다 한다. 이때 기체식은 단식을 말한다.

단식은 식사를 굶는 것이 아니고 천기 즉 우주의 에너지를 섭취하는 것이다. 나는 회사 근무 시『밥따로 물따로』책을 읽은 후 아침과 저녁은 화식하고 점심은 기체식으로 단식을 하였다. 이때 마라톤 운동을 하여도 체중이 66kg 되었는데 기체식을 함으로써 61kg까지 유지하였다.

산에 다녀와서 아내가 옆 동에 사는 장모님 댁에 양배추 데친 것이 있다고 다녀오란다. 장모님은 원래 청주 태생의 인텔리인데 장인어른을 만나 경제적으로 힘들게 살아왔다. 장모님의 친정집은 마을 유지급이어서 시집오실 때까지 고생을 모르고 사시다가 급격히 바뀐 환경에도 불구하고 과감하게 맞벌이를 자청하셔서 오 남매를 잘 키우셨다.

장인어른이 돌아가시자 둘째 처제가 있는, 광주인 우리집 바로 옆 동 아파트로 살림을 합치셨다. 장모님은 독실한 가톨릭 신자다. 2년 전에 택시와 접촉사고로 대퇴부가 부러져 수술하시고 현재 쇠를 박은 상태로 거동이 불편하시지만 매주 일요일은 꼭 성당에 나가신다.

"장모님, 하느님은 어디에 있습니까?"

"어디에 있긴 하늘나라에 있지"

"그러면 하늘나라는 어디에 있습니까?"

"저기 하늘 높은 곳에 있지."

일반적인 어르신들의 생각이 거의 이러시지 않을까? 하느님은 바로 나의 마음속, 장모님의 마음속에 있습니다 하고 설명해 드렸더니 바로 이해를 하신다. 장모님은 영(靈)이 참으로 맑아서 보편타당한 이야기는 금방 알아차린다. 우리 각자의 마음속에 천국도 있고 지옥도 있습니다 했더니 아하 그렇구나 하신다.

제가 장모님에게 단식을 권유했더니 "한끼만 안 먹으면 기운이 없어서 안 된다" 하시면서 내가 4일째 물만 마시고 단식을 하면서도 산에 매일 가는 것을 옆에서 지켜보시면서 기적이라 하신다.

"어찌 단식을 하는데 기운이 있어 산에도 가는지 이해가 안 되네."

"일반 사람은 음식을 통하여 기운을 보충하지만 기공부하는 사람은 천기 즉 하늘의 우주의 기운을 받아 에너지로 활용하기 때문에 죽지 않고 살 수 있습니다."

"허 참 신기한 일이네."

오후에 집에 있는데 백회에 기운이 솔솔 들어와서 명상을 하였는데 척추 있는 데가 뻐근하게 아파서 관을 해 보았다. 곧 백회로 기운이 몰리더니 한 시간 뒤에는 아주 편해졌다.

집에서 아내가 식사하는 것을 보니 밥을 먹고 중간에 떡과 과일을 먹고 차를 마시고 습관적으로 먹는 것 같다. 나도 단식 안 할 때는 생식 외에 저렇게 먹었겠구나 싶다. 마치 나와는 무관한 세상에서 살아가는 그림을 보는 기분이라면 적당한 표현일까... 오늘은 특별히 힘드는 것이

없는 일상생활이었던 것 같다. 저녁에 몸무게를 측정해 보니 56.1kg로
약간 줄었다.

단식 다섯째 날 2016년 1월 12일 (화) 몸무게 54.9kg

아침부터 집이 떠나갈 듯 대성통곡을 하는 딸아이 때문에 눈을 떴다.
공들여 키우고 있었던 햄스터가 움직이지 않는다고 너무 슬퍼하고 있다.
그도 그럴 것이 고 조그만 생명체가 무어길래 온 식구들의 마음에 큰 구
멍을 만들어 주었나 싶다. 먹이를 주면 받아먹고 손에 올려놓으면 신나
게 어깨로 가슴으로 제 놀이터인 양 누비고 다니는 폼은 또 얼마나 앙증
맞던지, 혼이 깃든 생명체는 작든 크든 정이 들게 마련인가 보다.

내 마음도 이럴진대 딸아이의 마음은 오죽하랴. 가서 만져 보니 몸이
딱딱하고 차가움이 느껴진다. 햄스터의 평균 수명은 2년 8개월이라는데
3개월을 더 당겨서 보내고 보니 무언가 정성이 부족해서였나 싶어 마음
이 아프다.

맨 처음 아들이 안산에서 대학 다닐 때 친구한테 선물 받아 기르다가
군대 입대하면서 딸이 받아 보살피고 있었다. 귀엽고 작은 햄스터는 귀
여운 걸음걸이, 예쁜 몸짓으로 가족에게 사랑받았었는데...

동물이든 사람이든 비유하자면 자동차와 같은 것이다. 우리 사람 몸
은 자동차 차체이고 마음은 운전사이고 기운은 기름 즉 에너지와 같은
것이다. 그러니 죽음을 너무 슬퍼하지 말고 살았을 때 햄스터와 행복하
게 지냈던 모습을 생각하고 영혼이 좋은 곳에 갈 수 있도록 기도해 주는
것이 좋겠다고 달래 주었다.

아내와 앞산에 운동하러 가면서 햄스터는 양지바른 곳 나무 밑에 묻

어 주었다. 햄스터를 다시 한 마리 사서 키우자 했더니 딸의 의견이 더 이상 햄스터는 키우고 싶지 않고, 아내도 싫다 한다. 똑같은 아픔을 두 번 다시 겪고 싶지 않다는 것이다. 아직은 생로병사의 이치를 자연스럽게 받아들이기엔 때가 이른 것 같았다.

한 시간 정도 산행을 했는데 아직 육체는 여여할 뿐이다. 병풍산 근처에 약수터가 있어 15년 전에 떠다 먹고 그 후론 안 먹었는데 단식하면서 문득 약수물이 먹고 싶어서 큰 통 두 개를 가지고 가서 떠왔다. 약수터에 있는 아줌마한테 약수물은 얼마나 보관해도 되는지 물어보니 한 달 동안 두어도 이끼가 끼지 않고 물맛이 좋아 생수로 먹는다 한다.

오후 및 저녁에는 방송대 도서관에서 『소설 반야심경』 책을 보았다. 저녁에 집에서 가져간 헛개나무로 끓인 차를 중간병으로 한 병을 마셨는데, 22시 30분경에 집으로 오는데 갑자기 위가 매스꺼워 길가에 차를 세우고 밖에 나오니 갑자기 토하였다. 물만 먹었으니 물밖에 토한 게 없지만 숨쉬기가 매우 힘들고 가슴이 답답하여 단전에 힘을 주고 천천히 단전호흡을 하니 정상으로 돌아왔다.

집에 와서 위는 오행상 토로 단맛이 영양하니 꿀을 동치미 국물에 타서 한 컵 마셨더니 위가 편안해졌다. 도서관에서 책 보는 시간을 22시 30분에서 21시로 줄여서 몸 관리를 해야겠다.

단식 여섯째 날 2016년 1월 13일 (수) 몸무게 54.2kg

아침에 일어나 보니 하얀 눈이 약 5cm가량 쌓였다. 회사 다닐 때는 물류업무를 담당하기 때문에 눈이 오면 도로 사정은 어떠한지, 트럭이 잘 운영될 수 있는지 걱정되었는데 오늘은 가벼운 마음으로 아내와 앞산을 한 시간가량 등산했다. 정상에 넓은 잔디밭에 하얀 눈이 쌓여 있어서 호보법 운동을 하였다. 눈 위에서 운동하니 어깨도 허리도 이완되고 기분도 상쾌하고 좋았다.

오후 및 저녁까지는 『소설 반야심경』 2권을 읽었다. 내용 중에 "불법이 이 세간에 차 있다. 세간을 여의고 깨닫는 것이 아니다. 세간을 떠나서 깨달음을 찾는다면 마치 토끼의 뿔을 구함과 같다."

물은 어제 떠 온 약수를 먹었는데 몸에 맞는지 속이 편안하여 좋았다. 책 보다가 백회로 기운이 폭포수처럼 들어온다. 반가부좌하고 1시간가량 명상을 했다. 삼원조화신공을 해 보았는데 운기가 잘되었다.

이메일을 확인해 보니 반갑게도 스승님의 답변이 와 있다. 스승님이 25년 전에 단식하던 때를 상기하면서 무사히 끝날 수 있도록 격려해 주셨다. 이번 주 16일 토요일에 삼공재 방문 예정을 말씀드렸더니 단식 끝나고 30일 토요일에나 오라고 하신다.

단식 일곱째 날 2016년 1월 14일 (목) 몸무게 53.8kg

함박눈이 하늘에서 펑펑 쏟아진다. 정상이라 해 봐야 낮은 동산이긴 하지만 끝없이 펼쳐진 순백의 눈밭 위에 발자국 하나 찍히지 않은 무결점의 세상을 혼자 누리는 것 같다. 같은 눈이라도 사람의 기분에 따라서 받아들이는 게 다를 테지만 오늘 유독 상쾌한 기분은 무얼까... 근 삼십여 년간 봉직했던 회사를 떠나와서 요즘처럼 자유를 구가하는 때에 아마도 오랜만에 내 인생에서 가장 순수한 때로 잠시 되돌아갔던 때문이리라. 다행히 날씨가 따뜻하여 눈이 쌓이지는 않고 바로 녹았다. 내가 호보법을 하니 아내도 따라서 한다. 한 시간 20분가량 산행을 했다.

『소설 반야심경』 3권을 읽었다. 내용 중에 "보는 것 듣는 것 허깨비 같고, 이 세상 모든 것이 허공의 꽃과 같다. 듣는 성품 돌이켜서 귀 가림을 없애면 티끌 경계 사라지고 깨침 더욱 원만하리. 깨끗함이 극진하면 광명이 충만하고, 고요한 비추임은 허공에 가득하다. 깨달은 눈으로 세상을 살펴보면 모두가 꿈속의 헛된 일이니라."

『선도체험기』를 반가부좌하며 읽는 중에 운기조식, 긴 호흡이 되는 걸 보니 피부호흡이 되고 있다는 걸 알 수 있다. 오후부터 저녁 10시까지 백회에서 기운이 폭포처럼 끊이지 않고 들어온다. 단전도 달아올라서 장시간 책을 보는데 몰입이 잘되고 눈이랑 전혀 피곤하지 않다.

저녁에 정좌하면서 오기조화신공을 20분간 해 보았다. 목(간), 화(심장), 토(위장), 금(폐), 수(신장)을 의식하고 운기를 해 보았는데 따뜻한 기운이 오장을 이동하며 감싸 주었다. 우리 장부의 기운이 깨져 부조화가 된 것이 운기조식하면 바란스를 잡고 조화롭게 됨을 알 수 있었다.

단식 여덟째 날 2016년 1월 15일 (금) 몸무게 53.5kg

아내가 문학 모임 있다고 준비하느라 바빠서 홀로 앞산에서 운동하고 왔다. 몸이 가벼우니 다리에 부담도 없고 날아갈 것 같다. 정상의 평지에서 구보하면서 『삼일신고』 가운데 삼진훈, 삼망훈, 삼도훈, 삼공훈을 암송하면서 운동하였다.

"인물이 동수삼진하니 왈 성명정이라, 유중은 미지에 삼망이 착근하니 왈 심기신이라. 진망이 대작삼도하니 왈 감식촉이라. 철은 지감, 조식, 감촉하여 일의화행, 반망즉진, 발대신기하나니 성통공완이 시니라."

장모님이 임플란트 치료한다 하여 ○○치과에 모시고 갔다. 오는 길에 전에 부산에서 하던 병원보다 못하느니 서비스도 형편없다느니 한참을 넋두리하신다. 연세가 80이시니 잇몸 수술이 더욱 아프셨던 모양이다.

우리 구도인도 몸이 재산이라 건강해야 몸에 깃든 기와 마음도 수련도 할 수 있을 것이다. 태어나서 지금까지 큰 아픈 데 없이 일상생활할수 있어서 감사하다. 우리 인간은 인연과보의 법칙을 받으니 앞으로도올바르고 착하고 지혜롭게 좋은 인연을 만들어 가야 하겠다.

어제부터 유달리 백회에 기운이 쏟아진다. 독서하다가도 백회에 기운이 많이 오면 잠시 멈추고 한 시간가량 명상하면서 운기조식했다. 뇌에서 쐐 하면서 풀벌레 소리가 나면서 백회 주위를 압박하고 손의 노궁혈도 묵직한 기운이 감싼다. 느낌에 인당이 열릴 것 같으면서 아직 화면은동그란 원만 보이고 진행 중인 것 같다. 독서 많이 하는 것도 중요하지만 명상 시간을 늘려 자성을 찾는 데 좀더 집중해야겠다.

단식 아홉째 날 2016년 1월 16일 (토) 몸무게 53.4kg

새벽 4시경에 일어나 명상 한 시간 30분가량 하고 5시 30분에 앞산에산행 및 운동 한 시간가량 하고 집에 왔다. 신체적 변화는 아직도 여여하다.

학교도서관에 가서 『선도체험기』 및 마음공부하는 책을 보았다. 점심시간에는 도서관에 있던 학우들이 식당으로 갔다. 나도 나만의 점심 식사를 위해 식당 대신 학교운동장으로 나갔다. 햇빛을 받으며 천천히 세바퀴 돌았다. 단전호흡을 하였더니 금방 단전이 달아오르고 입에 침이고여 삼키었더니 허기가 채워졌는지 시장기가 사라졌다.

오후에 삼공재 수련 시간에 맞추어 의자에서 반가부좌하고 한 시간가량 명상을 했는데 단전에 기운이 풍선처럼 달아올랐고 백회에도 쏟아져서 기분이 좋았다.

도서관에서 책을 보고 있는데 40대 초반 남자가 들어와서 바로 옆자리에 앉았다. 삼겹살 고기에 술 냄새가 밴 역겨운 냄새가 난다. 그 남자는 두 시간가량 책 보다 갔는데, 아니나 다를까 그 남자한테서 탁기가 들어와 역겨운 냄새가 나고 어깨와 목덜미를 묵직한 기운이 누른다. 글을 쓰고 있는 지금에야 천도되어 백회에 기운이 잘 들어온다.

오늘 책에서 나온, 서산 대사가 열반하면서 남긴 "천계만사량 홍로일점설"이 떠오른다. 뜻을 풀어 보면 "천 가지 계획과 만 가지 생각도 붉게 달구어진 난로의 한 점 눈송이에 지나지 않는다." 이번 단식하면서 물은 오후 5시 이후 10시 이전까지 떠온 약수물을 작은 물병 한 개에 넣어 나누어서 마시고 있다. (500ml)

단식 십 일째 날 2016년 1월 17일 (일) 몸무게 53.2kg

아내와 함께 앞산에 9시경에 올라 한 시간 30분 정도 산행 및 운동을 하였다. 산의 오르막길에서는 호보법을 약 20분 정도 하였는데 단식 전보다 약간 호흡이 거칠어지는 것이 느껴진다.

아내 친구가 내 모습을 그전에 보고 어제 보았는데 얼굴이 몰라보게 변하였다고 한다. 친구가 부녀지간 같이 보인다고 했다면서 속상해했다. 빨리 단식이나 끝내고 예전의 몸무게로 되돌려 놓기나 하라고 으름장이다.

그나마 아내가 읽고 지나간 책이 단식 내용이 담긴 것이어서 별다른 걱정을 안 하는 것 같다. 아마 적어도 죽지는 않겠구나 확신이 들었는지 별다른 제재가 없어서 그나마 나로서는 다행한 일이었다. 보는 사람마다 중병 들었냐는 둥 저러다 큰일 치른다는 둥 걱정 일색인 말들뿐인데 그래도 가장 옆에 있는 사람이 믿어 주니 그것만 해도 든든한 일이다.

아내와 둘이 소나무에 등을 대고 수목지기를 해 보았는데 백회에 기운이 즉시 단전에 따뜻하게 달아오르는 것이 느껴진다. 집사람과 3m가랑 떨어져 있어서 아내의 인당으로 기운을 보내고 나의 용천혈로 회수하고 인당으로 운기를 해 보았는데 운기가 잘 되는 것이 느껴진다.

학교도서관에서 『선도체험기』 110권까지 오늘로 두 번 읽었다. 시사와 역사 문제는 관심 부분만 보고 나머지는 속독으로 보았다. 지식으로 아는 내용을 명상을 통하여 몸으로 체득할 수 있도록 시간을 늘려가고 있다. 단식을 하면서 단전이 달아오르는 체험을 난생처음 해 보니 선도 수련의 중요함을 몸으로 알았다.

생활 속에서 작은 이타행 실천을 위하여 학교도서관에서 마치고 나올 때 타인이 사용했던 의자를 정리정돈하고 나오고 있다. 꾸준히 실천하고 있었더니 다른 한 명의 학우가 동참하여 주변 의자를 정리정돈하고 있었다. 오늘 물은 500ml 병의 절반 정도 마셨다.

단식 십일 일째 날 2016년 1월 18일 (월) 몸무게 52.9kg

아침에 산행 1시간 30분 정도 운동하였다. 함박눈이 하늘이 열린 듯 쏟아져 산행 후 아파트 앞 공터를 산책하면서 겨울의 전령 흰 눈을 아내와 같이 맞이하면서 담소하였다.

겨울철의 별미인 싱싱한 굴을 가져와서 살짝 물에 데치고 밀가루에 묻혀서 전을 부치고 아내가 맛있게 먹는다. 난 기운을 취하고 나니 먹고 싶은 생각은 없다.

오늘 신체적 변화는 반가부좌하고 독서할 때 독맥의 명문 부위가 뜨거워지고 단전 및 중단전이 달아올랐다. 운기조식이 되고 있어 아직은 큰 어려움은 없다. 얼굴 살이 원래 왼쪽 볼만 들어갔는데 오른쪽 볼도 약간 들어갔다. 단식 완료 후 복식 진행될 때까지 가족 외에는 가급적 만나지 않는 것이 좋겠다고 생각했다.

단식 십이 일째 날 2016년 1월 19일 (화) 몸무게 52.6kg

오늘 아침 산행하니 눈이 20cm 쌓여 있고 계속해서 함박눈이 쏟아진다. 오늘은 올겨울 들어 눈이 제일 많이 온 날이다. 정상 눈 쌓인 곳에서 호보법을 하면서 동영상 2분 정도 촬영했다.

제작한 동영상은 유튜브에 올려 대한민국 국민이 어깨, 허리 아프지 않도록 하는 운동법으로 활용토록 해 오고 있다. 호보법은 독맥 유통과 척추신경 운동, 오장 운동에 적합한 운동이라 생각된다.

도서관의 전자책을 빌려 보려 하니 도서관 개설 카드가 있어야 된다 하여, 무등도서관에 가서 열람 카드를 만들었다. 도서관 홈페이지에 등록하면 전자도서를 무료로 빌려 볼 수 있으니 공부하는 데 편리한 제도인 것 같다.

단식 12일째인데 첫날만 대변을 보고 아직 소식이 없다. 일단 먹은 것이 없으니 안 나온 것은 당연하다 생각된다. 그저 몸의 변화 사항을 여여하게 지켜보아야겠다. 왼쪽 눈이 약간 빨간 것 말고 특별한 신체의 변화 사항은 없는 것 같다. 몸무게가 줄면서 정신은 더 맑아진다. 독서에 더욱 집중할 수 있게 되었다. 명상 시간을 조금씩 늘려 가고 있다.

단식 십삼 일째 날 2016년 1월 20일 (수) 몸무게 52.4kg

산에 눈이 삼 일째 쌓여 있다. 새들의 먹이로 쌀을 좀 준비하여 갔다. 아파트 재활용센터 들렀더니 큰 새 한 마리가 음식물 쓰레기 버리는 곳에서 날아간다. 배가 고프긴 고픈 모양이네. 등산하면서 세 개 장소에 눈을 치우고 종이를 깔고 쌀을 놓았다. 오늘은 눈이 안 오니까 눈 밝은 새는 와서 먹을 수 있을 것이다. 한 시간가량 산행하고 집에 돌아왔다.

아내가 생식 포함 아침 식사를 하는데 단전이 달아오른다. 기체식이 됨을 알 수 있다. 바깥 날씨는 추운데 단전은 따뜻하여 추운 줄은 모르겠다. 다 스승이 지도해 준 덕이라 생각하고 큰 감사를 드린다. 자기 전에 명상을 한 시간가량 하는데 눈물이 양 볼을 타고 흘러내린다. 아마 자성이 정화되고 있다는 느낌이 온다. 아직 몸 상태는 여여하다.

단식 십사 일째 날 2016년 1월 21일 (목) 몸무게 52.3kg

새벽 4시 30분에 기운이 많이 들어오면서 잠이 깨어서 명상을 한 시간 반가량 하였다. 『천부경』, 대각경, 『삼일신고』를 암송하였다. 산행은 1시간가량 했는데 날씨가 더 추워져서 산행길은 이미 빙판이 된 곳이 생겨났다. 넘어지지 않도록 조심하였다. 철봉 운동기구가 있어 턱걸이를 해 보니 5회는 무난히 할 수 있었다.

학교도서관에서 『선도체험기』 8권 오행생식 부분을 정독하고 있는데 한끼 식사에는 기체식 200칼로리와 식사에서 200칼로리를 섭취한다고 한다. 그래서 운기조식이 되는 구도자가 단식을 하면 매끼마다 기체식 200칼로리가 섭취됨을 알 수 있다. 이번 단식을 하면서 얼굴 살은 빠졌지만 눈빛은 더 빛나고 있다. 운기조식이 잘되고 있어 생명력에 필요한 에너지가 원활하게 공급되고 있다.

아침저녁 양치질할 때는 치약을 쓰지 않고 소금을 쓰고 있는데 아직 잇몸과 치아가 아픈 데는 없다. 광주에 사는 양정수 사형과 전화가 어렵게 연결되어 안부 문의하였고 구정 지난 후 한번 만나기로 했다. 광주 지역에 아는 도우가 없는데 이 또한 좋은 인연임을 알 수 있다.

단식 십오 일째 날 2016년 1월 22일 (금) 몸무게 52.1kg

아침 산행은 아직도 눈이 덜 녹아 결빙 구간이 많다. 호보법은 약 100미터가량 오르막길에서 했다. 팔과 어깨, 허리가 좋아짐이 느껴진다. 약 1시간가량 운동했는데 아직은 산행하는데 불편한 점은 못 느끼겠다.

장모님 치과에 모시고 갔다 왔다. 집안에 틀어박혀 있는 것은 내 처지나 장모님 처지나 매일반이라선지 장모님의 하소연에 수긍이 간다. 평생 살아오신 부산에 오랜 친구분들도 다 남겨두고 오신 데다 다리가 불편하니 맘대로 나들이도 못 다니는 그 답답함이 이해가 간다. 우울증 증세가 있으시다 하시니 염려스럽다.

밤에 잠이 안 올 때 강론이나 명상 테이프도 듣고 싶으시단다. 전자 대리점에 들러 카세트테이프와 씨디 기능이 들어 있는 미니 카세트을 구입해 드렸다. 불면증을 호소하셔서『선도체험기』오행생식 강의편 보니 생옥수수 가루에 흑설탕이 특효라 한다. 당장 구해 드려 봐야겠다. 심포, 삼초를 튼튼하게 해 주니 효과가 분명히 있을 것 같다. 단전은 따뜻하게 데워지고 있고 명상을 통한 운기조식 수련을 계속하고 있다.

단식 십육 일째 날 2016년 1월 23일 (토) 몸무게 51.8kg

산행 운동을 한 시간가량 하였다. 산행하면서 아내가 단식은 힘들게 왜 하는가 물어본다. 수련하기 위해서 한다. 몸과 마음을 정화하여 올바르고 착하고 지혜롭게 살려고 한다. 그것이 선도에서 말하는 성통공완을 목표로 한다고 말했다. 정신세계를 좀더 깊이 수련하여 흔들리지 않는 부동심, 마음의 평화를 갖기 위해 단식 수련을 한다고 말해 주었다.

학교도서관에서 『선도체험기』와 『명상체험여행』(박석 교수 작) 책을 밤 10시까지 보았다. 중간에 졸려 반가부좌하고 1시간 정도 명상을 하였더니 정신이 맑아진다. 백회, 노궁, 용천혈로 운기조식이 되어 단전이 따뜻하니 기운이 없거나 힘든 것은 아직 없다. 내가 생각해 봐도 운기조식이 되고 나서 단식을 하니 배도 고프지 않고 참 신기하다는 생각이 든다.

아내와 딸은 얼굴이 약간 살은 빠졌다고 한두 번 이야기 하더니 이젠 내가 단식하건 말건 관심도 없는 듯하다. 아마도 내가 일상생활을 평소와 다름없이 하고 있어서 그런 것 같다.

『명상체험여행』의 중요 내용을 보면 40일 단식수련을 통한 '이 뭐꼬' 화두수련으로 깨우침을 얻고 보니 "본래면목은 나의 일상적인 마음과 항상 같이 있는 것이다. 울고 웃고 하는 그 마음이 동전의 앞면이었다면 변하지 않는 그것은 동전의 뒷면이었다"고 한소식한 것 같았다. 어느 선사 왈 "이 마음 밖에 깨달음이 있는 것이 아니다. 이 마음을 돌이키면 바로 깨달음이다. 이 마음 밖에서 깨달음을 구하려면 억겁을 구하여도 얻을 수가 없다."

진짜 놓을래야 놓을 수 없는 경지란 바로 이 '현재의식' 아닌가? 가장 궁극적인 깨달음이란 바로 다시 현재의식으로 돌아오는 것이다. 그래서 선사들은 '도'란 평상심이다. 장작 패고 밥 짓는 것이다. 산은 산이요 물은 물이라고 했던가. 『선도체험기』에서 늘 말씀하셨던 "일체유심소조, 삼계유심소현"이라는 생각이 든다. 약수물로 250ml 마셨다.

단식 십칠 일째 날 2016년 1월 24일 (일) 몸무게 51.6kg

아침 산행을 하니 밤새 또 폭설이 약 25cm 와서 5년 만에 제일 많이 왔다. 하얀 눈을 밟으니 뽀드득뽀드득 소리가 나고 온 세상이 하얗게 변해 동화나라에 온 것 같은 착각이 든다. 이 겨울의 설경을 즐길 수 있으니 이 또한 기쁘지 아니한가?

장모님이 오셔서 아내가 맛있는 고추 동그랑땡, 계란찜, 시원한 동치미, 포도를 준비했다. 장모님은 사위가 17일간 굶으면서도 산에도 갔다오고 일상생활을 무난히 하는 모습을 보며 마음은 놓으시면서도 함께 먹거리를 나눌 수 없음에는 몹시 안타까워하신다. "걱정마세요. 저는 음식의 맛있는 기운과 하늘 기운을 기체식으로 먹습니다" 했더니 고개를 갸웃거리신다.

오늘은 바깥 환경이 폭설이 쌓여서 집에서 그동안 써놓은 단식 체험기 교정도 보고, TV도 보고 명상을 하면서 여여하게 지냈다. 딸이 감기기운이 있다 하여 따뜻한 물에 고추장 한 숟갈, 꿀 한 숟갈 섞어 한 컵 만들어 마시고 땀을 내도록 했다. 초기 감기이고 폐를 영양하는 매운맛을 마시면 나으리라 생각된다.

단식 십팔 일째 날 2016년 1년 25일 (월) 몸무게 51.5kg

아내와 같이 밤새 조금 더 폭설로 쌓인 앞산을 한 시간가량 산행하였다. 18일 동안 아침 산행을 계속하였는데 아직은 신체의 별다른 증상은 없다. 화장실에서 대변이 나올까 하고 앉아 있어 봤는데 방귀만 나오고 소식이 없다. 몸을 유지하기 위해 생명력으로 써 버린 모양이다.

지하주차장 밖에 차를 세워 두어 25cm 정도 쌓인 눈을 치웠다. 온통 세상이 하얀 설국이다. 오전에는 모처럼 따뜻한 햇살이 떠서 아파트 옥상에 있는 나뭇잎 위의 눈을 털어 주고 햇살을 받도록 하였다. 밖에 있는 무는 얼어서 무 얼음채를 만들어서 단식 후 복식할 때 먹어야겠다. 시골 어머님께 만드는 방법을 문의하니, 무를 완전히 얼린 다음 폭 삶아서 손으로 조각조각 떼어서 알맞게 양념하여 먹으면 된다 하신다.

거실에서 중충혈과 후계혈로 압봉을 붙이고 의자에 앉아 햇살을 받으며 명상을 하니 손끝의 중충혈로 강한 기운이 운기됨을 느껴서, 압봉을 침 대신에 사용해도 효과는 충분하리라 생각된다. 아내한테 족궐음간경의 태충혈, 양쪽 발의 2곳에 압봉을 붙여 보았다. 체험하는 지식이야말로 정말 중요한 것이 아닌가?

오후에는 누워서 명상을 하며 몸을 바라보니 심장보다 배꼽인 신궐 부근이 더 세게 된다. 왜 그럴까? 복뇌라 하여 소화, 흡수, 배설의 중요한 작용을 하기 때문일 것이다. 육장육부가 건강하면 병이 없듯이 복뇌가 살아나면 만병이 물러간다 한다. 명상을 하면 눈물이 살포시 흐르는 것은 아직도 정화되고 있다는 느낌이다. 물은 500ml 정도 마셨다.

단식 십구 일째 날 2016년 1월 26일 (화) 몸무게 51.4kg

새벽에 잠을 깨니 노궁혈 및 용천혈로 기운이 엄청 많이 들어온다. 가만히 누워서 집중해 본다. 우주기운이 노궁, 용천, 백회로 연결되어 나와 우주가 한몸이 된 느낌이다. 천주교의 성부와 성자와 성령이 하나이듯이 정·기·신이 하나이고, 이 하나는 다시 셋으로 변하는 것이 체감된다. 몸의 생명력을 유지하기 위하여 자동 보충되는 느낌이다.

앞산을 한 시간 산행 및 운동하였다. 눈이 와서 산행이 힘들게 되었지만 눈이 쌓인 곳을 밟아야 오히려 미끄럽지가 않으니, 눈은 원인도 되고 해결책도 되니 세상의 이치를 여기에서도 엿보게 된다. 아파트 단지 내에도 20cm 정도 쌓인 눈을 미니 포크레인이 배치되어 눈 치우는 작업을 진행하고 있다. 고마운 일이다.

아내가 생옥수수 가루를 인터넷으로 구입했는데 어떻게 먹냐고 물어온다. 생옥수수 가루와 꿀을 섞어 한 컵 마시면 된다고 알려 주었다. 옥수수 가루는 떫은맛이니 심포 삼초를 영양하여 우울증 및 불면증에 효과가 있을 것이다.

오후에는 도서관에 가서 책을 보았다. 본 책 내용 중에서 마음 수련 시는 의념이 가장 중요하다. "借假修練(차가수련) : 가짜를 빌려 진짜를 수련한다." 대뇌는 생각하고 간뇌는 생각을 실행한다 한다. 간뇌는 무의식 세계로 신의 영역이라 한다. 간뇌의 잠재능력을 깨워야 한다. 마음 수련 시 운동선수가 이미지 트레이닝을 활용하여 수련하면 실제와 같이 수련된다는 말과 같지 않을까 생각된다. 결국은 『선도체험기』에서 강조한 '심기혈정'인 것이다.

13시부터 22시 30분까지 소변을 한 번도 보지 않았다. 참 이상하다! 몸의 물도 아껴서 생명력으로 활용하는 모양이다. 밤에 103배 하는데 우측 관절이 약간 아프다. 절 운동 후 명상을 하는데 백회 기운이 하늘과 연결되어 계속 기운을 보충해 주고 노궁혈로 묵직한 기운이 강하게 느껴진다.

단식으로 지기(식사)를 흡수는 못 하지만 기운이 부족하면 천기를 계속 흡수하여 생명력을 유지한다. 참으로 특별한 체험이 아닐 수 없다.

단식 이십 일째 날 2016년 1월 27일 (수) 몸무게 51.2kg

5시에 일어나니 강한 기운이 쏟아져 들어오고 정신은 아주 맑다. 우주와 내가 혼연일체가 된 느낌이다. 나의 단전이 우주로 확장되어 커지고 우주가 다시 내 단전에 들어온다. 내 기운은 우주기운, 우주기운은 내 기운이라는 느낌이 강하게 밀려온다. 앞산에 등산을 한 시간가량 하였다.

오후에는 오행생식원에 음양오행체질분류법과 맥진법을 공부하기 위하여 갔다. 기본적인 목, 화, 토, 금, 수, 상화, 여섯 가지에 대해 설명하였는데 비유하길 집안에 여섯 형제 중에 한 명이 큰 사고가 나서 경제적인 도움이 필요하면 형제간 조금씩 걷어 도와주는데, 두세 번 도와주어야 할 경우 못사는 형제는 아이구 내가 죽겠네, 나는 못 도와주겠네 하듯이 한 장부에 병이 생기면 처음에는 도와주나 그래도 안 나으면 다른 장부까지 병이 악화된다. 그래서 육장육부가 균형 있게 건강하기 위해서는 맥진법에 의한 음양오행체질을 분류하여 오행생식을 활용하면 병이 근본까지 치료할 수 있다 한다.

오늘 처음 와서 공부하는 분이 암수술 후 항암 치료을 받고 있는데 교육을 받고도 생식하는 것을 망설인다. 생식을 하면 그동안 먹어 봤던 맛있는 음식을 포기해야 되는 게 두려워서일까? 내 체력, 생명력이 최악의 상황에서도 식욕에 대한 욕심은 끝이 없는 것 같다.

제일 고수는 병이 안 나도록 하는 것이요, 하수는 중병이 난 다음에 치료하는 사람이 아닐까? "성인은 섭생의 도를 적절히 실천으로 옮길 수 있지만, 어리석은 사람은 그 도를 지키지 못한다"고 하였다. 자기 전에 아내와 103배, 명상을 하였다. 여전히 기운은 강하게 들어와 에너지를 보충해 준다.

단식 마지막 날 2016년 1월 28일 (목) 몸무게 49.6kg

전날 1시에 잠들었는데 새벽 4시 30분에 잠이 깨어 노궁과 용천혈로 강한 기운이 쏟아져 와공을 하고 이어서 6시 30분까지 명상을 했다. 명상 중에 대각경의 "하느님과 나, 남과 나, 우주와 내가 하나로 합쳐지는 실상의 세계 속에 살고 있다"가 떠오르고 "내 기운은 우주기운, 우주기운은 내 기운" 하면서 단전의 기운이 우주기운과 교류되고 있음이 느껴진다.

좀더 깊이 들어가니 내 마음과 우주마음은 하나다. 호흡도 끊어지고 의식도 끊어지는 무심, 무아지경이 되어 한참 머물러 있었다. 『삼일신고』의 "자성구자하면 강재이뇌니라"가 체감으로 다가온다. 정신은 유리처럼 투명하게 맑아진다.

딸은 새벽 4시 40분에 매일 새벽기도 하고 들어와 잠깐 자고 회사 출근한다. 늘 마음이 안쓰럽다. 사과 한 개를 씻고 잘라서 비닐봉지에 넣어 주었다.

단식 중 마지막 산행은 여유 있게 9시 30분 시작, 한 시간가량 하였다. 폭설이 18일 밤에 왔으니 돌이켜보니 11일 동안 눈 덮인 산행을 했는데 이 또한 겨울 묘미가 아닌가? 산 정상에서 눈 위에 누워 하늘을 보니 멀게만 느껴졌던 21일이 어느새 훌쩍 지나간 것 같다.

아내가 장모님과 사우나 간다고 차로 태워 달라고 한다. 그 차에 나도 묵은 때나 벗자 싶어서 동행하기로 했다. 몸무게를 측정하니 49.6kg 나온다. 단식 전 61kg에서 11.4kg 감량되었고 키가 168cm이니 110을 빼면 표준 체중이 58kg보다 8.4kg 줄었다.

성인이 된 후 줄곧 60kg가 넘었는데 49.6kg까지 떨어지다니 이건 완전히 기적 같다. 거울 속의 모습을 보니 배가 쭈글쭈글한 모습이 어릴 적 사진으로 보았던 비폭력 평화주의자로 단식을 했던 인도의 간디 모습이 순간 떠올랐다. 내 살아생전 처음으로 단식한 내 육체를 무심히 바라보았다. 단식하는 동안 쓸모없는 군살과 찌꺼기는 생명력으로 완전 연소되었구나 싶다.

뜨거운 욕탕에 들어가서 조용히 명상을 하니 내 몸에 스펀지처럼 용천과 노궁혈로 찌릿찌릿 물을 흡수하고 물과 하나 된 것처럼 느껴진다. 몸과 마음이 편안하고 기분이 좋아진다. 목욕탕에서 나오니 비가 오는데 봄비처럼 포근하게 느껴진다. 이번 비에 쌓인 눈은 조금씩 녹아 자연으로 돌아갈 것이다.

오후에 집에서 외화 〈에베레스트〉를 보았다. 이 영화는 1996년 발생한 실화를 바탕으로 제작한 것이다. 상업등반회사가 일인당 6천 5백만 원 받고 에베레스트 정상 등반 지원 프로그램을 운영하기로 했다. 정상 정복 후 하산길에 5명 숨졌고 지금도 시신은 에베레스트 산에 있다 한다.

영화 중에 에베레스트 산에 오르는 이유는 "산이 거기 있으니까." 어느 등산가 왈 "경쟁이 너무 치열해요. 사람들과 경쟁할 필요가 없지, 이건 사람과 산의 경쟁이지. 마지막 결정권은 늘 산에 있지."

인명 사고 분수령은 평범한 우편배달부 직업을 가진 더그 한센이 일행이 정상에서 내려오는 중에 체력 열세로 늦게 올라와서 정상에 꼭 가 보고 싶다고 한다. 더그 한센은 "이번이 세 번째 도전인데 이번에 못 가면 평생 못 간다. 내년에 못 와. 마지막 기회야" 하고 사정한다. 리더인 롭은 잠깐 망설인다. 리더인 롭과 더그 한센은 뒤늦게 정상 정복에 성공하나 더그 한센이 산소 부족과 체력 고갈로 거의 혼수에 빠진다.

그를 무리하게 데리고 내려오다 롭도 체력이 고갈되고 기상도 나빠져 눈 폭풍이 몰아쳐서, 결국은 더그 한센은 뒤늦게 자일을 끊고 먼저 죽지만 리더인 롭도 에베레스트에서 최후를 맞이한다는 내용이다. 만약 우리 선도 수련인이 에베레스트를 등반하면 산소가 희박한 가혹한 고산지대 조건에서 좀더 잘 극복할 수 있을 텐데 하고 생각해 본다.

『선도체험기』7권 스승님의 단식 체험기를 다시 한 번 읽어 보았다. 복식은 1일 2식, 생식 한 숟갈로 천천히 시작하는 게 좋다. 단식 후 성생활은 단식 기간의 6배 이후에 해야 한다고 했다. 약 4개월인데 최소 2개월 이후에나 생각해 보아야 하겠다. 아내는 얼굴에 살 빠진 모습이 안쓰러운지 단식 끝났으니 내일부터 몸을 빨리 정상으로 회복시키라 아우성이다.

23시 30분에 도와주신 선계 스승님, 지도해 주신 김태영 스승님, 지도령, 보호령, 자성에게 감사 인사 먼저 드리고 103배와 명상을 한 시간 하고 21일간 단식을 마무리하였다.

단식 후 느낀 소감

단식 시작하면서 아파트 화단에 철쭉꽃이 피기 시작했는데, 마무리하는 시점에 만개하여 축하해 주는 느낌을 받았다. 몇 년 만에 광주에 눈이 많이 내려서 하얀 눈 덮인 산을 매일 오르내리는 설레임을 간직한 소

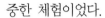

중한 체험이었다.

첫째 몸공부 측면에서 몸무게가 61kg에서 49.6kg으로 줄었다. 삼시 세끼를 안 먹으면 죽는 것이 아니고 살 수 있다는 것을 체득하였고 특히 단순히 지식으로만 알던 기체식이, 육체에 식량이 끊기면 운기가 되는 사람은 백회, 노궁, 용천혈로 운기되어 단전에 기운이 쌓여서 몸의 비상 사태에 생명력으로 작용하는 것을 직접 체험으로 알 수 있었다. 매일 앞 산 월봉산에 1시간가량 평시처럼 산행할 수 있는 체력은 있다는 것을 알 수 있었다. 학교도서관에서 12시간가량 장시간 책을 보았는데 첫째 눈 이 피로하다고 느낀 적이 없었다.

둘째 기운공부 측면에서는 명상 수련 시간을 늘렸다. 종전에는 잠자 기 전에 했는데 새벽, 낮, 저녁, 잠자기 전 시간이 되면 수시로 명상을 하곤 했다. 식량은 공급은 안 되지만 단식 기간이 늘어날수록 오히려 단 전이 따뜻이 달아올라 부족한 기운을 공급해 주었다. 20일 이후로는 노 궁, 용천, 백회에 기운이 상시 찌릿찌릿 느껴지고 있으니 참으로 신기한 일이다. 앞으로도 계속 명상 수련을 하면서 정충·기장·신명, 성통할 때 까지 매진토록 해야 하겠다.

셋째 마음공부 측면에서 학교 열람실을 활용하여 『선도체험기』, 마음 관련 책들을 보았다. 도서관 나올 때는 주변 의자를 정리정돈하는 생활 속 작은 이타행을 실천하였고 가정에서는 설거지를 도와주었다. 대각경 에 나오는 "우주와 내가 하나 되는 실상의 세계 속에 살고 있다" 문구처 럼 단식 마지막 날 새벽 명상 시 내 기운이 우주로 확장되고 우주기운이 내 기운 속에 들어와서 나와 우주가 둘이 아니고 하나로 운기가 되고 있 는 체험을 했다. 계속 지켜보고 관찰한 일이다.

또 하나의 특이한 체험은 대변을 단식 첫날 하고 22일간 대변을 안 보았다. 이에 대한 생각은 내 몸에 남아 있는 영양분, 찌꺼기가 생명력으로 완전 연소하였다는 생각이 든다. 또 하나는 2015년 7월부터 6개월간 생식을 해서 이미 몸이 정화된 게 아닌가 하는 생각도 해 보았다.

인체 소화 과정이 궁금하여 글을 찾아보니 "우리 신체의 음식물 흡수, 소화, 배설 과정을 살펴보면 입으로 음식물을 침과 함께 씹어 삼키면 약 20cm 식도로 6~7초 만에 통과하여 위에 도착하고, 3~6시간 걸쳐 위액과 섞여 걸쭉한 죽으로 만들어 30cm가량의 십이지장으로 간다. 효소와 담즙, 췌장액을 분비, 소화 진행하고 5~6m의 소장으로 가서 약 4~5시간 동안 영양물질과 수분을 80%가량 소화, 흡수한다. 나머지 20%는 길이 2m의 대장에서 9~16시간 동안 수분을 흡수하고 대변으로 나온다. 먹고 마신 음식물이 입에서 항문까지 7~8m에 이르는 소화관을 16~27시간 통과한 뒤 대변으로 빠져나온다" 한다. 대변은 복식 셋째 날 새벽에 단식 후 23일 만에 숙변과 함께 한 무더기 깨끗이 보았다. 정말로 특별한 체험이 아닐 수 없다.

하찮은 솔개도 40년 살고 그냥 죽느냐 아니면 수련해서 더 사느냐의 갈림길에서 수련을 택한 솔개는 높은 산에서 4개월 동안 수련하며 낡은 부리, 발톱, 날개의 깃털을 뽑아 버리고 새로 길러 다시 30년을 더 산다 한다. 우리 인간도 단식을 통하여 몸과 마음을 정화하여 새롭게 다시 태어나 후반부를 건강하게 살아야 하는 것이 아닌가 생각해 본다.

나의 좌우명은 '거거거중지(去去去中知) 행행행리각(行行行裏覺)'이다. 인생길 가면서 때론 흔들리지만 바로잡아 정도를 가는 구도자가 되도록 용맹정진할 것을 다시 한 번 마음을 다잡아 본다.

끝으로 마하트마 간디의 시 한 편 공유합니다.

생이 그대를 저버려도 멈추지 마라
오, 인간이여
그대가 약하든 강하든 쉬지 마라
혼자만의 고투를 멈추지 마라

세상은 어두워질 것이고
그대는 불을 밝혀야 하리라
그대는 어둠을 몰아내야 하리라

오, 인간이여
생이 그대를 저버려도 멈추지 마라

2016년 2월 2일
김광호 올림

【필자의 회답】

단식 체험기 재미있게 잘 읽었습니다. 그리고 이번 단식을 성공적으로 끝낸 것을 축하합니다. 그동안 내가 읽었던 어떤 단식 체험기보다도 감동적이었습니다. 이 정도의 글이라면 단식하려는 후배들에게 아주 유익한 자료가 될 것임을 의심치 않습니다. 부디 계속 용맹정진하기 바랍니다.

그리고 김광호 씨는 수련이 쾌속으로 진행되어 2015년 11월 14일부로 삼공재에서 455번째로 대주천 수련을 시작하게 되었음을 독자 여러분에게 알립니다.

〈112권〉

아내가 싸움을 걸어올 때

2017년 2월 18일 토요일

7명이 좌선을 하고 있는데 부산에서 올라온, 직장에 나가는 40대 초반의 고동건이라는 남자 수행자가 입을 열었다.

"선생님, 질문을 하나 드려도 괜찮겠습니까?"

"그럼요. 말씀하세요."

"여러 도반들이 열심히 수련 중인데 이런 질문을 드리게 되어 죄송합니다."

"괜찮습니다. 무슨 일인지는 모르겠지만 오래간만에 먼 데서 그 일 때문에 일부러 나를 찾은 것 같은데 기탄없이 말씀해 보세요."

"마누라하고의 문제인데 하도 심각해서 결혼생활이 깨질 것 같아서 마지막으로 선생님의 충고라도 한마디 들어 보고 나서 다음 일을 결정하려고 합니다."

"서론은 그것으로 충분하니 어서 본론으로 들어가세요. 핵심이 무엇입니까?"

"집사람이 사소한 일로 항상 시비를 걸어옵니다."

"결혼한 지는 얼마나 되었습니까?"

"올해로 꼭 10년째 되었습니다."

"아이는 몇이나 됩니까?"

"아홉 살 된 아들하고 일곱 살 된 딸이 있습니다."

"부인은 직장에 나갑니까?"

"맞벌이부붑니다."

"그래요? 그럼 부인이 비록 사소한 일로 싸움을 걸어온다든지 남편인 고동건 씨를 구박을 한다고 해도 처음부터 일절 대꾸를 하지 않으면 됩니다."

"시비꺼리도 안 되는 것을 가지고 바락바락 따지고 드는데도 어떻게 못 들은 척하기만 할 수 있겠습니까?"

"그래서 지금까지 마주 화를 냈습니까?"

"그럴 수밖에 더 있겠습니까? 저도 자존심이라는 것이 있는데 말입니다."

"그럼 고동건 씨가 언제나 불리합니다. 말싸움에서는 먼저 화내는 쪽이 지게 되어 있으니까요."

"그럼 제가 처음부터 아무 대꾸도 하지 말았어야 합니까?"

"물론입니다."

"결국 의도적으로 저의 부화를 돋구어도 대꾸를 일절 안 하고 침묵만 지켜야 합니까?"

"그럼요. 손바닥도 마주쳐야 소리가 납니다. 부부싸움도 한쪽이 상대를 해 주지 않으면 싱거워져서 싸움이 되지 않습니다. 결혼생활을 10년 동안이나 했으면 그만한 지혜도 생길 때가 되었을 텐데요. 게다가 부인은 직장에 나가면서도 비록 남의 도움을 받는다고 해도 두 아이를 키우는 어려운 부담을 안고 있으니 평소에 스트레스가 많이 쌓였을 것입니다. 고동건 씨는 평소에 주방일과 자녀 양육 면에서 부인을 적극 도와주는 편입니까?"

"그 방면에서는 남들이 하는 것만큼은 저도 힘자라는 대로 돕고 있다고 자부할 수 있습니다."

"스스로 잘 생각해 봐서 부족한 점이 있다면 반성해야 할 것입니다. 혹시 과음을 한다든가 직장 여직원과 데이트하는 일은 없습니까?"

"언감생심 그런 일은 전연 꿈도 못 꿉니다."

"그렇다면 내가 말한 대로 부인이 먼저 싸움을 걸어올 때 침묵으로 일관하는 작전부터 실천해 보세요. 오늘부터 당장 그렇게 하세요. 그 결과를 가지고 다음에 토론을 해 보도록 합시다. 그건 그렇고 본질적인 문제가 남았습니다. 아까 첫머리에 결혼생활이 파국에 들어간 것 같은 말을 한 것 같은데 사실입니까?"

"그 말은 맞습니다. 선생님의 충고 듣고 나서 이혼 문제를 여쭈어보려고 했던 것도 사실입니다."

"만약에 그렇다면 그 문제부터 마무리가 되어야 하겠구만."

"맞습니다."

"그럼 이혼을 생각해야 할 정도입니까?"

"그런데 오늘 선생님과 대화를 나누는 동안 그 문제는 다음으로 유보하기로 마음을 정했습니다. 그 대신에 부부싸움 문제를 먼저 해결하는 방향으로 나갈까 합니다."

"그럼 부부싸움 해결에 집중하세요."

"그렇게 하겠습니다. 부부싸움에 집중할 생각을 하니 마치 단거리 선수가 출발선에 들어가는 느낌입니다."

"부인이 말싸움을 걸어올 때 무슨 일이 있어도 입만 꾹 다물고 있으면 됩니다. 수련에 임하여 용맹정진하듯 해 보세요."

그로부터 일주일 후에 고동건 씨가 다시 찾아왔다.

"어떻게 되었습니까?"

"그동안 아내는 세 번이나 싸움을 걸어왔지만 저는 세 번 다 무조건 침묵으로 일관했습니다. 집사람은 아무리 생각해 보아도 지난 토요일에 서울 올라가 누구의 코치를 받은 것 같다면서 그분이 누구냐고 다그쳤습니다. 그 물음에도 저는 침묵으로 일관했습니다."

"그래서 어떻게 됐습니까?"

"선생님은 시종일관 침묵을 지켜야 한다고 하시기에 아무 대답도 안 했습니다. 그랬더니 그 코치하신 분 이름만 말하라고 하도 성화를 하는 바람에 그것까지도 무시할 수는 없어서 선생님 존함만 알려 주었습니다."

"침묵을 지키라고 했지 코치하는 사람 이름 대라고 했습니까? 하지 말았어야 할 말을 했군요. 그랬더니 뭐라고 했습니까?"

"충실한 제자 한 사람 얻었다고 말했습니다."

"그러곤 아무 말도 없었습니까?"

"아뇨. 다음에 서울 갈 때 같이 가서 선생님한테 인사 좀 시켜 달라고 했습니다."

"그래 뭐라고 말했습니까?"

"선생님께 여쭤보고 동의를 얻어야 한다고 말했습니다. 선생님 의향은 어떻습니까?"

"나는 반댑니다."

"아니 왜 그러십니까?"

"내 입장이 되어 생각해 보면 해답이 나올 것입니다. 잘 생각해 보세요. 일이 복잡해지게 됐습니다."

고동건 씨가 먼저 자리를 뜨자 옆에 있던 수련생이 물었다.

"아까 선생님께서는 왜 인사시켜 달라는 고동건 씨 부인의 청을 거절하셨습니까?"

"사람이란 이런 경우 자기가 낄 자리와 끼지 않을 자리를 잘 구분해야 합니다. 고동건 씨는 나와는 저자와 독자 사이니까 그런 상의를 할 수 있다 쳐도 일면식도 없는 그의 부인의 면담 요청까지 넙죽 받아들이는 것은 내가 할 일이 아니죠. 고동건 씨가 나를 개입시키지 말고 내 충고대로 부부싸움 문제를 잘 해결하면 그것으로 일단 끝낼 문제입니다. 그 이상 제3자가 관여할 일이 아니라고 봅니다."

〈115권〉

견성(見性)이란 무엇인가

정지현 씨가 말했다.

"선생님, 견성(見性)이란 무엇입니까?"

"견성이란 글자 그대로 구도자가 수련 중에 성(性)을 보는 것을 말합니다."

"그럼 성(性)이란 무엇입니까?"

"성(性)은 글자를 풀어 보면 마음심 변과 날생 자를 합친 글자니까 마음이 태어난 자리를 말합니다. 이것을 도계(道界)에서는 흔히 부모미생전본래면목(父母未生前本來面目)이라고 말합니다."

"부모미생전본래면목이란 무슨 뜻입니까?"

"여기서 부모란 우리의 몸뚱이를 낳아준 아버지와 어머니를 말하는 것이 아니고 하늘과 땅 즉 우주 전체를 말합니다. 다시 말해서 지금 우리가 살고 있는 우주가 생겨나기 전의 본바탕이라는 뜻으로 도(道)와 진리를 말합니다. 본래면목이란 구도자가 수행을 통하여 스스로 알아내고자 하는 우주가 태어나기 전의 본질 또는 본바탕이 무엇이냐 하는 것입니다.

그래서 선방에서는 170개에 달하는 공안 또는 화두 중에서도 '부모미생전본래면목' 외에 '무(無)' 또는 '이 뭐꼬'를 화두로 흔히들 이용하고 있습니다. 스승으로부터 받은 화두를 염송하다가 수행자가 생사(生死)가 사라졌거나 초월한 경지를 본 것을 보고 깨달았다느니 견성했다느니 하고 흔히들 말합니다."

"선생님, 그럼 구노자가 견성하기 전과 견성한 후에는 실제로 달라지는 것이 있습니까?"

"있고말고요."

"그것이 무엇입니까?"

"견성한 사람은 임박한 죽음을 앞에 놓고 공포심을 느끼든가 당황해하는 일이 없습니다."

"그 이유가 무엇입니까?"

"견성을 한다는 것은 다른 말로 표현하면 생사라는 것은 없다는 것을 깨닫는 것이기 때문입니다. 생사가 없는데 어떻게 그 없는 것 앞에서 공포심을 느끼든가 당황해하거나 무서워할 수 있겠습니까? 그러니까 강도한테 납치되어 돈 내놓지 않으면 죽인다고 단도로 목을 찌른다고 위협을 당해도 진정으로 견성한 사람이라면 조금도 당황하지 않고 침착하게 난 돈이 없으니 맘대로 하라고 대답하여 오히려 강도를 당황하게 만들 수도 있습니다. 그리고 스피노자처럼 '내일 지구의 종말이 온다 해도 나는 오늘 사과나무를 심겠다'고 아무렇지도 않게 말할 수 있습니다."

"그럼 죽음에 대한 태도 외에 남들이 보기에 달라 보이는 것으로는 무엇이 있습니까?"

"혹시 견성했다고 생각되는 사람과 같이 행동을 했거나 한자리에 앉아 있어 본 일이 있습니까?"

344

"그런 일이 있었던 것 같기도 하고 그렇지 않은 것 같기도 하여 잘 구분이 가지 않습니다."

"장시간 같이 있어 보면 무엇이 달라도 다른 것을 발견하게 될 것입니다."

"그것이 무엇인데요?"

"비록 남한테 억울한 일을 당해도 누구를 향해 억울함을 호소하는 것을 볼 수 없을 것입니다."

"그 이유가 무엇입니까?"

"지구상에 80억 인구가 산다고 해도 자신을 포함하여 우주 전체를 하나로 보기 때문입니다. 그에게는 우주 전체가 하나이고 전체인데 도대체 누구를 향해 원망을 하거나 불평을 할 수 있겠습니까? 그래서 견성한 사람은 자기 주변에서 발견되는 온갖 부조리를 처음부터 모조리 남이 탓이 아니라 자기 탓으로 돌립니다. 그러니까 그에게는 이 우주 안에서 아무도 원망할 대상이 없을 수밖에 없습니다."

"결국 견성한 사람은 우아일체(宇我一體)를 일상생활화 하고 있다는 말씀이군요."

"그렇습니다."

"그렇다면 그에게는 진아(眞我)는 있으되 가아(假我)는 없다는 말씀이군요."

"진아야말로 우아일체 그 자체니까 하나는 전체이고도 하나니까 그럴 수밖에 더 있겠습니까?"

부동심(不動心)과 평상심(平常心)

"그런데 선생님, 제 친구 하나는 사업 자금으로 꿍쳐 두었던 전 재산

10억을 절친했던 친구에게 떼이고 지금 공황 상태에 빠져 있습니다."

"그 돈을 사취한 친구는 지금 어디에 있습니까?"

"돈 떼인 것을 알았을 때는 벌써 필리핀으로 튀어 버린 뒤였습니다. 이미 돈을 떼인 것은 그렇다 치고 앞으로 이 같은 사기를 또다시 당하지 않으려면 이렇게 해야 되겠습니까?"

"그 친구에게 그만한 돈을 선뜻 넘겨주었을 때는 무슨 속셈이 있었을 것이 아닙니까?"

"물론입니다. 돈 벌면 몇 배로 갚아 줄 것이라는 말을 순진하게 믿었던 것이 결정적 실수였습니다."

"바로 그겁니다. 한 욕심이 다른 욕심을 이긴 것입니다. 사기친 친구는 바로 이것을 노린 것입니다. 그러니까 앞으로 또다시 그런 변고를 당하지 않으려면 자기 마음속에서 황당한 욕심부터 털어 버렸어야 합니다."

"욕심이라뇨?"

"몇 배로 갚아 준다는 말을 믿는 마음 말입니다. 만약에 그러한 욕심이 없었다면 그렇게 사기친 친구의 말을 믿지도 않았을 것입니다. 그뿐만 아니고 그가 거짓말을 하고 있는 것이 직감으로 전달되어 왔을 것입니다. 이것을 우리는 부동심(不動心) 또는 평상심(平常心)이라고 합니다.

따라서 그 친구가 또다시 사기를 당하지 않는 길은 항상 마음을 깨끗이 비워둠으로써 늘 평상심과 부동심을 갖는 것입니다. 이러한 평상심과 부동심은 바로 우주의식과도 통하므로 천지신명들도 도와주게 되어 있습니다. 이것을 일컬어 일이관지(一以貫之)라고도 말합니다. 수련이 이 정도에 이르면 우아일체(宇我一體)가 되었다고 말합니다. 그럼 일이관지와 우아일체는 전체와 개체가 하나로 통해진 것을 말합니다. 이 영역에는 사기꾼의 접근이 용납되지 않습니다."

〈117권〉

삶과 죽음

2018년 2월 14일 수요일

오후 3시. 삼공재에는 세 사람의 수행자가 앉아 있었는데 그중의 한 사람이 물었다.

"선생님, 어떤 철학자가 삶과 죽음에는 원래 구별이 없다고 말했는데 그 말이 과연 옳다고 말할 수 있습니까?"

"그럼요. 옳고말고요. 철학을 하는 사람이고 진리를 추구하는 사람이고를 가릴 것 없이 그 말이 뜻하는 핵심을 파악하지 못하고는 철학이나 진리 수행(修行)을 한다고 감히 말할 수 없습니다."

"그게 진실입니까?"

"진실이고 또 진리입니다. 예부터 생사일여(生死一如)라는 사자성어가 도인들 사이에서 전해 내려오는 것도 바로 이러한 진리를 깨달았기 때문입니다."

"진실과 진리는 어떤 차이가 있습니까?"

"진실은 정말 있었던 일이고 진리는 사물의 진정한 이치입니다."

"견성, 해탈했거나 성통공완한 사람들이 세속사에 도움이 되는 일이 무엇일까요? 다시 말해서 깨달은 사람들이 세속인들에게 긍정적으로 도움이 될 수 있는 방법에는 어떤 것이 있을 수 있겠느냐 그겁니다."

"남을 돕는 것이 자기를 돕는 것 즉 여인방편자기방편(與人方便自己方便), 홍익인간(弘益人間), 해원(解冤), 상생(相生), 역지사지방하착(易地思之放下着) 등등이 있습니다. 모두가 견성을 하지 않으면 일상생활화 하기 어려운 일들입니다."

"견성(見性)은 무엇입니까?"

"자기 자신의 마음속에서 우주와 하늘의 섭리를 발견하는 것입니다. 즉 자기 자신과 우주의식 즉 하느님은 하나라는 것에 눈뜨는 것을 말합니다. 이런 사람에게는 삶과 죽음이 따로 있을 수 없습니다."

구도(求道)의 목표

구도에 입문한 지 1년 된 27세의 이종목이라는 수련생이 물었다.

"선생님 저는 삼공재 수련을 시작한 지 1년이 되었지만 아직도 구도의 마지막 목표가 무엇인지 확실히 모르고 있습니다. 구도의 최후 목표가 무엇입니까?"

"이종목 씨는 이 세상에서 가장 중요한 것이 무엇이라고 생각하십니까?"

"좀 막연한 느낌이 들긴 하지만 적어도 생사(生死)를 초월하는 것이라고 생각합니다."

"생사를 초월하는 것이 무엇입니까?"

"죄송합니다. 저는 지금까지 선생님 슬하에서 관법 수련에 매진하는 한편 단전호흡, 등산, 달리기, 도인체조, 오행생식을 준수하면 자연 생사초월의 경지에 도달하는 것으로 막연하게 알고 있었습니다."

"길은 제대로 들었는데 바로 그 생사초월의 경지(境地)에서 한 걸음 더 전진해야 합니다."

"한 걸음 더 전진하면 어떻게 됩니까?"

"생사초월(生死超越)에서 생사일여(生死一如)를 깨달아야 합니다. 생사일여란 생사가 따로 있는 것이 아니고 통틀어 하나라는 뜻입니다."

"……?"

이종목 씨는 아무 말도 없이 두 눈만 억울하게 매맞은 황소처럼 끔벅끔벅하고 있었다.

"생사일여를 지식이나 정보로 알려고만 해서는 안 되고 몸과 마음으로 깨달아야 합니다. 생불생(生不生) 사불사(死不死), 생사불이(生死不二)를 일상생활에서 실천해야 한다는 뜻입니다."

"죄송하지만 무슨 말씀인지 통 이해가 되지 않습니다."

"이종목 씨는 사람에게는 누구나 몸과 마음이 있다는 것은 알고 있습니까?"

"그야 누구나 다 아는 일이 아닙니까?"

"사람은 누구나 일단 목숨이 끊어지면 금방 몸이 싸늘하게 식기 시작합니다. 왜 그렇다고 생각합니까?"

"글쎄요. 갑자기 그런 질문을 하시니까 말문이 막힙니다."

"잘 기억해 두세요. 중요한 것이니까."

"네 명심하겠습니다."

"급소를 심하게 얻어맞은 사람의 몸이 싸늘하게 식기 시작하는 것은 그때까지 깃들어 있던 몸에서 마음이 떠나기 때문입니다. 그러나 마음이 몸에서 떠나지 않는 한 몸이 식어 송장이 되는 일은 결코 있을 수 없습니다."

"그럼 선생님, 사람이 죽은 후 몸은 송장이 되어 장례식장으로 가게 되겠지만, 방금 전에 몸에서 떠난 마음은 어떻게 됩니까?"

"그야 인과에 따라 자기 갈 곳을 찾아가겠지요."

"좀더 알기 쉽게 구체적으로 말씀해 주셨으면 좋겠습니다."

"그렇게 문제를 확대해 나가면 끝이 없습니다. 여기서는 우리가 흔히 말하는 죽음이란 것은 없다는 것을 밝히는 것으로 끝내기로 하겠습니다. 다시 말해서 생불생(生不生) 사불사(死不死), 생사불이(生死不二) 생사여일(生死如一)을 증명하는 것으로 끝내기로 하겠습니다. 다시 말해서 사람이란 몸과 마음이 합쳐져 있고 그 마음이 몸에서 떠나지 않는 한 죽어 없어지는 존재가 결코 아니라는 것입니다."

하느님의 분신(分身)

"어제 선생님은, 생사는 마음이 떠나지 않는 한 몸과 따로 떨어져 있는 존재가 아니라고 말씀하였습니다. 그래서 생불생(生不生) 사불사(死不死)요, 생사불이(生死不二)라고 말씀하셨습니다. 다시 말해서 삶은 삶이 아니요 죽음은 죽음이 아니고 삶과 죽음은 따로 떨어져 있는 별개의 존재가 아니므로 삶과 죽음은 둘이 아니라고 말씀하셨습니다. 그렇다면 구도의 목적은 무엇입니까?"

"구도의 목적은 구도자가 삶과 죽음을 초월한 대우주의 주인임을 몸과 마음으로 깨닫는 것입니다. 다시 말해서 구도자 자신들뿐만 아니라 중생들 육안에 보이는 것들과, 그들의 육안으로 보이지 않는 우주 전체의 주인임을 깨닫는 것을 말합니다. 이 대우주의 주인을 우리는 흔히 하느님, 하나님, 천주님, 부모미생전본래면목(父母未生前本來面目), 진리,

양심, 도(道)라고 말합니다."

"그러나 현실적으로 우리가 하느님 자신은 아니지 않습니까?"

"사실입니다. 그러나 어느 한순간의 깨달음으로 하느님을 터득해야 합니다."

"어떻게 말입니까?"

"하나는 전체고 전체는 하나라는 것을, 매일 『천부경』을 염송하는 우리는 잘 알고 있습니다. 따라서 깨달은 사람들 전체가 다 하느님이 되어 일사불란하게 행동한다는 것은 물리적으로 불가능합니다. 그 대안으로 등장한 것이 하느님의 분신(分身)입니다. 대각경은 다음과 같습니다.

나는 하느님의 분신으로서 하느님의 무한한 사랑, 무한한 지혜, 무한한 능력을 구사하고 있다. 이 큰 깨달음을 통하여 나는 뜬구름과 같은 오감의 세계를 벗어나 상부상조하는 대조화의 세계, 하느님과 나, 남과 나, 우주와 내가 하나로 합쳐지는 실상의 세계 속에 살고 있다.

대각경(大覺經) 속의 분신이 전체의 분신이면서도 그 전체를 이루고 있는 한 부분인 우리들임을 말해 주고 있습니다."

저자 약력

경기도 개풍 출생
1963년 포병 중위로 예편
1966년 경희대학교 영어영문학과 졸업
코리아 헤럴드 및 코리아 타임즈 기자생활 23년
1974년 단편 『산놀이』로 《한국문학》 제1회 신인상 당선
1982년 장편 『훈풍』으로 삼성문학상 당선
1985년 장편 『중립지대』로 MBC 6.25문학상 수상

저서로는 단편집 『살려놓고 봐야죠』(1978년), 대일출판사, 민족미래소설 『다물』(1985년), 정신세계사, 장편 『소설 한단고기』(1987년), 도서출판 유림, 『인민군』 3부작(1989년), 도서출판 유림, 『소설 단군』 5권(1996년), 도서출판 유림, 소설선집 『산놀이』 ①(2004년), 『가면 벗기기』 ②(2006년), 『하계수련』 ③(2006년), 지상사, 『선도체험기』(1990년~2020년), 도서출판 유림 및 글터, 『한국사 진실 찾기』(2012), 도서출판 명보 등이 있다.

약편 선도체험기 30권

2023년 12월 29일 초판 인쇄
2024년 1월 10일 초판 발행

지 은 이   김 태 영
펴 낸 이   한 신 규
본문디자인 안 혜 숙
표지디자인 이 은 영
펴 낸 곳   글터

주   소   05827 서울특별시 송파구 동남로 11길 19(가락동)
전   화   070 - 7613 - 9110 Fax02 - 443 - 0212
등   록   2013년 4월 12일(제25100 - 2013 - 000041호)
E-mail   geul2013@naver.com

ISBN   979 - 11 - 88353 - 57 - 6   04810   정가 20,000원
ISBN   979 - 11 - 88353 - 23 - 1(세트)